KUWEI
酷威文化

图书 影视

CALL ME ZEBRA

斑马流浪者

[英]阿萨琳·维里耶·欧卢米◎著

何碧云◎译

四川文艺出版社

致我所有逝去的亲人。

——斑马

所有一切众生之类：若卵生、若胎生、若湿生、若化生；若有色、若无色；若有想、若无想、若非有想非无想，我皆令入无余涅槃而灭度之。如是灭度无量无数无边众生，实无众生得灭度者。

——《金刚经》

目录
CONTENTS

序幕
我命运多舛的本源

　　各位，无论您是博学通达还是初入门道，杰出精英抑或苟且鼠辈，且听我道来：我叫斑马，本名毕毕·阿巴斯·阿巴斯·侯赛尼，出生于 1982 年一个烈日灼灼的八月天。我的祖上是一代又一代自学成才之士，在德黑兰遭遇重重腥风血雨的一百年里，他们多次抛下这座都城，前往瑙沙赫尔避难。瑙沙赫尔是马赞德兰省一个潮湿而慵懒的地区，四周被艾尔博兹山脉环绕，有着山石嶙峋、草木苍翠的山坡，还有大片大片的稻田、棉花地和茶园。我的祖先们就在这片土地上追寻着智性的人生。

　　我出生在那里，也成长于那里。

　　我的父亲阿巴斯·阿巴斯·侯赛尼通晓多国语言，翻译过大大小小的文学作品。他蓄着浓密的尼采式八字须，亲自教导我。他教我西班牙语、意大利语、加泰罗尼亚语、希伯来语、土耳其语、阿拉伯语、英语、法尔西语、法语和德语。这其中有被压迫者的语言，也有压迫者的语言，我都要学习，因为对我父亲、他的父亲，以及我们的祖祖辈辈而言，历史的车轮转个不停，你永远无法预知下一个被碾压的是谁。我学习语言就像有些人感染病毒一样自然，文学已成为我的武器。

　　我生在一个才华横溢的家族，算得上天赋异禀，但我们先后来到这个世上时，正处于尼采那句著名的"上帝已死"诞生的时代。我们相信是死亡让我们一直以来被命运捉弄，与红运无缘。我们命途多舛，注定要在一个敌视我们才华的世界四处漂泊，承受无止境的流亡。事实上，敏捷的才思和文学涵养只加重了我们的不幸，但这就是我们所懂得和拥有的。我们笃信自己血管里流着的不是血液，而是墨水。

　　我父亲受诲于三代无师自通的先辈们：他的父亲，达利尔·阿巴斯·侯赛尼；他的祖父，阿尔曼·阿巴斯·侯赛尼；他的曾祖父，沙姆斯·阿巴斯·侯赛尼。他们分别通过自学成了哲学家、诗人和画家。我们的族徽继承了过去苏美尔人图章的遗风，是一枚用黏土制成的柱形徽章，上面饰有一个环状的镶边，环内刻了三个字母 A，分别代表我们最珍视的身份，按照重要性依次为：自修者，无政府主义者，无神论者 ①。徽章底部镌有如下箴言：世之妄也，吾等以死护己生。

这句箴言也出现在一幅脖子上系着绳结的水鸟静物画的下方。那幅画是我的高祖父沙姆斯·阿巴斯·侯赛尼在 20 世纪初伊朗宪法革命 ② 失败后完成的。收笔之时，他用手杖指着还未干透的油画，杖头逼近水鸟的脸部，几乎要抽打到它。他声音颤抖，用幻灭与愤怒交织的语调，对他的儿子，也就是我的曾祖父阿尔曼·阿巴斯·侯赛尼，说出了那句赫赫宣言："死亡将至，然我等文人学士将如这凫鸟般永葆鲜活。"

这看似微不足道的时刻，开启了一段漫长的旅途，从此我们将迈向虚无，迈向这个渺小的宇宙里无数陡峭的深坑。一代又一代，我们的躯体上覆盖着死亡的尘埃。我们心如死灰，饱受苛虐，生活残破不堪。我们疲惫如枯瘦的耙子，被摧折得七零八落。但我们坚信自己的职责，势要与这个固执的世界顽抗到底，阻止它继续抹灭那些少有的、敢于从堕落人类的肥土中萌发的勇士。这就是我在那幅画中的所悟所得。我站在这支绵延的思想勇士队伍的末端，错愕于我们周身无际的黑暗。

在我出生之日——1982 年 8 月 5 日——父亲阿巴斯·阿巴斯·侯赛尼在我耳边低声念了一段题为"论伊朗史上的历史性时刻及更正后的哲学：侯赛尼的秘密"的宣言，作为我的诞生礼。之后的每一年，他都会念诵这段宣言为我庆生。我一字不落地记了下来，内容如下：

---

① 原文为 Autodidacts, Anarchists, Atheists。
② 20 世纪初，卡扎尔王朝被迫颁布了伊朗史上首部宪法，设立选举议会。1911 年，议会在外国势力压迫下解散，议员四处逃亡。

不幸的孩子，我在此向你概述我们饱受磨难的祖国伊朗——人们口中的"雅利安人的土地"。

公元前550年，居鲁士大帝，那位睥睨天下的四方之王，一个勇敢而仁慈的人，从波斯湾附近的安申王国（著名的波斯波利斯遗址所在地）领军出发，去征服米堤亚人、吕底亚人和巴比伦人。他采用武力加和平笼络的方法，将周边的人民收归麾下，建立起一个广阔的帝国。居鲁士大帝最为显赫的两位继任者——大流士一世和薛西斯一世，继续开疆拓土，进一步巩固由国父打下的江山。但正所谓江山代有才人出，所有伟大的统治者终究都逃不过被野心勃勃的后起之秀比下去的命运。从南到北，由东向西，这个世界的每一个角落都不乏暴君，他们训练有素，嗅觉灵巧，能敏锐地捕捉到弱小猎物的气息。最后，居鲁士大帝的子孙后代在亚历山大大帝的铁蹄下结束了统治地位，而后这位曾经血气方刚、叱咤风云的帝王又被一系列新的征服者们夺去光彩。每一代征服者都曾站在逝去王朝的破砖碎瓦前，享受短暂的洋洋自得。

每一个伊朗人都是杂糅的个体，最恰当的形容是：一个衰落帝国的余烬。如果你将我们看成一个整体，你会看到一个喋喋不休、混乱不安的民族，仿佛一个人拥有好几个脑袋和许多肢体。当一个人的躯体里包含着如此多的躯体时，他如何能控制好自己呢？终其一生，他的几个脑袋都会磕来碰去，从不消停，他的手会随时举起来准备扭断属于另一副躯体上的脑袋。

我们这些多样、不安、混杂的人，像蟑螂一样在这片土地上摸爬滚打了数个世纪，也见证过各式各样的王朝更迭，却从未有哪位统治者对我们点头致意。他们甚至从未正眼看过我们——他们从来都只看向镜子。

这样的无视带来什么样的结果呢？起义，随之而来的是大规模的屠杀和残忍的镇压，周而复始。我说不准这两种后果哪个更糟。正如叶夫根尼·扎米亚京[1]所言：革命是无穷无尽的。

到了20世纪，波斯帝国的边境遭侵犯，疆土一再收缩，边界线支离破碎；帝国遍体鳞伤。连傻瓜都懂得，张弛有道是生存法则。想想人的心脏就知道。自从我父亲和祖父双双被所谓的领袖杀害后，我的心脏就变成了一块冰冷的石头，而它现在又恢复了往日的饱满和鲜活——你的出生让新鲜的血液重新在我的血管里涌动。

请听我说，孩子：倘若我们不能以史为鉴，借此清醒地认识到我们普遍遭受的悲惨境况，那么这些历史细节不过是一堆百无一用的事实。事情的关键，也就是这段重要宣言的要点，在于揭露千百年来统治者们如何周密布局并杜撰虚假故事充作真理，巧妙地操纵历史。想想我们的那些领导者，他们编造的谎言就是呈堂证供。现在，我将对这些人进行逐一梳理。

19世纪末至20世纪初，我们的人民发动了宪法革命。这场革命虽以失败告终，却让臭名昭著的礼萨·沙阿·巴列维[2]登上王位。在他统治期间，暗杀与恐吓大行其道。多年以后，第二次世界大战期间，巴列维先生被迫流亡，把他逼走的是英国人，那些好管闲事、冷酷无情的钱奴——平心而论，在我们眼里这就是一群盗贼。孩子，你觉得接下来发生了什么？巴列维的儿子，那时候毛还没长齐的穆罕默德·礼萨·沙阿·巴列维[3]，登上了国王宝座。

---

[1] 叶夫根尼·扎米亚京：叶夫根尼·伊万诺维奇·扎米亚京（1884—1937），俄国小说家、剧作家和讽刺作家，曾加入过布尔什维克，代表作是反乌托邦小说《我们》。

[2] 礼萨·沙阿·巴列维（礼萨·汗，1878—1944），伊朗国王。1925年推翻卡扎尔王朝建立巴列维王朝，1941年退位，被驱逐出境。

[3] 穆罕默德·礼萨·沙阿·巴列维（穆罕默德·礼萨·巴列维，1919—1980），伊朗末代国王。

空想主义者穆罕默德·礼萨·沙阿·巴列维自称"仁慈的居鲁士大帝精神上的继承人",自诩为"万王之王"。他发动白色革命,启动一系列改革,目的是强行将这个国家的子民改造成现代公民。

终于有一天,人民揭竿而起,要把这位"万王之王"赶下台。革命爆发,穆罕默德·礼萨·沙阿·巴列维元气大伤,尝尽了挫败的滋味。接下来,这个软骨头带着珠光宝气的王后,灰溜溜地爬上一架飞机,并且说出那句赫赫有名的话:"只有独裁者会杀死自己的人民。我是一个国王。"

被国王压制多年的伊斯兰神职人员主持了这场革命,君主制很快就被推翻了。国王的缺席让革命中的宗教领袖霍梅尼在漫长的政治流亡之后得以回国。他很快建立了伊朗伊斯兰共和国,并自称"享受着无人匹敌的神圣护佑"。

孩子,我们侯赛尼家族遭受过两边的迫害。

你的曾祖父阿尔曼·阿巴斯·侯赛尼就是这样惨死的。那年他八十岁,已是将死之人,却被那些冷酷无情的蠢货硬生生地从床上拖走。两天后,你的祖父达利尔·阿巴斯·侯赛尼心脏病发作。一想到自己的父亲被吊死在绞刑架上,他就感到痛苦难当。他临终前告诉我,他的脑海里一直回荡着祖父吊在绞索上,骨头在身体的重力下咯吱作响的声音。好在我父亲至少是在自己的床上离世的,这成为我内心唯一的安慰——直到你来到这个世上。你是这片黑暗森林里一束光明的火焰。

我们伊朗人和这个渺小宇宙中的芸芸众生一样,是缺陷的集合体。把我们的各部分组合在一起,出现的不是一个完整而清晰的图像。我们有着不规整的棱角,互不相容,缺乏章法。我们的血统久远且多样,可以追溯到宇宙诞生之日。当新旧征服者之间的权力斗争将历史驱向越来越扑朔迷离的方向时,人该如何看待自己的处境呢?

你既已知晓我们残酷的命运，现在是时候了解侯赛尼家族的戒律了。这三大戒律，你必须铭记在心。你或许会问：为什么？因为知道了人类的伎俩，知道了心肠的险恶，你就不会被恐惧、愧疚、贪婪、忧伤或悔恨所惑。一旦时机成熟，你就可以毫不犹豫地扎进深渊的最深处，对漫不经心的大众敲响振聋发聩的警钟，提醒那些故意视而不见的人，未竟的过去正向他们步步逼近。

第一戒：成为旁观者①。人类就是这样，注定要在虚伪的同胞那里吃尽苦头。有些人是天生的劫掠者，觊觎他人的头脑和躯体，不分是敌是友。苦命的孩子，不要相信任何人，也不要爱任何事物——除了文学，它是这行将朽落的世上唯一慷慨大度的东道主。去文学中寻求庇护，仅凭它的信条，你就能超脱死亡，维持内心的自由。

第二戒：历史像一头长着犄角的公牛，靠不停地搜寻新猎物来掌控世界。想一想：长犄角的公牛会走直线吗？不，它会曲里拐弯，围着自己绕圈，弄得头破血流，成了半个瞎子。当心！那些呆头呆脑的知识分子占了世界上所有知识分子的99.9%，他们会向你投喂谎言。他们会说，历史是线性的，时间是延续的。在巴列维王朝的最后岁月，除了死亡，还有什么？你的祖先，侯赛尼的祖辈们，因为他们领袖的无知而付出了性命的代价。当心一不留神就会中招。把投喂给你的谎言快速吐出去，瞄准他们的脑袋。

第三戒：我们侯赛尼家族——自修者，无政府主义者，无神论者——是文学鉴赏方面的行家，可以拆解一段叙述，然后迅速将它拼接回来，比人受伤时条件反射喊痛的速度还要快。这种才能，是你可敬的祖先们传下来的。它是你的利

---

① 直译为："瞧，这个人"。

剑，无论何时需要给愚蠢的人或事迎面一击，你都可以将它拔出来。

　　论及知识之渊深、谈吐之精义、辨识谎言之敏锐，我们都无人能及。我们是真正的知识分子，是超越规则的例外，是那0.1%。但是，这恰恰又是我们不幸命运的另一源头。

　　我们是孤独者中最为孤独的。我们的启示落在那些不加思考的大众耳朵里时，他们只会充耳不闻。然而，我们注定要流浪世界，传播祖辈们的言语，以及昔日的伟大作家们的言语。他们像我们一样，懂得退隐到文学中，躲过历史的杀戮，从而获得向世人分享真相的阅历和契机。正因如此，我们会永远受到迫害——因为我们在指责，在追问："这就是人吗？"

　　苦命的孩子，等时机来临，你一定要一头扎进我们人类可悲境遇的潟湖里，潜入沼泽深处，带着沾满污泥的真理之珠浮出水面。注意：真理是丑陋不堪的，是鄙陋的，上面布满坑坑洼洼，冒着死亡的青烟。很多自以为是或者胆小如鼠之辈，闻到这气味会赶紧把头别开。迟早，你会与这些人打交道；你务必要坚持下去，虽然他们作为个体很有欺骗性，但是作为集体却很无知。

　　可以说，父亲的这番话，以及我童年时发生的那些事件——它们集结了这个宇宙中所有的徒劳和难以言说——共同塑造了我的意识。我很小的时候，母亲毕毕·卡鲁恩就去世了。她的离世让我的心被碾成了一张薄纸，头脑里一片荒凉，仿佛被人摁住了头，把鼻子往粪堆里蹭。我唯一的幸运是很早就意识到我是这个地球上的可怜人——但这也是后来才有的事。

　　父亲告诉过我，在伊朗伊斯兰共和国建立前漫长的革命时期，我那双腿强健、性情温和的母亲提醒我父亲阿巴斯·阿巴斯·侯赛尼，伊朗知识分子指控他是"一个消极的叛徒，别人都在同胞的血泊中苦战，而他只顾埋头看书"。

父亲告诉我，毕毕·卡鲁恩会说："你要当心，阿巴斯！这些人在为信仰洒热血，他们不希望自己的努力遭到无视。"

听到母亲的话，父亲变得异常激动。他焦躁不安地在德黑兰的公寓走廊里来回踱步，嘴里反复念念有词："我是侯赛尼的后代。我宁死也不会沉默！这些伪知识分子！这些蠢货！眼见这么多人失踪、被捕，甚至被处死，尸体遍布世界的各个角落，他们仍然相信民主近在眼前？革命的果实即将被盗取。他们难道不知道吗，历史布满裂痕，充斥着各种偶然事件，邪恶往往会反复上演！"

第二年，伊朗的上空被一片沉重的灰色笼罩。如父亲所料，革命很快被伊斯兰教领袖们引导。

战争爆发后一年，一些少有的没被抓进监狱，也没有拿着假证件逃出国的知识分子开始称我父亲是一个有远见的说真话者。但我父亲，这位此前受过中伤的自修者、无政府主义者、无神论者，拒绝了这一刻的光鲜。他和我母亲毕毕·卡鲁恩一起奔向了山林间。那时候，她已经怀了我，而我父亲所遭受的失去之痛足以让他一生受用。那是冬季，一路上天气湿冷，危险重重，路途仿佛没有终点。但他们坚持了下来，安全无虞地来到里海附近瑙沙赫尔的一栋石头房子里。那是我的高祖父沙姆斯·阿巴斯·侯赛尼建的一处庇护所，他会根据自己的心情，时而称它"审查康复中心"，时而叫它"书的绿洲"。

父亲曾告诉我，行至中途，他们路经山石嶙峋的艾尔博兹山脉，它伫立在德黑兰与里海之间，形成一道天然屏障。他停下车，走出去，侧头望向背后的德马峰，它像一个温和的巨人，耸立在我们的首都上空，露出闪闪发亮的白牙。父亲的眼眶湿润了，眼皮肿起来："那个蠢货会把我们的都城夷为平地！"

后来，事实确实如此发展了。但即便是在漆黑的深夜，也总有一束光在闪烁。几个月后，1982年，我出生了，就在"书的绿洲"的心脏区域——藏书室。椭圆形的藏书室中央有一棵椰枣树，它的枝干穿过房顶中间的天井，向天空耸立。我母亲倚靠在树干上，使着劲。我，暗色的皮肤、黑色的眼睛，就这样从她的肚子里滑了出来，来到一个摆满古旧卷册的房间，来到一个被战争挟持的国家。我立刻往嘴里塞了一颗甜甜的椰枣，以缓和这冲击。父亲和母亲低头看着我，脸上绽开了希望的笑容。

我在藏书室里学会了爬、走、读、写，也学会了吃喝拉撒。在学会识文断字前，我就时常用手摩挲那些古籍旧卷的书脊，用舌头舔掉手指上沾的书尘，以此来滋润我的脑袋。饱食文学的尘埃后，我坐到波斯地毯上，盯着墙上挂的《吊咒》。到了会走路的年纪，我会像苏菲教派的神秘主义者一样，一圈圈来回踱步，一边嚼着椰枣，一边念颂家族的座右铭：世之妄也，吾等以死护己生。

日子一天天过去，我的学业在无休止的战争中拉开了序幕。父亲每天都会为我朗读尼采的作品，通常是在早晨和午饭后。他教我文学，摘取书中的段落，好让我熟知那些天赋卓著的前辈，那些昔日的伟大作家：约翰·沃尔夫冈·冯·歌德、梅夫拉那（即鲁米）、奥玛·海亚姆、胡安娜·伊内斯·德·拉·克鲁斯、但丁·阿利吉耶里、马里-亨利·贝尔（别名司汤达）、阿维拉的特蕾莎、赖内·马利亚·里尔克、弗兰兹·卡夫卡、沙迪克、海达亚、弗雷德里克·道格拉斯、弗兰齐斯科·彼特拉克、米格尔·德·塞万提斯、瓦尔特·本雅明、清少纳言……这个名单无限延续下去，包揽万千，有宗教思想家、哲学诗人、神秘主义者、世俗主义者、不可知论者、无神论者等。父亲常说，文学是一个没有边界的国度。它广阔无边，没有站点，没有等级，也没有关卡。

每节课的最后，就寝前，父亲会用严厉的语气嘱咐我："苦命的孩子，知识需要消化吸收、反复咀嚼！"他一直这样培育我，训练我的头脑，还教我早已失传的记忆术。在侯赛尼家族的传统里，关于"记忆是为了什么"这个问题，有这样的答案：记忆有双重目的，一来恢复文学的仪式性功能——它的口语性——从而合理利用文学自发改变听者的意识；二来保护我们饱受摧残的人性宝库，避免其在野蛮的战争和持续桎梏着我们的无知中消失殆尽。数一数有多少次，书籍成堆地烧掉，被那些胆怯弱小的人，那些害怕质询的男女。唯有记忆能助我们抵御这样的损失。我们侯赛尼的族人可以迅速复制出一座文学的神庙——只需探入我们浩瀚无垠的头脑，从黑暗的褶皱中取用所需的文本，复写下来即可。我们是未来的抄写员。

就在我和父亲日复一日流连于文学的疆域时，我的母亲毕毕·卡鲁恩整日待在厨房里，偶尔冒着危险出门，也是为了找寻食物——米、柑橘，以及当地部落的人从海里打来的鱼。我和母亲在一起的时间不多，她不赞同父亲教育我的方式。她觉得那对年幼的我来说太过极端，可能会一发不可收拾。但我父亲比母亲年长二十岁，家里的事情自然都由他做主。

我记得母亲有一次走进椭圆形的藏书室——她就是在那里生下我的——腰上系着围裙，脸上挂着厨房里的水汽，取笑父亲说："阿巴斯，你把咱们的女儿像男孩一样养，让她以后靠什么过活？谁会愿意娶她？"

父亲责备道："现在正打仗呢，你居然还操心结婚这档子事？"

"等我们哪天一命呜呼了，你觉得谁还能养她？"母亲顶了回去，"做母亲的得为孩子的生计着想！"

接下来免不了一番吵嘴，但后面的事情我已经记不清了。我曾竭力回忆母亲的面容，她说话的声音，还有她的手触碰我时的感觉，但这些细节都再也回想不起来了。这次争吵后不久，她就在我们逃亡的路上去世了。母亲的离去留下一片空寂，将我和父亲推向边缘。父亲选择用文学来填满我们生活中的这片空白。随着时间的流逝，我的头脑将被那些句子填满，而母亲将会消失。

与此同时，在艾尔博兹山脉的另一边，首领在边境广撒芥子气，无差别发射导弹，在两国之间的"无人地带"布雷。而我们采取人海战术，炸毁对手——那个眉毛粗密的男人——在前线埋下的地雷。

现在，各位鼠辈，请容我问一个问题：在这样的大肆杀戮中，一星点的光亮又能起到什么作用呢？答案很简单——让人看清黑暗的无边无际。

　　漫长的战争仍在继续，父亲开始在房子的四周和海岸边徘徊，日日夜夜，把我抱在怀里，仿佛我是一把火炬。他用我的头——被他注入了那么多的文学光亮，闪耀得如同一座灯塔的头——来丈量那不断扩张领地的深渊。他认定伊朗已不再是一个可以思考的地方，里海也不再安全，我们必须逃走，我们不得不开始流亡。带着满腹的麻木、惊讶与错愕，我们出发了。

　　我们就这样开启了流浪生活。走出家门，停下，回过头望了一眼，强忍住内心的不舍，挤出一丝笑容挥手作别。再见了，"书的绿洲"；再见了，橘子林和桉树；再见了，稻田和沙滩。我们一家三口挤在一头驴的背上出发了。我们穿过伊朗可怕的地平线，向土耳其边境前进。我们只带了一把烧水的茶壶、一张地毯、一些书和那幅《吊凫》。我们还带了少量的粮食，那是房子里仅剩的一点食物。时值盛夏，山间地势崎岖，布满山石和坑洞，有很多逃亡者命丧其中。我们不想被暴风雪困住，不想死在冷冰冰的石头上。我们默默地驱驴前进，既害怕又疲惫。谁也不敢问：我们还会再踏上这片土地吗？还有机会闻到茉莉花丛的芳香吗？还有机会往嘴里塞满刚从树上掉下来的甜甜的椰枣吗？

　　起先，我们脚下的泥路似乎在跟着一同小跑，和善地照顾着我们的安全。后来，我们就不那么走运了：在海勒海莱和萨罕德山之间的某个地方，一片狭长的"无人地带"上布满了伊拉克导弹，西南方的地平线上笼罩着一团黑色的毒气云——我的母亲毕毕·卡鲁恩就是在那里去世的。我们经过一个被夷为平地的村庄时，她走进一栋废弃的民居，想看看有没有逃亡者来不及带走的食物。就在那时，可能就在她去厨房的桌子上翻找时，房子轰然倒塌了。她倒在了重重的石头下。

　　我错愕地立在那栋倒塌的房子前，耳边传来远处父亲忽高忽低的声音。他啜泣着，逐渐号啕大哭了起来。我不知道我们身在何处，只听到他抽泣不止。我捂住耳朵，不忍去听父亲痛哭的声音，他就像一只受伤的孤兽，在狂风大作的沙漠中命悬一线。但即使捂住耳朵，我仍能听到他的抽泣声，声音穿过云端，直抵那片了无神迹的灰色穹顶，那片将我们囚禁在贫瘠土地上的穹顶。世界似乎模糊不清，找不到方向。我的心脏仿佛被人用棍棒碾压，它受尽折磨，渐渐失去温度。我感到体内有个巨大的空洞在扩散，接着侯赛尼家族戒律中的那句话，父亲从我出生起就一直在对我讲的那句话，在我的空寂中响起：不要爱任何事物，除了文学。

我迈出一只脚，向父亲走去。他蜷缩在一块山石旁。我用手轻轻推他，感到手上有些疼痛。我告诉他，我们得把母亲的尸骸找出来，不能把她留在那里，任其腐烂。终于他转头看向我，他的眼睛变得晦暗，似两潭浊水，脸也凹陷下去。眼前的他，似乎面容已经融化，鼻子和脸颊分不清哪是哪，前额与下巴也仿佛融在了一起。我唯一能看清的是他浓密的黑色胡须。

我们花了一天一夜的工夫才把母亲的尸骸从废墟中弄出来。父亲跪坐在地，将母亲抱在怀里，轻轻摇晃着她，低声呜咽。我坐在他身后看着这一切。她的脸变得扁平而灰暗，全身都挂着尘土，几乎难以辨认身份。但只看了母亲一眼，我就无法移开视线。她的脸让我眼前的一切扭曲起来，世界裂成无数个碎片，在我的视线边缘晃动着，无论我如何努力拼接，它们就是拒绝合为一个整体。

几个小时以后，我们屏住呼吸、意识模糊地将母亲葬在一棵椰枣树下。刨土的手指已经失去知觉。我们站在她的坟前大哭，然后向她挥手作别。曾经的我们也是这样向村庄里的石头，向街道两边的茉莉花丛，向玉兰和橘子林，向海边一排排疯长的桉树告别的。

我们骑上驴背，离开为母亲临时盖的简易墓地时，父亲抬起手，放在他那长而柔软的尼采式胡须上，捋着被茶水染黄的胡子尖，感叹道："还不算太糟，至少她葬在了自己的家乡。没有比客死他乡更糟糕的事了。"

那时，五岁的我已经懂事，我暗自想：比客死他乡更糟糕的是骨肉疏离。我们离母亲越来越远，我感觉到那片空寂——深暗、陡峭的空寂——也在一点点扩大。但我什么也没说，因为有时候正如莎士比亚所言："余下的只有沉默。"①

　　我们继续上路。为了不引人怀疑，父亲设计了一条反常的路线，这一路上岔道众多，七弯八拐。我们奔波在死寂的夜晚，穿过黑暗中寂静的田野，越过被毒气、血腥味和死亡笼罩的地带，直至全身麻木，虚脱无力。有时候，父亲似乎已经忘记了自己是谁，身在哪里。他会张开发干的嘴唇，望着天空。他的胡须无力地挂在起皮的嘴唇上方，仿佛随时会掉下来。

　　每个早晨，炽烈的晨光像断头台一样悬到我们头顶。我们没有时间去哀悼，只能努力赶走心头涌起的任何情绪：恐慌、羞愧、害怕、绝望、惊讶。我们不知道除了这样，还能以何种方式坚持，以何种方式开启一天的征程。有时候，为了打起精神，父亲会说些话。他会用若有若无的声音说，渺小的人是这个地球上最强大的，我们苦命之人必须从为数不多的宝库里汲取力量，探测我们被灼烧的头脑和心灵的深处，只为找到在这个滥用暴力的世界中继续活下去的勇气。他会说，比暴力更糟糕的是那些眼看着他人被毁灭却无动于衷之人的冷漠。他鼓足精神，用尽量坚定的语气告诫我，我们的使命是反抗仇恨这个暴君，以及它所做出的选择——消灭他人。

　　经过另一座被摧毁的村庄时，我和父亲在废墟中翻找出六块残破的黑板，是村里的小学用过的。我们用旧绳子将它们两两绑在一起，悲伤地将木板顶在头上，把剩下的两块套在驴背上做了鞍。黑板就是我们的盾牌。在后来的旅途中，我们遭遇了又一个悲剧：我们的驴倒下了。可怜的驴耗尽了气力，它的耳朵已经无力指向那片了无神迹的天空。父亲竟一反常态地轻松下来，他站在驴的尸体旁，向它致敬。"永别了，亲爱的驽骍难得！"他说，仿佛我们的驴就是堂吉诃德曾经骑过的那匹驽马。他知道我多么喜欢那个哭丧着脸的骑士所经历的磨难。

---

① 出自莎士比亚戏剧《哈姆雷特》。

于是，我和父亲拖着所剩无几的行李，徒步跋涉在伊朗西阿塞拜疆省的低地和高原上。我们夜晚行进，白天找地方躲着。寒冬一天天逼近，我们冷得牙齿打战，疼痛感深入骨髓。没过多久，前方崎岖的土地就会被皑皑白雪覆盖。父亲不时会挖到一些土豆、甜菜和萝卜，我们就靠这些充饥。前方路途渺茫，似乎要走过万重曲径才能到达边境，这让我们陷入绝望。通向虚无的旅途让我们历尽折磨，瘦得只剩骨架，衣衫破烂，身上脏兮兮的，十分狼狈。偶尔几次，我们看到村民经过，他们缓缓地走到光线下，又重新回到了黑暗中，假装看不见我们，仿佛我们不存在。

一天上午，我和父亲蜷缩在一片树丛中间，谈到了母亲，父亲坚定地说："整个世界就是一个头脑。她的头脑被宇宙的头脑吸走了。"我环顾四周。浓雾飘荡在大地上。整个世界看起来那么不真实，仿佛母亲的死和侯赛尼族人的死给它染上了别样的色彩。我暗自想，她无处不在，她感染了一切。这让我感到安慰。我将那雾气猛吸入胸腔，屏住呼吸。

无数个夜晚过去，我们继续走着。离边境越近，看到的尸体就越多——都是逃命途中被冻死的异端分子，萨达姆的受害者。我们在前线以北，他的部下一定是用直直的枪杆瞄准了任何有生命的活物。

父亲似乎是因了我的缘故，一天一天恢复了些精神。在一个格外阴森的夜晚，他停在一具头朝下脸贴着地的尸体旁，惋惜地说："好在我们把你母亲安葬了。我们没有让她曝尸荒野，被这些无情的力量吞噬。孩子，你看看周围。你的高祖父沙姆斯·阿巴斯·侯赛尼会说：死亡将至。请借这个机会，训练你侯赛尼的鼻子。这是唯一能用死亡守护生命的方式。"

父亲说这话时，我想起了侯赛尼家族戒律的第二条：我们必须记住，历史的未竟之事会循环往复。我记得：唯一能走在死亡前面的方式是，训练出一双嗅觉敏锐的鼻子，赶在它报旧日之仇前，及时闻到过去的血腥味。

后来，我们又遇到了一堆尸体，我看着这些死者的脸，父亲把他们的衣衫褛下，套在我瘦小的身子上。雪在空中飘舞，地上的积雪发出鬼魅般的白光，很快就要吞噬掉躺着的那些死去的、被抛弃的人。我闻到了他们的味道，像粪便、醋和铁锈。历史的恶臭，死亡的浊气，像潮水般从南部边界涌来。有很多天，我的脑子里是血，眼睛里是血，我望向哪里，哪里就是血淋淋一片。

一周周过去，像一条永无尽头的道路。在这段寒冷至极的时日里，父亲把我扛在背上，就像扛着一袋重物。时间慢悠悠地流淌，让人紧张。正是在这遍地的腐尸中，在这个我们极力去避开的痛苦的冬天，父亲重新开始了我的文学课。拾起了旧日的习惯，让我们有了一种秩序感，仿佛被文字的大厦支撑着。每天，在我们结束一夜的奔波准备歇下前，他都会让我坐在泛白雪地里冒出的一处石堆上，告诉我："生活要压垮我们，消磨掉我们的意志，逼迫我们停下来。"

古老的寒风怒吼着，冰凉刺骨，我就这样听着父亲的教诲。我闭上眼睛，把他的话一字一句吸入，吞进肚里，仿佛咽下的是食物。我感受到文学之网滋润着我，将我与这个怪异而黑暗的宇宙联结在一起。

父亲重复着侯赛尼家族戒律的第三条也是最后一条，提醒我："孩子，你必须追随世世代代天赋卓著的祖先的传统。这些伟大的思想烈士退隐到了文学的世界，以战胜死亡，战胜这世上的残忍和荒诞。"

他总是叫我"孩子"，而从不说"我的孩子""我的好闺女"或"我的心肝宝贝"，因为他不相信占有。按照他的逻辑，我是一个容器，是我们这个不幸的血族里最后诞生的那个，生下来就是要接受并传播文学的信号，注定要用我们几代人对文学倾注的努力来感染这个世界。"记住，"黎明时分的课上，他在一堆结冰的山石前来回踱步，说，"文学揭示了这个世界的谎言与虚伪。它是唯一真实的记录。等我走了以后，你将是最后一个未来的抄写员。"

他若有所思地停下来，过了很长时间才熟练地说道："跟着我念：记住！温习！传达！"周围一片死寂，我依然闭着眼睛，跟着父亲念。我已经准备好面对不幸的命运。

每堂课的最后，父亲会引导我睁开眼睛。他从口袋里掏出一只断了的粉笔，将记忆中的诗句抄写在他的黑板上。他不肯将黑板移动半点，怕有人从近处射中我们，所以写下的诗行都是歪歪斜斜的。他让我背诵给他听，这是个艰难的任务。没有人应该将诗句印刻于心，没有人必须读那些文字，但我做到了。

这些句子出自但丁、帕索里尼、詹姆斯·鲍德温、松尾芭蕉、W. E. B. 杜博伊斯、玛丽·沃斯通克拉夫特、卡瓦拉·沙姆斯乌德-丁恩·穆罕默德·哈菲兹-伊·施拉兹（别名哈菲兹）、凯瑟琳·曼斯菲尔德、弗吉尼亚·伍尔夫。父亲的脑袋就像巴别塔里的藏书室，他每天抄写下的句子都不同。我把它们储藏起来，在接下来的流亡岁月中，靠吸取它们的精华来缓解饥饿。它们是治愈我伤痛的良药，抵御着从我的空寂中吹来、将边缘的峭壁也刮得生疼的劲风。我最早记住的句子是这句：如同沙漠里的骆驼，背着水囊，却让自己渴死。那句话就写在父亲的黑板上，陪我们走了几百公里。我们就是那些骆驼，只不过我们背上扛着的不是水，而是文学的重担。我们在合力对抗饥饿，对抗刺骨的寒冷，对抗我母亲突然离世带来的钻心之痛。

我们到达萨罕德山，站在一处峭壁上。这座火山耸立在伊朗西北边境上方，如一只昏睡的野兽。父亲看了看东边的德黑兰，南边的巴格达，最后看向西北部的凡城。那是我们漫长流亡的第一站，就在土耳其边境。此时，已到了冬末。

四周静得吓人，我们伫立在那里，观察着周围的土地。我不知道是否还能再看到那片土地。父亲往地上啐了一口："我唾弃你们，一群任人唯亲的父权主义者。"他的脸向来十分平和，而此时愤怒地鼓胀着，满脸通红，看起来像一池翻滚的血水。我从未见过他这样，感到一股莫名的恐慌。风吹打着我那纸片般紧绷的心，像在敲打一面鼓。它敲敲打打，直到纸片上千疮百孔。我感到一阵阵愤怒从那些窟窿里升起，恐惧和轻蔑让我的耳朵发烫。

临近伊朗与土耳其边境的乌尔米耶湖时，父亲为我上了一堂文学课，这是我在备受摧残的祖国学的最后一堂课。乌尔米耶湖浅浅的咸水里挤满肿胀的水鸟尸体，都是被毒气毒死的。体型更大的红鹳死气沉沉地漂在水面上。父亲看了一眼这些死去的鸟儿，说道："著名诗人阿布·曼苏尔·加特兰·阿尔-吉利·阿尔阿塞拜加尼曾说：逝者已被厄运和恶意拯救，而生者则被投进悲伤的深海。"我盯着前方，想着我母亲被压平的脸。我的心像信封一样折叠起来，但我什么也没说。

自那以后，时间偏离了轨道，时而慢下来，时而加速，毫无规律。我记起父亲在某个时刻脱下了一个死去的库尔德男人的外衣，披在自己身上，告诉我他做好了双重打算，不能被人看出是逃难的伊朗人，以免被边境警察拦截。因为他忘了教我库尔德语，所以我得假装成一个快要瞎的聋哑人，而库尔德语流利的他可以假装成一个库尔德父亲，要带我去看这个世界上唯一有希望把我治好的医生——凡城里一名在柏林受过教育的库尔德眼科医生。我不知道他是如何想出这个主意的，他脑子里的想法总是让我捉摸不透。

"库尔德人和我们一样，"他说，"是一群会对苦命的同胞伸出援手的不幸之人。他们会帮我们越过边境到达凡城。你会看到的。"

但我什么也没看到。他用一条从死人身上撕下来的黑布，在我眼前缠了一圈。我什么也看不到，什么也听不到。我像一颗腌好的泡菜，浸泡在死亡的盐水中。

我只记得后来我和父亲紧紧依偎在一辆卡车后部的露天车厢里。发动机的隆隆声中隐约传来父亲的声音，但我什么也听不懂，只听懂了他热情洋溢喊出的那句——"库尔德斯坦就像广岛！"他的假同胞们也激动地喊道："库尔德斯坦就像广岛！"他们热切地一同重复着，边鼓掌边感叹，还相互拍拍对方的肩膀。他们的笑声涌进我的耳朵里，就好像从很远的地方传来的。我感到孤单，好像与父亲隔绝了，丑陋、可怜的我，像一本被遗忘在潮湿的水沟里，上面沾满污泥的手稿。

一到凡城，父亲就把我眼前的黑布条摘了下来。他握住我的手，用回归田园般的喜悦说："我们成功越过了边境！"我看着凡城。这座城市坐落在湖的东岸，翡翠般的湖面周围重峦叠嶂，山上的白雪已经开始一片片融化。时值初春，空气中还有一丝寒意。我们挺过来了，成了逃过追捕和杀害的少数人，光是这一认知就能让我们与世界永远隔绝。我们被带到凡城城堡的边缘，在一片悬崖峭壁上俯瞰古城的残迹。昔日的屋舍尽数倒塌，只剩下满地的断壁残垣。

"看看这座古老的凡城，"父亲说，指着我们下方这片苍凉的土地，"就是在这里，亚美尼亚人受尽历史的磨难，在奥斯曼人的屠刀下几乎灭绝。这是人类史上第一宗大屠杀！"他喃喃自语，惋惜地捋着斑驳的胡子尖。

我往城堡的边缘欠了欠身。我的头仍然眩晕着，脑子里尽是无人地带里的腐尸味，还有母亲的死。我看着眼前破败的古城，它有个享誉世界的称号——"东方的明珠"。这是何等荒谬的谎言，古城的遗骸在冬日的太阳下像铜丝般闪着光。东方的明珠！让那些人尽情去自欺吧。我想起了沾满污泥的真理之珠：冷酷、丑陋，散发着刺鼻的恶臭。

上路前，父亲再次给我缠上黑色布条，我立马坠入更深的虚空里。然而，随着时间的推移，黑色布条让我的感官更加锐利了。没有了视力，我们周遭无边无际的黑暗变得前所未有地清晰：我闻到了历史余烬的永恒轮回；我听到空寂中漫长流亡的铃响，先是在土耳其，然后在西班牙，最后在"新世界"；死亡的白噪音响彻宇宙边缘——我母亲的死，我父亲未来的死，库尔德人、伊朗人、亚美尼亚人、伊拉克人的死。

有一天，我对自己说，我会从流亡的空寂中跳出来，把死亡的恶臭带走。毕竟，我是侯赛尼家族最年轻的一员，是这久远的血族里的最后一个，我有责任挖掘出我们已死去的集体历史——我们的真理。

纽约

父亲之死与葬礼，以及随后我那不同寻常的多重头脑的形成。

离开凡城以后的几年间，我父亲，阿巴斯·阿巴斯·侯赛尼，带着我四处迁移，想寻找一处可以思考的地方。我们就像一场大雨过后终于露面的鼻涕虫——丑陋，饱经风霜，一无所有，被这个世界拒之门外。可人生就是这样。一棵树一旦被连根拔起，无论你再尝试栽种多少次，它都永远无法再扎根于泥土中。流亡终究逃不过历史的追捕。不幸地出生在一个不友好的世界，就会是这样的命运。波德莱尔有一句话说得好："在我看来似乎是，在一个我不在的地方，我就会欢乐。①"后来，我们在卑鄙的新世界定居下来后，我在保罗·奥斯特的作品中读到了同样的话："在我看来，似乎只要在一个我不在的地方，我就会快乐。"那话里似乎有某种预言。"

我们终于抵达世人嘴里的"新世界"时，母亲已去世多年，那段悲惨的逃亡之旅也已过去很久——那次出逃让我们感到彻骨之寒，双手从此变得冰冷。从那时起，我的体温和一具尸体无异。悲痛笼罩，我们穿过土耳其，其间为了更新或者伪造各式的文件多次绕弯路。最终，我们抵达巴塞罗那——我们的终点，"炸弹之城"。父亲希望能在那里见到其他的自修者、无政府主义者、无神论者。可世事难料。巴塞罗那在经历过佛朗哥将军②的统治后已经人人自危，尽显疲态。父亲十分失望，于是我们又上路了。

有时候，在漫长的旅途中，我们似乎在高速往前飞跃。我们以光

---

① 原文为法语。

② 佛朗哥将军：弗朗西斯科·佛朗哥（1892—1975），西班牙国家元首，大元帅，西班牙首相，西班牙长枪党党魁。1936 年发动西班牙内战。

的速度穿过这个崎岖不平的宇宙中的无数巨型障碍，然后突然感到呼吸困难，疲乏无力，无法再继续前行，只好开始走回头路。我们走过的那些小径会自行折叠，往身后环绕，仿佛要带我们去观察一些匆忙间没能第一时间发现的信息。我们仓皇往回跑去，却发现那里什么也没有。这种总以为自己遗忘了什么的感觉——难以排遣的失落感萦绕心头产生的后遗症——让我们成为两个完全莫名其妙的存在。我不知道我们在每一个地方待了多久。我时而在光照下，时而在黑暗中。我总是沉浸在自己的世界里，即便没有时，我也不知道我们是如何来到所在之处的——我现在依然不知道。我唯一知道的是，当我们最终抵达巴塞罗那时，我已经比离开伊朗时大了两岁。三年后，我们到了纽约——绝望，不知所措，饥肠辘辘。

不知不觉间，十多年过去了。现在的我已经二十二岁，但仍然对过去那段艰辛的旅途充满愤怒、悲痛和不解。我背对着修道院博物馆，望向河面。我身后是库克萨、博纳丰、圣基岩和特里①，是把法国的中世纪修道院肢解后搬来，在这里重新组装成的一个虚假的集合体。哈德逊河就在我脚下，碧绿的河水懒洋洋地蜿蜒而过。我在一张长椅上坐下，将眼前的景色收入眼底：雾气已爬上崔恩堡公园的山峦；乔治·华盛顿桥悬挂在水面上，被冬日薄纱似的光线笼罩，看起来像一张巨大的蚊帐；天气沉闷而潮湿。

父亲在因伍德区的公寓里，仰面躺在床上。他时日不多了，不久后我不得不亲自将他埋葬，就像当初埋葬我的母亲那样。我得将他的尸体放下，埋进土地里，这样就再也没有人爱我了。我坐在那张长凳上，看着河面上升起的雾气，心想，我们离开伊朗已经好多年了。我坐在那里，渴望着故乡最平常的物事：无花果树、石榴树、绣球花、椰枣树，鸟类的天堂……随后，我想：够了，何苦再思念这样一个长

---

① 纽约修道院博物馆位于曼哈顿北端的崔恩堡公园，是大都会艺术博物馆的分馆，建于1934—1938年，仿欧洲中世纪风格。此处提到的四座修道院在法国的原名分别为圣米歇尔·德·库克萨修道院、博纳丰修道院、圣基岩修道院和特里-安-比戈尔修道院。

了千百个头，永远在变化，已经变得面目全非的国家呢？

我离开长椅，走向环绕公园一圈的栏杆，靠在上面。我听到脚下河水流淌的声音——哗啦哗啦哗啦，听起来就像我天赋卓著的祖先们写下的那些句子在我头脑中无边无垠的深渊里盘旋的声音。我看不见更远处，雾气挡住了一切，所以只好将目光转向自己。我看到意识的领地被流亡的虚空毁掉了千万亩，我感到愤怒、屈辱、迷茫。

我想跳进河里。父亲要走了，我也不想苟活下去。我转念一想：不。我性格凶悍而好斗，即便这个悲惨的地球变成一堆堆尘土，我也能和其他人一样存活下来。如果我要杀死自己，为什么要在这里呢？我环顾四周，对自己说："绝不！"我想，如果要死，也要和那些分离的同胞们在一起。无论处境多么凄凉，我都不能这样跳下悬崖，在这个新世界，在这片贼人的土地，背对一座座假修道院——从真正的法国修道院中拆下来，又在这里重新组装的修道院。就仿佛旧世界是一座陵墓，这种视角多么可笑。

我带着新的决心往回走出了公园。是时候去看看父亲了。他几乎从不离开我们的住处——一个位于四楼、老鼠乱窜、受房租管制①的单间公寓。我们将公寓隔成了两个房间，并安置了一个古老的书架。如同很多流亡者那样，我们满世界奔波，在途中死去，也在途中复活。然而现在，我提醒自己，仿佛是为了做好心理准备，父亲即将面对的不过是肉体的逝去——这是所有形式的死亡中最常见，却也是最初步的。

我打开门，发现他在自言自语。他脸色憔悴，表情严肃，看起来十分虚弱。他的双颊深陷，两手发青，手上布满斑点。四处漂泊的生活在他身上烙下了印记。他面如死灰、跟跟跄跄地穿过公寓，一路上靠手边的各式物件支撑着，从胡须下向寒冷的空气中吐出一句："流亡是死亡的缪斯。"我看他长着浓密胡须的嘴唇说出了"流亡"二字，但我听到的是被迫分离、遭受驱逐、被这个世界拒之门外。我再也不忍

---

① 美国一些大城市为保护低收入者有屋可住，在特定区域实施房租管制政策，规定房租的收费标准，房东不能任意调高。

见他的身子继续消瘦单薄下去。

　　是时候把他老人家拽到外面去了。也许出去走走，会让他恢复些精神。第二天早上，我带他去了布莱顿海滩，那里的水黑黑的，漂浮着一层油脂，和里海不相上下。雾气散去，空气中还残留着一丝寒凉。正值隆冬，沙滩上空荡荡的。铅灰色的海浪拍打着远处发亮的天空，仿佛在挠蹭它的肚皮。海水在岸边留下一摊摊咸涩的泡沫，海草和死鱼东一团西一块地散落其间，在风和沙子间腐烂。那些鱼触发了父亲的愁绪——死去的动物总是让他愤怒。他摇摇晃晃地走上前，无力地举起手杖，指着这些没有肢翼的脊椎动物，悲叹大海将这些长着鳞片和鳃的生物抛向沙滩，就像当初我们以同样的方式被迫逃离祖国，如今的我们只能在新世界的边缘自生自灭。我看着他宣泄心中的愤怒，突然清楚地意识到：我们可以住在任何一个地方——柬埔寨的一间小屋里，荷兰阿姆斯特丹运河码头的船屋内，或者印度一间用椰子树搭建的棚屋里……但我们的地址会一如既往——流亡者的国度，不在此处也不在他处。父亲走后，我就会独自身在这片没有边际的国度，漫无目的，漂泊无依。一阵强烈的恐惧从远处袭来。尔后，我驱散了这个念头，以及由它生发出的千头万绪，重新将注意力集中在父亲身上。

　　我遵照侯赛尼的家族传统，带了一摞书过来。父亲将心中的气恼一股脑儿发泄出来后，我扶他在沙地上坐下。他无法阅读了，他的眼睛很不好，视网膜黄斑变异已经到了晚期。我大声为他朗读时，他坐在那里，弓着背，嘴唇朝下，鼓胀着面颊，一脸闷闷不乐。我依次将每本书打开，随机翻到某一页，仿佛在听凭神谕的安排。偶尔碰到几个令人心神荡漾的句子，父亲会立时精神起来，就好像有某种魔力。无法否认的是，某些语言的组合的确携带着神秘的气息，是一种玄奥的力量。我感到振奋，于是站起身，像古希腊逍遥学派的长者那样绕着父亲一圈又一圈地走。用更贴切的话说，像苏菲派的神秘主义者。童年时我就是这样在那间椭圆形的藏书室里行走的。

　　父亲兴致勃勃地拍打着膝盖，伸出发红的舌头，舔了舔唇髭的末梢。他很满足。这个男人为我挺过了那段令人作呕的无人地带，穿过了硝烟四起的战场。我现在力所能及的事就是继续读下去，尽管冬日里寒风凛凛，我的双脚不停陷进沙地里，膝盖不由得屈了起来。就这样，我一本又一本地打开书，用预言家般的口吻，朗读着那些不祥的句子。

我用铿锵有力的声音一遍遍重复着："那些已经堕落的人将搞砸一切。"达利，我最爱的画家之一。他有一根锋利的三寸不烂之舌，并且从不畏惧使用它。我看得出父亲很高兴，因为他像个孩子一样把手杖往沙地里点来点去，留下无数个小洞。他的眼睛好奇地来回转动，胡子像要飘起来了似的。这让我大受鼓舞，觉得自己总算做了点好事，心情也畅快起来。等我确信已经将这些词句铭记后，我重又坐下。我们一同欣赏着铅灰色天空下的大西洋景致。随后我们上了地铁，回到因伍德区的公寓。

你可以说我是 AAA 中最为训练有素的成员。我的左前臂上文了家族的族徽：被一个圆圈包围的三个 A。族徽下方用深黑色的墨水文了家族的座右铭：世之妄也，吾等以死护己生。父亲去世后，我将是侯赛尼家族唯一的成员，是这支延绵久远的血族中仅存的血脉。届时，我也将完成对他们智慧的继承。这项任务并不轻松。父亲一直以他父亲教诲他的方式来教导我。但实际上，父亲的教导在很久以前就结束了。因为他的眼睛看不见，几乎失明，并因此极度缺乏耐心。他挣扎着探索自己的内心。我眼看着这一切，为他的无助感到困惑，就好像在看一只没了牙齿的狗费尽力气去啃食一根骨头，它志在必得，却也有心无力。有一段时间，我害怕会背叛家族长久以来的传统，便在无人指点的情况下自己摸索。我独自在脑海中冥想，已准备好去面对未来苍凉的命运。父亲一去世，我将要过着无所依傍的日子，我的人生将无所立足。但我们千里迢迢来到这里，并不是为了向这个狂妄的新世界低头。不。我别无他法，只得继续用更多的文字在头脑中建起一座碉堡——那是他用语言和文学的武器打下的根基。

几年间，一直有大学向我抛来橄榄枝，通过邮件为我提供各种各样的奖学金。我不知道这些学校是如何得知我的名字和地址的，或许是千方百计从我们的合法居住证明中找到的。管他呢。我拒绝了所有的来信。我确信，这些邮件不过是新世界的白人一边利用被驱逐的伊朗知识分子，一边弥补内心负罪感的另一种方式罢了。以我的浅见，这与美国一贯的外交政策一脉相承，似乎是为了达到这样的使命：干预别国的政府并从中获益，置普通民众的安危于不顾。等那些贫穷、不幸的人被发配到世界各地，在流亡中失意潦倒时，就向这些人提供庇护所和补偿性的教育。但我绝不会让他们得逞！我，这卑鄙的宇宙中一个苦命之人，侯赛尼家族之后，绝不会屈服于这种同化的做法。我绝不会抹去自己的差异。

然而，我不想一直这样无人指导。在抵制美国所谓的"高等教育机构"的同时，我决定为一个人破例——迫不得已在纽约大学供职的罗曼语言①与文学教授何塞·埃米利奥·莫拉莱斯——一个流亡的智利人（被那个疯狂的皮诺切特驱逐），热忱的共产党人（虽然他已经学会对自己的政治理念闭口不言——他在智利还有要养活的家人），已逝诗人聂鲁达曾经的挚友。

我永远也忘不了第一次见到莫拉莱斯的场景。他漫步在这座拥挤、超现实——自封为"世界中心"——的岛上，西装外套里有个由他亲自缝制的口袋，里面塞着聂鲁达的《第三个居所》。每过十五分钟，他就会从口袋里拿出书，随意翻到某页，读一两行。我一路跟随他到华盛顿广场公园，看着他绕公园踱步。一开始他两手交叉放在身后，低头沉思，随后他将双臂放在眼前，手握聂鲁达的书。我不敢相信我的眼睛。找遍全世界，你也找不到第二个这样的人。

他的长相十分特别。他头发苍白，花白的胡须凌乱地散成一缕缕；圆圆的鼻尖冒着油光；鼻子粗短，油油的鼻梁上架着厚厚的镜片，这让他灰色的小眼睛看起来跟变形了似的。他和我一样，外表并不迷人。他有双向内看的眼睛，仿佛他随时会沉入自己的世界，就此消失，完

---

① 一般指罗曼语族，是衍生自拉丁语的一些相关语族。主要指意大利语、法语、葡萄牙语、罗马尼亚语和西班牙语。其它语言还包括加泰罗尼亚语、普罗旺斯语、雷蒂亚 - 罗曼语、撒丁语和拉地诺语等。

全从地球上消失。但和我不同的是，他喜欢红色。他穿着红色的宽松裤子、红色的纽扣衬衫、红色的粗花呢西装外套、红色的袜子，唯有鞋是棕色的。

我这样观察了莫拉莱斯几个月。我不想直接去接触他，害怕贸然上前会吓到他。每个下午，在父亲长长的休憩时间，我就会出发，看他在公园里边埋头于聂鲁达的书边绕圈散步。他一边读一边绕开路边的狗、抱着吉他的嬉皮士、玩滑板的人，以及戴着无指手套、手拿奶泡拿铁的西城区人。他从不会和别人撞到，也不会被线缆或者树桩绊倒。一天，眼看时机成熟，我一路跟随他去了他在纽约大学的办公室。走到门口时，他终于转过身，仿佛背后长了一双眼睛似的，用毫无戒备心的惊讶语气说："有何贵干？"

我告诉他我需要一位导师，然后向他大致讲了讲我的人生，也向他吐露了我对书本的热爱。我告诉他，我和命途多舛的祖先们通过与文学亲密接触而幸免于死亡。然后，我暗自想到，"接触"这个词太过轻描淡写，便将它替换成"藏身于"。我说："我们这些命途多舛的人藏身于文学的世界。"但是，这一表述仍然力度不够。我加重语气，加了一句，"请听我说！我们在文学的黑暗森林里支起破碎的营帐！"

听到这里，莫拉莱斯邀请我进了他的办公室。房间狭长，有一扇四四方方的小窗，窗户俯瞰一座内院，几株光照不足、毫无生气的树木在空气中张牙舞爪地展示着裸露的枝干。莫拉莱斯看也不看地板，径直跨过地上按照字母顺序摆放好的几摞书，坐到办公桌后的一张皮椅上。他俯身向前，胳膊肘支在膝盖上，说道："如果你能把下面的诗句背下来，我就破例收了你。"他随后直起身，咧嘴一笑。他脸色苍白，一身红色的着装如此炽热，使他看起来像一朵风干的花朵。他说，"我这样做他们也开除不了我。他们已经尝试过很多次，想让我从这所大学里消失。在这个国家，共产主义仍然被视为一种犯罪。每年，他们都让我签一份文件，声明：'我，何塞·埃米利奥·莫拉莱斯，不是一名共产主义者。'我从没签过，而且仍然每天穿着红色，好给他们点颜色看看。"

他起身打开一盏沾满灰尘的台灯，用情感充沛、富有美感的忧郁口吻朗诵道："啊，废墟之坑，船难者残酷的洞穴。"他闭上双眼。厚厚的镜片之下，他的眼睑看起来像一团团生面团。"你的身上积聚起战争与逃亡。"

每次观察莫拉莱斯绕华盛顿广场公园漫步后，夜晚回到家中，我都会读聂鲁达，这位诗人以精确的笔法穿行于人类心灵的地下隧道里。于是，我答道："很简单。《一首绝望之歌》，出自可敬的巴勃罗·聂鲁达，逝世于 1924 年。"

"啊，"他说，"看来你的帐篷和我支在同一片森林。"

人生就是这样，你苟且在这世上，满世界行走，没有目标，没有朋友，就这样漂泊着。突然，你发现另一位苟且鼠辈心里也怀有与你同样的忧伤。那感觉就仿佛我心里那张布满褶皱的纸被他抚平了。

我们约好每周在他的办公室碰一次面。每次会面都让我乐在其中。我满怀期待，和他会面的时候，感到内心的那片空寂里有一股电流涌动。我们第一次在办公室会面时，我告诉莫拉莱斯，为了纪念我的父亲，阿巴斯·阿巴斯·侯赛尼，一个博览群书，内心装得下一座巴别塔图书馆的人，我打算写一篇题为"总体哲学：文学母题"的宣言。

"方法论呢？"他问道，扶起眼镜，揉了揉眼睛。

"记忆。"我说

他点了点头，表示尊重我的想法。

我告诉莫拉莱斯，我想让自己的头脑灵活到可以装下所有的文学。一旦将昔日的伟大作家的座右铭、谩骂和诗行内化，我天赋卓著的祖先们就会在我意识里那片狼藉的土地上相互融合，创造出意想不到但真实的联想，这联想就是我计划在那篇宣言里记录的，为了那些与我同病相怜的人。我向他郑重说道："记忆，就是侯赛尼的方法。"我告诉他，为了避免意志屈服于权力、战争以及我们持续一生的厄运，我们从浩瀚的文学之网中摘拾字句并牢记于心，这就是我们的战斗武器。我坚信记忆是我们保有专注、独立思想的方式，也是我们借以让自己绝不屈服的工具。我用确信无疑的语气告诉他：我们是未来的抄写员。

我们是文学宝库的守卫者。

他同意每周见面时会测试我的记忆能力，但迅速提出了一个条件。他用说教的口吻说，如果我们要共事，他需要知道我是否懂得并将遵从一个原则。

"什么原则？"我问道。

他回答："根本不存在阅读，只有重读。"他冷静地向我重申，他希望我能够将每一本书在不同时间和不同情景下多读几遍，我背诵那些引语时既要记住原先的语言也要记住英文翻译版。我同意了。这是个很好的主意。我将充分调动头脑里的每一个部位，调用我所学到的每一种语言，让那些文本融入我的新陈代谢中。换句话说，我将倾尽全部的脑力，从多种角度来阅读每一部作品。

整个冬天，我在他的指引下学习。我的阅读量超出了以往任何时候。我进一步强化了西班牙语、意大利语和加泰罗尼亚语——莫拉莱斯对这几种语言都十分精通。我徜徉在经典著作中，随后又开始读先锋作品。我总是在阅读，不是这部作品，就是那部作品。我划下重点句段，仔细研读，过一段时间后又回头读几遍。我会跳过一些内容，以便更快地往重要的部分推进。经典著作的各种译本我都有涉猎。每一个句子我都会细细品味多遍。正如莫拉莱斯所言，每次读来都会发现作品不同的面貌。每次都会发出不同的声音，创造不同的含义，唤醒深藏的某种内涵。

每周的会面中，我将这些感悟悉数告诉莫拉莱斯。他穿着象征共产主义的红色衣服，迈着奇怪的步伐，在堆满东西的办公室里来回踱步。他垂着头，两手交叉背在身后，双脚跨过一摞摞书、空盒子和未开启的信件，时不时停下来把从鼻梁上滑落的眼镜推上去。

我的发音和记忆技巧让他颇为钦佩，他连连感叹："了不起！了不起！"一边用那本快被翻烂的《第三个居所》轻拍我的头。我在那本书的影响下又背诵了豪尔赫·路易斯·博尔赫斯、奥克塔维奥·帕斯、克拉丽丝·李斯佩克朵、克里斯蒂娜·佩里·罗西、阿莱霍·卡彭铁尔、玛莉亚·路易莎·邦巴尔、米格尔·德·塞万提斯、但丁·阿利吉耶里、弗兰齐斯科·彼特拉克、约瑟·普拉、梅尔塞·罗多雷达[1]、J. V. 富瓦、基姆·蒙索、萨尔瓦多·埃斯普里于[2] 等的作品。名单上的作品在不断增加，直到它们的名字在我的脑海中渐渐淡去，连在一起。

一月里某个狂风大作的一天，我照旧前往莫拉莱斯的办公室，去参加我们每周一次的诵读会面。走到华盛顿广场公园附近的时候，一个女孩拦住了我的去路。她有着尖尖的鼻子，一头紫色的莫霍克发型，浅绿色的眼睛里透着一丝傲慢与厌恶。

"且慢。"她说着抬起戴着手套的一只手，就好像我是在故意躲她似的。

我停下来。她身材高挑纤瘦，浑身充满棱角，没有线条感，是个聪明灵巧的人。她的模样就像一座未来主义雕像——即便是站着，看起来也像是在动，仿佛随时要赶往某个更重要的地点，在那里抓住一丝解决问题的机会。她戴了一条镶嵌着铆钉的项圈，冬日阳光明媚，铆钉上的反光晃得我睁不开眼。她故意在每一层衣服上剪了无数个小洞。她这身黑色的装扮，让我推断出她人生中唯一的使命就是揭示萦绕在我们周围的深沉的黑暗，让我们看到，那道深渊既是无穷无尽的，也是层级分明的。于是，我立刻对她有了好感。

她从包里掏出一本书，在我头上敲了一下，和莫拉莱斯用那本聂鲁达的悲伤诗集拍打我的头的样子如出一辙。我不知道与父亲的哪次告别会是永别，每次离开公寓，我的周身就会泛起一阵愁雾，而这些来自文学的敲打，将我从中拉了出来。我端详着她的脸，立刻明白了：她也是他破例收的弟子。除了我俩，还有很多。莫拉莱斯借职务之便来栽培那些不顾一切追随他的人，让这些非正式门徒成为反政府主义者。难怪学校想尽办法要解雇他。

"我跟随莫拉莱斯学习过一阵，"她厉声说道，"他们说得没错，

---

① 梅尔塞·罗多雷达（1908—1983）：西班牙女作家，用加泰罗尼亚语写作，被誉为"二战后最重要的加泰罗尼亚作家"。代表作有小说《钻石广场》《茶花大街》等。

② 萨尔瓦多·埃斯普里于（1913—1985）：西班牙加泰罗尼亚作家。

他确实不同于一般人。"她若有所思地停下来，鼻头冲向天空，随后继续说道，"但他从未对我这样过。"她把从包里拿出的那本书递给我。"这本书送给你，就当是一个无政府主义女性对另一个无政府主义女性的馈赠。不妨读一读，它会让你对这个乱七八糟的世界有很大改观。"

我看了看那本书，是凯茜·阿克的《堂吉诃德》。这个人我从未听说过。想到能一睹这位激进女性的文字，我感到兴奋，心跳也不禁加速。蓝灰色的封面光滑亮泽，一张作者的照片映入眼帘。照片上的她背对镜头，裸露双肩，一株花枝文身在两侧的肩胛骨间横向铺陈开来。照片上有几道裂纹，像是被撕碎后重新拼接起来的。在我看来，这些裂缝应该就是对书中内容的某种表达。这样美妙的构图让我震撼，一时间竟呆住了。等我回过神来，抬头望向那个女孩时，她已经走了。我伫立在原地，望着她离去的样子：她的莫霍克头型在天空中切开了一道口子，将了无神迹的天国撕得四分五裂。

我坐在公园里朱塞佩·加里波第[1]的纪念雕像下，向这位髭髯满面、摆着拔剑姿势的"父中之父"致敬，借着他周身坚毅的气息，准备好进驻阿克的文字世界。我兴致勃勃地将书抬到鼻子跟前，闻到一股鼠尾草的清香，夹杂着黑橄榄和尼古丁的味道。书脊上留下几处红酒渍。泛黄的书页发出沙沙的声音。我随意翻开一页书去读上面的话，重复了三次。这是侯赛尼家族的传统，就像在请示神谕，我用这种方式来为自己指点迷津。

我读到的第一条是："孤立是一种政治伎俩。"

第二条是："为了入住死亡之屋，我将我所有的学识都留在了身后。"

第三条是："我满世界奔走，只为追寻烦扰。"

我合上书，心里琢磨着，这三条预言很快就要应验了。

莫拉莱斯从不缺正式招收的学生。我在去他办公室的路上常常会

---

[1] 朱塞佩·加里波第（1807—1882）：意大利民族解放运动的领袖，军事家。

碰到极其乏味的其中两个——爱丽丝和托马索。这对死党都长着无精打采的脸，额头又宽又平。两人穿着宽松的工装裤，戴着厚厚的眼镜（我不知道她俩为什么作一样的打扮），自称为"新诗人"。她们得意扬扬地四处闲荡，炫耀自己被录取，成了诗歌方向的艺术硕士——两个门外汉。她们用一个月的时间勉强挤出一首诗的时候，我正在拼命地读书和写作，直到手指布满瘀青。

我不想和她们有任何交集，但她们非常缠人，总是大睁着好奇的眼睛，露出圆鼓鼓的脸，竖起耳朵。一看就是那种含着金汤匙出生，毫无判断力，只会问一些愚蠢的问题，张着嘴听答案的类型。

那天下午，我非常不愿意理会她们。我的手拿着阿克的书太久，已经感到一阵发烫。我想尽快结束和莫拉莱斯的会面，赶回公寓，因为父亲这时候可能正斜倚在床上读书。

我们在过道里撞见，两位"新诗人"对我招呼道："能和你闲聊一下吗？"

闲聊？这两个人的措辞和她们嘴里呼出的气一样可怕。我受够了。我告诉她们，我从不用"闲聊"这个词，更不会参与这样的活动。我认为，说话如果不是为了道出未被言明的真理，那就纯属浪费时间。我郑重其事地说道："我可没工夫闲聊！两位可以尽情享受正规教育的摧残，体验一把自我认知的锐减，对权威和僵化的机构教育的屈从——可我正在用不一样的方法学习，为了实现联想力的飞跃、认知的强化，获得超验的理智主义，因为我父亲已经时日不多。"——我死死地盯着她们——"作为自修者、无政府主义者、无神论者的最后一名成员，我有义务在哲学上有所作为，以期修正这世界上的伪知识分子和异教徒们——你们误入歧途的同胞——扭曲的、狭隘得可怜的看法。"这些话几乎不假思索地脱口而出，又如此条理清晰，我意识到她们一直在等我说完，好立刻反击。

两位"新诗人"背墙而立，一脸摸不着头脑的表情，直瞪瞪地看着我，就好像我是她们头一回见到的异域猛兽，野性难驯，在笼子里闷闷不乐地来回转圈。俩人不约而同地大张着嘴，我甚至能看到她们嘴里冒起的唾液。在我自言自语——倒不如称之为训诫——时，她们热情地点着头，仿佛脑袋快要掉下来了。最后，她们终于回过神来，问我是否愿意一起去吃墨西哥玉米卷饼。

"玉米卷饼？"我问道。我简直不敢相信自己的耳朵。

"对，玉米卷饼！"她俩齐声恳求道，就像一对双胞胎。

多说无益。就算我拿面镜子放在她们面前，她们也看不清自己是什么样子。

"我不吃玉米卷饼。"我说。于是，她们不再坚持，这个话题到此为止。

那个大风天里发生的事标志着我思维的一大转折。我不由自主地对两个"新诗人"说出的训诫之言——联想力的飞跃，认知力的强化，超验的理智主义。这些词如此自然地从我嘴里跳出来，让我意识到自己正处在某种启示的风口浪尖。通过往我头脑中注入大量文学作品的精华，我已经达成了计划中的"意识的一大跳跃"。剩下的事就是再逼自己一把，正如流落他乡和母亲的猝然辞世把我和父亲推入幡然醒悟的关口一样。

为此，我将阅读强度加到最大，带着一种近乎狂热的热情——有克制的狂热，掌控得宜的非理性——用我在学习中领悟到的达利式"偏执狂般批判"的手法。这种自发的非理性方法让我得以在文本内和文本间开拓出比以往更加狂乱的联想道路，进而加快了我一直以来在酝酿的计划：建起一张灿烂的文学巨网，让我在之后那段悲痛的岁月里有个安身之所，因为父亲的病情已经急转直下。换句话说，因为父亲的死只在且夕之间。

与"新诗人"碰见的那天夜里，父亲很快入睡，鼾声从他的胡须间飘散开来。我在屋子里边绕圈边打磨我的计划。我喃喃自语道："那两个'新诗人'号称'诗歌方向的艺术硕士'，不过是伪文学爱好者，一对连书都懒得瞟一眼、自由散漫的笨蛋。相比之下，我这个圈外人和文学恐怖主义者正接受着魔鬼般的文学训练，不但要用眼还要用意识去阅读，像挖掘现场的考古学家，细心勘察每一部作品不同层次的意境。"

第二天，父亲发起了脾气，情绪非常不好。原因再明显不过。我们都看得出，我创作宣言的计划与他的行将逝去——他的躯休将消解，最终被宇宙的头脑重新吸收——是背道而驰的。他把手杖对准玻璃茶杯，将它往餐桌边缘推去。茶杯摔碎了，我不得不帮他清理。我看向四周。公寓里已经不成样子了——肮脏、凌乱，角落里挂着一片片蜘蛛网，宛若父亲灰白的腋窝。"这，"我一脸愁雾，"是一个断了血脉的房间。"听到我的话，他死死地盯着我，眼神里满载着无助与愤怒。他竭力要看清我们生活的环境，但他不能。一面屏障在他眼前矗立起来，将他禁锢在了另一边。他看起来茫然不知所以，就像儿时的我所经历的那样。我回头看他，差点哭了出来。我转过头，不让他看到我的痛苦。

公寓里散放着七七八八的物件，大部分都已经生锈或者损毁。有的是我们穿过瘴气萦绕的无人地带，不远万里带过来的；有的是在辗转地中海诸国、追寻精神自由的旅途中逐渐积攒起来的。那是一段徒劳无功的搜寻，因为无论你来到何处，都会发现机关算尽的笨蛋要远多于耿直可靠之人。

我站在餐厅的桌子旁，手里拿着簸箕，清点着我们的家当：一把锈迹斑斑的茶壶，一张破破烂烂的手工编织的厚地毯，一只酷似木柜的旧手提箱，那幅《吊凫》（我们最珍贵的财产），一本哈菲兹的诗集，就躺在父亲那张 La-Z-Boy 牌扶手椅旁的地上……父亲瘫坐在扶手椅上，不安地拽着胡须。我清理摔碎的茶杯时，他倚着手杖，一路咕哝着，踉踉跄跄地走到了那里。

父亲时常从哈菲兹的诗歌中寻求启示。在他生命的最后几个星期，这些来自诗歌的启示让他更加坚信那个改变了他的想法并让他确信不疑的事实：我们的未来已被封印，它永远与我们隔绝；无论现在还是将来，我们都无法拥有生活、自由和对幸福的追求。用一句话说：我们是活死人，这样的人生延续下去毫无意义。

"毫无意义！你听到了吗？"他抛出这话时，整个屋子里都飘荡着他洪亮的嗓音。他的内里已经垮了。他放下了他的剑。

我一言不发地走进厨房，揭开垃圾桶的盖子，把碎玻璃扔了进去。见我毫无反应，父亲气恼地从椅子上站起身，跌跌撞撞地穿过地毯来到临街的窗边。我走出厨房，看着他费力地打开窗户。他指着窗玻璃，指着楼下大街上的人。他们的穿着、举止和在这世上的存在方式都让他反感。他用手杖敲着窗台，窗框松动了。他把手杖伸出去，指着路上一个行人，大声说道："我唾弃我的人生！"

然后，他慢慢转过头，把手杖从窗户的裂缝中抽出来，指向我。他说："你该知道，大限之期不远了。"他的手在颤抖，手杖上下晃动着。我注意到他的胡须是湿的，胡须太长，总是跑进他的嘴里——我把这当作他脾气已经过去的信号。

那晚，父亲在安歇前把手伸进口袋里，掏出一幅穆罕默德·礼萨·沙阿·巴列维的画像，那是从一张旧里亚尔[①]币上剪下来的。我小的时候，他用这些剪下来的画像为我做会动的纸人。他把纸人转来转去，我眼前就会出现国王阴沉的脸放大后映在天花板和墙上的样子。我记得他曾告诉我："看，雅利安人的统治者吞噬了地面！"或者发出一阵蔑视的大笑，为自己的讽刺手法鼓掌喝彩："数百年里，我们和阿拉伯人、土耳其人、蒙古人和希腊人杂居，血缘交融，如果这样还能算作雅利安人，那西班牙人就是最纯种的伊比利亚人。"

现在，父亲从屋子那一头看着我，说道："哈！这个人以为他的汗水像牛奶一样白！"他把国王的画像抬到光线下，仿佛这位万王之王仍在世似的。他的头脑清醒了。

他似乎在回溯人生的旅程，而他的人生将结束在最不幸的地方：流亡者的冰冷爪钳中。我看着他，感到胸口一阵钻心的疼痛。紧紧锁住我过往的那个盖子突然螺丝松落了，这突如其来的状况正是我痛的来源。我将不得不打开盖子，将父亲装进那个密闭的空间里，那里还

---

① 伊朗货币。

装着我的母亲以及在我多舛的人生中日复一日堆积起来的无意义种种。我确信那些被遗忘的记忆碎片早已在嶙峋的时间之崖上打磨得锋利如尖，迟早有一天会脱身出来，深深刺进我的身体。我知道，父亲一走，我将坠入悲伤的迷宫，再也寻不着出口。

这注定的时刻终于还是来了。四月，樱桃树开了花，天气放晴，天空变得湛蓝。我的父亲死了，他的心脏停止了跳动。

我结束和莫拉莱斯的每周会面后回到家，发现父亲靠在他的扶手椅上，没了气息。他的手杖还放在大腿上，嘴张开着，舌头缩了进去，胡子毫无生气地耷拉着。这时，我的心仿佛在碎纸机里走了一遭。我抬起头，放声大哭，却一滴眼泪也流不出来。我的泪已经干了，就像我和父亲一同穿越过的那片无人地带。我的眼睛刺痛，腹中一阵灼烧。我紧咬双唇，直到血流了出来。我啃咬手指，像发狂的动物，拼命地折磨自己。过了一段时间，昏昏沉沉的我仿佛梦游般走到父亲身边，抚摸他的脸颊，为他合上了眼睛。我走进厨房，倒了些茶。我不知道该如何让自己振作起来。通往防火梯的窗台上放着一台小收音机。我从未打开过它，但那天我打开了。毕竟，万事皆有开头。我倚靠在水槽边，听收音机里传来的声音，"漫长的围攻"，我们正身处混乱无序的布什年代。

我走出厨房，再次看向父亲的遗体。他的皮肤那么苍白，让我的目光不忍驻足。我环顾四周，注意到餐桌上放着一个我从未见过的笔记本，这是父亲生前留给我的礼物。他在这皮面笔记本里留下了一句话："苦命的孩子，侯赛尼家族的最后一员！请将我们徒劳遭受的苦难篆刻在历史的废墟上！"

我拿起笔记本回到厨房，倚着水槽，打开水龙头，看着水从排水口流下去。我望向窗外。这一头的新世界，你瞧，它正厚颜无耻地继续着自己的营生；而在世界的另一头，那里的城镇和村庄都已被夷为平地。我问自己，究竟何谓"新"呢？我的一生从未见过任何新的事物。我所见到的只是一群耍嘴皮子、急于标新立异之人。新诗人，新世界……我揣摩着这些字。我给自己接了杯水喝下，关掉水龙头。

"新！"我嘴里翻来覆去说着这个字。"新！"我大笑起来，是厌恶的笑，也是仇恨的笑。天色入暮，昏黄的天空被染红，不知不觉间成了一片红褐色。我不知道时间过去了多久，夜幕就要降临。街上的商店亮起了霓虹灯，四处的墙面上闪耀着绿色的光亮。我感觉自己站在海洋的最低处。恍惚间，我想起了波纹荡漾的地中海，黄昏时分暗淡的光线下，水面泛着光，仿若打磨过的皮革。过去的林林总总在一刹那间爆发，以势不可挡之力往上冲向水面。地中海，那片绿色的海，"泯灭的希望之海"，像一张照片，一片没有深度的表面。我笑了，笑着笑着，竟忘记了自己在笑什么；笑着笑着，泪水从眼睛和耳朵里一齐冒出来。在我的"空寂"里，咸涩的水穿过峭壁升腾而起。刺痛如此剧烈，我以为我的体内燃起了一把火。随后，我拨打了911。

警察和护理人员来了又走了。我告诉他们决不能把父亲的遗体从扶手椅上挪走，因为我作为他唯一在世的亲人，正在为他举行葬礼。

护理人员俯身检查他苍白的身体，试着救活他，但他显然已经没有任何生命迹象了。我想阻止他们，叫他们不要碰他，但我的声音微弱得几乎听不见。

最后，我低声说道："他不会回来了。他已经回到了初始，回到了他出生前所在的空间。他的头脑正在被宇宙的头脑重新吸收。"

他们没有听到，继续按压父亲的胸腔，用除颤仪为他恢复心律，还给他做了人工呼吸。没用的。一系列操作之后，他们终于放弃，宣布了他的死亡时间。他们在屋子里四处走动，查看死亡现场，脸上带着不怀好意的笑，显然是希望发现犯罪的蛛丝马迹。

"你们尽管看，"我用细弱的声音愤愤说道，"我父亲不过是时日已到。"

他们假装什么也没听见。我努力提高嗓门，但声音变得愈发微弱，说出的话含糊不清，连我自己都无法听懂。我伫立在原地，看着自己一点点融化。我已经分不清哪部分是我，哪部分是周遭的世界，我和房间融为了一体。

最后，一名警察来到我身边。他高大威猛，长着一张扁平的脸，像是被熨斗熨过一样。一共有三个警察，两男一女。

"你是做什么的？"扁平脸警察问道。母亲的脸冷不丁窜进我的脑海。我驱散了它。

我听见自己郑重其事地说道："我在创作一部宣言。"

他的脸鼓胀了起来，就好像有人用滚轴在上面滚过似的。我的脑海中跳动着各式各样的想法，它们相互碰撞着。我退后一步，纠正了刚才的话。我告诉他，我做的要比这更加复杂。

"你的意思是？"

我倚靠在父亲遗体附近的书架上，做了几次深呼吸，然后尽可能冷静地告诉这位警官，我正在酝酿创作一部宣言，一旦我的大脑接受了足够的文学熏陶，充盈强大起来，这部宣言就自然会来到我的脑海中，就像我的另一个声音。我只需将那声音说的话尽可能忠实地抄写在笔记本上。我指着桌上的笔记本，把它拾起来，打开放在鼻子下。笔记本闻起来有一股陈旧的霉味。我抬头看着父亲的脸，他似乎比一小时前更加消瘦了。他已经开始萎缩，他的身体会一点点分解，直至完全消失。

我重新看向那位警察。他已经煞有介事地从口袋里掏出一支笔和一个记事簿，正在做记录。我看他在纸上画了一个问号。他的手紧握笔杆，用力画着，笔尖几乎要将纸戳破。

"你是研究生吗？"他问，抬头看着我。他的眼睛细小，眼眸是蓝色的，长在布满细小血管的白色皮肤上，一点也不突出。

"是的。"我撒谎了，好让自己脱困，因为母亲的脸又眷恋地回来了，和父亲的脸紧挨着，两张死去的脸在我昏暗的头脑里若隐若现，我感觉自己随时会晕过去。

在警察和护理人员到来前，我把扶手椅展平，将父亲的四肢伸长后又弯曲着放好，避免尸体变得僵直。之后，我把书架上所有尼采的书都抽出来，在地板上绕着父亲摆成一圈。那些警察现在正在检查这些陈年书册。我告诉他们，我打算整晚绕着父亲的身体行走，把这些书一本本拾起，大声诵读书中的若干段落。他曾用诵读的方式带我探知我们生命中最隐秘的深处，现在该轮到我为他诵读了，我要将文学注入他离去后留下的那个窟窿里。

我告诉自己："行走是最好的良药。"

扁平脸警察用质疑的目光看着我，和护照签发人员的目光毫无二致。他似乎满脑子都是疑问。

趁他还没挤出只言片语，我没好气地说道："不要问我。我什么也不会说的！"

接着是一阵可怕的沉寂。

我想让他难堪，便继续说道："你们尽管继续狂轰滥炸，这样我们就有越来越多的同胞来这里。"

他扁平的脸涨得通红，看起来像一面被带血牛排蹭过的盘子。

"冷静！"他说道。

我不确定这话是对他自己还是对我说的。

"冷静？"我重复着他的话。我暗自想，父亲会像母亲一样，很快被这个地球吞噬，悲痛的深渊里可没有供人冷静的岩架。

我走到父亲身边，将手放在他的前额。他的身体一点点冷了下去。我用手指梳理他的胡须，抚摸他的脸颊。我再次感到眩晕，就好像被人排空了体内的血液，双腿发软。

另外两个一直没发话的警察走了过来。女警察有着一头浓密的棕发，笔直的眉毛像两个破折号一样端坐在她圆圆的眼睛上方。男警察身形矮胖，秃头，戴着眼镜，双臂和腿一样长，耸着肩在屋里四处走动，流露出一种无奈的善意。他看起来像是脖子上挨了几下。

"你安排好墓地了吗？"那位男警察问道，声音和善而拘谨，"有没有打电话给停尸房？"

"都安排好了。"我撒谎道。我的意识靠父亲的身体支撑着，努力让自己站稳。我重新恢复了气力，继续说道，"你那个扁平脸的同事脸虐待狂的表情看着我，他大概是觉得我像一头要被送到屠宰场的牲畜吧。"

那位男警察为同事的行为道了歉。

"他不会再打扰你了。"那位男警察说。

随后，身材肥大，仿佛肚子里装了只气球的女警察，轻飘飘地走到屋子的另一头，带着两个男警察走了。

我关上门。现在只剩下我和父亲，终于可以自在地呼吸了。充足的氧气让我的头脑清醒过来，我开始履行应尽的孝道。整个夜晚，我围着父亲的遗体绕了无数圈，哭泣让我颤抖不止，内心也充满疑惑。可即便如此，我依然坚持为他整夜诵读，一直到天明。每遇到他最爱的诗行，我都会努力保持镇定，跪下来凑到他耳边轻声读给他听。第二天早上，我的脸上布满泪痕，看起来十分狼狈——眼泪干后留下的印记将我的脸分成了两半，头发乱糟糟地缠在一起。我从窗户玻璃上看到了自己这副模样。我从未见过如此丑陋的画面。我告诉自己，我是这个刻薄而渺小的地球上的可怜之人。远处的天空，在夜间升至高空的一弯半月，现在已隐去踪迹，成了一片朦胧的白。夜幕降临时，空旷的马路边依次亮起的灯光，就像项链上的珍珠，照亮了夜里幽灵般的街道，此时也都暗淡下来。很快，我的影子也从窗户玻璃上消失了。

我走到卫生间，洗了把脸后，直奔附近的咖啡馆，借助那里的无线网络，上 eBay① 搜索便宜的墓地。韦斯特切斯特县有个人想卖掉他父亲搬家前买的一块墓地——他不要这块地了，他的儿子凯文照了几张照片——墓地周围长满草，附近的几座墓碑快要垮塌。一些假花散落在草地上，被风吹得东一朵西一朵的。在一张照片里，凯文穿着白色的开领短袖和宽松的裤子，皮带上挂着一台手机，双臂放在胸前，躺在本该是他父亲未来的坟墓的地方，就跟已经死了似的。我告诉他，我的父亲比他瘦得多。事实上，父亲已经消瘦得不成样子了，但从凯文的摆拍图来看，这座坟墓的长度应该和父亲差不多。凯文向我保证，

---

① 可让民众上网买卖物品的线上拍卖及购物网站。

这尺寸刚刚好，就是成年男性的规格。我当即买下了。

第二天，我将父亲的遗体放进那个木柜状手提箱里，上了北线通勤铁路。我花了几个小时才将他的膝盖弯曲窝进胸腔，成功地把他装进了行李箱。所幸我坚持下来了。把他装在回忆里运送过去，如果父亲还活着也会赞同我这样做的。

父亲几乎没有重量。可尽管如此，到殡仪馆的时候，我和他都掉了几磅。

我坐在殡仪馆里，等待了好几个小时。最后，一个皮肤光洁，内敛而消瘦的工作人员为父亲整理好仪容，将他包裹在一张白色的床单里。工作人员走出了房间，劝我节哀。他走进一扇门，消失片刻后又出来了，递给我一杯水。这里真安静，连一根针落地的声音都能听到。我喝水的时候，他就站在那里，耸立在我眼前。我希望他能离开，但他继续一声不吭地站在原地。他似乎希望我能开口，告诉他为什么我父亲的身体被送来时是扭成一团的。我开始向他交代我这多舛的一生中的各个节点。不知不觉间我说出了这样的话：我打算颠倒我们的流亡之旅——"我们被迫逃离过去。"我加强了语气——用后退的方式，回溯我们在地中海地区那段可笑、支离破碎的旅途，连一条街都不落下。听到自己说出的这番话，我意识到这个想法早已在我脑海里萌生——在父亲的身体开始衰退、眼睛看不见时，它就开始了。

那一刻我清楚地知道，父亲的遗言——"将我们徒劳的苦难记录下来"——将在接下来的几个月里转化成一股势不可挡的动力。这动力将倾尽我的所有。我只身一人在这个世上，举目无亲，本就是贱命一条。我暗自想道，但我要让侯赛尼家族的故事，也是我的故事，我从祖辈那里继承而来且必须在其中跋涉前行的故事，发出洪亮的回响，警告活跃在这个地球上、对他人的苦痛无动于衷的99.9%的反智鼠辈们。我说的苦痛并不是头痛脑热这样无关紧要的病痛。不。我说的是足以带来重创，摧毁你的人生，让你难以为继的苦痛。我掏出笔记本。"这笔记本是我唯一的希望。"我告诉这位为父亲整理遗体的绅士，

"它承载着一切。为了将这些话记载下来，我愿意延长自己不死不活的人生。"

那个人站在那里，不住点头，亲切地笑着。

我说："我打算潜入流亡的虚空。换句话说，就像我父母那样，化为虚无，在死亡的白噪音中消失——但与他们不同的是，我会亲自将我们从伊朗经地中海来到美国的艰难路途逆向着再走一遍。"

他惊讶地睁大了眼睛，但还在点头。

"美国，"我低声笑着说道，"一个冷漠者的聚集地。在这里，自私贪婪之辈可以轻易开张营业，剥削那些弱势的人。"

这位殡葬人看着我，脸上依然那么光洁。

我继续说着："所以显而易见，"听到这话，他的脸看起来就像被我用油乎乎的洗碗巾甩了一耳光似的，"苟且偷生是个可笑的习惯，但我打算将这个习惯延续下去，好留出足够的时间去观察我们漫长而残酷的流亡旅途上沿路的景致。至于在那之后如何安排，我现在也不得而知。"

惊讶过后，殡葬人竭力想让气氛恢复如常。他站在原地，继续和善地笑着，两眼盯着脚边的地板。他这样故作轻松的态度并没有给我带来抚慰，反而点燃了我的怒火。我把笔记本拿到鼻子前闻了闻，然后又喝了一口水。

"不久后，"我咽下水说道，"这个笔记本会浸润着墨水的芳香，闻起来就像文学的血液，像侯赛尼族人的血管里流淌的血液。"

那人恭敬地往后退了一步，重又站定，双手握在一起，谦卑地低着头。他依旧盯着脚底下的灰色地毯。我又喝了一小口水。他的嘴终于张开了，舌头终于开始有了动静。

"我理解。"他谦卑地说道。他抬起头，看向我身后，一个男人正穿过房间，手里拿着一束由玫瑰、百合和白色风信子装点好的花束。

我站起身，走到放置在门边的木柜状手提箱那里。父亲的遗体已经不在里头了，但尸体的刺鼻气味已经渗透进了皮革和木料中。他死去的味道让我感到眩晕，但我没有停下。我必须直面恐惧，不能妥协。

这是一件勇敢的事。我拿出几本我和父亲最爱的书——《神曲》《堂吉诃德》《奥德赛》。我走到满脸光洁的殡葬人身旁，问他是否可以把这几本书交给殡仪人员，让他们放在我父亲的棺椁里。这些残破的书页他生前对我念过无数遍，我想让他在死后仍能读到。我看得出那个人对我的要求并不乐意，但他仍然点了点头，说他能理解。

"墓碑上的铭文我该交给谁呢？"我问道，同时将三本厚厚的旧书卷塞到他腋下。

"您可以交给我。"殡仪人员说。

我递给他一张纸，上面写着："如同沙漠里的骆驼，背着水囊，却让自己渴死。"他读了这句话，抬起头问道："您想用这句话做碑文吗？"

"是的，"我说，"请刻得随意一点。最好让这些字东倒西歪，看起来就像是在战争年代顶着大屠杀、炮火和轰炸，仓促间刻下的。"我说着，膝盖骨刺痛起来。当年我和父亲为躲避历史的肆意追击，扛着两块黑板穿过那片无人地带时，我的膝盖就这样刺痛过。

拿着花束的男人正朝屋子的另一头走去。这次，他手里握着一张放大的照片，是另一个逝者的。照片上的男子戴着眼镜，鼻子小小的，就跟被削掉了一部分似的，头发苍白。

之后发生的事我就不知道了。几个小时后，我站在公墓里的一片树荫下，看着在 eBay 上购买的那片墓地。墓已挖好，草地上躺着一个湿乎乎的黑色墓洞。恍惚间，我握住笔记本，眼看着父亲的棺椁一点点滑入洞中，落在湿软的泥土上。我再次感到血液被排空，眩晕将我推向谵妄的边缘，我再也支撑不住，感觉有无数个自己分裂出来，一个、两个、三个……我告诉自己，我是这可悲的世上最孤独的人。侯赛尼的族人都走了，独留下我一个。

我内心的那片空寂又扩大了它的领地，好容纳下愈渐浩渺的孤独。我的意识也呼应着，在延展和旋转。就在那一刻，一个想法像闪电般赫然出现在我的脑海里。我想到，在流亡的旅途中我需要一个新的名字，一个能涵盖多重自我的名字。我对自己说：我，侯赛尼的最后一员，要继续活下去，要借助这个支离破碎却依然完整的自己，将笔记本上写满文学的言语。换句话说，我的宣言——用文学的碎片成体系地构造起一个巨大的母体，母体每一个部分都映射着一个不同的我——是我唯一的辩词，是我最后一道防线。

就在这重要的时刻，阳光穿过树枝落下来，在父亲的棺椁上形成一条条斑纹。这情景如此动人心魄，有那么一刻，我的内心和周遭的世界完全地联结在一起。我有一种预感，此时此刻的画面正暗示着我未来的命运。父亲的棺椁被明暗相间的光影包裹，明晃晃的光束与墨色的阴影相互点缀，形成一张对比强烈的黑白图卷。我脑海里闪现出一个词——斑马。

我让它在脑海里停留了片刻。我看着殡仪人员——三个穿着黑色丧服的陌生人——将父亲埋进土中，同时暗自想，那些明暗交织的斑纹就是给我的某种启示，这启示里只有一个词：斑马。它像真理一样不证自明。它就是真理，比人所预料的更加怪异。

我嘴里反复念着这个词，喃喃自语，仔细玩味它的意蕴。斑马，黑白相间的动物，如同战争中的战俘；一种拒绝任何二元性的动物，象征着白纸上的黑墨。思想的殉道者。就是这样，我终于有了新的名字。我大声喊道："请叫我斑马！"

那位殡葬人惊讶地把光洁的脸庞靠过来，往树后看去，两眼搜寻着一匹在草地上吃草的斑马。但他不知道，我就是斑马，斑马就是我。我开心地对他灿烂一笑。他往后退了一步，任何人都会这样做，因为那是一个征服者的笑。

那晚，我回到公寓，把空手提箱放好，又顶着一身疲惫出门了。我在室外用一场古希腊逍遥派式行走来缅怀父亲。几个小时里，我行走在纽约的各个角落，想着父亲，想着赋予我生命的这个血脉久远的自修者家族，想着历史这架无情的恐怖机器，它的轮轴从未停止运转。我想到长久的流浪在我生命中投下的黯淡光亮，想到我们如何被历史的獠牙刺戳，感到一阵伤感袭来，有些眩晕。我坐在一张长椅上，安慰自己：所有的征服者私底下都是忧郁的。有那么一刻，伤心的感觉消失了。在这短暂的缓刑期，我的新名字——斑马在耳边响起。很快，沉淀的悲伤再次袭来，在我空寂里一处处陡峭的深坑中安营扎寨。一个男人牵着狗走过。一个女人拉着带轮的行李箱经过。天色缓缓暗下来。过了一会儿，我从长椅上站起身，继续上路。我在一家熟食店前停下来，进去买了一杯滚烫的红茶。收银台的巴基斯坦人算了价格后，我动作机械地把钱递给他。他的动作中也透出几分机械，我仔细观察着。他似乎也与周围的环境脱节了，但不同的是，我在审视自己与世界之间的差距，几乎陷入昏迷，而他只是冷漠。我离开店里，喝着茶，继续走着。几个小时后，我拖着疲惫的步子进了地铁站。

地铁里的空气闷浊而潮湿。列车进站，我走进了车厢。这是夜晚的乘车高峰。每到一个站，随着门砰的一声打开，就会有更多人鱼贯而入。有几个人用厌恶的眼神盯着我，等他们终于起身离开以后，我感到这些人坐过的橙色座椅上依然残留着他们身上的敌意。我看向四周：车厢里有一脸倦容、眼线液晕妆挂在面颊上的女人；有驼背、身着西装、鞋擦得锃亮的男人；有扛着一袋袋蔬菜水果的一家老小；也有埋头看报、戴着裘皮帽的东正教徒。我夹在这些乘客中间，仿佛随时要被挤碎。呼吸也是一件难事，我试着吸入一口空气，但是嗓子里火辣辣的。有一瞬间，我强烈地感觉到列车是在驶往一座巨大的坟墓，整个城市就是一片埋葬着耗尽的能量和废物的坟场。车门砰地打开，更多人涌了进来。最后，随着报站声响起，我终于到了。我站起身，拨开拥挤的人群挤出了车厢。我顺着黏糊糊、沾满尿液的楼梯来到地面，往北朝公寓大楼走去。

回到公寓，我使劲敲打房间中央烧坏的电灯泡，它看起来是那么不怀好意。灯泡没有碎，它像钟摆一样左右摇晃了几下，停了下来。愤怒、悲伤、麻木、错愕、震惊、愧疚……各式各样的情绪汇聚成一片嘈杂的声响，萦绕在我周围。每听到一阵噪音，我就会问："谁在那里？"但什么人也没有，父亲已经不在了。疲惫的我已在绝望的边缘，索性一头瘫倒在扶手椅上。几个小时以后，一股莫名的狂喜攫住了我。我起身，开始在公寓里没完没了地绕圈行走。我久久沉思，把思绪从葬礼中拉回来。圆圈——史前、神圣、自然的几何之神，主宰着人类不断加速的旅程，占希腊人眼里最安详，也最完美的形状。人自然的赐予，深埋在土地里，如躯体的死亡般明晰。我越过圆圈的边界，一只手撑着这个"断了血脉的房间"的墙壁。"哪条路会通向自由？"我问。"你身体内的任何一条血管。"我答。想想过去那些伟大的哲人，我为父亲感到释然。说到底，死亡才是唯一的自由。我想体验一把那自由。我想和我父母一样，被死亡的绸纱包裹。

但是晨光来临时，我又遭受了另一道闪电的击打。侯赛尼家族戒律中的一条。文学，这慷慨大度的东道主，从不会将生与死当作两个势不两立的客体。它的无畏足以消解生死之间的屏障。由此可见，它就是自由在生活中的化身。这时，阿克的话在那片空寂中回荡。我对自己低语："我满世界奔走，只为追寻烦扰。"烦扰（Trouble），多么绝妙的一个词，衍生自拉丁语中的 turbidus，代表晦暗不明、浑浊不清、混乱不安。我再次喃喃自语："烦扰！"然后我想到普罗旺斯语中的 trobar——去寻找，去创造——"中世纪游吟诗人"troubadour 的词源。换句话说，我，一个当代文学的创作者，将走在那片流亡的空寂中，制造烦扰，搅乱这个世界。

我坐回到扶手椅上。我想：尤利西斯伟大的地中海之旅，堂吉诃德伟大的文学之旅，圣徒但丁伟大的人性之旅，如果他们能做到，那么我，斑马，也有理由能同时完成这三种宏大的旅程。就这么定了，我将带着从父亲墨迹斑斑的手上获得的证件——美国护照——踏上一段伟大的流亡之旅。

就只有一个障碍亟待移除：我是个身无分文的鼠辈，没有足够的资金回到流亡的空寂中。但我过几天要和莫拉莱斯会面。我已经做好了把实情告诉他的打算：我父亲死了，我需要钱——大概一万美元——来开启伟大的流亡之旅。我几乎没有积蓄。父亲生前做自由译者存下的钱够我支付几个月的房租、基本生活用品和一日三餐——如果我只吃薄荷洋葱汤的话。

会面那天，莫拉莱斯向我表示慰问，然后不以为然地说道："伟大的旅途，听起来这流亡还挺愉快的！"

我很生气。"我就这么一文不值，连享受一下自己的痛苦的权利都没有吗？"我回道。

他半晌没说话。他俯身向前，胳膊肘支在桌上，眼睛里盈满泪水。我看见他的瞳孔在厚厚的镜片后泛着泪光。等他终于开口时，他的语气变得异常凝重。

他说："你继续写宣言，我们再讨论。这期间我会帮你联络一些能帮得上忙的人，好让你上路。"

我站起身，恭敬地鞠了一躬，像一名战士，一名敢死队的士兵。我走出他的办公室，满脑子都是他几个月前诵读的那两句话以及我自打出生起就熟悉的文学的预言本质："啊，废墟之坑，船难者残酷的洞穴。你的身上积聚起战争与逃亡。"

接下来的几个星期，我疯狂地创作着宣言，几乎没离开公寓。为了省钱，我开始缩减口粮，靠冰箱里仅剩的那点食物过活。我变得像苏菲教派的神秘主义者那样，脑袋里轻飘飘的。有几天的时间里，我只吃了一颗椰枣。我咀嚼甜甜的枣肉，回忆起母亲生下我时的那棵椰枣树。这回忆中承载着沉甸甸的失落，立马把我喂饱了。

有一天，我站在厨房的窗户边，发现我头脑里思绪飘扬的空间变得比以往更宽阔。是什么地方发生了变化，从未向我打开的路径骤然出现。这让我想到，父亲的头脑在被宇宙吸收纳入前一定徘徊逗留过。它后来一定是穿越了大气层。随后，我记起了毕达哥拉斯的"灵魂转世说"，他认为灵魂——或者，用侯赛尼家族的说法，头脑——会在人死亡时分解，继续穿行于这个世界。

我字字铿锵地说着这两个词："转世，重生。"我暗自想，事情就是这样的：很有可能，父亲的头脑在被宇宙收走前被我吸收了。换句话说，我比宇宙抢先一步得到了。这个想法让我得到一丝抚慰和安心。孤独的刺痛感减轻了些许。这样一来，我就在用两个头脑的容量思考，两个头脑都通晓多种语言，有顶尖的文学素养，并在它们共同的持续流亡中变得支离破碎。也就是说，每一个头脑里都包含了多重头脑，其中有许多因为诞生于不同的文化环境和语言特质，有了不同的意图、目标和思考模式。我在想，我是一个由千万种不安定的头脑共同驱驰的人，身怀不同寻常的天赋，就如同我的出生和本源：波斯，法尔西，伊朗。

在那之后，我的思路变得清晰，灵感涌动。我决定一边继续撰写宣言，一边读塞万提斯的《堂吉诃德》、阿克的《堂吉诃德》以及博尔赫斯的短篇故事《吉诃德的作者皮埃尔·梅纳尔》。我会同时读这三部作品，用我的多个头脑来回反复读，用玄奥的方法将文本重叠，消除文本间的界限。同步读这些作品将极大地加速我的步伐，让我更快进度地建立起灿烂的文学网络——我称之为"文学母体"，一个以"偏执狂般批判的"同步联想方法创造的无垠宇宙。我对着一排排书大声说道："一种多头脑并行的阅读体验！"然后，就开始了。

不到几个小时，我就得出了这样的结论：凯茜·阿克的《堂吉诃德》和博尔赫斯的《吉诃德的作者皮埃尔·梅纳尔》都是对塞万提斯原作的扭曲式复制。而塞万提斯的这部作品本身就复制了其他文本，复制了一个巨大的文学子宫，过去的骑士传说在这里孕育壮大，只待再次破茧而出。我的脑子里随后闪现出一个具有史诗意味的想法：文本穿越好几个世纪，只为能相互传染。

我毫不费力地脱口而出："文学有自我意识，它懂得如何像疾病那样永存不灭。每一个文本就是一个突变体和分身。"这一发现让我明白了另一个道理：几个世纪以来，我们侯赛尼家族一直和文学做着相似的事。换句话说，我们每一个成员都是对前人的扭曲式复制。父亲教诲我的方式就是他父亲和他父亲的父亲教诲他的方式——这是侯赛尼家族的戏中戏。

这还只是冰山一角。我才刚刚有了起步。我的宣言，由我过剩的头脑编织成的宣言，终于有了雏形。我需要给它一点新鲜的空气。我一把抓起父亲的手杖，走出了公寓。

几次左拐弯后，我来到一条从未走过的街道。路面正在整修，沥青被翻上来，路中间留下一个窟窿。我打量着这块深不见底的伤口。太阳炙烤着人行道、路边的建筑和我的头。一个孕妇从我身边走过，我带着共谋者的心态，对她大声说道："文学孕育着自己！它总是一胎三胞。"她停下脚步，恳求地看着我，然后把脸埋进头发里，按着肚子，急匆匆地走了。我看着她离去的样子，希望有人能给我照张相，这会是斑马的第一张照片。但我没有相机。于是，我在脑海里给自己照了一张，想象照片下写有一句注言：死亡是虚无，虚无是文学的本质。注言的灵感源自我的家族座右铭和莫里斯·布朗肖那些先验之言。我把脑海里的各种想法交织起来，如果自由等于死亡，死亡等于虚无，虚无等于文学，由此就可以得出：文学等于自由、死亡和虚无。我的方向是对的，我将消失在文学中。

　　我从洞穴中攀爬出来，行走在百老汇区。我踩到一只鸡腿和一片比萨，它们没吃完就这样被扔在了马路上。我经过一群在人行道上打桥牌、热络地聊着天的老人。走过社区的百货商店时，我透过玻璃店面，看到货架上摆着一排排布斯特洛灌装咖啡，一串串大蕉，以及无数鲜亮的蔬菜。我把脸贴着玻璃，直瞪瞪地看着那些食物，感受这庄严的时刻。这些商品看起来那么不真实。离开时，我的心被一种奇妙的欣喜攥住，我彻底地相信了，父亲是被我吸收了。

　　那晚，我清醒地躺在《吊鬼》下，有了很大的进展。我的无数个头脑被一个史诗般的想法抽动着：我已经代谢了足够量的书本，我的阅读量足以让我果断地宣称——文学是复制性的，文本总是伪装成能够独立于对方而运作的封闭系统，但它们实则暗自存在于一个变化、鬼魅般的环境里；在这个动态的母体里，不同的文本会彼此消融，用一系列的摹写来相互映射。我看着蓝色的月光滑过吊鬼的喙。我意识到，书本之间是通过几乎不可见的语言高速公路实现互通的，就好像星辰之间借助光与尘，借助宇宙的碎片实现互通。

　　最后，我终于入睡了。但是，到了清晨，当黎明的曙光裹挟着晨露而来，城市开始苏醒时，我惊醒了，猛地坐起身。"文学在借用、重复和抄袭的过程中实现成长。"我嘟囔着，就像是在背诵某个脚本。我在慢慢往清醒靠近。"每一本书,"我对着渐渐散去的夜色低声说着,"都是对另一本书的扭曲式复制,是一个虚假本源的鬼魂,这本源就像宇宙的种子和我死去的先人,既不存在也无处不在。"我在脑海里做好备注,在把这一发现告诉莫拉莱斯之前,我要先去图书馆搜寻证据,接着又睡着了。我为自己赢得了几个小时的美妙时光。

第二天我来到学校图书馆,穿梭在书架之间潮湿的走道里,直到头晕目眩。几个小时后,我浑身疲惫,又饥又渴,双腿不住颤抖,感觉头轻飘飘的,仿佛在慢慢脱离身体。我随意拿起一本书,竟发现了自己在寻找的东西——证据。就在一本书里,除了神秘而灵动的布朗肖,还有谁会写出这样的话来:"世界和书本在永恒而无限地将它们的投影送回来。这种无限的映射能量,这种闪耀、无所限制的复制——是光的迷宫,不是任何其他——将是我们头晕目眩地在我们欲望的底部发现并理解的全部。"几个段落后,出现了一句结论——布朗肖通过博尔赫斯的话做的总结:"书本大体上就是世界,世界就是一本书。"

"是的!"我大声说道,用异乎寻常的温柔抚摸着书架,感到满足。图书管理员盯着我。她是一个身材丰满的中年女人,我讨厌的那种类型。她总是突然把头伸出来,出现在走廊里,我讨厌她肥胖的脸颊。我加快脚步,在书架间穿来绕去,好甩开她。我得找一支笔。很快,我从一个睡着的大一新生那里偷到了一支。他大概是刚奋战了一个通宵,书本和文具随意地摊在桌上。我手拿着笔,回到书那里,把我的发现标注下来,并划掉了布朗肖的话和他复述博尔赫斯的话。这两位都没有足够深入,这并不奇怪。在最后盖棺定论的关键时刻,人还是要靠自己。我写道:"文学,本性狡黠奸诈且自知,拥有超意识,是世界上唯一真实的事物;它揭露了人类对现实支离破碎的多元化的否认。"我把书塞进袖子里,打算偷走它,尽管我其实有读书卡。很快,那个管理员出现在我身后。

"小姑娘,你今天完了!"她义正词严地说道,然后要赶我出去,因为我在图书馆的书上写字,并且一再用莫拉莱斯的卡进入图书馆——卡是莫拉莱斯亲自给我复制的。她在我身后关上门的时候，我告诉她，她身上的薰衣草气味很倒人胃口。

我成功地偷到了这本书。现在，它是我的了，只不过图书馆的系统里仍然有记录。我走到莫拉莱斯办公室附近那片凋零的玫瑰园里，在病恹恹的枝叶间绕来绕去。已经是夜晚，今晚过后，明天就是我和莫拉莱斯的最后一次会面了。我很想知道他有没有为我筹集到旅费。我继续往前，向园子边缘的树篱走去。我走过一棵棵矮灌木，脑子里想着"总体哲学：文学母体"，然后倚靠在一棵小树上。我的思绪分出了枝杈，变得异常巨大。"流亡，"我想，"虽然它的身份在每一次的远离故土中被弄得支离破碎，但它也揭示了现实的迷惑性和多样性。"我看着灌木丛。围绕一个主题的变奏。此外，我意识到，那些不用去敌对的国度寻求庇护，未曾遭受迫害，也未被悲痛之手用力扼住的人，他们保留了自我欺骗地相信一个连贯、线性的事实的特权；换句话说，从精神层面来讲，他们自认为长生不朽，仿佛他们人生的各部分，整个意识体，不会突然间死去或者消亡，不会像凤凰一样在死亡的灰烬中涅槃重生。我走到一株玫瑰旁，对着它就是一拳。几片花瓣飘落在石子路上，一缕不祥的月光在上面闪过。我从未如此清醒过。

我和莫拉莱斯会面的时间到了。我告诉他我的启示。我告诉他文学之网。我凭借记忆把宣言背了出来。我张开嘴，那声音自己就冒出来了。那是另一个我的声音，是斑马的声音："我要去开启一段伟大的流亡之旅，证明文学是一种化为人形的现象；我，一个流亡者，一个侯赛尼族人，是文学的化身。"我告诉他，我的多重自我和无数的引言组成了文学母体，它会"永恒而无限地将它们的投影送回来"。我会在旅途中继续搜集昔日的伟大作家留下的更多断简残篇，由此发现更多的自我。莫拉莱斯看着我，眼神那么遥远而冷静。我告诉他，我会把旅途记录在笔记本里，通过重访我那崎岖、支离破碎的流亡中所创造出的每一个自我的本源——我对这些自我没有任何清醒的记忆——我将创造文学的副本，将"本源的我"所经历的抹去记忆之痛灌注到这些副本中。

莫拉莱斯从桌边站起身，取下厚框眼镜，放在桌上。他几天没有刮胡子了，没了眼镜的遮挡，我发现他在那漫长的一年里苍老了不少。他的两鬓、后颈和两腮上的毛发都新添了些白色。连他的红色套装看起来也更加苍白，变成了橙红色。我把从图书馆偷来的那本书递给他，请他打开做了标记的那一页。前一晚我在页边的空白处又做了很多笔记。他拿起眼镜，歪歪斜斜地戴在脸上。

"最后的离场。"他把笔记上的内容读给我听，一边念念有词，一边把重心放在脚跟上，前后摇晃着，扶了扶眼镜。

"是的，"我说，"我正在准备最后的离场，离开这个新世界，离开那些拒绝承认现实的扭曲本质的虚伪之人。"

我和他都笑了。莫拉莱斯开始在办公室里踱步。他低着头，两眼盯着地面，思考着。最后，他抬头说道："时机已到，你该走了。出发吧。我已经为你安排妥当了。"

他递给我一个信封。里面装了一万美元。这几年里，学校一直在拨钱给他，让他找一个研究助理，但他一直没有找到合适的人选。他用惯常的就事论事语气向我解释，并告诉我信封里还附了一个叫卢多维科·本博的人的联系方式，我可以跟那人沟通一下行程，他会在世界的另一头接我。我向莫拉莱斯表达了感激。我知道，这是我们的最后一次见面。

那周，我把我和父亲的银行账号注销，取出了里面少得可怜的80.56美元，买了张飞机票（这整整花掉了我财产的十分之一），去父亲的坟前，最后跟他说了再见。我抓起那只木柜状手提箱，开始将过去的物什——我断了的血脉，往里头堆叠：我拿起茶壶，塞进手提箱；我从墙上取下《吊晁》，用一把小刀把画布从画框上划下来，然后卷好放进手提箱里。我想起我死去的家人，自修者、无政府主义者、无神论者，想起当世界各地饱受摧残，被炸成无数个碎片，持续地往历史的废墟上添砖加瓦时，他们是如何退避到深邃的文学之网中以超脱死亡的。我卷起破烂的地毯。我把皮面笔记本和我最爱的几本书，那些摆放在公寓墙面上的古老卷册，也放进手提箱。收拾完以后，箱子重得我几乎没办法提起来。它和我不幸的过去一样沉重——这是我必须要肩负的重担，因为我要完成自小父亲的嘱咐：敲响侯赛尼的警钟，跳入人类境遇的悲惨深渊，潜入深处，寻找沾满污泥的真理之珠。

几天以后，黎明，虚假的希望降临之时，我，斑马，永远离开了纽约。我坐上 A 号线，前往肯尼迪机场。我看着周围空落落的橙色座椅，心想它们很快就会被坐满。我想，历史，按照父亲的逻辑——现在也是我的逻辑，有一套挑选新受害者的方法。我很好奇，从精神的角度讲，这个世界上的流亡者，那些活死人，归属于何处？我想到了但丁的倒三角形炼狱，心里立刻有了答案：他们在流亡金字塔里。这是一个伸缩自如的漏斗，可以堆积世界上所有的丢弃之物。

我闭上眼睛，看到了一座堆满苦命之人的巨大尸堆。在这苍凉的画面中，我捕捉到一丝未来的记忆：我戴着一副防毒面具，独自站在一片灰暗中，头顶挂着一弯半月。我吸气，呼气，看着眼前的玻璃片被雾气笼罩，然后又变得明晰。浑身瘀伤的我，站在一张未来的全息图中，那是我的未来，是由过去的文学引言组成的未来。我能闻到面具上的橡胶味。我手里拿着一个电话，然后放下它，把电话中传来的内容用打字机记录下来。随后，这画面变了，我站在了地中海地区一个偏远小镇里的某条鹅卵石人行道上，或者在童年时经过的那片无人地带。那里尸横遍野，房屋破败，百叶窗纷纷掉落。死去的人脸上沾满干掉的血迹。隔着防毒面具，我依然能闻到油腻酸腐的尸臭味。大街上唯一的活人是一群戴着口罩的殡葬人，他们把尸体抬到汽车、手推车和马背上，运往远处的墓地。卡尔维诺的一句话在我的头脑里飘过："你知道前方的漫长旅途，为了让自己在骆驼的摇晃和行李的颠簸中保持清醒，你开始逐一唤起自己的记忆，你的狼会成为另一只狼，你的姐妹会成为不一样的姐妹，你的战斗成为另一种战斗。"我睁开眼睛，画面消失了。我想，每一件事都在复制自己，组成生命充满恶意的永恒轮回。我像是被困在了一场极其可怕的噩梦里。

车厢摇摇晃晃地往前运行着，我意识到我的命运已经注定。我比以往任何时候都更清楚地知道：我的自证、我的幸存，取决于借助空寂文学来自我锤炼，来抵抗我的敌人——那些非流亡者，那些为了长寿不惜加速流亡者的死亡，从我们日渐衰减的资源中榨取时间和健康的骗子。在渐渐散去的黑暗中，在开启伟大的流亡之旅时，我记下了这段话："我成了一名文学恐怖主义者，一位骑士——不！一名戎装的空寂女士。"

巴塞罗那

我如何跳进流亡的空寂，

与文字的润饰者卢多·本博纠缠在一起。

波音 747 隆隆作响，在跑道上滑行一阵后腾空而起，飞向灰蒙蒙的天空。飞机顶着强烈的侧风，吭哧地穿过大片云层。升入空中后，一名空乘人员出现在光线昏暗的客舱里。她摆着超级英雄般的姿势沿着过道走来，双腿分开以保持平衡，双臂抬起，扶着头顶的行李架，显然是为了防止飞机上出现剧烈晃动。她用尖细的嗓子喊道："请系好安全带！"随后俯身看向我的邻座——一个脸颊圆润的中年女人，她已经迅速睡着了——确保安全带已经系好。

空姐一副严肃冷酷的模样：薄薄的嘴唇，嘴角往下，显得有些刻薄。她的眉毛细如刀刃，方下巴。她的脸让我想起很久以前和满脸胡须的父亲一起穿过的那片无人地带，想起那里尸横遍野的沙漠。那是一片把万事万物都拽向自己，但从不会有所归还的土地，也是埋葬我母亲的土地。我望向窗外，苍白的天空就像父亲被放进棺椁前周身包裹的白布。我突然想到，再也没有"我们"这个词了，只有孤零零的我。

就在那个时刻，飞机右引擎传来一阵令人惊恐的声响。这几秒的插曲足以在客舱里引发大骚动。每个人都不安起来，唯有我的邻座仍在呼呼大睡。大家透过窗户望着一望无际的白色天空，然后转过头相互对视，看着飞机。有人举起双手晃动着；有人紧张地坐着，屏住呼吸。我可以看到从他们嘴里和耳朵里冒出的水汽。我想，这是战争的水汽。我伸长脖子，去观察周围人脸上焦虑的神情。想着要是有个人坐在这里，身上捆着炸弹或者鞋子里塞了炸药会怎样呢？一个渴望去死，并想让所有人为他陪葬的人。

我重新坐了回来。机长通过对讲机无奈地宣布道："请注意，我们的飞机遭遇了风暴。"我听到客舱里响起此起彼伏的低语，一时间变得闷热难耐。大家用不同的语言嘟囔着，哭喊着，握住邻座的手。这些人是另外的 99.9%，是笨蛋，是这个世界的门外汉。我和这些人关在同一架飞机里。我想到了卢梭。"那我呢？"我低声说道，"孤立于这些人，也孤立于其他一切，我是什么？"

我坐在那里，思考了一会儿这个问题。我是什么？我有几个选项：畜生，可怜的生物，虚无。然后，我听到父亲低沉的声音从远处传来："那 0.1%。"要是他老人家还活着，他一定会一把抓住我的脖子，说："孩子，孩子！冷静面对死亡！"

父亲的一番话让我精神一振，整个人恢复了活力。我从座椅兜里拿出航班杂志，放在眼前开始翻阅。飞机摇摇晃晃地穿梭在空中，我依次浏览着光滑页面上的一张张图片。我看着宽阔无比的泳池、被洪水淹没的医院、泛着荧光的脑部结构图、摆放精巧的分子食物、可生物降解的棺材。父亲的棺材是用廉价材料做成的——混凝纸？硬纸板？再生纸？我又从何而知呢？想到他的躯体被埋在那个畸形的新世界，我的心刺痛起来。我看着邻座。她死了吗？她的胸脯在起伏。她还活着，只是睡着了，像一块石头那样一动不动。

我一一审视着周围这些 99.9% 的人，目光捕捉到一名蓄着胡子、头发稀疏的男子，他坐在过道另一边的座位上，神情威严，仿佛从文艺复兴时期来的。他很紧张，手不住颤抖，摆弄着胡须。他身上的香水味很浓，我闻到了薰衣草、鼠尾草和薄荷的味道。我为他感到难过。这个人应该知道真相，生活的真相。他的胡须正在召唤真相的到来。况且，既然可以借此机会让他获得见解上的飞跃，我为何要任自己的智慧，从文学的壕沟中费力捞来的智慧，就此埋没，无人知晓呢？

我效仿父亲的语气。"生活，"我对那个人说，"是残忍的、野蛮的，它会把你消磨殆尽。"短暂地停顿后，我恢复了自己本来的语调。"你随时可能遭受无常的厄运鞭打。"他又摸了摸胡须（他的嘴张开了，我看到他的嘴唇又薄又干，有些开裂）。"像你这样长着两条腿的鼠辈，身在这样无常的世界，除了从堆满无用之物的泥潭中跳出来，还能做什么呢？"

他露出一口四四方方的大黄牙，指着自己，轻声问道："你在和我说话吗？"

"没有。"我违心地说道，对他浅浅地笑了笑。想要帮他注定是无望的。我往旁边的座位低下身，向过道对面的这个人说，"我在对另一个留了胡子的人说话。"

他四处望了望。没有其他有胡子的人。我用眼角的余光看着他。我又等了一会儿，然后把声音抬高。"放弃吧！"

我看到他睁大了眼睛，瞳孔散开。

"放弃什么？"他着急地问。

我没有回答。我对他已经仁至义尽了。

几阵强气流袭来，飞机颠簸不稳。肾上腺素的短暂效用过后，我感到既挫败又沮丧。我们身处的这架背部拱起、捉摸不定的金属飞行物正被一位随性的驾驶员驱驰在空中。我估摸它有一半的概率能安全飞过大西洋。我把手伸进包里，掏出笔记本。我抚摸散发着霉味的纸张，嗅了嗅封皮。要是飞机不能安全着陆呢？既然我们像每一个不管是先于还是晚于我们去世的人那样，都将葬身于历史的冷漠大地，将化为灰烬、残渣，成为别人花园里的一抔肥料，那又有何担心的呢？我又看向那个有着一副文艺复兴面孔的男人，他正焦急地摩挲着面颊上的须发。我深吸了一口他胡须上带着尘土气息的草本香水味。他脸色苍白，毫无血色，仍然大睁着眼睛。

不久之后，飞机遇到气旋，下降了几千英尺，仿佛在坠入无底的深渊。我打起嗝来。我听见自己说："沉入文学母体吧，它和宇宙一样浩渺、柔韧而神秘。"我往窗外望去，看看那个虚伪的新世界是否还在眼前，但我什么也看不到。飞机被一大片白色的云团包裹着。这里是高空。我暗自想，最后看一眼那片土地又有何意义呢？那里的人勾画着自己未来的生活，妄想历史的残忍魔爪永远不会敲响他们的大门。

飞机开始重新往上空逼近。副驾驶员的声音出现在广播里。"很抱歉刚才出现突发急降的情况，"他说，"再次遇到了风暴。我们见过比这更糟糕的天气。大家不用担心。"

他的声音并不能让大家安下心来。

飞机在空中侧飞。我们很快再次遇到一大片云团，驾驶员的策略似乎就是任由机身在气流中漂浮。轰隆一声，我差点从座位上跳了起来。紧接着，飞机滑向一侧，然后摆正。头顶上传来震耳欲聋的轰隆声。引擎开始呼哧作响，发出一阵尖利粗暴的响声。我望向四周，每个人都一脸哀求。不可思议：在短暂的解脱后，有的连声叹气，有的不安地动来动去，有的则在默默祈求各路神仙。我的邻座却酣睡如常。此刻，她正在磨牙，口水漫过粉嫩的嘴唇，从嘴角流了出来。我想象和邻座对话，在脑海里上演了一场戏码。

我告诉她："我，斑马，能够直面死亡的出击，能够照亮眼前一览无余的废墟。"

"为什么？"我听她问道。

"因为我生活在文学母体中。"

我的邻座抽动了一下，差点从座位上掉下来。她一定是嗑药了。

"不介意我继续说下去吧？"我问。但我还没来得及开始，就被打断了。

那位空姐突然来到客舱，疾步穿过过道，坐到空乘专用的临时折叠椅上，清了清嗓子。我往邻座那边靠了靠，向过道尽头望去。空姐面对我们坐着，一副在看管俘虏的姿态。她习惯性地用手背掸了掸直筒裙上并不存在的灰尘——唰唰唰，双腿交叉，系上了安全带。动作精确得像个军人。

我的邻座在座位上动了动。我终于看清了她的脸。她脸色红润，扁扁的鼻子泛着油光，稀疏的头发盘至头顶。她的头歪向一边，双下巴中间夹着一颗花生米。我看了看她的手，她正握着一袋打开的什锦杂果。我从袋子里掏出一颗花生米和一些巧克力，塞进了嘴里。副驾驶员的声音再次传来，通知大家前方会再次遭遇气流。

他说："保持镇定，引航前进。"他自顾自地大笑起来。

我的头脑里突然不合时宜地冒出了关于朝圣者但丁的记忆。我想，在生活中保持镇定并不难，但要像一个迷路的朝圣者，一个流亡者那样，面对非此即彼的境况，在生与死之间，在记忆与遗忘的双重纠缠之间逡巡，那可绝非易事。至少朝圣者在发现自己被驱逐到流亡的黑暗森林，与世隔绝时，他已经处在人生的中途。而我在遭受双面夹击，本就匮乏的人生资本不复存在时，我连一半的人生路都未走完。我感到父亲母亲的逝去在那片空寂中升腾起一缕缕毒烟，胃里一阵难忍的翻江倒海。

　　飞机开始加速。远处的云层渐渐散开，离广阔清朗的天空只剩最后一段路程了。我听到引擎在奋力恢复，机翼颤抖着展翅向前。我的手心开始冒汗，顺手在瘦削的膝盖上擦了擦。要是飞机坠毁了，谁会是最先死掉的那个？我可不像邻座那样有一身肉当衬垫。霎时间，一切陷入沉寂，仿佛飞机在上空失去重力，即将坠落。空姐依然系着安全带，坐在折叠椅上。她两眼一动不动，木然地注视着前方，看起来像个人体模型。飞机急速向一边倾斜。

　　"大家扶好！"人体模型大声说道。一阵强风呼啸而过。

　　一辆放好的餐车挣脱开来，滑到了过道上，被一个男人用毛发旺盛的双手一把抓住了。他的手猛地从旁边伸出来，在空中画了一道弧线，那样子让我想到了父亲诵读文学字句时挥动双臂的情形，然后我又想到但丁，这位流亡的诗人和朝圣者，在穿过向下盘旋的地狱，来到冰冷的宇宙中心的过程中所目睹的那些身体扭曲的男男女女。我想把这些告诉我的邻座。我想告诉她，流亡已经将我生命的意义清扫一空，让我一无所有，让我别无选择，只得去追寻虚无，那是死亡的虚无，归根结底，它又是文学的精髓与特权。我又拿出笔记本闻了闻，默念道："迷失了正确的道路。"

　　"失去。"我念出了声，舌头啧啧作响。

　　"听听这句话，"我扭过头，对邻座说道，"'我在一片幽暗的林中醒来，因为我已迷失了正确的道路。'但丁，约1320年。再听这句话：'在一个叫拉曼查的村庄，我无力记起这个名字。'塞万提斯，1605年。"这两本书的开篇语变成了我旅途的某种口号。诵读这两句话，让我的胃平静下来。

"你看到其中的联系了吗？"我问。然后，我做出了一个夸张的手势，说道，"你看，这些书在破裂和创伤中应运而生。它们讲述的是身份的丧失，是死亡。"

她在座位上动了动，头重新垂向另一边，眼睛暂时睁开了。我倚过去瞧了瞧。她的眼睛是灰蓝色的。她抬高声音，继续打起了呼噜。我离她的脸很近，闻得到她呼出的怪味。我想象着森林里的昆虫从她头上的那个鸟窝里爬出来。

"算了。"我说，往后坐好。

我转身背对着她，望向窗外。天空一片澄澈。我们成功到了风暴的另一边。先前从远处看到的闪耀着金色光芒的蓝天，终于就在眼前。就在片刻之前，它还是遥不可及的未来，现在我们已安全到达。飞机在柔和的大气中安详地行驶着。我转头看着被我们甩在身后的那片黑暗，向过去的深渊致敬。我思考着在我生命中不断重演的流亡，它像一个冷笑话，像一个充满恶意的永恒轮回，摧毁了我的灵魂，留下一片风声呼啸的空寂。

驾驶员说："再过几个小时，我们就能抵达巴塞罗那。"

巴塞罗那。我想象着佛朗哥将军的脸：肉鼓鼓，有些婴儿肥的脸颊；漠然严厉的眼神；棱角分明的唇髭；总是高高抬起的下巴，仿佛在得意地检视他辛苦夺来的财宝——他有着成年人的外表，内心实则住着一个愤怒而苦恼的孩子。我记起父亲说过，我们像加泰罗尼亚人一样，在死亡的迹象和被抹去记忆的威胁中幸存下来——不，是繁荣起来。所以，我们才会逃到巴塞罗那：因为据我父亲说，加泰罗尼亚人是我们的同胞，巴塞罗那——炸弹之城，火中玫瑰，地中海的曼彻斯特——是自修者、无政府主义者、无神论者的港湾。我闻到了父亲的气息。他身上散发着香柠檬、小豆蔻和桉树的味道。就在这时，一大片瀑布状的云团飘到机翼上空，眼前壮丽动人的画面让我想到尼采的八字须，转而又想起了父亲。我看着云团滑过飞机上空，脑海里涌现出达利的一句话："他的胡须是瓦格纳式胡须，是一个忧愁之人的胡须。"他讨厌尼采的胡须。

云层很快便消失不见了。我在脑子里勾画着达利笔下那些超现实主义风格的加泰罗尼亚景致，瞬间记起曾和父亲一起徒步行走在加泰罗尼亚的白色海岸，爬上一座巨大的花岗岩悬崖顶端，那里生长着软木橡树和海松，像从悬崖上冒出的无数只角。地中海懒洋洋地躺在山崖下；紫色的水面之上，黑色的鸟儿像子弹一样划破傍晚的天幕。我记得岸边的我们一路上被寒冷的屈拉蒙塔那风推搡着，强风过境，留下一片光洁、清澈、毫无虚饰的天空。我想让那空无——那片被屈拉蒙塔那风冲洗得明净、一览无余的蓝色天空——每天都能悬挂在我的头顶。那片空寂和父亲用黑布条将我眼睛蒙上带我进入土耳其时，我所体验到的空寂是一样的。我要将文学安放在那片天空之下，它代表着我不幸人生中的虚无，流亡的空寂。

空姐起身拿起对讲机，木然地看着我们，用冷冰冰、不带一丝情感的口吻说道："大家可以在客舱内自由活动了。"

自由。我嘴里咀嚼着这个词——自由。我想起自己在父亲的葬礼过去几周后悟出的那条数学法则：自由等于死亡，等于虚无，等于文学。我想把那道公式铭刻在邻座女孩身上，好好教育她一番。这些知识从文学母体中喷涌而出，而后降临到我身上，应该让其他人也从中受益才对。我们这些苦命之人如果不能为同胞擦亮混沌的双眼，让他们看清自己的任性盲目，那我们又有何存在的意义呢？我从行李中找出一支红色圆珠笔，在她手上将那道公式写下来，画成一个圆环，看起来像一块癣斑。

抵达巴塞罗那的第一天晚上，我见到了卢多维科·本博。他到机场来接我，多亏了莫拉莱斯——这位流亡的智利人、共产主义者，用大学发给他的资金来资助我的流亡之旅；这位有着高高的额骨，我至爱至亲的文学大师，还替我去拜托他人。

莫拉莱斯告诉我，卢多维科·本博，人称卢多，是一个从意大利落跑的语言学家。他曾经在莫拉莱斯一个老朋友的门下学习文学。那位老朋友告诉卢多·本博要尽快从贝卢斯科尼的阴影下逃脱出来，因为——她的逻辑和我父亲的相似——一个被小丑统治的国家不再是一个可以思考的地方。在离开之前，我自己也亲自调查了卢多·本博的情况，发现他出生在一个颇有文学渊源的家族。他的祖先不是别人，正是彼得罗·本博——16世纪著名的文学学者、诗人、彼得拉克鉴赏家，圣殿骑士团的一员。彼得罗·本博的父亲贝尔纳多·本博曾在拉韦纳建造了一座但丁陵墓。据我了解，拉韦纳被俄罗斯象征主义诗人亚历山大·勃洛克称为"死亡的领地"，是豪放不羁的奥斯卡·王尔德诗句中"但丁长眠，拜伦乐于栖居"[1]的城市。结合这些来看，我推断，这位卢多·本博和我一样，属于那0.1%。

我走在机场里，想象着卢多·本博正站在马路边一排棕榈树下，呼吸着黄昏时分巴塞罗那那带着海水味的空气。我告诉自己，虽然卢多·本博，一位被流放、旅居加泰罗尼亚的意大利人，属于这世上的不幸之人，但他并不像我这般不幸。我想起了离开新大陆时构思出的一座"流亡金字塔"。我的位置在金字塔的中间层，我下方崎岖的平台上是一群数量庞大、挤作一团的悲惨鼠辈，我的上方则是像卢多·本博这样略微幸运之人，他们占据着这个梯级构造的顶层。

"这是你的最终评断吗？"我自问。

"是的，卢多·本博属于流亡金字塔的顶端，"我自问自答，"因为他和我不一样，我遭受了历史奸诈之手的一再背叛，而卢多·本博只是被迫往西移了移步，离他的故土佛罗伦萨不过一拳之隔。我时断时续地从东向西穿行，频繁的辗转让我昏昏然，什么也记不清。不，也并非全然不记得，"我纠正自己，"记忆的碎片随时会从我头脑里那些潮湿的潟湖中迅速飞将出来，在我意识的皮肤上刺出新的伤口。"

片刻过后，我站在行李领取处的传送带旁，感到父亲的头脑正在我头脑内盘旋。他遣词造句，在坟墓的另一端向我传送信息。我听到他的声音，单薄而微弱："这世界的废墟隐藏在光天化日之下，"他轻声说道，"战争的工厂会无休止地制造未来的流亡者。"就在那时，运

---

[1] 选自王尔德诗歌《拉韦纳》。

送过父亲尸体的那只木柜状手提箱从斜槽上掉下，落在光溜溜的黑色传送带上，如同一只弃置的运尸袋。我俯下身，迫不及待想取回满载着遗憾的昔日残痕，但转而被某种情绪，一种忧郁的迷惘攫住。我退后，深情地看着它在运转的传送带上急速移动，嗖嗖作响。我就这样注视着。手提箱中飘来阵阵苦涩，是父亲死亡的腐臭味。我每吸一口，鼻端就感到灼烫，我的空寂也随之膨胀。

传送带停止旋转，传送机的声音渐渐逝去。我听到一个小孩在傻里傻气地大笑不止。我低下头，见一个身着粉色裙子的小女孩正冲着我大笑。"这是具棺材！"我冲她叫道，使个眼色。她退到站在一旁的母亲身后，神色惊恐，眼睛一眨不眨地看着我。

我从传送带上取下手提箱，拖拽着它往前走。自动门一扇扇开启，我听到它们在说："斑马，诚然，你父亲已逝，你母亲的尸骨躺在无人地带里那棵孤零零的椰枣树下，你们的驴也不幸曝尸荒野，但不要忘记，你从你父亲墨迹斑斑的手上接过了一张通行证。你该知晓自己享有的这份荣耀。伟大的流亡之旅欢迎你！"

如我所料，卢多·本博就站在机场外的马路边。我知道他通晓多国语言，英语说得跟母语般流利。他看起来很机敏，一副蓄势待发的模样，像个随时待命的值勤人员。他手里举着一块牌子，上面写着：接何塞·埃米利奥·莫拉莱斯的朋友。我扫了一眼他的脸，意外地发现他十分俊朗。一头鬈发，戴着圆框眼镜，鼻梁挺拔若峻岭，门牙间竖着一道迷人的罅缝（他盈盈笑着）。他身着西装，胸前口袋里缀有一支钢笔和一面手帕，俨然一位出身名门、货真价实的绅士。我细细玩味，他的气质里有种古老而华贵的东西。这是一个能量场里充盈着文人先辈——即本博家族的列祖列宗——的残膏剩馥之人所应有的气质。

卢多向我招手。我注意到他的双手，纤细、娟秀、灵敏。我想象那双手游走在我的腿上。我想象自己告诉他我生活的真相：我叫斑马，别名空寂女士，我所处的境况比朝圣者但丁所经历的还要恶劣，因为我从未邂逅过正确的道路。我的人生从一开始便偏离了正轨，极度的伤痛将我的心碾成了一片薄纸。我本可以这样忠厚地介绍自己，未曾想嘴里竟冒出一句莫名其妙的话来——紧张让我不知所措，变得语无伦次。"你占有过我吗？"[1] 我指着他手里的牌子问。

他在牌子上方伸长脖子，疑惑地问道："占有你？"然后，他看了看我，眼睛不由得眯起。他转身往车那边走去，是一辆破旧的 1980 款双开门菲亚特。他清了清嗓子，把眼镜推至鼻梁，一番调整后才精神奕奕地伸出手来和我握手。

"我是卢多维科·本博。你可以叫我卢多。幸会。"他一本正经地说道，然后俯身，对我行了个吻面礼。

我看到我俩的脸庞之间冒出无数个本博家族人的微型图像。那些微小的人儿齐张开嘴，说着："怀有愿想不足为道；我们要以极度的热忱来渴望达成目的。"[2] 我记得这句话，是彼得拉克引用的奥维德之言。我往前迈一步，试图引导卢多开窍。

"从技术层面来讲，"我说，再次指着他手里的牌子，"想要'收回'某个东西的前提是：你曾经'拥有'过它。"

可惜换来的是一阵沉默。

在这令人窒息的时刻，我仔细观察着他的脸。他的表情显得既兴致盎然又不无防备。我看得出他头脑里的轱辘正在打转呢。我想告诉他我们的祖先——他的和我的——自远古时代起便一直在文学母体中不断交融汇合。从精神层面来讲，他和我处在同一座流亡金字塔里，只不过他拥有比我更优越的地位。他不但能呼吸到更多的氧气，而且享用着像我这样的底层人给予的恩惠，是我们用肩膀扛起了他。想到这里，我看到那栋石头房子轰然倒塌，向母亲的头顶砸下来，母亲被埋在碎石断瓦中，她的声音在远处回荡。"谁会愿意娶她？等我们哪天一命呜呼了，谁还能养她？"我差点脱口而出："现在万事俱备，一

---

① 牌子上的英文是 Here to reclaim José Emilio Morales's friend（接何塞·埃米利奥·莫拉莱斯的朋友），其中 reclaim 也有"收回"的意思。故此处有是否占有过之说。

② 奥维德的话，彼得拉克在文章《登旺图山》中曾引用过。

场包办婚姻该有的天时地利我们都有了！"可我还没来得及开口，卢多这个轴性子的家伙就抢先打起了官腔。

"你在飞机上睡觉了吗？"他问。他利索地从我身边绕过去，穿行至车尾，每个动作都那么精确，显得自信满满，如同事先计算好的。

"飞机？"我没好气地说道。他竟如此迅速地成功转移了话题，真气人！我想起一路上沉闷的天空，便抛给他一句话："我是乘着驴子飞过来的！"

他干巴巴地笑了笑，我就此判定他是个无趣的人。这种令人望而生畏的严肃反而使我欢欣鼓舞，因为这样一来，他与本博家族那群凄凄惨惨的诗人之间的关系就得到了证实。周围人来人往，倏忽间，一只燕子从空中滑落，砸中马路对面的一棵棕榈树，随后掉落在地，死了。

"你看到了吗？"我问卢多。他在后备厢那里不知道在鼓捣些什么。

"鸟总是会死的。"他说，那无动于衷的沉闷语气，仿佛出自一名行政官员之口。

我抬眼看着天空。黄昏悄然而至。死去燕子的同伴们出现了，它们黑压压地盘旋在那里，勘察死亡现场。没过多久，鸟儿们放弃努力，飞走了，在天空中留下一串墨色的斑点，上面写着：卢多·本博之于斑马，正如桑丘·潘沙之于堂吉诃德。我无所顾忌地开怀大笑起来。最后的离场让我历尽磨难，此刻的我感到头晕眼花，力倦神疲，同时又惊讶地意识到自己居然成功逃离了那个夺去我父亲生命的卑鄙的新世界。我的眼睛模糊了。卢多从后备厢抬起头，小心翼翼地看了我一眼。我绕到菲亚特后面，急着要把问题重新提出来，将话题引回到那块牌子上。"你占——有——过我吗？"我问。

卢多倚靠在后备厢上，他的嘴巴看起来像一个封好的信封。我非要打开它不可。我说："卢多·本博，我，斑马，请求你——要么立马开口说话，要么永远保持缄默！"

他的嘴唇终于开启了。"我收到的可不是这个名字。"他简明地说。他的腮帮微微鼓起，活像鱼鳃。

"别担心，"我说，"这是我最近收获的新名字。"我感到无数个往昔的我从空寂中分身出来，这感觉让我惊慌失措。我疾步跑到他跟前，好分散注意力。"现在告诉我：你占有过我吗？"

他把头埋进后备厢里。那片幽深的空寂里飘来一个微弱的声音："它只是一个牌子！"他用疲惫的声音嘟囔道，听起来像个失去了肺的人。

"既然只是一个牌子，为什么不能开开玩笑呢？"

他再次抬起头。我费尽心思想把他带动起来，看来收效甚微。

"据我所知，我，卢多·本博，在此刻之前从未拥有过你。"他的语气虽然坚定，但透出隐隐的疲乏，就好像被传唤到了法庭上的证人席。

我笑了。很快他的脸上也绽出了笑容。这笑容有些迟疑，有些勉强，但毕竟也是笑容。他慢慢上道了。

"所以你这是在认错咯？"我问。

"当然。"他说，重又把一头鬈发埋进后备厢。我看他正把一个千斤顶和几本书推到一边，为我的手提箱腾出地方。

身着荧光背心的安保人员挥手，示意我们离开。此刻我就站在卢多的身后。他的臀部就在我眼前，像一盘秀色可餐的水果。我听见他朝那辆菲亚特咕哝了些什么。一个安保人员向我们走来，命令我们离开。他满脸通红，蓄着山羊胡，嘴上有一道口子。卢多抱歉地点了点头，然后弯下腰提起我的手提箱。

"准备好了吗？"他问。

"嗯，不过你得仔细了，"我回答道，指着我的手提箱，"这可是我昔日的尸体。"

我看到他的脸色微微沉了下来。

我们进到车里，彼此都不说话，陷入一片死寂。我想着如何解释清楚，如何告诉卢多·本博，"我昔日的尸体"是一个转喻，代表着"我的图书馆"。但我又想到，这话要是一出，我们之间的氛围在短暂的破冰之后势必要顺着目前的僵局一条路走到黑。于是，我只好安静地坐着，静观其变。我看到卢多·本博往烟斗中塞了些烟丝，摇下车窗。

他把头靠在座椅上，吸了一口烟，从嘴和鼻子中吐出烟气。他的眼睛看起来柔和而性感，双唇湿润。然后他坐起来，把车调到一档，出发了。

我透过侧后视镜看着机场慢慢退入黑暗。抬起头时，我看到了蒙特惠奇山。我和父亲曾经一起攀登过那处山岭。我记得他告诉我，加泰罗尼亚的思想家们遭佛朗哥的手下射杀后，就被抛尸在那里；他们被扔在废弃的采石场，在风吹雨打中慢慢腐烂。此时此刻的我该料到，这山岭暗示着我和卢多·本博未来充满艰难险阻的旅程。

我们连续转了几道弯，最后终于上了公路。我们经过一座座制造厂和金属加工厂，穿过一条条高速公路。天空渐渐暗了下来。我再次感到父亲的头脑在我的头脑中盘旋。他对我轻声低语：流亡是历史的食人族。我发出一阵阴沉而无奈的笑。

"什么事这么好笑？"卢多问，湿润的双唇夹着烟嘴抽吸着。

我想告诉他那些文学引言，它们正是我此次"伟大的流亡之旅"的口号。我想告诉他，我在嘲笑流亡的命运，为了生存，流亡者必须开拓出一种既非与过去脱节又非对过去的虚假复制的未来，这毫无疑问是一个不可能的任务，因为在这个四分五裂的世界，人唯有两种选择：像堂吉诃德那样失忆，或者像朝圣者但丁那样热切渴望和怀念。我想告诉他，流亡者的选择要么是绝对遗忘，要么是向历史的魔爪彻底妥协。两者都会带来不满以及一种自生自存的暴力循环。但是这些话我都没有说出口；我不确定卢多·本博是否能听懂。我坐在那里，看着他透过圆圆的银边眼镜望向前方的路，直到他冷不丁向我这边看过来。他这一瞥迫使我又撒了谎。或者说，我给了他虚晃一招。我说："'我愿在欢声笑语中迎接衰老的皱纹。'莎士比亚的金句。"

"所以，你笑是为了老得快？"

"是的，"我回答，"像一颗腌好的泡菜！"

他不温不火地哼了一声。

我们看着对方，他的嘴唇那么湿润，却依然成功挤出了一个干巴巴的、僵硬的笑，本博家族特有的笑容，他那些长着胡子的祖先的各式肖像上都摆着这种笑容。我决定回报他的努力。

"如果你非要知道的话，我也不妨告诉你，我笑其实是因为我设计了一个绝妙的理论。"

"什么理论？"

"流亡金字塔理论。"

卢多把眼镜往鼻梁上推了推，做出在安静思考的表情。"继续。"

"想一想拉韦纳，"我说，"但丁在流亡中去世后就葬在那里。被人遗忘，抛弃，放逐。他住在金字塔的底端。不是在地下墓穴——那是为比但丁还不幸的人留的——但毕竟是在底端。而你，"我说，"处在金字塔的高层。你是自愿流亡的，能接触到最多的氧气。你在山峰的尖顶，你的肺部充盈着纯净的氧气。你没有意识到，你每迈出一步，都在重重地践踏脚下那些不幸之人的脑袋。我就是这些不幸之人中的一个。"我继续说，"我生活在金字塔的中端，我的下面是不计其数的难民。这座金字塔以鲜血为食。"

"顶层？"他回道，"不赖嘛。"他似乎对这一安排很满意。

我们连续拐了几道 90 度的弯，在被削去四角的八边形街区里绕行。最后他找到了我给他的地址：赫罗纳街，37 号。我从一个叫基姆·蒙索的人那里租了个房间。我们在扩展区那阴沉的街道上，那个城区的设计者是伊尔德方斯·塞尔达①，一个蓄着络腮胡、沉迷于几何线条的男人。我透过车窗看着那些方方正正的 19 世纪建筑：精美的铁质窗台，安装着木百叶窗的落地窗，高耸的门楣给人以机敏、智慧和平静之感。

"就是这里了。"卢多说，把车停在一排悬铃木下的空地里。他打开头顶上的灯，在一张纸上写下他的电话号码，递给了我。"我大部分时间在大学里教课，但随时可以找人为我代课。"他把手搁到我腿上。我任凭他这样放着，感受到他手掌中流窜出的一股热流。我发现他的拘谨刻板在慢慢退去，让步于一种渴望，一种深沉的柔情。一个人与

---

① 伊尔德方斯·塞尔达（1816—1876）：西班牙工程师，主持了 19 世纪巴塞罗那的城市扩建项目，被誉为"现代巴塞罗那之父"。

另一个人产生牵连是多么容易呀。随后他抬起手，把我的头发往耳后拨去。我就此可以确定，我的一番话已经把他扭转过来，让他恢复了生气。于是，我继续说下去。

"我想知道你住在哪里。你已经知道了我的住处，算是占了上风，这不公平。不过在你回答之前，"我说，伸出一只手不让他说话，"我想申明，这是一个滑稽可笑、毫无深度、缺乏想象力的问题。它隐藏着一个错误的假设——人能在空间里占有一个实在的、单一的位置，但实际上没有人能做到。'你住在哪里？'"我用半讽刺半生气的口吻说道，"我们应该问，'你会在哪些地方度过你多重的人生'，或者说'你的内心世界处在哪个地理方位'，因为我们虽然喜欢把人生严格沿着内在与外在的分类线进行划分，但却并不能做到，因为每一个表面都由其他交织的平面组成。也就是说，生活大体来讲是一种混乱而模糊的体验。让我们再回到但丁。想一想《神曲》的开篇：'我已迷失了正确的道路。'模糊、迷失。"

他丝毫不为所动，只说："我住在赫罗纳①。欢迎你过来做客，亲自看看那里的路是直的还是弯的。"

"终于，"我说，"一个全面的回答。"我没有告诉他，很久以前我和父亲一起去过赫罗纳。我这样说只是想称赞他终于找到了自己的步调。

他看起来像是喉咙里卡了只癞蛤蟆。我心烦意乱地往四周张望。一排排汽车沿路边停放，小型送货卡车一辆挨一辆挤在角落里，人行道上修剪过的悬铃木间散放着自行车和小型摩托车。我看到几个醉醺醺的人从一家咖啡馆里跌跌撞撞地走出来。夜晚展开黑色的翅膀，在它的抚摸下，巴塞罗那渐渐安睡。我转向卢多。

"所以你大老远从赫罗纳过来就为了接我？"我问。

"我们一路还人情还到了这里。似乎是我的导师欠你导师一个人情。"

"你这样还人情多久了？"

---

① 西班牙东北部的一座城市，位于巴塞罗那东北部。

"世世代代。"他说。

"那我正好借这个时机告诉你，我所有的亲人都死掉了。除了莫拉莱斯，在这个偌大的鬼魅般的宇宙中，我再无相识之人。"

我想到我的手提箱。我把父亲从箱子里拖出来时，他的胡子已经变形了。我不得不一只手盖住他的嘴，用另一只手梳理他长而浓密的胡须末端。想到这里，我的胸口一阵发紧，仿佛有人将我心脏的纸片折叠起来，沿着折线撕成了一片一片。

"哦，"卢多冷漠地说，而我则坐在那里回忆起我死去父亲的胡须所经历的磨难，"好在你可以生育。"

我用一只手摁住胸口，缓解剧烈的疼痛，将记忆驱赶到一边。然后我告诉他，我不相信生育，我不会做任何让人类这个毫无价值的种族存续下去的事。"但我相信为性而性，如果我们之间要发生那档子事，我准备在上面，毕竟从精神层面讲，我已经把你扛在肩膀上了。"

他满脸通红，把脸别了过去。很显然，这个男人需要我一步步去引导。我从车里出来。事情到了这个份儿上，没有什么可说的，也没什么可做的了。我关上车门，把脸贴在车窗上，再次看着卢多·本博。他看起来生气了。他的五官——鼻子、嘴、眼睛、眉毛——挪到了一起，在脸的中央挤作一团。我从车前绕过去，敲了敲他那边的车窗。

他摇下窗户。看得出，我突然从车里窜出去，把他惹恼了。但他依然自制地保持着和善："我帮你拿箱子。"

一个得体的绅士。他走下车，把我的手提箱从后备厢提出来，放在地上。然后他俯身凑过来，吻了我两边的脸颊。那是我第一次从他的眼睛里看到我自己。我伫立在他瞳孔的黑暗中心，手里拿着笔记本，看着外面的自己。我对自己的影子挥了挥手。卢多·本博也回应地挥了挥手。我从远处看着自己的影子。我孤零零地站在那片废墟中。

在新世界度过的最后几周里，我除了在脑海里构思我的宣言外，还做了大量工作。我安排出行事务，打电话，寻找住所，大费周章地四处奔走。我在网上找到了前面提到的基姆·蒙索转租的公寓。他的出租启事上写着："宜人的扩展区有一处房屋出租。业主是新近退休的文学教授，狂热的达达主义者，荣幸地拥有一只凤头鹦鹉。不要把我和作家基姆·蒙索弄混了哟。"

而实际上，几个月前我曾在纽约的塞万提斯学院遇到过作家基姆·蒙索，他是讽刺高手，是高超的文学逗乐家。退休的文学教授基姆·蒙索叫我从大楼附近的杂货店里取他公寓的钥匙。他去了希腊，向希腊群岛道个别。他在邮件中写道："去对文明的摇篮做最后的致意，那里正经历着另一次衰败。"

我轻松地找到了他说的杂货店。黄色的街灯映照着玻璃店门上的灰尘。我推开玻璃门，走了进去。基姆·蒙索向我保证过，杂货店老板是个老实人，信得过。他把老板当成了自己人，因为老板自打基姆·蒙索有印象起就一直是那里的老板，而基姆·蒙索自打老板有印象起就一直住在杂货店附近的大楼上。实际上，杂货店老板在成为老板前，是上一个杂货店老板的儿子。基姆·蒙索一提到这个杂货店老板就有说不尽的话，他把这个词重复了很多次，以至于我开始怀疑这或许是某种密码，或者至少那个杂货店老板跟某些神秘事件有牵连。我刚走进那面脏兮兮的玻璃门，还没站定，我的猜想就迅速得到了证实。

我把手提箱放在了入口，用纯正的加泰罗尼亚语告诉老板——一个身材结实，头发稀疏，长着圆圆的红鼻子的男人——我是来取基姆·蒙索的钥匙的。老板从锈迹斑斑的收银机里取出钥匙，递给了我。这过程持续了不到一分钟。他什么也没问，只是低声咕哝了一下，挥挥手，示意我离开。他的手指又粗又黑。柜台上堆着核桃壳。玻璃陈列柜里的灯已经熄灭，奶酪和肉在黑暗中慢慢变质。老板的身形——粗壮，笨重，岿然不动——证实了基姆·蒙索的话，杂货店老板扎根在这个社区，他生在这里，将来也会在这里入土为安。

老板家的猫不知藏在哪里，这时候突然跳到了柜台上，把那堆核桃壳弄得到处都是。老板举起黑乎乎的手抚摸猫的脑袋，倏忽间，我想起了薛定谔的猫。我想到，我们所有人都住在薛定谔的那个密封容器里，无论何时，我们中的任何一个人都可能死去。

耳边响起我从未听过的钟声。我站在这里多久了？我已经没了概念。我开始用长柄勺把米往一个干净的袋子里舀。我看着杂货店老板，发现自己和他截然不同：我是一个躯体，怀着将流亡之路往回折叠的意图，无意间在这徒劳无功的延绵征途中证明了人间世事的无意义，"历史不过是错误与暴力的混合物"[①]，我是一个没有家的躯体。我低下头，看着抓住金属长柄的那只手，手上的皮肤已经皲裂，将物质中根深蒂固的古老暴力显露无遗。因为流亡，我的躯体正在经历一种缓慢的毁灭过程，很快它将变得孱弱，因为我持续的无家可归而失去行动力。我看着我写字的那只手，再次想起了布朗肖，我心想：这是一只得病的手。

杂货店老板还在抚摸他的猫，猫自顾自舔着爪子。我走到店的另一头，在一堆洋葱中挑了一颗。它看起来像一颗闪闪发光的天体。莫拉莱斯那古老、有着金属特质的声音在我耳边响起："加泰罗尼亚文学会对你说话。"它曾对他这个智利流亡者说过话，也曾对我父亲说过话。我记得父亲曾兴致勃勃地绕着他翻译的加泰罗尼亚作家的作品，边踱步边说："巴塞罗那是世界文学的边疆！"我把洋葱扔向空中，看着它在上空旋转。接住前，我用加泰罗尼亚语说道："马拉美曾说，'世间万物的存在皆是为幻化成书'！"

就在这时，我一脚绊到了我的木柜状手提箱——我父亲的第一座墓地，他的旧坟——摔到了打开的米袋里。在我落地前的一瞬间，店铺里的空间扩大，面积似乎翻了一倍。我成了这无限而令人眩晕的整体中的一粒微尘。我脸上浮现出一抹阴沉的笑。老板走了过来，耸立在我眼前。我从他眼睛里看到了我的影子。我吓坏了，现在的我已经瘦成了皮包骨，只剩下一副骷髅般的骨架，样子十分凄惨。老板继续站在那里，似乎呆住了，像一条被惊出水面的鱼。然后他张开薄薄、干裂的嘴唇。

"混蛋！"他用母语说道，嗓音低沉沙哑，听起来很不近人情。

[①] 改编自歌德"整个基督教历史不过是错误与暴力的混合物。"

他眨了眨眼，我的影像消失了。

他走开的时候，我重新躺进货物里，在头脑中做了条笔记：这家伙抗拒文学。我发出一声乖戾的笑。即便是这样，他也没转身。

我站起来，付钱买了米和一颗闪闪发光的洋葱。我数着手里的欧元，暗自想，我正在从流亡的深林里撤退。我来到此地，就是要掘出我的悲痛，要恢复那些被我亲手埋藏在我人生沟壑里的记忆。我在巴塞罗那，这是一座最没有西班牙特质的西班牙城市。我来到了加泰罗尼亚，但同时我也在西班牙。这是一个古怪的国家，它总是乐于用一只手将历史投进抹杀的深坑，待记忆与事实的碎片被时间打乱后，它又用另一只手将它们一一拾起，回收，复归原貌。我的内心开启了一场辩论：西班牙是一个既热衷于遗忘又乐此不疲地恢复历史记忆的国家，仿佛记忆是旧家具上的零件，能拼凑起来，还原它当初的完整形态。达利曾说："西班牙是个不惧死亡的极端主义者。"柜台上方挂着一张他的油画《记忆的永恒》复制品。你看，时间肿胀了。在一片岩石丛生的广阔地貌中，几只瘫软的钟紧紧附着于大自然：过去、现在、未来被压缩在同一个没有时间区隔的星球上。在那个扭曲的时间场域之下，杂货店老板又开始忙活起来。他泰然自若、忘乎所以地在蔬菜架之间的过道里走着，经历刚才的小插曲后，他完全把我抛在了脑后。

我走到基姆·蒙索家所在的那栋大楼，乘电梯上到三楼，走出电梯，找到了他家的门。我一边鼓捣钥匙，把它从锁中拔出来；一边念叨着："基姆·蒙索。"但我心里想的是另一位基姆·蒙索，我在新世界遇到的那位作家。我喜欢念他的名字。低沉的辅音 q、m 和 z，与尖利的元音 o、i 和 u，形成一种精巧的平衡。还有比这更美妙的吗？我轻轻用脚把门碰开。门低声念着房子主人的名字：基姆·蒙索，基姆·蒙索。两个名字，两种声音，彼此相得益彰。

公寓里黑暗笼罩。跨过门槛时，我感到一种不安的期待，一种不确定感。这似乎是一个无边无际、伸缩自如的构造，无论我往哪个方向走去，它都能在我脚下不断延伸。我尽可以连续多次左拐或者直走。在这过程中，公寓里余下的空间只会露出一点点微妙、几乎难以察觉的平面。我的手在墙面上摸索，寻找电灯开关，但一无所获。我踏入黑暗中，把手提箱提进来，拽在身后。突然，我想起好几个月前作家基姆·蒙索在那个虚假的新世界做演讲时对我说的话。我依然记得他黑色的眼睛、他参差不齐的灰色头发和他探询地弯起的眉毛。接待他的莫拉莱斯让我负责给他送水。我递给他一瓶水，问他是否需要别的，这时他俯下身来。他的眼睛看起来像两滴油。他把一只手放在我的肩上。

"是的，"他说，"我想要一个绳套。"

我扯下一张纸巾，卷成了绳套的模样。就在那个时候，"新诗人"们走进了房间。两人头发油腻，跟被舔过似的。她俩一如往常地穿着宽松的工装裤，看起来像一对垂头丧气的农夫。工装裤！莫非智识还能被收割不成。我看着这两个人，心想，真正的智识——不是脑部的，而是那种在内心的非理性意识中诞生的——要通过这些"新诗人"从未体验过的极致痛苦才能获得。为了他们的健康，以及那些轻信"新"的神话之人的健康，我的祖先和我在漫无边际的沙漠中漂泊，吸入毒气，踏过烧焦的尸体，拖着沉重的躯体四处艰难前行。而这些人为我们做了什么呢？我气不打一处来。这两个人养得白白胖胖，面色红润。我感到腿上正汇集起一股力量。我想走上前，照她们的脑袋狠狠捆下去，但我拦住了自己，因为巴掌赶不走任何人的无知。

我把"绳套"递给基姆·蒙索。

"这是个幸运符。"我说。

基姆·蒙索很高兴，随手把"绳套"塞进了胸前口袋里。演讲进行到一半时，他拿出"绳套"，举起放在灯光下，眼睛透过圆环望出去，就好像它是一面镜片。他说："爱不过是西装革履的欲望！"

我那天正好带了一本巴迪欧的书。我按照侯赛尼族人的传统，以请求神谕的方式将它随意翻开，上面写着："爱不过是一张想象的油画，画在性的现实之上。"

之后，担任采访者的那位加泰罗尼亚语译者向基姆·蒙索问起了约瑟·普拉——一位享有"记忆之人"称号的作家，那天上午我一直在他的书里寻求启示。这种双重的巧合让我勇气倍增。我感觉自己正沿着数条相互交错的文学险坡往下跌落。越到深处我越发意识到现实的假象，意识到这个虚幻世界的背信弃义，正如约瑟·普拉所言："那正是我们所有人迈着沉重脚步在跋涉的阴沟。"我看着那两个"新诗人"，对她们说道："你们两个不过是一门门外汉，我可不同，我穿行在错综复杂的文学走廊里，像一只又脏又老的老鼠在迷宫中穿梭时那样，以最快的速度奋力奔跑！"

　　但那已经是几个月前，我父亲去世前很久的事了。现在的我孤身一人，在另一个基姆·蒙索的公寓里，眼前伸手不见五指。我的手继续在墙面上摸索，寻找电灯开关。我想到了苦命之人的尸堆，我想，无论我来到哪里，我都是一个异乡人，一个无所依托的可怜的外来者。我想到了母亲。我想象她在那栋房子里翻找食物，头顶的石块突然朝她砸下来。于是，我生命中的时态被彻底摧毁。我意识到，过去在不断向未来投射，成为未来，而未来自始至终一直在向现在——也就是如今的过去——发射信号；时间将转变成文学。我的手游弋在另一面墙上，最后我找到了开关。门厅被照亮了，看起来像一座舞台。

　　我走在公寓里，感到呼吸困难，气息微弱。但我依然能闻到湿羽毛、大麦、乳酪和腐烂的蔬菜的气味。我记起了基姆·蒙索的宠物鸟。他告诉我，那只鸟名叫托特，我边走边唤他的名字。"托特。"我叫了好几次，一次比一次更大声。没有回音。我径直朝厨房走去，艰难地做了几次深呼吸。我打开一路上所有的灯，看着黑暗消退，一堵堵结实稳固的墙依次出现在我眼前。厨房里，墙上的钉子上挂着一串辣椒，柜台上放有一盒咖啡豆。我打开冰箱，在里面发现了半瓶剩下的蛋黄酱、三瓣蒜、一包哈蒙火腿、一些曼彻格奶酪和一条放久了的法式长棍面包。我掰下一块面包，放进嘴里咀嚼。这让我想到，"没有什么比面包更积极"——陀思妥耶夫斯基。我逛遍了公寓的其他角落：老式笨重家具，说明这里住过好几代人；客厅里，一张木质咖啡桌（太重了，动弹不了它半分）两边分别摆有雷卡米耶式卧榻和切斯特菲尔德式沙发；沿墙摆放着十二张弯腿扶手椅，椅背上饰有棕榈图案，像城壕一样包围着中央的家装；磨损的椅子透着不急不躁的气息，仿佛是不久前刚承载过葬礼哀悼者伤心过度的躯体；角落里，断裂的科林斯柱子上挂着一台龙虾尾巴形状的电话。我想象着基姆·蒙索拿起那只尾巴打电话的样子，我记得他偏爱达达主义。由此可以推断：这些椅子摆放在那里可能是用来开会的，或者供一群人在那里研讨如何用假设来进行自动写作。

我继续往其他空间走去，一张长桌横亘在餐厅中央。我看到木质桌面上残留着水迹和酒渍，以及凝固的红色糖渍，便立马去餐具柜里翻找，很快找到了一个酒瓶——一瓶口感适中的 2009 年珍藏里奥哈。我坐在一张用餐椅上，打开酒瓶，一口气喝掉了一半。我脑袋里跳出一句话："'空荡荡的感觉消失了，我变得快乐起来，开始制订计划'——海明威。"我又喝了几口，用力掰下一块面包。醉意上来了，我感到恶心。我大声对着空气说："尸体僵直。"突然，胸口剧烈刺痛，我起身打开窗户，又打开用模压材料做成的百叶窗。外面风势变大，秋意微凉。我探出头，街对面那栋楼的铁质窗台上挂着一些带四道红色血纹的加泰罗尼亚独立旗帜，被冷峻的风狠狠拍打着。

呼吸平稳下来后，我关上窗，重新开始在屋子里走动。我沿着狭窄阴暗的过道，依次打开所有的房间门。头两扇门很容易就开了；第三扇费了一番力气，它像卢多·本博那样做着殊死顽抗。我连砸带踢，又侧过身子猛地一摔，最后门终于砰地开了。我身体落在门槛上，一头摔进了这个为鸟儿量身打造的房间。尽头的墙面上开了一扇四方的小窗，一缕微弱的光从内院投射进来。四面墙上装有供鸟停留的枝干。在昏暗的光线下，这些枝干若隐若现，成了剪刀、刀、剑和铲子的模样。房间里看起来像一片假的森林。塑料常春藤从天花板上的编织篮里垂下来，茎蔓上有被鸟啄过的痕迹。一只又高又宽的笼子放在房间中央一个镀金的支架上，里面是空的。那只鸟不见了踪影。我留在房间里，透过窗看着茫茫宇宙中一道道愈渐加深的暗影。一团厚厚的云如华盖般遮住了星辰。

我感到疲惫，体力透支，有些慌乱。我强烈地感觉到自己同时身处多个地方。我从鸟屋出来，机械地沿着过道移动，眼睛不由自主地闭上了，我强撑着睁开。最后一扇门通向卧室，木质床架上安放着一张超大床垫，还有四根戏剧感十足的圆形柱子，看起来像方尖碑。"托特。"我最后一次喊道，想象那只鸟突然从某个隐秘的洞口冒出来，给我打招呼或者来个突袭。

我拖着载满书的手提箱，放在床边，然后一股脑儿瘫倒在床。我转过身背对手提箱，以免闻到父亲死亡的恶臭。细碎的记忆片段在我脑袋中旋转。我记起基姆·蒙索在写给我的一封邮件中附了一张鸟的照片。照片中那只凤头鹦鹉停在客厅里一只可旋转壁灯的灯臂上，凤冠竖起，右足翘得老高，脚趾用力撑开，似乎既是在敬礼也是在警告照相的人停手。鹦鹉鬼鬼祟祟地向镜头投来倔强的目光，一副狡黠的模样，分明是很清楚有人正在给他拍照。我从未见过这样的东西。随后，我想起鹦鹉的出生日期：2000年1月1日。所以，那只现在不知身在何处的鸟出生在21世纪开始的那天，这是一个充斥着任意轰炸、报复式残杀、无妄的悲剧、无休止的恐惧和死亡的世纪，是一场古怪的游行。它不是世界大战，却是世界末日的重现。我听到父亲的声音在空寂里隆隆响起。他说，一直都是大限之期。我的心，那张皱巴巴、沾满尘土的纸，像信封一样折叠起来。

我闻了闻自己的手，像一头在坑坑洼洼的地球上寻找慰藉的牲畜那样嗅来嗅去。我的手闻起来很脏，有一股洋葱味。我迟钝地对自己说："你在巴塞罗那，伟大的流亡之旅已经开始了！"想到夜间我的躯体被绑在床柱上，成了祭品，我开始歇斯底里地大笑起来。后来我穿着衣服就睡着了，嘴唇上还残留着红酒印，手里抓着一块变味的面包。如果我从上方看自己现在的样子，比如在一次空袭后从直升机上俯瞰，我会把我的躯体错当成一具尸体。

那天夜里，我梦见我走在一条灯光刺眼的隧道里。我又渴又累又饿，但还是坚持一步步往前。我害怕如果不继续走下去，我会消失在稀薄的空气中。我这样坚持着，把隧道抛在了身后，眼前出现一栋丑陋、毫无特点的建筑，是一座丧葬管理大楼，楼身的混凝土板上烟尘覆盖。大楼的正面只有几扇连在一起的窗，全装了金属安全护栏，在玻璃上投下几何状的影子。我依次推开入口处的两道门，走进一个狭长的等候室。有人坐在木质长椅上，长椅的形状像是给空气停滞的房间通风的扇子。所有人都身着黑色丧服，一动不动地，像人体模型。我仔细观察着他们的脸，才意识到他们是我的祖先，达利尔·阿巴斯·侯赛尼、阿尔曼·阿巴斯·侯赛尼、沙姆斯·阿巴斯·侯赛尼都在那里，还有我的母亲和父亲。我无法相信自己的眼睛。一滴血在我的纸片心脏上散开。它翻滚着，拍打着，就好像被一阵暴躁的狂风一路拽着穿过这世上的大街小巷和重重峡谷。我往前冲了过去，此刻除了将他们紧紧抱住外我别无他求。但等我来到他们坐着的地方时，他们已经不见了。消失得无影无踪了。那张纸片载着沉甸甸的血沉入我的空寂，消失在遗忘的空间里。

他们不见后，一名安保人员出现了。他人高马大，有很浓的口臭。

"死亡证明？"他问道。

"有。"我答道，目光焦急地在屋子里搜寻。大楼后头的一面墙上装了窗户，透过窗口能看到成排的椰枣树和桉树。树间肥沃的曲径上空飘散着一层薄雾。我想我听到了里海在远处翻滚的声音。

"你看看，"保安说，"这里没有人。临终之时，大家都是独自一人。"

"但我应该跟他们在一起！"我哀号道，再次看着家人待过的那个地方，然后望向外面，看着窗外的那些树。

保安用一只胖乎乎的胳膊架起我，把我带到了另一个房间里。有个女秘书坐在办公桌前。她涂了橘色的口红，张嘴说话时嘴唇像小口吸气的金鱼一样张张合合。她递给我一个数字，示意我坐下。我找了一个位置坐好。

"我这是在哪里？"我问秘书。"伊朗？"我质问道，"伊朗伊斯兰共和国？凡城？安卡拉？伊斯坦布尔？"

她叫我闭嘴。

我们头顶的电线上岌岌可危地挂着一排扩音器，此时那些扩音器里传来了我的名字，"斑马！"一个机械的声音叫道。

我看向秘书。她正忙着磨指甲。

"过来。"她凶巴巴地低声说，呆滞的蓝眼睛死死地盯着我。我走到她的桌旁，她告诉我，我得去楼上报道。

我走上台阶，进了电梯。电梯往上，在一处昏暗、沉闷的过道前开了门。墙上有水迹。秘书示意过我要敲第二扇门，我看到那扇门就在尽头，但我每次试图靠近，门似乎都会往后退。有弹性的过道，我每走一步，它就延伸一段，永远没有尽头。我疲惫地倚靠在墙上，全身被汗湿透。过了一段时间，第二名保安出现了，看起来就像是第一名保安的同胞兄弟。

"请出示签证。"他命令道。

"可我已经死了。"

"你需要有签证才能得到死亡证明。"他说。

"签证？"我叫道，感到不可置信。我在脑海里数着这些年里我们申请了多少签证和护照。头顶上亮起了一盏灯，这对那保安来说不是一件好事。灯光下，我清楚地看到了他的样貌：嘴唇肥厚，牙齿掉落后留下黑色的牙根，光秃秃的头皮上还残留着几缕油乎乎的碎发。

"又是签证，我受够了！"我暴跳如雷地说道，看到他的气焰消了下去。

他一动不动地呆立在原地，守卫着过道，气焰明显在消退。接着是一段漫长的寂静。我在过道里来回穿梭着，感觉自己那么渺小无助，仿佛正走在一座吊桥上，吊桥的两边分别有一扇门，无论过了哪扇门我都无处可去。我是宇宙中浩瀚的走廊里的一名流亡者。时间一点点流逝，我不知道过去了多久，数年，乃至数十年。保安头发变白，成了个老人。他瘫坐在椅子上，沉沉睡去。我终于能从他身边走过去了，但我也变老了。我走到门前，扭动了门把手。

门通向一群密密麻麻的洞穴。岩壁上乱影浮动。我从一个洞口走到另一个洞口。每个洞穴上都标了一个字母——从 A 到 Z——凑在一起够出一本识字教程了。我在字母间绕来绕去，最后进了字母 Z。"Z 是斑马（Zebra）的意思！"我叹道。Z 之后就什么都没了，只剩空寂，纯粹而简单的空寂。

一个身材瘦长、戴着圆边眼镜的男人出现了。他坐在洞穴尽头的一块石头上。我告诉他："我是来拿死亡证明的。"

那人点头，摘下眼镜。他的眼睛浑浊，充满红色血丝，似乎就要从脸上掉下来了。

"你来这个伤痛之穴做什么？"他问。一团浓雾在他身边升起，遮住了他的面容。

"我需要死亡证明！我是侯赛尼家族最后的血脉，我的家人全都在这栋楼里。"我解释道，几乎是在哭喊。他没有理会我的请求。我再次张开口，但声音太过微弱和绝望，几乎听不见。那人在一张纸条上写了什么，递给我。我念道："Raphèl maì amècche zabì almi。①"我知道这句话。这是巴别塔的建造者宁录在但丁的地狱里冷冰冰地说出的话。我从未感到如此孤单和疲惫，我想到了不同语言的诞生，想到人类世界随后出现的混乱和交流不畅。我暗自想，我会说那么多语言，却连一个懂我的人也没有。我总是被疏远，被抛弃。我能在多个语言系统中游刃有余，却依然无人做伴。雾气变得更加黏稠了。

我在极度的混乱中苏醒，身上汗水淋漓。一开始，我不清楚自己身在何处，也不确定睡了有多久。我爬下床，在公寓里走动。炽烈的晨光透过过道尽头的窗户照进来，出现铅灰色的天空。我看着玻璃上自己的影子，我记不起自己多大了——可能处在任何一个年龄。我既是年轻的，也是苍老的。我看着楼下的街道，卢多·本博就是在那里把我放下的。街上空无一人，看起来很阴森。突然，我意识到自己尴尬的处境：我孤独地漂泊在这个世界上，只有笔记本做伴。我要追溯

---

① 出自但丁《神曲·地狱篇》，此句无意义，用来表明语言的无法理解和不相通。

过去给谁看呢？即便我把过去支离破碎的残片拼凑起来，即便我那些迥异的自我——它们见证了生活的任意击打——出现在笔记本里，也没有人与我分享这一切。我环顾四周。公寓里充溢着微弱的光亮。我走进厨房，喝了口水。我抓起一把刀，又抓起我的笔记本，在皮革封皮上刻下了我的宣言的标题——"总体哲学：文学母体"。电话响起，我任由它响着。我在想是不是卢多·本博，又或者是基姆·蒙索从希腊打过来的。我四处寻找托特，但那只鹦鹉依然没有踪迹。

我重新回到床上，很快又坠入了另一个梦里。我漂游在一片墨水的海洋里，爬到了一块石头上。我那木柜状手提箱打开着，在石堆附近冒着泡。箱子里有一张地中海地图。我想知道父亲是不是就躺在那张地图下面，但我直起脖子去张望时，箱子已沉入墨色的海底。我抬头看向天空。天上一片黑暗。一些书本悬浮在空中，像夜晚的星辰。墨水从书中滴落到海里。我就这样驻留在石头上，直到太阳出来，直到我浑身湿透，浸满文学的血液。

清晨，在即将清醒之际，在睁开眼之前，我想到：书本就像存在于这世上的一座座地下墓穴，装载着人性的废墟。我反复咀嚼着"人性"这个词，它让我感到恶心。

来巴塞罗那的第一个星期，我迟迟未能鼓足勇气走出公寓。我感到前所未有的迷茫。我的思想沾染了梦中朦胧的光泽，在旋转中跌跌撞撞。我害怕我走在这座城市里时，会在人流的拖拽下变得乏力，步态不稳，最后跌倒在地，被毫不留情的脚践踏。谁会把我从这座城市的阴沟里捡起来呢？没有人，我断定。我便一直待在基姆·蒙索的公寓里，严格按照侯赛尼家族的书香传统，用文学来锤炼我的头脑。

我白天睡觉，夜晚读书，一个星期就这样过去了。我在笔记本上忙碌着，没见到任何人，包括杂货店老板和卢多·本博；我也从未见到那只鹦鹉。我严格遵照图书馆的作息：把时间按四小时划分，在这四小时里，我，死亡的正式管家，通过高强度的阅读和冥想来接受虚无的训练。在学习的间隙，我会停下来去找鹦鹉。我把床下、坐垫下和厨房的橱柜里都翻遍了，可他始终不见踪影。我继续阅读，目的是把我头脑中关于加泰罗尼亚的那部分从混沌中拖拽出来；做到这一点后，父亲头脑中的相应部分也跟随着出来了。我获得了他对加泰罗尼亚文学的感悟，他头脑中的那部分是在我们过去流亡巴塞罗那的年月里形成的。

那个星期快要过去时，我的宣言有了质的飞跃。我从萨尔瓦多·达利偏执狂般批判的手法出发，创造了一种非理性的实用主义方法，也就是以系统化的方式进入流亡的空寂，并为之吞噬，以此产生写作行为。这种方法需用黑布蒙住眼睛，以五分钟为单位进行写作。每次这样做，我都会体验到一种似曾相识之感。我看到我的家人，侯赛尼族人的脸，和我在梦里见到的一模一样。他们会出现在我眼前，神色安详，笼罩在一种奇异的光亮里，直到被周围的黑暗吞没，留下我独自面对夜晚可怕的静谧。布条是从基姆·蒙索的衬衫上撕下来的，以致敬我父亲的黑布条，当初他是用黑布条遮住我的眼睛，带我越过了边境进入土耳其；五分钟是为了致敬侯赛尼血脉中最有影响力的五位成员，从我开始，一直回溯至我的高祖父，沙姆斯·阿巴斯·侯赛尼。我写五分钟，然后歇五分钟。在休息的五分钟里，我从文学母体那里接收到关于下一段写作的信号，在笔记本上写下了很多词条。

不过几天的时间，我读完了基姆·蒙索藏书室里所有我能想起来的受父亲推崇的加泰罗尼亚作品。我挑出来的作家都是父亲在刚来加泰罗尼亚的年月里翻译过的。那时候，母亲毕毕·卡鲁恩的猝然去世在他心头留下阴影，久久散之不去。如今我明白，正是这股力量推动着父亲往文学深渊的更深处探寻。父亲承受着悲痛——并且巧妙地假装成是因为我们这些苦命的人为了存活，不得不忍气吞声——然而却像我后来吸收他那样，把我母亲吸收了。想到这里，我眼前不禁出现了一家团聚、其乐融融的画面：既然我吸收了我的父亲，那我借此也吸收了父亲早已吸收的毕毕·卡鲁恩的遗迹。我热情地迎上去，将母亲的余烬领进了我的意识。我向她致意。"啊，头脑的转世！"我向黑暗的夜空一再说道。母亲的余烬就在我面前，这让我有一种既怪异又兴奋的感觉，一种不同寻常的欣喜和轻微的狂热灌注我全身。我感觉仿佛时间还未逝去，但不知怎的一切都变得不同了。

时间是一个无法解答的谜题，我这样想着，走进卧室，直直地坐在床上。我内心涌起千头万绪：吞掉自己的悲痛，并把死亡的家人吸收，这样做其实加重了我们的不幸。我为自己感到可怜：我继承了一堆散发着恶臭的垃圾，继承了所有无法言说的情绪，侯赛尼人世世代代摒弃的东西一个不落地都被我继承了。他们未得到代谢的痛苦，正在我空寂里那些不断扩大的巨壑中腐烂。难怪我常常不觉得饿。在觉察到这一点后，我多重头脑的每个幽穴中开始同时回响起一个问题：我死了以后，吸收我的人又会是谁？已经没有人了，我是我们家族的最后一个。我抑制不住地抽泣起来，直到泣不成声，我用床单擦干了脸上的泪水。

破晓时分，我在濒临绝望之际从床上挪到了红色卧榻上。我想，除了文学，我还能去哪里寻求治愈良方呢？

一轮橘色的太阳升入高空，像一团火球，我的眼睛透过窗玻璃紧盯着它。我静静地坐在那里，陷入沉思。几个小时后，我的头脑变得务实起来，记起了父亲的译作——不是为了糊口翻译的书，而是他私人珍藏的一些手抄本，里面的文本是他像中世纪的抄写员那样逐字逐句抄写下来的。

我父亲从未向我解释过这些手抄本背后的原理，但我的头脑已经得到足够的锤炼，能自动接收到文学母体发送的信号，所以我很快推导出了他的初衷。显然，抄写行为事实上是助益他记忆的一个附加工具，确保他能胜任未来的抄写员。但是，更让我惊讶的发现还在后面：倘若父亲没有视力受损，倘若他继续了这样的实践，抄写的艺术将会把他带到一种理想的境界，一种涅槃，而资质平庸之人唯有通过鸦片才能企及。

正午时分，阳光刺透窗户照进来，将屋内的一切都染成了棕色。我的思绪被秋日里红褐色的光芒滋润着，溢散成一张错综交杂的网。手工复制文本的过程中不可避免会出现人为过失，这就意味着每一个复制版本都必定与前一个版本有细微的分别，手抄者得以从中意识到人生无穷无尽的多重性，以及它永恒的自我循环。我由此推断，这种意识反过来又能让手抄者从两个基本事实中获得慰藉：一，人性是相联结的（我们都错误地被别人复制过，我们是别人的低配版复制品）；二，存在是虚无的（即便与其他数百万鲜活的个体联结着，我们依然能在毫无征兆的情况下突然结束生命。更何况，与我们联结的人往往并不能助我们路途顺畅，因为他们忙着规避不幸，忙着滥用职权、争权夺利，忙着行损人不利己之事，无暇他顾）。我用从深渊中撷取来的智慧，扩充了侯赛尼家族的戒律。我的宣言长出了翅膀！

　　第二天夜里，我重读了父亲旅居加泰罗尼亚期间抄写的大部分作家：约瑟·普拉（一个极度直率的人）、萨尔瓦多·埃斯普里于（一个拥有迷宫般的头脑，热爱编码的人）、梅尔塞·罗多雷达（一位双刃天才，表面迟钝，实则情感上锋利无比）、米格尔·德·乌纳穆诺[①]（一个有着百科全书般感知力的男人）、费德里科·加西亚·洛尔迦[②]（一位抒情的色情者）和他的朋友萨尔瓦多·达利（古怪，超现实主义者，煽动者，他的作品我永远看不够）、霍安·马拉加利[③]（一个被古希腊化的呆子，半道成了反无政府主义者，但鉴于他从法语译介过来的尼采作品十分精彩，我愿意原谅他——这个人可是一丁点儿德语都不会），以及蒙特塞拉特·罗伊格[④]（雄辩，优雅，善于在对话中见缝插针，深知建筑学以何种方式吸收历史的悲痛）……他们都以这样或那样的方式经历过流亡。我把父亲从这些作家那里抄下的文字一页一页地记在了我的笔记本中。

---

① 米格尔·德·乌纳穆诺（1864—1936）：西班牙小说家、诗人、剧作家、哲学家，西班牙存在主义哲学的代表，"九八年一代"文学流派的灵魂人物。
② 费德里科·加西亚·洛尔迦（1898—1936）：西班牙诗人、剧作家，十九年的短暂文学生涯中，对西班牙诗歌和戏剧传统带来了重要的革新与生命力。
③ 霍安·马拉加利（1860—1911）：西班牙加泰罗尼亚诗人、记者、散文家和翻译家，现代主义文学先锋，被誉为"加泰罗尼亚的惠特曼"。
④ 蒙特塞拉特·罗伊格（1946—1991），西班牙加泰罗尼亚女作家和导演。

完成列表后，我合上了笔记本。这时候已是深夜。我用那只病手抚摸着封皮上刻下的标题。而后，我开始在过道里来回踱步，很快，我听到了一个声音："遗忘是唯一的复仇，也是唯一的宽恕。"这句座右铭让我发笑。因为恰恰相反，我正在经历一种由遗忘带来的失去。我逆向行走在流亡滋生的一系列自我中，慢慢找回记忆的碎片、情感的碎片，它们都已不再完整，它们都在时间的淫威下变得面目全非。我灵光一闪，有了结论。肯定是有一轮满月在我头脑里兴风作浪，掀起了前所未有的波澜。我透过过道尽头的窗户往外望去。看，一轮巨大的银盘挂在扩展区上空。我抬起悲痛的触须，下定决心：我已经追回了父亲在我们旅居加泰罗尼亚的时光里抄写下的文字，我要立刻去我们曾经一同走过的路上重新走一遭。我必须离开公寓。

我又在过道里站了一会儿，想起我和父亲在那片无人地带的漫长跋涉。突然，我的脚疼了起来，瘦弱的膝盖骨感到刺痛。我记起刺骨的寒冷，记起冰封的地面，记起最后那些日子里鬼魅般降临的雪。父亲一路上一直拽着手提箱，同时还背着我，我的背上盖着他破烂的外衣。他累得气喘吁吁，将我放在一块冰光闪闪的石头上。我记得当我抬头看着他时，我看到了他眼睛里的我。我们的嘴唇发紫，眼窝深陷，眼珠突出。营养不良让我俩瘦成了皮包骨，成了一对活死人。

我坐在红色卧榻上，看着月亮掩映在一团飘过的云朵后方，黯淡下来。我闭上眼睛，对自己说：无论结果如何，我都要去寻找自己被掩埋的过去。这时，我猛然醒悟：我此次回到巴塞罗那，就是为了开启一系列漫步——不，不是漫步，是流亡的朝圣之旅——在此期间，我会把自己当成一个挖掘者，即便反反复复做同一件事，我也不会畏惧。我意识到任务的艰巨，慌张之下差点打算放弃。我连吸了几口气，为了镇定下来，我告诉自己，文学作品中相互联结的句子网络将护送我，把我带到一片广阔的寂静领地，带到位于我生命中心的空寂里，带到宇宙的黑暗褶皱中。"啊，本雅明，思想的殉道者。"我嘟囔着走回卧室，将笔记本放在了床头柜上。一个星期过去了，这是我头一次在晚上睡着。我的任务完成了。

然而，第二天早上我的计划被耽搁了，究其原因，某种程度上是因为那只鹦鹉终于上场了。好 一只杂种鸟，他在啄食我来公寓第一天扔在床上的那块面包。卧室里一片黑暗，因为这屋子没有窗。我几乎没吃什么东西，上一个和我说话的人还是杂货店老板。自从卢多·本博把我送来以后，我就没有出去过。我感到自己被困住，变得不真实，离世界很远。我端详着墙面，感觉自己可能会死去，消失，被屋子里的物件吸收。没有人会注意到我不在了。没有人，我重新想了想，除了基姆·蒙索的鹦鹉。

黑暗中，白色鹦鹉的轮廓如同黑洞的边缘。我伸出手，打开台灯，天花板映入眼帘。天花板中间是下陷的，这让我回忆起曾经看到的一幕：在残破不堪的无人地带，村庄里的树上挂着一袋袋酸乳酪，风裹挟着空气中的腐臭呼啸而过，那些袋子垂头丧气地摇晃着。我伸出手在鸟的背上抚摸，幻想如果这个房间是黑洞，那我的手和鹦鹉就处在事界①的边缘，是某种意义上的悬崖。"啊，黑暗的狂喜。"我大声自言自语道。

鹦鹉扭过头，用右侧的眼睛觑我，看起来十分桀骜不驯。我看起来又是什么模样呢？我只知道我的脸是一片空寂——象征着将我召唤过来的流亡深渊。到达巴塞罗那以后我还从未照过镜子，很有可能我已经消瘦得只剩下一只病恹恹的手了。这只手除了我的笔记本，什么也不知道。想到这里，我无助地大笑起来。

我抚摸着鹦鹉。他身上的一部分羽毛向上膨起，摸起来有些扎手。我记得照片里他那睥睨天下的表情、在空中张开的爪子，以及直挺挺的站姿。

"这里——这里——"我对那只鸟说，一边继续抚摸他，"让我变得平静。"

---

① 事界是黑洞外表分界线的标记，事界之内的所有物体或光线都无法逃逸出来。

我的话得到了回应：我变得破碎。[1] 托特像旋转门一样，迅速把头抬向一侧，猛地张开嘴，啄了一下我的手指。我发出一声尖叫。我看到他的喙上沾了一滴血，那滴血在台灯昏暗的光线下闪烁着。突然，我记起梦里在我的纸片心脏上散开的那滴血。我往后一步，躲开那只鸟，托特也开始后退。他把毛茸茸的脑袋往后一甩，嘴里哼哼唧唧的，退到了床的另一边。然后，他停下来，把爪子埋进床单里，展开翅膀，左右摇晃着。

"托特！"那只鸟不耐烦地尖叫了一声，然后打起精神，出了房间。

我怀疑这公寓是不是病了。我也怀疑那个退休的文学教授基姆·蒙索去希腊是不是为了摆脱秩序，或许他正在进行某种熵之旅，一场真正的无序生活之旅。

黑暗静悄悄地拽住屋内的物体，小心翼翼地将它们卷入其空洞的领地，台灯微弱的光线温顺地抵抗着。我感觉思路变得清晰了。我想到，这套凌乱且很可能已病入膏肓的公寓，实际上是一家医院。我从潮湿的床单下蹿出来，缓缓沿着过道走去。我想去面对公寓里的余下空间。不，不是面对，我走出卧室时纠正了这个措辞；我想从中汲取信息。我走过装满书本和遗产的木柜状手提箱，闻到了父亲死亡的气息。我沿着过道，沿着流亡走廊——我头脑里漫长而漆黑的走廊，独自行走。我一边踱步一边想，在徒步穿过巴塞罗那之前，我必须看护好这套公寓里的无意义和鹦鹉的无意义——它们与这世上的无意义并没有什么不同。人们总是拒不承认这种无意义，因为他们的意识被虚假的历史哄骗，成了一个单一的平面。虚假的历史！这个词带给我别样的快感。

我在淡淡的欣喜中走进厨房，冲了咖啡，倒入一个脏脏的杯子里，拿到窗边。街对面大楼上悬挂的加泰罗尼亚旗帜看起来无精打采，一副吃了败仗的样子。四道红色的横纹成了红褐色，跟干掉的血似的。街道上一个人也没有，十分冷清——现在是清晨，还很早。窗户边放

---

[1] "我变得平静"（I come in peace）和"我变得破碎"（I come in pieces）的英文发音相似。

着一台收音机，我打开它，听到："整个世界就是一处潜在的前线。我们都是步兵。"我关掉了收音机。一个穿着围裙的丰满妇人出现在街对面的一扇窗里，她探身出去，开始用扫帚柄拍打她家的旗帜，片片灰尘掉落到浓稠的空气中。钟声响起，隆隆声渐渐退去，消失在极远处。

我起身，挪步至红色卧榻上。在客厅里，我注意到一只之前从未留意到的瑞士布谷鸟自鸣钟，钟摆在左右摆动，发出有规律的嘀嗒声。在过去的一周里，公寓的各个房间开始显现出各自的本色，把它们原本掩藏起来的部分一一向我展示。这种感觉就像在委拉斯凯兹的《宫娥》里。正对窗户的那面墙上有一面镜子。我从镜子里看到了钟摆微弱的影子、卧榻上的弧形靠背、镶嵌在天鹅绒布接缝处的黄铜饰扣、窗外的木百叶窗，以及窗叶间透出来的一条条蓝色天空。云朵飘走了，太阳光芒四射。

我抚摸着卧榻上的红色天鹅绒软垫。绒面上有几处被烟头烧出的窟窿，结成了硬壳，看起来像微型火山口。我想起了萨罕德山。"那头昏睡的野兽！"我大声说道，同时止不住大笑起来。我感到时间放慢脚步，停了下来。无论我往哪里看，满眼都是洞穴、洼地和壕沟。在橘黄色的朦胧光线下，公寓里的物件似乎变得愈渐浓稠，正把我往它们那边拽。我再一次觉得，这套公寓就是一个黑洞。基姆·蒙索，不管他是谁，已经跳进去了。我不得不以自己的方式跳一次：跳入空寂，跳入流亡的虚无。我已经做好准备，我要走进巴塞罗那的大街小巷，再次成为一个异乡人。或者比异乡人还要糟，一个二度异乡客，双重外来者，她已准备好去面对自己被掩埋的过去。

这时我蓦然想到，我可以把文学母体当作一个黑洞：一道没有边际的深渊，一片伸缩自如的空寂。它吞噬一切，没有什么能逃脱，唯有一星半点余烬能从中放射回人世间——一个非场所[①]，时间在这里崩

---

① 非场所（Non-Place）一词出自法国人类学家马克·奥吉（Marc Augé）。它指代不带任何身份的流动个体的集合，如超市、机场、车站等一系列公共空间。这里缺乏场所认同感，也缺乏与人的联系和历史性。奥吉认为，在非场所里，每个人都与其他人是疏离的，因而一个人无论来自什么样的背景，在这里都能感到自在。

塌，成为幻象，并因此最终变得真实。我想到，如果母体是一片可伸缩延展的空寂，能消化掉整体，那么其结构就与未来相似，而未来和黑洞相差无几，是一片广袤而空旷的虚无，凡靠近者皆为之网罗。我对自己说："文学是放射回人世间的昔日余烬。"随后，我从另一个角度审视这个想法，并有了结论：过去中包含着未来的一丝踪迹。那踪迹如同一条传送带，人可以借助它提前感知到未来的景象，获得先见之明。

我看着卧榻红色布面上的三个黑色硬壳，想象热气从火山口中升腾起来。我意识到，这套公寓正在养育我——从一开始就是如此。它用日复一日积攒起来的凌乱，向我暗示：直到现在我一直飘浮在母体周围。直到现在，我一直在代谢文学。但当我看着空中冒出的热气时，我又想到：如果是文学在代谢我呢？我想象自己被母体反刍，我的躯体作为文学的余烬放射回人世间，在旧世界的体表扩散开来，而旧世界本身就是一幅残像，一抹余烬。我为自己感到非常满足，为我的计划中蕴藏的非理性对称感到欣喜。我意识到，毫无疑问，我正在接收文学母体传来的私密信息：天才的信号，达利式信号。我，斑马，正处在我梦寐以求的位置：在遗忘之地，在存续之地，在未来的悬崖上，即将进入过去。很快，我将比以往任何时候都更担得起斑马之名。

我走到过道尽头的窗边，打开窗户。新鲜的空气如泉水般涌入公寓，从百叶窗的木制叶片间轻快地流泻进来，闻起来有沙丁鱼和腌制鳕鱼的味道。街道苏醒了。人行道上人来人往。我透过百叶窗看到他们摆动着四肢，似乎微小又遥远。一股电流从上往下穿过我的脊柱。我吸入温暖、咸咸的空气，告诉自己："要发生可怕的事了。"我有一种强烈的感觉，一种预感：对世界造成根本影响的残酷事件——政治自杀，自发爆炸——很快就会积聚成一股势不可挡、杀伤力十足的力量，惨案将无可避免，留下恐惧的污点。"即便是爱也拯救不了我们。"我向紧闭的百叶窗低声说道。爱！如果爱不能拯救我们于死亡的利刃之下，它又为何被称作"爱"呢？

骤然间，我看到自己变成了儿时的样子，正躺在父亲的怀中。我感到头脑里发痒，父亲的唇髭紧贴着我的空寂。我听到他的低语："给我读读你笔记本上写的东西！"他一定知道我的笔记本已渐入佳境，上面写满引言，用意大利语讲就是"in stato interessante"[①]。想到这里，我意识到我至今没有收到卢多·本博的任何音信。他的不闻不问让我就此确信，他实际上属于那 0.1%；他的生性多疑更加彰显了他的文学特性。若非如此，他早已经出现在基姆·蒙索的家门前。但我心里的某个部分又希望他出现。关于那一部分的我，我只能用三言两语简单地描述：它渴望卢多能中断我残忍的哀悼仪式，阻止我继续愁肠百结地将支离破碎的思考与记忆串联起来。

我和父亲的双重头脑构成了一道穹顶覆盖的迷宫，父亲瘫坐在迷宫里的一张椅子上，用手杖敲打着地面，他失去了耐心。"读给我听！"他重复道。我把笔记本拿出来，按照侯赛尼家族的占卜传统，随意翻开到一页。我将一长串从父亲珍藏的加泰罗尼亚作品集中随机抄写下来的引言和座右铭读给他听。我宣读道："'人们不再满足于那些离谱的地图，绘图者行会绘制出了一幅与帝国版图一般大小的帝国地图[②]'——博尔赫斯。"我绕圈踱步，记诵着这句话。父亲似乎得到了安抚。很快，他在我的空寂里消失，被文字代替。仿佛"离谱的地图"这几个字就坐在他刚腾出的那张椅子上，盘着腿，威严、得体。

父亲再次被折叠进层层晦暗的记忆中，我走进厨房，倒了杯水。那只阴森的鹦鹉在那儿。我目瞪口呆地看着他。他走在柜台上，喙不停地啄来啄去，一会儿把咖啡弄洒在地上，一会儿又去剥蒜瓣。我低头看向笔记本，眼睛落到了如下句子上："有一天你的八字须会把世界

---

① 有趣的状态。

② 出自博尔赫斯的短篇故事《关于科学的严谨》，最先于 1946 年发表在《布宜诺斯艾利斯编年史》上。

凿出一个洞来！"出自我父亲珍藏的作品集！约瑟·普拉常常对达利说的一个笑话：我把"八字须"三字划掉，用"喙"代替。有些句子真是格外好用。"有一天你的喙会把世界凿出一个洞来！"我警告托特。那畜生听到这话吓得往前一扑，把头扎进了基姆·蒙索留在炉子旁的糖碗里。

我往后退了一步。达利的偶然出现提醒了我，我从达利式"偏执狂般批判的"视角思索了一番，托特那似乎再寻常不过的姿态开始产生了某种意义。那只鸟从碗中退出来后，把羽毛丰满的头扭过来，用顽皮又坚定的眼神看着我。我看到白糖表面有一处柔软的凹陷。在我的脑海中，糖碗里的窟窿很快与基姆·蒙索公寓里浮现出的其他凹痕并置在了一起。卧榻上的火山口、清晨悄悄潜入的黑洞、状若排水口的卧室天花板——我将它们逐个回顾，有了新的推断。综合起来看，这些接二连三出现的洞穴其实暗示着这样的事实：托特绝非普通的鸟；不，他是乌纳穆诺的智慧鸟（pájaro sabio）的真实化身。一生热衷于折纸艺术①（反折、折叠和沉折的发明者）的乌纳穆诺曾不无嘲讽地借助那只闻名的折纸鸟来诠释柏拉图对爱和政治的观点。因拒绝让意识形态干涉精神生活，乌纳穆诺遭受了两次流亡的重创。②换句话说，他是一位侯赛尼式英雄。

"可怜的乌纳穆诺！"父亲在我们双重头脑的穴室中叹道，"他受尽佛朗哥那个蠢货的折磨，只因他拥有对人生的悲剧性感知！"他的声音回荡着，仿佛是从古老的岩岫中冒出来的。

"可怜的乌纳穆诺，"我赞同地回应道，"他用脍炙人口的文字告诉人们思考虚无的意义所在，这种思考活动在人世间已备受冷落，只在那些被曲解和被剥夺权利的人中还有一席之地，但它正是开启伟大流亡之旅的轮子！"随后，我告诉父亲，"请听这一句——最深层的

---

① 19世纪末欧洲掀起了一股"折纸热"，乌纳穆诺是这股潮流的第一推动者。
② 乌纳穆诺在第一次世界大战中公开支持协约国，后来又谴责佛朗哥的独裁统治，于1924年被流放，后逃亡法国。

问题：蟹之永生不朽①。"

父亲用手杖使劲敲击着我空寂中的岩壁，大声笑了起来。我纸片般的心随之沙沙作响。他的笑声如同良药，治愈了我的伤口。

我感觉自己受恩准进入了一个充满崇高平行与吉祥的偶然世界。我站在那里，倚靠在厨房的柜台上，做着白日梦，想着螃蟹的永生不朽②，直到教堂的钟声敲响11点。两个一。这是成对的时刻，是二元的时刻。在逐渐散去的隆隆声中，乌纳穆诺分身了，获得了第二个自我。

"请接受吧，佛朗哥将军，"我骄傲地说，"你将永远困在坟墓里，因为你缺乏想象力，因为你不容许你的头脑折叠，像花儿一样对着太阳绽放，因为你是一个堕落的文盲，因为你没有用心去培养你的意识，因为鉴于上述理由你已无法向死而生。你，"我继续说道，"将在坟墓里断气，而乌纳穆诺将像其他归属于我们无意义世界的诚实作家那样，在未来作家的笔下分身成两个、三个、四个，这些作家将呼应乌纳穆诺对人生的悲剧性感知，抄袭他的句子，从而一次又一次将他的遗产深深嵌入人世间。"

停顿了片刻后，我大声叫道："乌纳——穆诺，乌纳——穆诺！"

我神气十足地抬起病手，在"智慧鸟"的头上拍了拍。那只鸟冲我眨了眨眼，依旧在柜台上走来走去。

"啊哈，"我在笔记本里写道，"终于，鹦鹉和我达成了共识。"

我合上笔记本，闭上眼睛，伫立在厨房里。我调动悲伤的神经末梢，从文学母体的深潭中接收到无尽的数据。仁慈的卢梭向我传来如

---

① 出自乌纳穆诺的诗歌《蟹之不朽》。原诗大致可译为："最深层的问题：关于蟹之永生不朽／在于它有一个灵魂／实际上是一个小小的灵魂……／如果蟹死去／完完全全，彻头彻尾／我们都会与之一同死去／永永远远。"

② "想着螃蟹的永生不朽"是一句西班牙俗语，表示一个人正在开小差，做白日梦，思考别的事情。

下启示："是时候去孤独地漫步了。①"

"是的，"我庄重地说道，"流亡的朝圣之旅！"是时候了，漫步的想法在我头脑里生了根。我琢磨着该进行一次什么样的漫步。最后我决定好了，应该以一场"碎片中的建筑学朝圣"开启我的巴塞罗那漫步。我要离开死气沉沉的扩展区！流亡摧毁了我的身份，用劈天盖地的悲伤折磨我，让我时常感到头晕目眩。我迫切需要换换眼，领略千奇百怪的楼宇和令人眼花缭乱的构造。这是唯一能触发那些深埋已久、与我的意识相分离的回忆和感觉的方法。我希望这些遗忘的碎片能从我头脑的粪料中破土而出。

"我应从哪里开始呢？"我一边问自己，一边睁开眼睛，走到卧榻那边。

"就从安东尼奥·高迪著名的古埃尔公园开始吧。"我自答道。

我想象着公园里的景象：向上的斜坡上挂着羊肠般缠结的小径，海滨灌木丛和坚硬的石头点缀其间。

"没有人可以否认，"我断定，"高迪公园里的小路模仿了那个无家可归的流亡者行走的死路，这些道路激发她各部分的自我重新浮现，就像在漫长无道的战争中被吸收的榴霰弹一样。换句话说，"我一边盯着托特，他迈着八字走在客厅的地板上，将翅膀上的糖抖擞下去，忙得不亦乐乎，"安东尼奥·高迪的古埃尔公园应该改名为'流亡的精神花园'，这样更合理！"

我又想到，万事万物有升必有降。要想向上漫步至"流亡的精神花园"，我就不得不屈从于物理定律，一路往下降到这座城市的另一端——港口——而且到了那里以后，我要郑重地向地中海，"泯灭的希望之海"致敬。几乎就在下一秒，我意识到，贯穿于"流亡的精神花园"和"泯灭的希望之海"之间的主干道就是传说中的格拉西亚大道。巧合的是，这条大道上有一个特别路段，人称"不和谐街区"。还有什么比这更圆满呢？我似笑非笑，感觉自己仿佛从阴影中走了出来，

---

① 暗指卢梭的《一个孤独漫步者的遐想》。

进入光明。

我想到了瓦尔泽①这位忠实的漫步者和作家贤哲，然后宣布道："是时候离开基姆·蒙索这套鬼魅丛生的公寓了。"我洗了把脸，穿好衣服，抓起笔记本，夹一支笔在耳后，打开了门。就在这时，我听到一个声音用欢快的语调说道："你上次也没有说清楚。你提着手提箱准备跑去哪里？"

是卢多·本博。我几乎不敢相信。他终于找到这里来了。这几个漫漫长夜里积聚起来的不安似乎一股脑全释放出来，促使我在他面前站立不稳，感到一阵眩晕。他站在门外，白色的衬衫袖子卷起，外面套着一件亚麻布背心。和他去机场接我的那天一样，他脸上的表情带着淡淡的忧虑，但心情似乎有了变化。现在，他的胆怯——如果可以称作胆怯的话——和他询问时充满挑逗意味的热情形成鲜明对比。

"嗯？"他继续问道。

"摩洛哥。"我开玩笑道。我告诉他，要是他不来，我可能就安排一头驴去机场接我了。"我会骑着那头畜生穿过西班牙的沙漠，到达港口城市塔里法后，那时已经饥肠辘辘、瘦若竹竿的我就把死去的驴子推入水中，让它像筏子一样载着我穿过海峡去到北非。"我告诉他，我会像被恶心感纠缠的洛根丁②那样，真真切切地在文学的深渊里探索，我会坐在死驴的肚皮上，双脚垂在清澈的水里，任由波浪载着我来来去去。

"谁是洛根丁？"卢多问道，低头看着他的脚。他的鞋是由编织皮革做成的。

"谁是洛根丁！"我不屑地重复着他的话，"你这样还能自称文学学者。"

他有些不悦，反驳道："我是语言学家！"

"为什么一个语言学家连可爱的洛根丁是谁都不知道？他可是为

①马丁·瓦尔泽（1927—），德国著名小说家、剧作家。
②萨特小说《恶心》中的主人公。

萨特背负着十字架的人啊！"

"因为我日常的研究对象是词典。"他嘀咕道。

"啊，"我说，"所以你的主业是润饰文字咯！"

这似乎让他放松下来。

"你这人真有意思。"他说着随意倚在门框上，丝毫没有泄气。

我也倚在了门上。我们之间相隔那么近，稍微一动就能吻到对方的嘴唇。两个0.1%的人，我暗自想，只消稍加训练，我就能把卢多·本博变成一个文学恐怖主义者。想着能有他做伴，我顿时感到胸腔里充盈着纯净的空气。

"卢多·本博，"我说，用一种疏离、富有哲理，如丝绸般温柔的语调，"你该知道，'没有什么比忧愁更加有意思①'。"

让我惊讶的是，他发出了一声会心的笑。对比上次见他时，他似乎更加懂得变通，也更加豁达了。我在想，这样的卢多·本博上次去哪里了？这个卢多与我在机场见到的那个焦虑、拘谨的卢多截然不同，他如此冷静，头脑灵活，充满好奇。

我们站在门厅处，一动不动地盯着对方。一个老太太提着一篮子刚切好的芦笋，摇摇晃晃地爬上楼梯，她望过来的眼神里透着一丝天真烂漫的坦率。等老太太一走远，卢多就主动发话了："我昨天在镇上过夜。我……我想我应该在动身回赫罗纳前来看看你。"

"你整晚在干什么呢？孤独地漫步吗？"我打趣道，想到了卢梭的箴言。

"不是，"他郑重地说道，目光望向别处，"我在一个朋友家里过夜。"

我从他的声音里察觉到一丝激情过后的忧郁，而且他的头发乱糟糟的——显然，他昨晚和别人睡了。我往前凑过去，在他身上闻了闻，他身上有一种蕨类的味道。他从门框上直起身，往后退了退，不安地拿起插在背心胸前口袋里的烟斗。

---

① 出自塞缪尔·贝克特的独幕剧《终局》。

他问我是否有兴趣去波盖利亚市场①吃一顿，告诉我今天是圣梅尔塞节。我想起来了，节日当天有一系列庆典，会有烟花和列队，附近街区的年轻人们会装扮成魔鬼的样子，手拿干草叉，挥舞着火把四处乱转。我同意稍后会去见他，但同时告诉他我有事要先出去一趟。

"什么事？"他追问道。

"我要开启一场'碎片中的建筑学朝圣'，"我一本正经地说道，"等完事以后下午就去见你。"

他看着我，神情严肃，眼里透着渴望，这暗示着很快我们就要在床上交缠起来。他凝视着我，这样仿佛过了很久。然后，他打趣道："你居然会吃东西？"他把双臂交叉在胸前，歪了歪头，鬈发落在了脸上。

我感到身体轻飘飘的，仿佛在一点点蒸发，头脑里一片混乱。我看见了两个我：其中一个我站在压垮我母亲的那栋破败不堪的房子外；与此同时，长大后的我倚靠在巴塞罗那一个陌生人的家门前，一边与卢多·本博交谈，一边思索着我母亲在房子倒塌前是否找到了吃的——也许是炉子上剩下的炒肝，也许是一碗核桃，或者一些桑葚干。我在空寂里心揪得难受。

我不由自主地说道："我宁愿不吃。"

"这事好办，"他说，"我会告诉你如何像一个真正的地中海人那样大饱口福。"

一阵怡人的清风从门里吹过来。我记得我们在乱石中翻找母亲的尸体时，每搬起一块石头，父亲就会诵读一句马克思的名言"改变世界"。随后，是里尔克的"你必须改变你的人生"②。这句话不但呼应了马克思，也呼应了尼采，它点亮了文学母体中的一个三角。改变！我思索着这个词，同时上下打量着卢多·本博。词里隐含着轻微的焦虑。伟大的流亡之旅中有他的一席之地吗？我害怕他会让我偏离路径，离

---

① 巴塞罗那最大的传统集市，位于市中心，紧邻兰布拉大街，被誉为"欧洲的菜篮子"。

② 出自里尔克的诗歌《古阿波罗石像的残躯》。

目标越来越远。我要把我的家族徒劳遭受的苦难记录在笔记本上，这比人世间的任何事都更急迫。我死去的父亲把分享家族故事、为世人敲响警钟的职责传给了我。这项重任如此耗心费神，我不得不舍弃所有的基本需求：食物、睡眠、他人的陪伴。然而，我的心里又是矛盾的，因为我知道，倘若没有另一个人将我固定在这个渺小的宇宙，我将全然消失在太空中，湮灭进虚无里。

卢多伸出手，紧握住我的手。

"这是一只病手！"我告诉他，试图以此浇灭我的欲望。但欲望就像一只凤凰，在灰烬中再次抬起了头。

我们走进中午橘色的阳光下。分开前，我们商量好下午在波盖利亚市场侧门的水果摊那里见面。我看着卢多消失在扩展区冷酷的街道上。然后，我走到街角的新闻报刊亭，老板是一个脸胖乎乎的、眼神和善的中年女人。我买了份报纸，看看是否有伟大的流亡之旅的消息，指不定莫拉莱斯已经召开了新闻发布会呢。我站在那里，一页页地浏览。什么也没有，一个字也没有。新闻中有一起谋杀合并自杀的凶案、几艘在地中海上漂浮时搁浅的难民船、国王和女王、政治家和他们的妻子。

"游客？"老板大声问道，伸长脖子从报刊亭的小窗口中探出头来，指着一排排精心摆放的廉价首饰、旅游指南和城市地图。

"不是的，"我用加泰罗尼亚语不耐烦地说道，"是一个回归的流亡者！"

她把头缩回到了报刊亭的隔板后。

我拿起一张巴塞罗那地图，在指尖摩挲着。这是一份袖珍口袋本折叠地图，用起来十分方便。如果没有乌纳穆诺，这些西班牙人如今会在哪里？是他为他们带来了折纸术。我买了下来。然后，我想起了博尔赫斯的话，便问那个胖脸女人，她觉得我买的这份地图离不离谱。她假装什么也没听见，于是我又重复了我的问题。"离不离谱？"但她还没来得及回答，电话响了，她走到报刊亭的另一头去接电话。

"一个女孩，一个女孩！"不久后我听到她用加泰罗尼亚语大声喊道。一个女孩出生了。一个刚呱呱坠地，头上还带着青筋的孩子突然出现在这个女人的生活中。

我把报纸折起来，塞进笔记本里，然后打开地图，在上面寻找我所在的街道——赫罗纳街。找到以后，我指着它，同时一只脚跺着地面，用这样的方式向这座城市里纵横交错的空间说明：我——斑马，空寂女士，和天线一样善于接纳——已经做好了去传输信息的准备。我的双重头脑是一片肥沃的土地，里面包含着多个次级头脑，每一个次级都被各自的语言驱动着，能够接收到从时间的羊皮卷发来的信号。毫无疑问，时间的羊皮卷也包含在文学母体中。我接收到的第一条私密信息善意地建议我将这份地图连同下面这句话传给另一个人："小心点！这张地图和所有地图一样，是个谎言。文学是世上唯一真实的图表。"

我把这条启示抄写在地图的边缘，然后走向杂货店。杂货店老板一看到我，脸上就现出哈巴狗似的不满表情。

"我带了礼物过来。"我说。

我刚一开口，杂货店老板的脸就耷拉下来，涨得通红，就像被人剔了骨，放在烧烤架上烤了一番。我把地图放在柜台上，告诉他地图里包裹着一条来自文学母体的启示，实际上是出自赫赫有名的博尔赫斯——文学母体中才华横溢的一大伟人。我还告诉杂货店老板，应该把这当成一件幸事，因为我选定他这样一个头脑简单、吝啬、毫无文学涵养的人为这条启示的领受者。"打开地图，读一下我抄写在边缘的文字。"我命令道。

稍许犹豫后，他打开了地图。我看着他用沾了核桃的粗大的手指翻开折叠地图的边缘，把地图放在玻璃柜台上展开，就着落满灰尘的头顶灯的黄色光亮仔细查看着。他研究了有一会儿，然后像个迷失在海上的人，自言自语道："小心点，这张地图和所有地图一样，是个谎言。文学是世上唯一真实的图表。"

"妙哉，"我说，"讯息传达完毕。"

　　杂货店老板看起来满脸迷惑，像是刚吃了一记耳光。我无视他脸上山峦起伏般微妙的表情。他需要反思一些事情，才有望从愚昧中超脱出来。为了笼络他，我指着他店里那幅达利的《记忆的永恒》，对他的艺术品位夸赞了一番。之后，我告诉他，他要是无视博尔赫斯的话，那他就是个蠢蛋，因为关于主动与非主动记忆的错综本质，博尔赫斯能教会我们很多，更不用说历史记忆与个人记忆。弗洛伊德也对这些主题甚为关切——我在用我宣言里的声音说话——他曾经大胆地提出这样的疑问："当一个想法被忘记时它会去向何方？"

　　这些话一出，杂货店老板被逼急了。他用恶狠狠的鼻音告诉我，他很清楚我是遭受了某种无药可治的缺陷，并要求我立刻滚蛋，否则他会忍不住抄起家伙朝我砸过来。说到最后时，他忧伤地看着那堆黑色核桃，这使我不禁开始猜测那堆核桃对他来说有何象征之意。他的猫出现了，身上有橘色条纹，尾巴竖在空中。这似乎让他冷静下来，至少暂时是这样。

　　我充分利用这短暂的停顿，摸了摸笔记本，拿起来，嗅着纸张中泛出的霉味。而后，我用极其温和的语调，对杂货店老板说："我亲爱的老板，没有人能幸免。有一天，你也会成为这个世界上的不幸之人、步兵或承受悲痛的人。当那一天来临时，你终会明白，一本书就是一位谋士，是一群谋士，届时你就会不无感激地回想起我。"

　　接下来，自然就没有什么可说的了。我走出杂货店，周身萦绕着一股沉郁的寂静。离开前，我转头透过玻璃门看向店主和他的猫。他变了一个人。他和他的猫都似乎变得温顺了，仿佛意识到了自身的渺小，意识到在生命的宏大格局面前自己是如此无力。但那种对黑暗面的领悟将很快开始在他们身上起作用，因为黑暗就是这样，人一旦踏足，它就会眉开眼笑，向其幸存者——不幸的幸运者——施以隐秘的报复。我停下来，最后看一眼玻璃门后面。我不再能分清哪个是店主哪个是猫，他们好像融在了一起。

　　教堂的钟声敲了一下。等到隆隆声消失在了远处，我才重新出发，开启"碎片中的建筑学朝圣"。

我穿过对角线大道①，往古埃尔公园的方向走去。宽大的街道上喧闹无比，一群群游客从我身边蜂拥而过。一个男人驾驶着一辆老旧的蓝色沃尔沃，对一个骑在小型摩托上的女子按响了喇叭；女子截住他前方的路，继续轰隆隆地往前开着。她头上戴着一顶红色头盔，整个人看起来像一颗巨大的跳动的心脏，毫无防护地穿梭在大马路上。

突然，我的思绪像星星的尖角聚拢在了一起。我想到，一本书如果能唤起我们意识中的受伤区域。换句话说，如果阅读这本书能让我们受伤，那它才能算作一位好的谋士。我想到"星星"（star）这个词与"伤疤"（scar）只一个字母之差，这让我更加坚信：波德莱尔，那个令人爱戴的花花公子，没有足够有力地去对抗以弱者为代价换取自身稳固的资产阶级。没有。因为一本书若要成为好的谋士，它必须越过一个危险区域，必须以身试法，腾空而起，迈过某种禁令。我往下进到地铁站，登上车厢。"一本好书，"我对自己说，"是食人的。它能唤起我们的昔日幽灵，促使我们思考未来世界挥之不去的无常变迁。"

门关了。车厢沿着轨道往前。突然，一个女人的声音透过扩音器从人群中飘过来。"谁是敌人？"她问。有人回道："敌人无处不在。"另一个声音说："我们面临着群龙无首的反抗。"我往周围望了一圈。一群瘦长结实的青少年表情阴郁地倚靠在门上，车厢的其他地方只看得到汪洋一片的人头。我听不出声音是从哪个方位飘过来的。

在这个非场所，在城市的排水沟和地下通道里，我体内悲痛的黑暗空间突然被唤醒，难以割舍的失去、无法痊愈的伤口带我从西向东、一站接一站地回溯人生旅途。我在那里再度思考一桩桩黑暗事件，或者说，那些曾图谋毁灭我的无意义现象。我在努力寻回从我记忆中消失的一块碎片。我闭上眼睛，觉得自己像个幽灵。仿佛周围的一切都已消失，我独自一人站在那里，发出一声关于黑暗与毁灭的警告。

---

① 巴塞罗那最宽的大道，由伊尔德方斯·塞尔达设计。对角线大道的扩展区部分拥有众多旅游景点。

"我是谁？"我大声问道。

我听到："不幸之人尸堆里躺着的另一具尸体。"

一个小时后，我进了"流亡的精神花园"，站在铅灰色的天空下，有点恶心想吐——一场暴风雨蓄势待发，再过一个小时，雨就会倾盆而下。我漫步在公园里，地铁上泛起的感受仍然缠绕着我。我穿过一片树篱，在芦荟和棕榈树旁缓缓移动。我走过洗衣妇的长廊。我感到风游走在长廊的柱子间，穿过树枝，匆匆掠过海滨灌木丛，像是公园在叹息。

"我在巴塞罗那做什么？"我问自己。周围没有别人。

我自答道："我纵身跳入流亡的空寂，为的是用墨水在笔记本上写满昔日余烬。"

"谁会读你的笔记呢？"我问。

"无人。"我绝望地自答道，继续在云层下漫步。

我穿过公园，如同一道阴影，一个幽灵，已然死去，但依旧活着。我来到露天平台，坐在蟒蛇般蜿蜒的长椅上，往外看向巴塞罗那。在那个位置，我感觉到我头脑里的空气有了些微变化。有一瞬间，我想从那个俯瞰的高处跳下去——我想杀死自己，像一本好书，走向属于我自己的消失。我看着远处萧瑟的紫色海面，看着圣家族大教堂①的尖顶上空悬挂的起重机，看着这座城市的穹顶和角楼，阿格坝大厦上光滑的蓝色玻璃和红色的光亮，公园里守望者之家的泥塔，以及分布其间的棕榈树叶片。我想：是的，的确，我会从天台上跳下去，正如博尔赫斯所说——"我的坟墓将是深不可测的空气"②。

我来回审视我人生的根本宿命，它的无意义和缺乏理性，以及我困境重重的童年。我想起父亲在去世前曾抬起手，用他粗糙的手指轻捋黄色的胡须尖，然后用食指点了点他的太阳穴，声音虚弱地说："这，这里，是你唯一能拥有的自由。你要用生命守护它，用死亡守护它。"

①一座罗马天主教大型教堂，由西班牙建筑师安东尼奥·高迪设计，仍未竣工。
②出自博尔赫斯著名的短篇小说《巴别图书馆》。

我远远凝视着这座城市的天际线。巴塞罗那正发出低声的哼鸣。我眺望"泯灭的希望之海",水面上薄雾笼罩,　眼望不到边。即便相隔甚远,我依然能听到海浪时涨时落,拍打海岸的声音。蓦然间,我隐隐感觉到,巴塞罗那是个没有起始的地方,它的边缘融进了大海,旧世界和新世界已彼此交融,分不清你我。我想象哥伦布的雕像伫立在岸边,在那条长长的步行街道,兰布拉大街的尽头:他神情骄傲,食指指向神话的新世界。

又来了,那个可怕的词——新。新!嘲笑一番后,我立马感到好受了些。所谓的新世界不过是让不动脑子的乌合之众从中牟利的一个诡计,而我已经在与他们的较量中幸存下来。我想到了一个相近的词:现在。这两个词我都要谴责。"我宁愿相信虚无,相信魔鬼,而不愿相信'现在'。[1]"我大声自言自语道,响应着尼采的话。在历史的无情重击下,不幸之人的"现在"曾遭受摧残,并且会继续遭受摧残;"现在"已经从我们的常用时态中消失了。

这时,我注意到我旁边站着一个女孩,她额头宽大,下巴尖尖的,穿了一件裙摆上印着一只旅鸽的蓝色裙子。她长着最最普通的脸,是个美国人。

她转过身,问我:"你在对我说话吗?我没听清你在说什么。"

"不是。"我粗声说道。

我仔细瞧了瞧她的裙子。我讨厌这种滑稽的样式。然后,我转念一想:我为什么不跟她说话呢?这个世界通过折磨流亡者、移民和难民来维持自己的存续,我又何必封存起自己的想法呢?作为一名幸运的不幸者,我有责任报复这个世界,用我的思想、我的苦难——这两者本无区别——来污染它。她正看着眼前蔓延开去的巴塞罗那,看着蓝色的大海,水面像鞣制过的皮革。风抽打着,一时间海上波浪翻滚,水沫四溅。

---

① 原句是:"您的艺术家形而上学宁愿相信虚无,相信魔鬼,而不愿相信'现在'。"出自尼采的《悲剧的诞生》中《自我批评的尝试》。

"我确实是在对你说话。"我说。

她再一次转头，脸对着我，冲我展示她宽大、平坦的前额。

"你，"我说，"可以自由地把鼻子转过去，对历史的尸骸视而不见，让你的愚蠢和无知免受伤害"——她光滑的脸涨得通红，蓝色的眼睛在打转——"但我不能做同样的事。"

她往后退了一步。

"即便我想要避开死亡的瘴气，"我补充道，往前向她靠近，"我也不能，因为我被囚禁在流亡金字塔里，这一切都是为了成全你这种人的利益。"

"你对我一点也不了解。"她争辩道。我看见她的眼泪都快要出来了。

"了不了解，我自己清楚，"我说，"而且当我了解的东西出现在眼前时，我也心知肚明。"

我不再理会她。我再度思索自己刚才说的话："了不了解，我自己清楚，而且当我了解的东西出现在眼前时，我也心知肚明。"这是我今天最精彩的发言，远胜对杂货店老板的那番训诫。

我看着她一步步走远，裙摆在风中飘扬。我走到公园里一处隐蔽的角落，找到一片湿土，在地上刨出一个洞，把那个卑鄙的词——新，写在一张纸上，埋进了洞里。我闻了闻手指，记起和父亲一起为母亲刨坟时闻到的泥土味——干干的，有一股毒药的酸味。而后我又记起，殡葬人把父亲的棺椁放进了湿漉漉、飘荡着浓郁青草味的墓坑里。侯赛尼人飘零在世界的各个角落，而我是唯一的幸存者。我再次抬起头时，看到历史的天使盘旋在城市上空，张开豁大的嘴，拍打着双翼。瞧，历史作为一场灾难出现在我眼前。我想，文学母体是一堆没有中心但相互联结的书，不知疲惫地为我们照出人性的废墟。

我继续漫步。路上遇到一个穿着豹纹衫和紫色紧身运动衣的表演者。他一头长长的棕发，嘴巴异常宽大，眼睛藏在白框太阳眼镜后，在弹奏一把电吉他。有几个人簇拥在周围觑着他，心里的不痛快全写在了脸上。

　　我继续往前，穿过大自然广场和长满异域植物的奥地利花园，往公园出口走去。我迂回穿梭在百柱厅的多利斯式圆柱间，经过著名的变色龙喷泉雕塑，走下一处被暮色笼罩、栏杆仿若一长排新娘服的台阶，最后经过色彩斑斓的蜥蜴雕塑。离开前，我回过头看着"流亡的精神花园"，意识到这座公园的构造就是对我人生的投射：每一件事都那么不对劲，残缺畸形，让人失去方向感。我看到公园大门附近一群游客正埋头看折叠地图。我知道，我和他们截然不同：我祖先的遗骸被埋葬在四面八方，无处不在，我们家族的骨灰散落在世界的各个角落，这样的我注定要深陷迷途。他们的软肋——对缺口和裂缝的嫌恶——就是我最大的强项。

　　我直接往"不和谐街区"走去。几个名字重新浮现在我的脑海，是关乎这座城市的一些事。我记起来了，扩展区，这个政治项目是由乌托邦主义者伊尔德方斯·塞尔达主持设计的。我继而想到，他既能为这个区设计出如此方正、朴实的街区，他头脑里组织信息的方式想必十分枯燥：通过将思考和记忆归档，放进特定的容器中，以避开任何交叉感染的可能。在所谓的卫生时代，人们也是以同样的方式处理尸体的：放进单个的棺椁里，而不是成堆埋葬。一个留着蓬松短发的中年妇女站在街角，翻找着钱包。她看起来心烦意乱，仿佛眼睛凝视的是一片深渊。她一个劲地把手往钱包深处掏，脸快要掉下来了。我走上前去，揶揄道："依我看，您这是准备去领略伊尔德方斯·塞尔达留下的遗产。塞尔达是老派的死敌，反对同类相残，渴望净化世界，让世界摆脱混乱的过去。任何人只要走在扩展区的街道上，都会立刻体验一把直线思维方式，因为塞尔达为了促成现代化，将这座城市简化成了一个单一的平面。继续走吧！"我怂恿她，"走遍扩展区！简约在等你！这是一片会带给你答案的区域！"我看着她的钱包，棕色，闪闪发光，看起来像一只蛤蜊。她合上蛤蜊，以最快的速度急匆匆跑走了。

　　行至赫罗纳街的交叉路口，我突然想到，与伊尔德方斯·塞尔达截然不同的是，基姆·蒙索住在一个古旧的地方，那里堆积着过去的破铜烂铁，因此他不得不日夜绞尽脑汁，忙于应对。我就此推断，这套散落着各式物件的公寓代表着某种持续的反叛，是在对抗当地僵硬无趣的建筑环境。想到这里，我不禁对那位退休的文学批评家心生好感。

"碎片中的建筑学朝圣"让我的头脑活泛起来。我沿着格拉西亚大道漫步，终于到了米拉之家，这座令人眩晕的建筑是由古埃尔公园的设计者安东尼奥·高迪一手打造的。我站在街上，痴痴地看着它波浪般汹涌的外墙，看着从高低起伏的屋顶盘旋而上的石雕——像极了戴着防毒面具的中世纪骑士和士兵。我想起本雅明，这位思想的殉道者曾说过，我们必须时刻准备好面对"外部生活的敌意，这种敌意有时会从四面八方而来，就像狼"，过去的尘沙会借着未来的风暴卷土重来。我反复告诫自己：我孤独地漫步就是为了让过去起死回生。换句话说，我是一个死亡的闲逛者（Flâneur），漫步在这座城市里，检视着时间的羊皮卷。

沿着"不和谐街区"再往里走就是阿马特耶之家，设计者是髯须浓密的何塞·普伊赫·卡达法尔克[①]。我端详着外墙上的花纹和新哥特式图形，彩色玻璃花窗，图案繁复的马赛克瓷砖，绿色百叶窗，粉、白、红相间的色调，阿拉伯和赛法迪犹太人[②]风格的不对称木门，木门上面刻着的星形图案。我再次想起那个词——星星（star），它和"伤疤"（scar）只一个字母之差。我暗自神伤。一条老旧的横幅从露台上垂下来。横幅经历风吹雨打，褪色严重，上面的文字几乎无法辨认：不要布什，不要战争，不要萨达姆。横幅看起来破旧不堪，已经成为过去的遗迹。每天仍有数以百计的生灵继续遭受着剜心之痛，而这个世界的其他地方在短暂地抗议伊拉克战争后，已经罢手去操心别的事了。

---

① 何塞·普伊赫·卡达法尔克（1867—1956）：西班牙加泰罗尼亚现代派建筑师，曾为巴塞罗那设计了很多重要建筑。阿马特耶之家是一座著名的新哥特式风格建筑。

② 一般指西班牙或葡萄牙的犹太人。

经历漫长的战争，最后幸存下来的人，将心如死灰地活下去。和我一样，剩下的日子里，他们将失神地看着这个世界，仿佛自己已经死去。

我独自站在那里，陷入沉思。父亲这段时间以来一直没有什么动静，此刻突然发出了他旧时的警告："孩子，没有比客死他乡更糟糕的事了。"我幡然醒悟，只要这个世界还充满像塞尔达这样的人，父亲的座右铭将始终有其道理。在一个总是自欺欺人、千方百计要超越过去的全球化社会，在实用主义和功利主义盛行的时代，阿马特耶之家——原属于一位巧克力商，一个懂得发现生活乐趣的人——是一次少有的突破。我继续对这栋建筑展开深思，感到一股深沉的平静向我涌来。尽管阿马特耶之家采用了过多的装饰元素，汲取各式各样的建筑风格——罗马式、哥特式、弗兰德斯、北欧、加泰罗尼亚、阿拉伯、犹太人——它散发着宁静的气息。我转念一想，不是尽管，而是因为。因为，通过将多种建筑传统兼容并包，阿马特耶之家为我们呈现了人生令人目眩神迷的无限性与多元性。这是一份实体宣言，它既昭示了存在的相互联结，也彰显了虚无的无所不包，与我父亲抄写的文字不无共同点。我感到心满意足，随即往前挪步，眼泪簌地落了下来，马上又破涕为笑，来到了近旁的巴特娄之家——高迪的骨头之家，也是他的死亡之家。

一群游客站在楼前，扶起太阳眼镜，瞻望着骨头之家。墙面上凌乱的马赛克瓷砖与午后的阳光相映成趣。鱼鳞状的蓝色屋顶，极尽斑斓的色调——从海蓝色到金色，连绵起伏的外墙，以及光滑的肋状拱石间镶嵌的椭圆形窗户，让整栋建筑看起来既是鱼也是海，既是动物也是它们天然的栖息地。我感觉灵魂快要出窍了。骨头之家犹如海滩上被海浪冲刷后高低起伏的沙地，同时，它又像一条聪明且不为人知的鱼。游客们继续往前。这栋美轮美奂的建筑在他们心中激起的敬畏已然消退，漫不经心的冷漠和机械会再次浮现。

"一群虚假之徒！"我冲他们吼道。这些人都是一个模子刻出来的，就像是读了同一本旅游观光礼仪手册，为了彼此融合，为了组成一个自由漂移的游客国度：一群毫无思想的人沿着同一个坐标方位随意漂移着。

我感到一阵突如其来的冲动，我想像侦探一样尾随他们，看他们的注意力会投向何处，又会在何处收回。我会借助这个晴雨表来衡量普罗大众与死亡的疏离程度，乃至他们与文学的疏离程度。

我一路尾随他们到了兰布拉大街。人们在一排排悬铃木间昂首阔步，瞻仰着真人雕塑。我模拟着他们的步态：哒——哒，哒——哒。我坐在一条长椅上，眼睛依旧紧追着我的样本。人群聚集在一堆血淋淋的东西前，我站起身看了看，原来他们在照相。

我看到一个装得满满当当的垃圾箱，里面的东西——啤酒瓶、一只溅了血的旧花束、食物包装纸、一本撕碎的发黄的旧书——溢出来了。渐渐地，一个男人出现了，他的四肢蜷缩在一辆断了支架的自行车上，头不见了。原来是个被砍了头的刀下鬼，鲜血淋漓的脑袋已经翻滚到了一边。我跟踪的那群游客纷纷伸直了胳膊，举起手机，忙不迭地照着自拍。他们咧起僵硬的嘴唇，摆出极不自然的笑容，像噩梦里的幽灵，而他们身后的真人雕塑则在扮演死亡。

想到世界被复制在这个虚拟的平面中，我感到既忧郁又反感。我讨厌这样，虚拟与实体这两个不同的维度被连在了一起，形成一个连续体，人们不得不在这二者——物理的世界及其全息图，因特网——间从容不迫地来回移动，正如他们离开高速公路只为了从高架桥的另一边重新进入。游客们将照片发到网上，对自己的图像，对从那个虚拟平面向他们回以笑容的虚假自我赞叹不已。他们似乎需要复制自己的形象才能确定自己存在。这些人让我感到无聊至极。

我沿着兰布拉大街闲庭信步。悬铃木低处的枝叶上已经冒出新芽，而梧桐树干在鲜嫩的树叶下看起来无精打采，一只长着白毛的蘑菇侵蚀着树皮。我想知道这是不是病毒侵扰，树的下半截是否已经病入膏肓了。我想回到我的洞穴中，在那里我可以穿过这个世界奸诈的表面，沉下去，逃到面具的下方，逃到表层的浪涛之下，在那里，在寂静的孤独中，无所畏惧地透过文学凝视人生谎言的中心。但我没有那么做，我走到了波盖利亚市场。

和卢多·本博碰头的时间到了。

　　我到达波盖利亚市场附近的水果摊时，卢多·本博已经在那里了。他背对着我，在吻另一个女人。现在是傍晚，摊主们已经离开，摊上只剩下几个发蔫的茄子，一些纸箱和熟烂的香蕉。我倚在其中一个纸箱上，看着眼前这一幕：卢多动了动脑袋，那个女人的脸映入我的眼帘——她比我大好几岁，年龄和卢多相仿，皮肤十分红润。她有一双明亮的大眼睛，长长的栗色鬈发在后颈处呈扇形披散开。她紧抿着嘴唇，卢多抬起胳膊，把她往后推。他显得很不自在，竭力让自己置身事外。由此可以看出：他们之间的那个吻并不美好，也并不香艳；是干巴巴的、带着歉意的吻，也是道别的吻。

　　我上下打量着那个女人。她看起来咄咄逼人。她的下巴抬得老高，眼神冷冰冰地看着卢多。她穿着黑色高跟鞋，紧身牛仔裤，以及一件有衣领扣的红色衬衫；一副不好惹的样子，硬朗中透着一丝别样的性感。这身装束就是警告，那件衬衫，还有她谨慎、冰冷的目光，似乎都在说：我要吸干你的血。我为卢多·本博感到可惜。他一个出身诗书世家，注定要有一个诗意未来的男人，和那个张牙舞爪的冰人纠缠什么呢？

　　场面十分尴尬。很显然，卢多在想尽办法摆脱她；或者，换句话说，鉴于她颐指气使的态度，他在一点点不失体面地从她眼前抽身出来。她就是昨晚和卢多一夜风流的那个女人。我很肯定。我想象她张开长长的双腿恭迎他的身体，想象他趴在那个女人的身上。我脑海里甚至闪过这样的怀疑：他欲仙欲死之际一定使劲拽住了她的头发。我信步走进市场，确信从此以后卢多·本博将与我纠缠在一起。

　　为了打发时间，在卢多脱身前，我决定在摊位间走走。只有为数不多的几个摊主没有打烊。我时不时停下来，仔细观察着摊位上陈列的食物：墨鱼（黑色，滑溜溜的，躺在"墨汁"中）、小巧的沙孙鲽、红色的小虾、龙虾（双钳耷拉着）、鳗鱼（陈列在一堆堆刨冰上）、腌制鳕鱼（有整条的，也有切成块和条状的）、沙丁鱼、鮟鱇鱼（对眼，扁平的头，看起来傻乎乎的）、藤壶、鳀鱼、鳟鱼、小龙虾、牡蛎、蛤蜊、贻贝、明虾，葡萄酒和卡瓦 ①，成堆的杏仁、核桃、腰果，一罐罐糖果，一排排做成水果（西瓜、樱桃和瓜瓤）样式的树胶。过去几天里，我几乎没怎么吃东西。我感到很虚弱，整个人都没了力气，觉得自己那么卑微。就在这时，我听到有人在叫我的名字。

是卢多·本博。他进市场来找我了。他大喘着气跑过来，头上的鬈发一颠一颠的。他说："我看到你走进来了。"

"你是刚参加完进军罗马 ②回来的吗？"我问道，语气粗暴。

他一脸茫然。

"我那时还没出生呢。"他从惊讶中缓过神来后，略微生硬地说道。他停了片刻，平复呼吸，"况且，我也不是法西斯分子。你如果是要暗示这个的话，那也未免太无礼了。"他郑重其事地说道，肩膀往后收了收。他扛着一个斜挎包，看起来很沉。他把包换到了另一只肩膀上，肌肉收紧。我意识到，他虽然身形单薄，但非常健朗，身材匀称，举手投足十分稳当。他是一个懂得如何去渴望以及被渴望的人。

一只鸽子拍打着翅膀从屋顶的椽子上下来，停在了我们脚边。我觉得它看起来像墨索里尼——它的羽毛是粉色和黑色的，有一双不安的小眼睛——但我什么也没说。我咬着舌头。卢多充满爱意地低头看着那只鸟。我在心里记下来：卢多·本博拒绝讨论法西斯主义，但愿意冲墨索里尼之鸽微笑。随后，我记起在机场时，他对那只从空中掉下来的死燕漠不关心。我意识到他并非对鸟类冷漠，而是对死亡这个话题感到不安。也许，一谈到死亡，他就仿佛置身于浅滩上，被冲向大海的潮汐裹挟着，不得不拼命挣扎把头浮出水面。他面对深渊时的无力，一定让他潜意识里对我这位空寂女士暗暗着迷。我从双唇间挤出一丝不怀好意的笑。卢多看着我，既着迷又困惑——他丝毫不清楚

① 卡瓦（Cava）是西班牙一种起泡葡萄酒，其酿造工艺与法国香槟相似，风味却不同。

② 1922 年，墨索里尼号召旗下的法西斯支持者进入罗马，迫使意大利国王任命他为首相。这一事件标志着法西斯主义的兴起。

前方等待他的是什么。

"里头装的是啥？"我指着他的包问道，微笑着向他抛出了橄榄枝。

"这里？笔记本，还有一些文件。我今天在档案馆，"他叹气道，"里面很没有条理。累死我了。"

我想象着张牙舞爪的冰人紧紧搂着他的样子，再也按捺不住了。

"你说的档案馆是指你朋友裆部的那条暗管吧？"

"什么？"他的双眉拧到了一起，而后又回到两边。这些话冷不丁就从我嘴里跑了出来。令我意外的是，他很快就领会了。"哦，"他说，"不是，不用担心她。"

"我什么人也不担心。"我粗暴地打断了他。

我们走进一家美食摊，坐在柜台前。卢多忙着为我俩点吃的，我则透过玻璃陈列柜看着坐在对面的一排游客。我对他们怀有强烈的恨意，那些愚蠢的游客摆出法医的架势，检视另一个国家、另一种文明最具市场价值的特质。他们的人生一清二白，过去纷乱如麻的苦痛未伤及他们，历史的滚滚车轮也未在他们身上留下骇人的痕迹。我咧着嘴，摆出与他们脸上同样空洞的笑容，卢多为我点了红酒、鱿鱼和煮荷包蛋。

"你的脸怎么了？"他问。

"你是说他们的脸吧。"我说，用餐叉指着那些游客。

"模仿是最大的恭维。"他说。他又来了，那种说教的语气。"你要是不喜欢这些人，我建议你当作他们不存在就是了。"

"模仿，"我气呼呼地反驳道，"是为了嘲弄。"

他伸出一只手抓住我的手，另一只手抬起酒杯。

"干杯。"他说，想转移我的注意力。他抿了一口，然后若有所思地坐在那里，看着我提到的那些游客。

我大口灌着酒。我需要把有关他们的画面统统移到过去的废墟堆中。当我们被禁闭在流亡金字塔里不见天日时，这些游客正无拘无束地在绿茵上闲步。的确，我与他们坐在一起，往嘴里塞着同样的食物，看起来和他们别无二致，但这并不重要。把我与他们区分开的是一些看不见的东西，是抽象的东西，是与我如影随形的虚无感，是一种空寂。我相信他们一定从未体验过，而我却经年累月地背负着它，几乎耗尽了我的生命。唯一能让我知晓自己还活着的方式是看着那个废墟堆一点点扩大，垃圾吸引来更多的垃圾，直到我的人生变成一座高到无法逾越的垃圾场。我感到我的空寂里一阵刺痛，害怕它随时会爆裂。我没有对卢多透露半分，只是一个劲地吃着，点头，向他表示感谢，告诉他食物很美味。

卢多大受鼓舞，又点了些食物和饮品：啤酒糊拌猪脸、鱿鱼汁烩黑米、爽口的白葡萄酒。我们吃完饭后，他又点了果子酒。

"尝尝这个，"他说，"味道醇香。"声音中透着天真烂漫的魅力。

我尝了尝，告诉他，这果子酒闻起来像湿土、石灰石、黏土、火山石、新修剪的草地、虫子、从山间小路上刮来的咸涩的风、沾满灰尘的香草、甘草丛……他的手顺着我的胳膊往上，将我的一缕头发拨弄到耳后。"你真美。"他说。

"别瞎说，"我说，"况且，即便我真的长得美，那也不是我自己的功劳。"

"你的鼻子很厉害。"他说。

"你说得没错。我有个好鼻子。"我说。我想告诉他：我的鼻子神通广大，能闻到从久远的过去飘散来的血腥味。为了阻止自己说出这番话，我问道，"你喜欢住在赫罗纳吗？"

"这里的人喜欢称它为'加泰罗尼亚的佛罗伦萨'，但我不会这么形容。西班牙人喜欢言过其实。"

"在我的家乡，"我凑过身去，温热地在他耳旁低声说道，"我们一般这样形容喜欢言过其实的人：没见识的人眼神都不太好。"

"说得好。的确如此。他们视野狭窄，守旧，与外界缺乏沟通。"卢多不无遗憾地说道，啜饮着黑色的饮料，"你从哪里来？"

"你看了我的航班信息。纽约。"

"不，我是说在那之前。"

"在下自居鲁士大帝及万王之王的疆土而来！"我说。

"你的意思是你来自伊朗？"他笑着问道。

游客们付钱离开了。我看着他们走到门口，消失在黑色的天幕下，傍晚将舞台让给了夜。这些人走了以后，我感到呼吸终于通畅了。我开始在谈话中夹带一些格言和谜语。我解释说，不单没见识是个问题，一个国家如果见得太多，眼神也不会好。我告诉他，需要有一种恰到好处的平衡。卢多自己便是从一个衰落的帝国而来，他心领神会地点着头，脸上绽开了笑容，仿若太阳下的一朵水仙花。

"如果平衡被打破——如果一个人见识短浅，或者见得太多——那么，按照你们爱戴的同胞卡尔维诺的话说：'眼睛看到的不是事物而是一些另有他意的意象。①'"

"你会把事物相互混淆吗？"他问道。

"当我看到一棵椰枣树时，"我说，感到我的空寂变得僵硬，"我看到的是我母亲铁青的脸和没有一丝生命征兆的遗体。"他把脸慢慢转开，我看到他用舌头舔着门牙间那道可爱的罅缝。

"遗体本身就意味着没有生命，不是吗？"他尴尬地问道，眼睛眯了起来。

"一开始不是的。生命离开身体是一个漫长的过程。它缓慢、悄无声息、优雅地离开，徘徊在大气中久久不散，直到宇宙的头脑将它吸收。然而，我父亲去世的时候，我拦截了宇宙的头脑。"我说，似笑非笑。我看得出卢多头脑里的轳辘正在打转。"本博家族难道只把一星半点的知识传给了你？"我问。

"本博家族？一星半点，是什么意思？"

"我想说的是，你对死亡的无知与你承袭的文学过往很不相符。不过话说回来，我早就明白，人生中一切皆有可能！"

"我承袭的过往？"他径直问道。他生气了。

"我只知道你是本博家族的一员。"我说道，从盘子里拿起一个牡

---

① 出自卡尔维诺《看不见的城市》。

蛎递给他。这招管用。他接过表面凹凸不平的牡蛎壳，秀气地把咸咸的牡蛎肉嘶进嘴里。

每过一会儿，穿着黑色制服、看起来像殡葬人的厨师就会用一面浸满油污的布擦拭前额。之后，他们备好锅，打开火，把沙丁鱼从烤箱里端出来，把螃蟹煮上，把墨鱼扔进锅里。

一段关于我母亲毕毕·卡鲁恩的模糊记忆重新浮现。我再次陷入疲乏和痛苦。我看到她站在"书的绿洲"的厨房里，身上系着蓝色围裙，脚边躺着一条死去的鲟鱼。她跪在地上，把鱼切开，取出鱼子。血聚集在排水口周围；我看着它被吸进了管道和下水道里。一股刺鼻的味道熏得我鼻子生疼。我的目光在拼命寻找母亲的脸，但她一直低头对着鲟鱼，我无法看见。有人碰了我一下。是卢多，他在追问我。

"你说的拦截是什么意思？"

我闻了闻果子酒，草本的清香让我的胃平复下来。我向他解释，宇宙没有把我父亲吸收，是我通过转世把他吸收了。换句话说，我击败了宇宙。我补充说："我最近发现，通过父亲，我把母亲的一些遗迹也吸收了，因为他早前吸收了她。"

卢多往后靠在椅背上，看起来像一位把同样几个数字算了很多遍，每次都得出不同结果，因而气急败坏的会计。

"是什么让你有了这样的领悟？"他问道。

我告诉他，母亲骤然而逝后，我们父女俩辗转到了巴塞罗那，父亲就是在那时进入了文学意识突飞猛进的阶段。除了继续他往昔的翻译事业，他开始尝试抄写的艺术。我的思绪如同鱼缸里的鱼，在我头脑的浊水中游来游去。"悲痛化作了力量，"我向卢多解释道，"我父亲，一个极富创造力的人——蓄着一把好胡须的男人，我应该加上这一点——一心埋首于手工复制文本中，像修道院的僧侣那样。"我继续告诉他，我早已把这段似乎无足轻重的经历从记忆中抹去，而今回想起来，倒是让我理清了一些细碎的线索。我说："自从吸收了我父亲以后，我进入了文学造诣的高超阶段；顺着这个道理往下推：我父亲在我母亲死后的年月里文学意识突飞猛进，这就足以证明他吸收了她。

由此可见，现在的我已经通过他吸收了她的遗迹。"

卢多的眼睛睁得大大的。我凑过身去。他闻起来有橘子花、桉树和切开后泡在蜂蜜里的无花果的香味。我猛吸一口，感到心驰荡漾，少女时期的味道回到我记忆中来。我重重地吻了他的脸颊，他愁眉不展的样子瞬间消失。

我悄悄塞给他一张小纸条，上面写了一段言辞恳切的话。我告诉他："这条公式是我从布朗肖的作品中提炼出来的，是它让我多灾多难的祖先幸存下来，让我们的血脉得以世代绵延。文学掌握着超越的钥匙，是精神上超脱于死亡的关键。给你。"我把纸条沿着柜台推过去，他倾身读着：

生 + 死 = 总体

总体 = 整体的不真实

他嘴角上扬，把纸条塞进了口袋里，看起来乐不可支，像被施了魔法，我怀疑他内心是不是打开了一个新的空间，一个黑暗的房间，一处僻静之地，在那里他可以坦诚地面对自身的悲惨。

"你应该去赫罗纳看看，"他说，"我的室友是一群了不起的人。你会喜欢那里的。从我们的公寓可以看到比利牛斯山，到了夜晚，山岭上紫意盎然——我从未见过那样的景象。一起住的有贝纳德特、阿加莎和费尔南多。嗯，贝纳德特很快就要离开了——至少我希望如此。她这个人清心寡欲，神经兮兮的，一到日落时分就拉下百叶窗，钻进粉色绒毛睡衣，把自己锁在房间里，向教皇或者圣母玛利亚祈祷。要是她离开房间时我恰好在外面，她就会像螃蟹一样贴着墙走路，更有意思的是，她都不用抓住墙面防止自己摔倒。你真该亲自瞧瞧！"他笑起来，这笑声中并无恶意，而是充满对人生奥秘的困惑。

我们坐在那里，醉意慢慢上来了。我告诉他，小的时候，我有一次把自己拴在树上，假装自己是一头牛。我大声说："我人生中最乏味的时刻！"

"你为什么会想那样做？"他问。

我想到了那幅《吊凫》。我听到父亲在重复我高祖父沙姆斯·阿巴斯·侯赛尼的话："我们将如这凫鸟般永葆鲜活。"我把这话分享给了卢多。我告诉他，《吊凫》是我们家族共同命运的象征。我告诉他，把自己绑在一棵树上是为了潜进悲痛的深潭，这让我很早就明白了被囚禁的滋味，这就是为什么现在的我能够在流亡金字塔内将意志化为力量。

卢多亲切地笑了。我看到柜台玻璃上他的影子。他的眼睛更显深邃，头发闪着红色的光，脸上一副认真的表情。他在倾听，我怀疑，我们双方满腹诗书的祖先是否为这次对话充当了润滑剂。他凑过来，在我脖子上温柔地吻了一下。

"你小时候做过的最奇怪的事是什么？"我问。

他的表情蓦地变得十分遥远，仿佛正在记忆的废墟里翻找。片刻过后，他告诉我，小的时候他父母在托斯卡纳乡下有一处别居，他曾在田野里漫步，用粉笔在石头上写下字母表。"那时的我觉得自己是在发明语言！"他喃喃低语，追忆着过去的时光。

"这就是你做过的最奇怪的事？"我问。

"是的。有什么问题吗？"

"似乎也不怎么奇怪。"

他不再说话，只是低头坐在那里，下巴搁在面前的盘子上，像一只垂头丧气的狗，反复把手里的餐巾折起来又打开。我想再递给他一张纸条，上面写下："不知道你是否了解，沉默是一种武器！"但我还没来得及行动，他就付了账单，心情似乎明朗了一些。他把手放在我腿上，说："走吧。这里要打烊了。还是不要让厨子们等着了。况且，你需要换换脑子，放松一下。"

我当时当地就该明白的：一个欺世盗名的语言学家，一个思想的刽子手。那句刺耳的话在我耳朵里回荡："换换脑子，放松一下。"

我们踏入夜色中，迈着沉重缓慢的步子一同行走在这个人世间。

我们穿过兰布拉大街上拥挤的人群，往哥特区①的狭窄小道走去，停在了皇家广场。世界似乎变得更小，也更暗了，我的心情也随转直下。我的视线绕过广场周围的建筑，看着头顶上四四方方的天空；它看起来像一张受伤的纸片。人群在聚集。每过一秒钟，空气就变得愈加稀薄。头脑里思绪纷繁，面面交错，我在其中摸索着自己的方向。我想我听到了远处的驴叫，听到房屋倒塌的声音，闻到尸体的腐臭。我想象天空开裂，墨水从裂缝中哗啦啦洒下来。

卢多始终紧靠在我身边。汗水从他的脖子上流下来，他的脖子长而优雅，像天鹅颈。我的思绪开始飘散，我扪心自问：我和这个男人在一起做什么呢？我爱过的人全都离我而去，我再也无法承受更多的失去。我害怕有了他的陪伴，原本笼罩着我的悲痛会短暂地消散，只待以更大的力度砸向我。毕竟，我爱我的父亲、母亲，但那样的爱带来的除了痛楚还有什么呢？更多人涌进了广场。卢多把胳膊放在我肩上，把我拉得更近了。他的嘴唇轻触我的头发，我寻找着脚下的地面。石面上光洁如洗，像月亮一样闪着银光。我感到心乱如麻，踌躇不决。我想，我爱的人都已离开，我在这个宇宙再无坚实的立足之地。我任他将我揽在怀里。椰枣树的叶子在风中颤动，路灯柱上点缀着丝带、花环、花彩和假花。烟花在空中绽开，有那么一刻，似乎黑暗之外还存在些别的什么——一线光亮。

卢多俯身过来，用庄重的口吻说道："准备好，马上就能看到满城的火光了。"

我注意到人群开始撤离广场，只有很少的几个人留了下来，他们逗留在广场边缘，站在各处的门框下。四周大楼的石墙上回响起不绝于耳的声音。我听到有人说："梅尔塞万岁！"紧接着是震耳欲聋的鼓声，街道上被火焰照亮。

一群挥舞着烟花棒的魔鬼朝我们奔来，后面紧跟着喷火的龙。魔

①位于巴塞罗那老城区，处在城市的中心，有着密实的古老建筑群和迷宫般交错的狭窄小道。

鬼们潜行在街上，后面拖着锯齿状的红色尾巴，仿佛一条条蛇爬行在铺设的石子路上。我站在黑色的夜空下，感到时间在加速前行，随后被自己的蛮力钳住，猛地停了下来。时间停滞，陷入死寂，但旋即获得拯救，以凯旋的英姿再次急速穿透太空——世界末日的征兆。我看向四周。眼前这座城市成了一个似真似幻的世界：一幕幕浊烟从沥青路面冒出，逸散在空气中。远处，在闪烁着微光的薄雾之外，身着寻常便装的人们一头钻进火焰回廊，毫发无损地从另一端出来，仿佛他们已经死去，变得水火不侵。

我们走过世间的尘埃与幽灵，穿过幕幕浊烟，跨过像血管般在地平线上蔓延开来的热流。我感到一阵风吹来。我转过身，是一支游行队伍。混凝纸做的皇室贵族巨像以高耸的身姿从我们身边飘过，后面紧跟着神话中的异兽。还有一些前额凸出、脑袋巨大的小型人像，僵硬的粉色手上握着猪小肚和刀。不知从哪里照射过来的人造日光，在他们喜气洋洋的大脑门和参差不齐的牙齿上跳跃着，那牙齿和钢琴键差不多大。巨人像沿着街道旋转着，消失在都市的地平线上，留下一片空荡荡的街面，人造日光徒劳地寻找着他们的踪迹。

我失去了方向。时间变得扭曲，空气也歪斜了。我想知道，谁是那个捕猎者？猎物又在哪里？风力加大。我看到穿着帆布鞋的脚从巨像的华服下方露出来。有人爬进了空心的巨像里。一袋袋血在风中跳动，加泰罗尼亚旗帜飞扬翻滚，一缕缕烟升起，消散成白色的逗号、气泡和闪亮的蜘蛛，攀向庞大坚实的黑色夜空。突然，耳边"嘭"的一声，有东西砸中了我的后脑勺。我四下张望。一个形单影只的女魔鬼朝我挥舞着手里的干草叉，脸上带着狡黠促狭的笑。我一动不动地站在那里，盯着她细长的腿、头上的大簇红发，白色的眉毛，还有发光的眼睛。我尖叫起来，但我的声音像烟一样消散了。

卢多抓住我的手，把我往前拉。他不停俯下身来对我讲话，但我什么也没听见。道路拐了个弯，一处不祥的拐角，我们突然站在了巴特娄之家外面。这座城市仿佛折叠起来，裁掉了不需要的部分，只留下最珍贵的几个地方紧紧簇拥在一个缩小的平面上。

夜晚黯淡的光线下，死亡之家高低起伏的外墙闪烁着，膨胀着，仿佛一节节汇聚而来的波浪，月亮的一颦一笑都牵动着它。墙面上的瓷砖化作一颗颗活泼、俏丽的珠子，似乎要从这栋骷髅建筑上滑下来。我感到愤怒、疲惫、困惑。此时，我想起了托特，我想知道自己离开房子究竟有多久了，可就是记不起来。我感到自己正透过一块凸透镜观察人世间，而凸透镜的另一边，人群来来往往，各赴前程，丝毫没有察觉到我这个流亡者注视的目光。警车穿梭在街道上。

不知不觉间，我们站在了基姆·蒙索那栋大楼的厅堂里。卢多跟着我回来了。我提前给他打了预防针："我和一只鹦鹉住在一起，他的味道堪称夺命杀手。"他丝毫没有退却。然而这时，我再一次毫无防备地陷入纠结。让我举棋不定的是，倘若卢多走进我人生的黑暗角落，他是否会像我生命中的那些人一样死去。一辆警车驶过，厅堂里闪过一道红光，继而是一道白光。我转过身去看他。他正茫然地望着楼道，冷峻的灯光滑过他的脸庞时，他看起来像幽灵一样苍白。

在公寓的门厅里，我感到卢多向我靠近了一步。门厅里漆黑一片，我看不见他，但我的颈部感觉到他湿润的气息。我的四肢、臀部和腰变得格外沉重。他继续站在那里，一言不发，一动不动，任由呼吸落在我的脸上。

这个人绝非等闲之辈。他冷漠而古板，是个理性的人，上一秒还一副务实的正经样，下一秒就欢跃和殷勤起来，说出的话也变得荒诞不经。人心难测，谁知道他脑子里在想什么呢？卢多身上有一种神秘的特质，这种魅力吸引着我，让我无法抗拒。

此刻的我突然别无他求，只想让他再靠近一点，把我推至墙边抱起，放到桌上，解开我的牛仔裤，说一些诗意的情话——我们的祖先一直在文学的指引和诗歌的感召下生活，他可不能败坏了祖上的才情。我正要把他的手抬至我胸前，说"跟着我做"，他突然凑过来，热烈地吻了我，让我毫无防备。我感到整个人变得轻飘飘的，同时又无比充盈。我感到一部分的自己散落在了地球的各个角落，同时又感到自己被牢牢固定在地上，仿佛卢多将铅灌进了我体内。他亲吻完把头移开时，我已经失去了行动能力。我害怕被卷进情欲的热烈旋涡，害怕被拖出文学母体。盘旋在我脑中的那些疑问又浮现了出来，循环播放着悲伤的曲调。我打开灯，不知从哪里冒出这样一句话："你知道西勒诺斯是如何回答弥达斯的吗？"

"我不知道。"他不耐烦地摆了摆手，有些不快。

我知道他想继续吻我。我想：继续滔滔不绝地烦他，推开他，避免他因为接触了我这个不祥之人而被死亡盯上，这样才能既保护我自己也保护他。他在四处张望，找寻卧室的方向，好顺畅地把我带进去。我继续高谈阔论。

"了解西勒诺斯的回答会让你受益：'最好的东西你永远也得不到，因为所谓的最好就是不要降生，不要存在，成为虚无。但对你来说还有次好的——立刻去死。'"

他的头脑止步了。

"你这是要赶在我们亲热前，告诉我我不值得活吗？"

他取下眼镜，擦了擦脸，深陷的眼睛似乎快要沉到脑袋里头去了。他看起来很疲惫。他站在我面前稍远的地方，刚才在亲吻中消失得无影无踪的顽固与拘谨此刻又回到他身上。

"我不是这个意思。"我说。纷乱的思绪在我脑袋里相互冲撞，相互抵触，同时又在相互沾染，生成一点点善意的谎言，一句缓和窘境的陈词滥调。"况且，"我说，"性是通向死亡的一种方式；你想想就会明白，我是在给你机会走出性和死亡的双重门。"

"这可不是小事。"他硬生生地说道，十分勉强。

"就是这个道理，本博先生。你说到点子上了。"我惊呼道，想要哄他开心。然后，我降低音调，说出了一句更加恰如其分的结束语，"那么，就请将它塞进你的烟斗里吸掉吧。性与死亡的双重门！"

他欲火难耐，根本听不进我的话。我看到他的那里已经鼓起。在这样的情形下，试图讨论文学根本无济于事。我放弃了挣扎。我走到他面前，解开他背心上的纽扣。每解下一颗，我都能感觉到他在我的指尖一点点融化。

"当心,"他说,"我的烟斗。"

我知道了,卢多·本博属于那种会定期擦鞋、熨烫衬衫的男人。我抬手把烟斗从他胸前的口袋里抽出来。他闷哼了一声,已经不能自持。我咬住他的唇,闻起来像沾了蜂蜜的草莓,散发着香草和烟草的清香。我的舌尖来到他门牙间的罅缝,那是象征着空寂的罅缝。我可以这样吮吸他的双唇好几个小时,但我停了下来,轻轻把烟斗塞进他嘴里,用法语说:"这不是一支烟斗!①"

他歪过头来,笑了笑,然后把烟斗从嘴里拿出来,放在我们身后的扶手椅上。

他回到我身边,我的两手长驱直下,落在他的裤子上。他转过头,依次亲吻我的脖子和肩,轻咬我的耳垂。

我注意到一件怪事:我的指尖在隐隐作痛。那是我在以往的性爱经历中从未体验过的。我不知道这意味着什么,是电流在我的病手上涌动吗?

他推着我穿过过道,身体紧贴着我。

"这里,"我说,"这扇门。"我们走了进去。

我们躺在床上,为对方褪去衣衫。卢多抬头看了看床柱,眼神里闪过一丝光芒。

"想让我把你绑在床上吗?"我提议。

"别,别,"他哀求道,"请不要这样。否则你又会开始一套关于死亡的说辞。"

我告诉他,他这个人不声不响的,其实懂得很多,我有充足的证据能证明他是本博家族的后代。

"你为什么总提我是本博家族的后代?我当然是本博家族的后代。"

"没错……"我说。

---

① 出自超现实主义画家马格利特的著名画作。

他进入我的身体，发出一阵阵短促的呻吟，仿佛在遭受某种痛楚。我似乎听到他说："你很特别，你的黑暗让我害怕。"但当他抽身出来时，他换了一种论调，"你的那里，"他说，"像一条光的隧道。如此美好。"他温柔地吻我的唇边，"你尽兴了吗？"他问，对自己很满意。

"没有，"我干巴巴地说道，"请继续。"

他潮红的脸再次变得煞白。

正在这当口，托特，那只顽皮的鸟，走了进来。黄绿色的羽冠直直地挺起，全身凌乱不堪，翅膀上的羽毛支棱着。他迈着至今为止从未展示过的内八字，沿地砖走来。我想知道他这是打哪儿来的。也许他在地上的某个地方凿了个洞，以便随时能藏身进去。

"这，"我撒了谎，嘴里一股味道，"是我的鹦鹉。"

晚餐喝下的酒让我嘴里发苦，口干舌燥。我需要水。我走进厨房，端了满满两杯水回来。爬上床时，我把水洒在了卢多身上，他失声尖叫，冰冷的液体顺着他的腰部直往下流。

"多好的一件事呀。"我说，"这样你连澡都不用洗了。"

"有道理。"他说，声音中有些犹疑。

那只鸟还没走，正打量着床上的情况，这香艳纠缠的画面，他或许见过，也或许从未见过。

"那只鸟最开始是在你的手提箱里吗？"卢多呆呆地问道。

我已经忘记是他把我从机场接过来的了。我想，好在谎言本就是灵活多变的。

"是的，"我说，"这只鸟是我昔日的尸体里的一部分。他和别的东西一同住在那里。"

我说这些话时，托特抬起了右爪，向卢多致意。然后他转身，大摇大摆地退到了门外。

"乌纳——穆诺，乌纳——穆诺！"我不动声色地喊道，看着鹦鹉走远。卢多凑过来，他的头发在我的脸颊上摩挲着。

"我们要重新进入正题吗？"他问。他背靠在一根床柱上，脚踝交叉。

我冲他做了个鬼脸。我张开嘴，把两边的嘴角翻下来，眯起眼睛，做出伤心的表情。"你的那里如果是个人，应该长这样。"我这样一动不动摆了好一会儿。卢多的眼睛左右晃动着，在解读刚才接收到的信息。"如果我的那里是个人呢？"我问，邀请他也礼尚往来，就我的生殖器官做一番想象。

"我觉得它大概会在人行道上狂奔，无奈而痛苦地举起双臂。"

"你觉得它有压力？我可不这么看。"

我对他解释说，它会悄悄溜过人行道，嘴里念念有词，像水族馆里的鱼那样。

托特沿着过道奔了回来。他急速从卧室门口穿过，尖利地叫着，仿佛后面跟着要杀他的刺客。

"那只鸟在干吗？"卢多问，手指在我背上游弋，想把我拉回他怀里。

我一把将他的手拍掉了，因为这时候我从文学母体那里收到了极其重要的信号。是乌纳穆诺的话，他本人说的话，仿佛他就站在床边，头戴帽子，下巴蓄着尖尖的胡子，从又薄又干的嘴唇间发号施令，命我告诉卢多·本博——此刻卢多正在问我，怎样做才能让我尽兴——放弃吧，因为众所周知，"爱情是场战争"，因此"当忧伤的重槌在相互伤害的研钵里将我们的心研磨碾碎时"，他和我将同时体验高潮的愉悦。

"这是谁的话？"他问道。

那只鸟再次从门前穿过，急匆匆地来回奔走。他把羽冠垂了下来，好让自己奔走起来更加畅通无阻。

"高尚的乌纳穆诺。"我说，咧嘴一笑。那只带着死亡气息的鸟，是在从文学母体里向我传送信号。不能更明显了。我看着他离开，听到那只鸟在过道尽头一声声唤道："乌纳——穆诺，乌纳——穆诺！"

卢多拿起内裤——白色紧身短裤——把溅在上面的精液擦拭干净。

"我可以比乌纳穆诺做得更好。"他说，把内裤折起来，放在床沿。

"你当然可以。在性方面，男人似乎都知道自己几斤几两。"我哈哈大笑起来。

我看到他的头脑在打转。他的家伙抬起蔫下去的头，正跃跃欲试。"你不相信我？"他说。我的心跳停止，有一种想要摆脱他的强烈冲动，仿佛我空寂里的青烟正在往喉咙里冒，让我无法呼吸。但奇怪的是，我同时又害怕他会离去。不管我怎么想，事情已成定局，他要留下来了。他的倔强和决心让我心生戒备，同时又感到慰藉。掩藏在严苛面具下的他是一个乐于讨好而且感性的男人，一个浪漫的人。我这样思索着，卢多·本博突然叫我躺下，张开双腿。

"悉听尊便。"我说。

我不知道他接下来做了什么，只感到一波又一波的浪潮冲向顶端，向我袭来。我指尖的疼痛感回来了。我感到我的生命在一点点溜走，与他的生命冲撞，溶解。让我惊讶的是，这感觉有点像垂死之际被救了回来，像崩裂了千万个碎片，我的每一个部分都成了一个感知的平面，一片俯瞰万物的高地。我昔日的苦难画面变得像照片一样平坦，在我头脑里展开。我看到，里海的黑色水面拍打着这些年间被它吞噬掉的房子的石灰墙面；沙滩上，丢弃的西瓜皮露出诡异的白色笑脸；身着伪装的男人乘着小舟在海岸边巡逻；病恹恹的椰枣树；一排排沾满灰尘的大部头经卷；我父亲沾了茶渍的胡须；伊斯坦布尔的蓝色穹顶，掩映在从远处照射过来的棕色阳光下；拂晓时分的地中海，慵懒，一片紫色，"泯灭的希望之海"拍打着边缘的悬崖和粉色花岗岩洞穴；最后，那个断了血脉的房间……这些画面属于我曾经熟悉的那些个自我，但她们的身份在流亡的猛烈摧残下，已经四处消散，对我而言变得那么陌生。我看到那些个自我排成列队，一个个看起来无助，苦恼，茫然。她们盯着我，我心头那张支离破碎的纸卷成了一份我读不了的轴卷。我什么也给不了。"次好的东西就是立刻去死。"我低声说道，最后一次攀上极乐的巅峰。卢多把脸从我下体移开。那些画面消失了，沉入遗忘的海洋。

"我们是一堆可怜的肉和骨。"我说道，平复着呼吸。

他为我拭去脸上的头发，说："看，你的鸟又来了。"

是的，托特又来了，在门框那里盯着我们。

"外面的走道。"我继续说道，"是流亡走廊。"

我话一出口，寂静再次回来了。

性往往以空虚告终。送别高潮的欢愉后，我的空寂张开，变得前所未有地宽广，让我们得以短暂窥视深渊里柔滑的黑色深处。阿瑟·叔本华知道，帕斯卡尔也知道。而我，斑马，命途多舛的知识分子团体中的幸运儿，栖居在文学母体中，像蜘蛛攀住网那样紧紧抓着这条真理。因而，就像上述哲人那样，我不仅坚信人应该在盲目寻找爱情时全身心专注于美学思考，同时我也反感人类物种延续这种毫无价值的观念。

我把关于这个话题的思考写在了笔记本上，每天早晨大声朗读，提醒自己不要因为卢多的存在而卸下戒备心。即便如此，在那次初会后，我们像情侣一样在公寓里度过了周末。周一的时候，卢多继续留了下来，他一整个星期都和我待在公寓里，只简单出一下门，买些面包、奶酪和咖啡。但是有一天晚上，卢多在高潮中对我说出了"爱"这个字——至于他是否意识到，我不清楚。第二天早上，我向笔记本寻求神谕，然后提醒他不要再在我面前提那个字。他不说话，转眼看向别处，整个人蔫了下来。他漫不经心地把羊角面包沾上咖啡，塞进嘴里，然后闷闷地说道："谁说'爱'字了？"

我勃然大怒。

"你说了，"我断然回答道，"但如果你觉得欺骗自己会让你更好受，那就尽管说吧，你随意。"

一阵尴尬的沉默。卢多坐在桌边，噘着嘴，吸了吸鼻子，将眼镜推到鼻梁上，低头看着他的咖啡杯。他不够男人的那一面开始占据主导——小心眼，黏人，过于关注世俗道德，事情出其不意时他就会呆住，事情如其所愿时会一脸骄傲（典型的例子是：用一个胜利的笑来庆祝他让我高潮迭起的伟力），并且具有一种异常喜欢胡思乱想的癖性，我将此归咎为以上诸多因素的合力作用。我开始意识到，他虽然住在流亡金字塔里，却完全不了解被历史碾压是什么感觉：被碾成原子，碾成灰尘，碾成粉末，碾压成一个单一的平面，变得薄如纸片，变得二维，不再拥有一丝真正的力量。而那些仅被历史的火焰轻轻掠过的人，神气活现地招摇过市，心脏里流淌着新鲜、多氧的血液。更不用提历史的胜利者们，那些喧闹的少数，他们点燃了火焰，全然不考虑谁会遭受炙烤和闷烧，也不去思考剩下的负极空间——即虚无——里会有何种引力。一个将吸收更多死亡的黑洞，一个无底洞，幸存者会想跳进去，为了和死去的家人在一起，为了恢复过去。

卢多·本博一副委屈的样子坐在那里，就好像我冷落了他似的。我再也看不下去了。我告诉他："你根本不知道被冷落意味着什么！"

他的嘴唇在颤抖，像是要哭了起来。

他说："我下去再买些羊角面包来，你一个都没吃。"

我感到难以置信。他觉得委屈是因为我没有吃东西？我扯下一块羊角面包的尖尖，咽了下去。然后，我问他，有没有觉得他跟桑丘·潘沙是一路人，桑丘·潘沙总是为填饱肚子而操心。卢多的下巴掉了下来。我又扯下一块面包，充满爱意地放入他的嘴里。

"一个人一个喜好，"我说，"但你要知道，我与堂吉诃德，那位哭丧着脸的骑士，是同类。他对食物深恶痛绝，因为他像我一样，以语言为食。"

卢多坐在那里，穿着内裤，胳膊肘支着桌面，肩膀拱起，头发凌乱，眼镜污浊，我塞进他嘴里的那片面包挂在他嘴边，像从煮熟的螃蟹身上卸下的鳌。

"你怎么不嚼？"我逼问道。

他把面包吐了出来。

"你不可理喻。"他说，然后忍无可忍，吐出了一连串意大利话。我听到了圣母，然后是 intrattabile①，随后是这个词的远房亲戚

————————

① 意为"顽固，难以驾驭"。

inquietare[①]，之后是 mamma mia[②]，mamma mia，mamma mia。他说了"mama"好几次，透着深深的绝望和忧郁，我开始好奇他是不是和我一样失去了母亲。

我跟随他进了厨房。显然，我需要为他理清一些事情，还原我遭受毁灭的始末，一次捡起一粒微尘，将我黏合起来，以便向他展示我这一操作方法[③]的起源和条件。于是，我把我的文身甩在他面前，告诉他，我——AAA 家族的最后成员——是反爱的。我还让他知道，我是一具由各种四散的灰尘粒子组成的躯体，由于人总是要走在尘土上，所以我常常被践踏，从而遭受更进一步的碾压。我告诉他，我对自己的不幸毫无办法，只能退隐到文学母体内。在那里，我说，我的头脑可以自由自在地游荡，变得极其纯净，变成一个超意识。

"现在，你知道为什么我不接受使用'爱'这个词了吧？"

一段漫长而消沉的沉默紧随而来。我在想，他一定是在斟酌一个恰当的回答。但事实证明，是我想错了。

"你为什么盯着我？"卢多最后说道。

"因为我在等你露出好奇的表情。"

"好奇？对这样一段长篇大论？"

"你都不想追问吗？"

"追问你的反爱宣言？"

"是的。"

"你愿意概述一下我们在哪些情境下才能被允许喜欢对方吗？"

"我可以问你同样的问题。你想把你的爱强加于我身上吗？

"强加？"他愤然说道，重重地放下了手里的咖啡杯。

我不敢相信。这个人已经完全失去了共情能力。我该如何让他的榆木脑袋开窍呢？

---

① 意大利语，意为"惹恼"。

② 意大利语中的感叹词，类似于"我的天哪"。

③ 原文为拉丁文 modus operandi。

"我们再来捋一遍。"我说。

"再来？"

"时间比我们想的更加线性，"我撒谎道，"唯一能理解它的方式是回到我们这次争论的起点，把整件事再过一遍，虽然在复原的过程中，我们会遇到一些微不足道的盲点——并不严重，但毕竟也是漏洞，小的伤亡，我们之后不得不加以考虑。"

他看着我，哑口无言。

我决定继续说下去："少数对爱不信任的人很清楚，正如帕斯卡尔曾言，'假装有爱会让你变成一个爱人'；或者如优雅的佩索阿所言，'爱是一种想法'。这些人有责任确保人类中的其他弱者能持续收到这样的提醒：爱是一种无意义的臆造，是为了让我们脱离自我而量身打造的，因为一旦所爱之人死去，我们就会感到茫然无措、不知所向，像迷宫里的老鼠。当你爱一个人的时候，你会沉迷于虚假的感觉中，以为那就是永恒，但爱无法让任何人存活。因此，它是有欺骗性，短暂的。所以你看，多愁善感的卢多呀，爱是一种毫无用处的情绪，除了将两个人卷进一条剧烈冲突的轨道上，再也无法恢复如初外，它一事无成。"

我感到脊背一阵寒凉，双手在颤抖。我看得出，我毫无征兆地把我人生的毒烟暴露在卢多面前，让他有些退缩，他变得愈发沮丧和生气。他要走了，再也不回来了吗？消失名单里又要再添一位吗？

"我受够了。"他说，步子重重地走出厨房，一边喃喃自语："不可理喻，不可理喻！"

我跟随他进了过道。托特再次来到我的脚边。

"你为什么把什么话都说两遍？"我几近崩溃地问道。

他起先并不说话，然后转过身来，眼睛死死地盯着我，说道："因为意大利人就是这样！"

"是本博家族都这样吧？"

他的耳朵快要冒烟了。他匆忙地穿戴好，牙没刷，脸没洗，就这样出去了。我告诉自己，他会回来的。像卢多·本博这样的男人，如果没有好好梳洗一番，绝不会在外面待太久。况且，我们之间的温存欢愉让他沉迷，我知道光这一点就足以在一小时内把他带回我的门口。

我在过道尽头探出窗外，看到他行走在灰色的人行道上。他看起来那么僵硬，如同纸板做的。我这样告诉他：

"请再僵硬一些，卢多·本博，这样别人就会把你错当成一个假人！你就是 99.9% 中的一员。"

他没有听见，并且已经拐到了另一条路上。我站在窗前，感到空落落的。激烈的争吵让我头晕目眩。我环顾四周：我又一个人了，与世人远远相隔。我坐在卧榻上，抚摸着三个结痂的罅隙。正午的钟声敲响，过了一会儿，父亲在我体内有了动静，这一周里我想到他的次数越来越少。我发现，他的胡须长了——一个人即便死了，身上的毛发依然会生长。人的毛发天生拥有顽强的生命力，就像不断发生突变、不断增加的自我。他的胡须末端像扫帚一样蓬松地垂着，拖拽在我空寂里的地面上，扫过那片深渊。他举起手杖，敲打我头脑的基石，说："孩子，把你祖先的智慧进一步完善。完成佩索阿的箴言。既然他写了'爱是一种想法'，那你就用'爱是一种不值得拥有的想法'来续写他的诗句。"话音刚落，他再次退到了空寂中的黑暗角落里。我看着他慢慢沉下去，仿佛正被一池流沙吞噬。他的胡须在沙面上飘浮了片刻——长长的白色胡须，一缕光线照射着——随后，也跟着消失在黑暗中。托特不见了。

卢多消失不见的时间远比我预料的要长。等待他回来的日子里，我在过道上来回踱步，手里的书换了一本又一本。一个小时后，我设计出了一套方法。我浏览基姆·蒙索的书架，挑出了姓氏以字母 B 开头的作家的书。这是对卢多·本博的双重致敬，他的姓氏毫无疑问是以 B 开头的，而且他似乎喜欢把关键词说两遍。据此，B 作为字母表中的第二个字母，就与他有了双重的呼应，因为它优美地补充了他语言上的抽搐。

一开始，我随意地向挑选出的作家——博尔赫斯、巴特、贝克特、布朗肖——问询，毫无章法。每当我想起要读一个句子时，我就打开手边的书，随意翻到某页，随意挑选一个句子。我不做停留，顾不上去细想每一句话的语法中蕴含着何种神秘启示。我得抓紧把错过的时日补回来。与卢多在一起的那几天，我一次也没有问询文学母体。伟大的流亡之旅没有任何进展。我背叛了侯赛尼家族，让色欲蒙了心，偏离了轨道。但事已至此，犯下这样的过错，我有责任从晦暗的文学褶皱中提炼出所有我能发现的关于卢多·本博的信息。我有责任去问：他在我悲惨、苦命的人生中扮演着什么样的角色？

我继续踱步，直到命运，或者说理性，或者说一缕清风夹带着尼采的汗味——行动的馨香——最后把我截下，逼迫我去重新思考。我意识到，我的计划需要更具几何形态，它缺乏构架。

思索片刻后，我总结出，我应该每走到第二步、第二十步、第二百步、第两千步时就问询一本书。如果我的行为有违对"双数"的致敬，那么书籍就会拒绝向我提供理解卢多·本博所需的信息。它们会变得拘谨，沉默，有所保留——成为生硬的文本，和被动的读者随意拾起的那些书一样，它们将不再能发挥神谕的功能。

我的方法一进入正确的数学维度，那些启示就开始源源不断地向我涌来，那么殷勤，那么欢欣。这也证明，文本渴望我，在我和我选择的书之间存在着一条双行道，一条明渠，一个清晰而明澈的交流渠道。这足以证明，文学，如我父亲所诲，是唯一慷慨大度的东道主，唯一慈善的伴侣。这说明我虽然一时色欲迷心而走偏，但我正在一步步实现目标，消除所有存在于我自身与那些无边无际、无中心的镜子迷宫——也即文学母体——之间的界限。走到一百步时，我在过道里停下来，思索并做了总结：卢多·本博虽然无知透顶，过分缺乏理解力，但在我伟大流亡之旅的行进路上扮演着决定性的作用，继而也会影响我笔记本的书写进度。我的笔记本既是一面镜子，也是一份记录，其正在浩大宇宙的游丝中不断开辟自己的一片角落。

可是，卢多·本博会有何象征之意呢？我毫无头绪，好在我认定他还会回来，我们将再次燃起炽热的激情，让对方溃败。我为此感到暂时的宽慰。宽慰？我揣摩这个词，再次警觉起来，怀疑占了上风。我感到我的空寂在膨胀，疼痛让人难以招架。我的情绪来回打转，为了转移注意力，我继续在过道里踱步。我要走到两百步，以便再次寻求文学的神谕。

第二百步时，我获得了来自贝克特，那位语言独行侠的礼物："所有悲苦过后还剩什么？[①]"我大声读出贝克特的话，此时托特出现在我脚旁，开始跟随我一起踱步，像一只忠犬。我不得不放慢脚步，好让托特跟上。

第二百二十步时，我问询到的是博尔赫斯，他的头脑就像文学母体的翻版："命运偏爱重复、变奏和对称。[②]"我更加坚信了自己的怀疑：卢多会回来。走到二百二十二步时，我已累得双腿乏力，我的视线落在巴特这位顽皮的反系统主义者的如下引言上："我无法发疯，无法屈尊于神智健全，我是神经官能症患者。[③]"

白昼一点点退去，夜晚漫无边际的黑暗慢慢逼近。我低头看着地面，注意到那只鸟看起来比以往更加桀骜不驯。我怀疑他是不是吸收了我的父亲，怀疑我父亲死后的青烟是不是鬼使神差地从我毛孔中飘散出来，进入了鹦鹉的身体。我的肺部像是灌满了水，我瘫倒在红色卧榻上。我需要哭一场，不，"哭"是一个太过柔和的词。我需要呜咽，我需要号啕大哭，但我不能。干涩的泪水刺痛着我的眼睛，最后我睡着了。我在破晓前醒来，那是一天的初始，大地笼罩在柔和的光线中，太阳初升，银白的曙光渐渐染上淡淡的黄色。有人在敲门，是卢多·本博。我肺部的液体不见了，我又能照常呼吸了。我透过锁眼看着他的一头鬈发，他手里捧着一摞书。有那么片刻，我满怀希冀地认为他出去学习了，他想通过阅读打开自己，了解宇宙的冗赘本质。但我突然想起张牙舞爪的冰人，那个女吸血鬼，我感到一阵反胃，如鲠在喉。

---

① 出自贝克特的剧作《克拉普的最后一盘录音带》。
② 出自博尔赫斯一篇极短的故事《情节》，只有两段内容。
③ 出自罗兰·巴特的《文本之乐》。

我怀疑他是不是跟那个女人睡了，为了排解他的压力，为了释放他膨胀的性欲。我也怀疑这些书只是一个借口，为了掩盖他和她这段时间一起厮混的事实。我敲了敲门，让他知道我就在门这边。

“你在呀。”他温柔而有些急切地说道。

“你是和那个张牙舞爪的冰人在一起吗？”我用预先设计好的漠然语气问道。

“谁？”他哼声问道。

一个骗子，一个无聊的人。

“那个冷冰冰的女人，长鬈发，穿着性感的高跟鞋，你在市场上亲过她。”

“你看到了？”

“我看没看到，你很清楚。这是我第二次发现你在自我欺骗，而且两次相隔时间很短。”

我们透过厚厚的木门说着这些话，声音闷闷的，听起来那么遥远。“我去了图书馆，”他声明，“然后见到了我的朋友浮士塔。她是一个经营稀有书籍的书商。”

“浮士塔，女版浮士德，和歌德有什么关系吗？”我饶有兴趣地问道。

“你硬是要那么想，我也没办法。”他低低的声音从木门板另一边传来。

他求我打开门。透过锁孔，我看到他眼里含有蔑视，同时又夹杂着悲观、无助和疲惫——一个在性事过后萎靡的男人。我告诉他，我不想开门。我告诉他，他不在的时候，我看透了一些事情。首先，他是一个有双重本质的人。换句话说，他的躯体包裹着两个版本的自我，但他不愿像我一样承认多重自我，而是逼迫自己有意识地把其中一个自我藏于另一个自我中，因为他拒绝安然对待性格中的自相矛盾。我提醒他，这会成为他最大的弊病——拒绝自身的多重性。如果他继续这样不停更换面孔，时而严苛时而温柔，时而冷酷时而热情，他将永远给人以虚伪的错误印象，尽管他与我同属一类，是一个在流亡中走过无数悲惨岁月的苦命之人。否则，他为什么会被我吸引呢？我接着告诉他，很显然，他需要接受某种治疗。我向他讲解道：苦命的人获取力量的方式是变得柔韧、勇敢、疏离和难缠。换句话说，要同时具有多重身份。我向他保证，虽然他在接受碎片化的自我以前还有很长的路要走，但我确信他终会通过勤勉顺利抵达。我告诉他，我很乐意一路为他提供援助。这番话如此自然地从我嘴里流出来，如此有温度，我看得出他受到感召。他在门的另一边仔细倾听，耳朵紧紧贴着门缝，不住点头。我看到他的鬈发在上下跳动。我提醒他往边上去一点，我要开门了。

我们立刻缠绵在了一起，这是我此生最销魂的一次交欢。我与他同时体验着一阵长长、甜蜜的痉挛，它将我带到了肉体之外，而后又带了回来。我们结束时，他在持续的快意中说了句话。

"天，"他说，"啊，天，太过瘾了。"

我不得不向他发出第二条警示。我尽量显得温和，尽量简洁明了。我通过尼采引用了司汤达的话。

"上帝唯一的可原谅之处就是他并不存在。"

"这只是一个比喻。"他说。

接下来的几个星期里，卢多来得越来越频繁，总是在这里过夜。他时常把课程取消或者请人帮他代课。我不知道是谁，很可能是那个张牙舞爪的冰人。我在市场上目睹的那短短一幕足以说明，她急切地想获得他的关注。毕竟她把自己打扮得花枝招展，跟圣诞树似的。在我看来，她完全有可能驱车 60 英里，赶到他那些脸色苍白的学生面前，为他们讲解词源学，只为取悦他。卢多·本博，一个不可思议的男人，按照我的分析，他的脑子被分成了数个容器，这样设计是为了避免思想、感觉和冲动以各种形式交叉感染。一个拥有惊人自控力的男人，一个耗费大量精神能量来否定空寂，与自己内在的文学志趣相矛盾的男人，一个和伊尔德方斯·塞尔达如出一辙的男人。

尽管如此，他还是被我吸引，这一切都是为了让他变得多重，让他像苦命的人一样，在矛盾、悲观和痛苦中挣扎。他被一个同样经历过流亡的人所吸引。那个人是众多津津有味地咀嚼粪料——地球上最黑暗的体液所在——之人中的一员。他们聒噪、混乱，满足于自相矛盾的生活；他们活着，但早已死去；他们由千万个闪耀的碎片组成，同时又如幽灵般柔软。那些时常出现在追捕者脑海中的人。

于是，在矛盾的征兆下，在理性与无常的拉扯下，卢多·本博和我继续着爱的日常：我开始对他的习性习以为常，往咖啡里放糖时，他会足足搅拌 5 分钟，确保所有细小的颗粒都已融化；他会在用餐时配上好酒——格拉巴酒①、果子酒、意大利柠檬甜酒；怀旧伤感时，他会喝科尼亚克酒②；他每天都刮胡子，一缕一缕地打理头发；他熨烫衣服，清洁耳朵；他喜欢在做爱之后抽烟斗，像一个旧世界的绅士；他知道如何生火，如何添加柴火；他也懂得如何做精美的酥皮糕点。更重要的是，他习惯在做爱后把他的家伙来回从一条大腿挪到另一条大腿上，这种平衡的动作会持续好几分钟。一天晚上，我们躺在床上，我要他解释这样做的动机。卢多相信我们之间的恋情会畅通无阻地奔向未来，而我却偶尔会因为他的存在感到无法呼吸。如果我没有足够的空间让自己的思想在文学母体中游荡（当他在身边时我是无法做到的），那些已然被飘荡在我空寂里的死亡青烟浸润透的思想就会威胁我，要把我从里到外都毒化。我需要打开一个阀门，让那臭气散出来。于是，有一天晚上，我跟他摊牌了，我故意激怒他，好让他给我留出空间。

"你为什么要把那玩意儿从两条大腿上挪来挪去？"我问。

"因为我相信文艺复兴的理念。"他回道。他继续告诉我，人体应该始终保持平衡，左右两边要一模一样——头，双肩，腰，臀，都要始终成比例。"如果我只把它放在左边，像很多不知情的男人那样，"

---

① 一种意大利白兰地，用酿酒后残留的葡萄渣蒸馏而来。
② 产于法国西部的一种上等白兰地，用白葡萄酒蒸馏而来，以科尼亚克城的名字命名。

他怪里怪气地说道，“我的右边就会感受不到它的存在。”

我认真听着。显然他是在拿我寻开心。这我可忍不了。

“我有一个好消息和一个坏消息，”我久久停顿后，说道，“你想先听哪个？”

“好消息？”他迟疑地说道。他把眼镜推至鼻梁，吸了吸鼻子。

“你有一张亲切而柔软的嘴唇”——听闻此，他舔了舔嘴，笑了——“而且，在某种程度上说，有一种镇定自若的精神。”

他凑过来吻了我。他的嘴唇的确柔软。

“坏消息呢？”

“坏消息是，”我不动声色地说道，“你缺乏想象力，你的头脑跟棍子一样硬。没有必要为了取悦我而生造一些似乎高深的传闻。我宁愿你直接说明你这样做的动机，这势必会比你刚才提供的解释更能说明重点。你的解释我是拒绝相信的，因为你非常清楚，本博博士。”——我从未这样称呼过他，所以我别无选择，只得把声音抬高一度——“人不会在一夜之间就获得荒诞感。如果人能做到这一点，那么你我之间就会更加和谐。”

我听到他呼吸加快，像一只气喘吁吁的狗。

“除非是遭受了折磨，而你，本博博士，一夜快活，哪里遭罪了？”

他从我身旁移开，交叉双臂，抬头看着天花板——他不高兴了。他拉长了脸，做出标志性的噘嘴。他的姿势笨拙，头低垂着，看起来很难为情。他拒不看我。

“沉默是一件大规模杀伤性武器。”我说。

“大规模？只有你一个人。”他怒气冲冲地说道。

“只有我一个！”我直起身子，气呼呼地说道。显然他丝毫不了解我。“那我的父亲，我父亲体内我母亲的余烬，我体内承载的这一切呢？”

他的脸耷拉下来，比以往任何时候都要长，看起来像弹力十足的生面团，他的眼睛里噙着泪水。

“无论我说什么都无法让你高兴！”他像个孩子一样哭诉道。

我不屑地哼了一声，很快他的脸收缩回来，再次变得僵硬。他牙关紧咬，僵硬得如同木乃伊。我深呼吸，告诉自己要打起精神，保持冷静，像平静的湖面上行驶的帆船。就这样，我恢复了镇静。

我好言劝道："卢多·本博，请容许我解释。"我已经不记得引发这场辩论的起因了，但我继续说道，"你的现实主义和冷酷的逻辑，你的迂腐，这些都需要彻底改造。"木乃伊转过头来，像杀手一样目不转睛地看着我。"但更加紧要的是，"我继续说道，不顾他惊恐的凝视，"我建议你调整一下对待爱的方式。很难理解，为什么我一再好心劝你爱情是一种致命的毒药，你依旧顽固不化，那么容易感性和依恋。"我突然想起了我们之间冲突的起因——他虚假的模仿。这大大促使我说出了最为致命的话，"假装我们之间心意相通。"

"木乃伊"大发雷霆，从模具中挣脱出来，回到了那个动态的自己，起身，穿戴好。"又来了！"他吼道。他傲然地盯着我，大步迈出了卧室，亚麻布背心上松掉的线在地上拖着。我跟随他到了门厅。

"我会回来的！"他说道，声音很有威慑力，然后砰地关上了大门。

我严肃地端详着面前紧闭的门。我又一个人了，终于可以专注于我毫无进展的思绪。我呼唤着鹦鹉，没有回应——托特再次失踪，我和他分享欢乐时刻的唯一希望也没了。我一个人身在基姆·蒙索这些沉默不语的物件中。我往四周看了看。我每看一次，就仿佛在以全新的方式审视这套公寓。我注意到门厅里一处不起眼的角落有一座铜制公牛雕像，藏在一摞积满灰尘的书籍后面。那是一只正要发起进攻的公牛：鼻孔张开，高贵地低着头，牛角冲向天空，预示着将要出现的杀戮。人、动物、昆虫，我们都知道吞噬与被吞噬时的快意和不安。

我往另一个方向望去，扫视了一眼房间，看到靠过道的那排书架上放着三个迷你马桶模型。我迅速看了一下，发现其中一个马桶里装满小块粪便，另一个装着尿液，最后一个里是呕吐物。我想，马桶和公牛，两者加在一起，共同暗示着生命几乎不值得存续，同时也说明需要对基姆·蒙索的公寓做一番检查。我做好笔记，要把他散放在各个角落里的达达主义物件列个清单，好一劳永逸地从这个简陋的居所里提炼出所有我注定要提炼出的东西。我开始相信，基姆·蒙索的每一个物件都在激发一种我注定要记载下来的深刻领悟，唤醒我内在的某些古老、陈旧的东西—— 我生活在母亲和父亲以及他们的母亲和父亲的温情回忆中，他们的驴子被历史的犄角吞噬，除了自己的体液，他们没有任何赖以存续的补给—— 我必须将其抄写在我的笔记本里。

我走到卧榻那里躺下，抚摸着三处被烟头烧出的窟窿。我想到我自己，想到我已死去的那些部分，像我早已死去的母亲和新近死去的父亲那样。我哭了，眼泪在我眼睛里打转。我的胸口感到压力，仿佛有一块镇尺压在了心头，用力挤压着。我把每个窟窿里都滴了些泪水，自然界的湖就是这样形成的，填满人世间的泪水。我想到了乌尔米耶湖和湖面上漂浮的水禽。我想到了穆罕默德·礼萨·沙阿·巴列维，那个自封的"万王之王"。他的妻子身着丝绸袍子，全身珠光宝气，懒懒地卧在一张天鹅绒躺椅上。我说："堕落，衰败的同胞兄弟。"我听到父亲在我的空寂中鼓掌，但他刚一出现就立时消失了。

我沮丧地继续思索。就连卢多·本博也承受不了与我相伴的恶果，即便他带着似火的热情进入我的身体，他吮吸我的阴道如同啜饮甘泉，他嘴里说出"爱"这个词似青蛙从池塘里跃出那般轻松。一个苦命的人，对无尽的痛苦报以歇斯底里的笑。一阵寒意穿过我父亲刚刚现身的那个负极空间，我感到能量尽失。我想：我丑陋，不讨人喜欢，没有价值，与这个世界格格不入。没有人的耳朵能足够宽容或耐心到去聆听一个不祥之人讲述他的生存故事，讲述在流亡金字塔底部被碾压的感觉。我不得不独自承受过去的重量。

这个地球上充溢着鲜血、尸体和干草，就像一台会自动清洗的烤炉。被埋葬的不会一直葬在那里。他们变成鲜花，变成滋养我们食物的肥料。他们为我们提供养分，同时萦绕在我们的脑海中不肯散去。换句话说，有升必有降，那些下降的终将重新浮现，开始再一次往上爬升。

不久之后，我开始盼望卢多·本博回来，或者托特再次出现。躺在卧榻上等候他们是没用的。正如新世界里那些闭目塞听的人所说，我感到忧伤。

我想要走出来。我对自己说，是时候开启另一场流亡的朝圣之旅了。如果你在巴塞罗那感到忧伤，那就去毕加索博物馆，看看色彩是如何在这个天才的画作中渐渐减少的：从明朗的黄色、绿色、红色，转变成忧伤的蓝色——"蓝色时期"这个名字十分贴切。还有比这更好的选择吗？我决心已定，十头牛也拉不回来。我穿戴好，洗了把脸，往门口冲去。我从文学母体那里收到一条信号："一个人如果试图去靠近自己被掩埋的过去，就必须像一个挖掘者那样行动。[①]"啊，瓦尔特·本雅明，再次让我记起了自己的使命。我漫步在这座城市里，只怀揣着一个目标：在艺术和建筑的熏陶下，检视我过去的伤痛。仅仅浏览这座城市是不够的；我必须深入挖掘它最具象征性的元素。必须将它的各个部分消化吸收。我把这次漫步命名为"残忍挖掘的朝圣之旅"，然后继续上路。

我走过哥特区煤气灯笼罩下的灰色迷宫，嶙峋的石头，狰狞的滴水兽，然后继续往东穿行。时值十一月。天空一片灰蓝，点缀着几处苍白的云朵。远处，温暖的太阳闪耀着，柔弱的光线难以穿透街道上迷雾般的海风——一场秋日的小型暴风雨正在蓄势待发。这种暴风雨过后，海水很快就会将腐烂的木头和紫色的水母冲到潮湿的金色海岸上。

穿过莱埃塔那大街[②]上紧邻海梅一世地铁站的一排烟尘覆盖的建筑时，我感到有东西在我体内翻滚。我父亲，我记起来了。我们旅居巴塞罗那时，每次行走在莱埃塔那大街上，他都会停下来，撩起胡须尖，对着旧时的警察总局啐一口。就是在那里，佛朗哥将军下令把一个又一个人押过来审讯，我苦命的同僚们很可能被撂在了屋顶，像水蛭一样遭受雨淋。我诅咒那个愚蠢的翻版希特勒，诅咒两个同样的嗜血狂。"呸！"我大声冲那座楼喊道，"佛朗哥将军，连你的胡子都那

---

① 出自瓦尔特·本雅明的短文《挖掘与记忆》。

② 巴塞罗那老城区的一条主干道，始建于1907年，连接扩展区和海滨，紧邻兰布拉大街和哥特区。

么懦弱！你的毛发都够不到你那张臭嘴的两边。"这很讨我父亲欢心，我的肠胃平复下来。

我拐到一条曲折的主巷，踩在狭窄的鹅卵石路面上，日光很快从街面上消失了。我这是到了里贝拉区①，一个古老的商业区。身处这些交错的街道间，世界似乎缩小成了一个纸板做的微型舞台。我想把这一片街区都握在手中，把它像魔方一样来回转动。

我来到街上一处小的宽敞地带，天空又能看见了，天空发紫，飘散着铅灰色的云朵，像受伤了一样。我站在海上圣母玛利亚教堂前。我推开刻有浮雕的木门，壮起胆子向里面的黑暗走进去。

这座教堂让我想起了卢多。教堂外部装饰着雕像和花体格言，柔软、高贵，精心修饰过。但到了里头，黑暗、冷酷，肃穆的寂静将我吞没。除了几处彩色玻璃窗，教堂内部宽敞而阴沉。人和教堂一样，都有两面：上一秒严苛死板，下一秒就变得诗意，甚至多愁善感。

我在中殿里来回走动，吸入浓浓的香火味。我的视线躲避着十字架上的耶稣画像。我一旦看了，父亲就会在我体内大发雷霆。他会在我肚子里猛烈抨击，冲那个人可怜地耷拉着的脑袋说："活着是一种牺牲。算了吧！"

我系统地继续进行我的思考。我双眼始终看着地面，欣赏脚下坟墓上雕刻的一具具骷髅，认定这座教堂和卢多·本博互为分身。是的，千真万确，不可否认：卢多是一座加泰罗尼亚的中世纪建筑——他外在的自我自由地释放出温柔、诗意的姿态，而内里则隐藏着一个苛刻、理性、拘谨的第二个自我。换句话说，卢多·本博——我把脚踵深深陷入泥尘中，做出了推论——是一个受伤的人，他把伤口深深地隐藏起来，连自己都看不见。这样就能以最快的方式成为自己最大的敌人。我在心里做好笔记，打算如是告诉他。

"伤口，"我边走边念道，"注定要被看，要接受审视。否则它就

---

① 位于巴塞罗那老城区，拥有许多中世纪建筑。里贝拉（La Ribera）在西班牙语中意为"海岸"。

会溃烂，带来灾难，像酸性液体一样刮扯你肠胃的内壁，卢多·本博。你随便问哪个医生，无论多平庸的医生，他都会告诉你同样的答案。"

有个导游正倚靠在中殿里冰凉潮湿的石墙上，赞许地点着头。他正看着一群脸色苍白、肥头大耳的俄罗斯人，他们在圣坛附近交头接耳，不停拍照。我无视他的存在。

走进毕加索博物馆宽敞的内院时，我明白了另一件事：和卢多不同，我是一座高迪式建筑——由瓷砖碎片和玻璃组成的马赛克，色彩斑斓，具有颠覆性。一个超越了各部分之和的整体。如果我不是超凡的，那我就是无用的。我——一张由我自己组成的拼贴画——头脑里揣着这个想法，走进了博物馆。

我开始进入正题。我在一幅又一幅画前驻足。我走进毕加索蓝色时期主题的场馆内。我需要看一些比蓝色更加阴郁的东西，否则我会哭出来。我感到我肺部的水面再度升起。我看着几幅描绘巴塞罗那屋顶的油画。但是，据我所知，巴塞罗那的屋顶一般是米黄色、红色、橙色、赭色的。黄昏时分，来自马拉加的毕加索坐在巴黎的画室里，画出了巴塞罗那的印象。在著名的蓝色时期，他就住在巴黎。也就是说，他画的与巴塞罗那实际的样子相隔两重障碍。一个地方通过虚假的记忆棱镜去诠释后，会和它本来的面貌有偏差，这是人尽皆知的道理，不过这一点并不足以解释毕加索所谓的蓝色时期。我很肯定，这些屋顶画不单是他对记忆中巴塞罗那的呈现——看起来那么亲切、魅惑，充满忧郁和渴望，但同时又极其自信果决——而是一种情绪缺陷产生的结果，只不过他后来更正了这种缺陷。我想，最甜蜜的思考到来时，就像风吹过鸽子的脚后跟。

为什么毕加索的情感变得扁平了呢？为什么他突然成了一个单一色彩的人？因为他一开始无法掌控他的多重自我——他最初从马拉加退隐至巴塞罗那，而后从佛朗哥镇压下的西班牙退隐至一个充满电流的巴黎，在这过程中，他获得了多重自我。看一眼毕加索用大胆、粗野、鲜艳的线条对委拉斯凯兹《宫娥》的复现，看一眼他笔下的公主玛丽亚·特蕾莎[1]，她过于巨大且极度扭曲的脸——这个矮小人像的后代腓力五世，冷血的波旁皇族，在西班牙王位继承战争中血洗加泰罗尼亚，为佛朗哥将军系统化地镇压残余势力铺平了道路——看看一系列几何状碎片，看看交叠扭曲的人像，看看画作前景中从天花板垂下的残忍钩子，看看它如何以网状的构图重现委拉斯凯兹对没影点——也即时空连续体的无限特质，尼采称之为"永恒轮回"——的严肃思考，我对毕加索作为一个人和一个艺术家的演变所做的推论很快就有了支撑：他不得不学会承受多重性之伤、碎片化之伤，承受摇摆不定的曲线——由于长期的孤独、厌世，以及对自然界的敌对之美的领悟，高迪很早就掌握了这种曲线。但是——我兴奋地来回晃动着——毕加索无法放开自己去面对多元性之熵，直到他被那个幼稚的暴君佛朗哥将军推到无路可走的边缘。他对《宫娥》的模仿是在西班牙内战后，蓝色时期则在内战前。这就是典型的例子。

　　突然，出于一些我无法理解的原因，我略感不适，感到一阵轻微但很明显的眩晕。父亲在我幽深的空寂里低声说了些什么，他的声音比以往更加微弱。我用手指塞住耳朵，屏蔽掉其他参观者的声音。我把注意力转向我内部的耳朵。父亲用细弱的声音说道："瞧，这个人，瞧，这个人。"他在提出请求。《瞧，这个人》，历史上被复制次数最多的画作，也是尼采最伟大作品的标题，更不用说它还是侯赛尼戒律的第一条。我沿着画廊往回走，来到毕加索的《瞧，这个人》。秃头、身短、长着啤酒肚的毕加索把自己放在了画面的中央，取代了耶稣的位置，并在他的肖像周围安插了艺术界人士和几个毛发旺盛、丰满、卖弄风情的女人，她们正用手像拨开剧院的帷幕般拨开自己阴唇上的褶皱。我父亲大笑起来。他用手杖数次敲打我空寂中的地面，充满爱慕地抚摸着胡须。他的眼睛在眼皮下转动。为了让他平静下来，我不得不走开。

---

[1] 此处为作者笔误，应为玛格丽特·特蕾莎（1651—1673），西班牙国王腓力四世的女儿。西班牙画家委拉斯凯兹为其创作了《宫娥》以及后来众多画作。腓力五世是她的甥孙。

我还没走多远就想起了一件事，这迫使我又停了下来。在那片灰色的无人地带里，父亲曾在一处石堆旁停下，告诉我："孩子，每一个事件都是有前因的。你看看这里，毕加索的《佛朗哥的梦想与谎言》。"我记得祖国的尘土被风吹起，在我们周围四处飘散。我记得风中透着彻骨的寒冷，天空黑压压的。我记得我那么虚弱，双脚疼得厉害。父亲在最难走的道路上一直努力把我扛在肩上，但是他也在漫长的征途中耗尽了气力。他从我们拖拽了一路的手提箱中抽出一张毕加索的迷你复制画。他的手开裂了，手指在颤抖。"毕加索著名的《格尔尼卡》就起源于这些明信片大小的图画。为了理解未来，你必须把自己送回到过去。这样你最终会明白历史的邪恶本性：过去与未来互为镜像，现在即历史本身。"他把画作在凹凸不平的石头上展开。我俯身凑过去，在微弱的月光下审视着这些画。我在一幅画里看到佛朗哥被一头牛抵着；另一幅画里，佛朗哥有着巨大的阴茎；第三幅，佛朗哥坐在一头猪的背上，挥舞着手里的长矛；最后一幅，佛朗哥正在吞食一匹腐烂的马。我读了毕加索在画作下方的题字：不祥的水螅虫。"把这几幅图记清楚了，"父亲命令道，"这样，你就会知道我们将赶赴的地方的过去。"那时已接近拂晓，我们几乎走不动了，连续几天没有吃东西了。我们倚着石头蜷缩在一起，迎着冷酷的风，等待即将来临的白昼慢慢退去。

我满含热泪地走出博物馆，我的眼睛像是开了闸。我坐在通往内院的楼梯上，几只赤陶花瓶里种着棕榈树。天空暗下来，空气也变冷了。一名安保人员走上前来，他有着蓝色的眼睛和瘦瘦的脸，凸出的下巴，发黑的牙齿已经磨损，牙齿边缘尖尖的，像爬行动物的一般。

"出什么事了？"他用加泰罗尼亚语问，随后坐在了我旁边。他的声音里有一种会心的善意，他是一名艺术的守卫者。

我对他吐露了真言："我哭是因为佛朗哥的邪恶和浮夸的阴茎，这个长着酒窝的小脑袋想尽办法残害了整个民族。"

保安苦笑了一声。他说:"你这人的舌头不长毛! ①"

"没错,"我表示赞同,"我是个直肠子!"

我向他解释了一件非常复杂的事,一件并不是所有人都能理解的事。我告诉他,我直言不讳是因为,为了活下去我必须时刻工作,以弥补我失去的时间,因为作为这个微不足道的人世间一个苦命的公民,我不断遭受历史袭击,因为我的文人先辈一直在训练我用文字的功效去对抗这些暴力袭击带来的心灵和情绪伤痛所导致的迟钝影响。语言是我的利剑,我告诉他,历史的触角或许会抵住我,但我会用文字的轻柔利剑刺向它,让自己脱生。我没有赢,但我能够让自己仍处在起跑线上。我存在下去是为了留下证词。

"我不会表达,但我能理解,"他说,"我们加泰罗尼亚人尊重直率。我们不像拜金而且俗气的西班牙人,他们会编织一张错综复杂的网,就连生活在南极附近、离这里十万八千里的阿根廷人也被卷进了网里。"

他从口袋里掏出一面丝巾手帕,上面饰有加泰罗尼亚独立旗帜。他把手帕递给我擦眼泪,我用四道血纹的地方擦了擦脸。

我告诉他,在我的故乡,当我们对别人说的事感到震惊时,我们通常说"我舌头长毛了",来表达惊讶之情。

然后我说:"你看,朋友,世界比我们愿意承认的要更加紧密相连。如果从你家乡来的某个舌头不长毛的人跟我家乡的人说话,他们的舌头上立马会长毛!"

我们俩都笑了。我安心地吞下了眼泪,然后打道回府。啊,艺术的守卫者,"我们就像指甲盖与指甲肉一样"。这是我和父亲多年前在加泰罗尼亚时常用的表达,现在我再次用了它。

为了更深入地探究过去,为了凿穿我的遗忘,促使我被掩埋的记忆重新浮现,我走到了城堡公园。我曾多次和父亲漫步到那里,那是胜利的徒步。腓力五世在西班牙继承人之战中建造的堡垒已被加泰罗

① 源自西班牙习语。用来表示某人说话坦诚,不拐弯抹角。

尼亚人推倒。他曾将大炮对准加泰罗尼亚人，用直直的枪杆瞄准他们。他摧毁了波恩区，将它夷为平地，驱逐那里的居民，让他们像瑟瑟寒风中的蚂蚁和蟑螂那样匍匐在倒落的石头下。几个世纪之后，加泰罗尼亚人收回失地，将它变成了一座壮丽的花园——城堡公园——一片充满感官愉悦的土地。我坐在一张长椅上，望向四周，思索着。我得出了如下结论：为了获得生命的乐趣，人必须凿穿悲痛的沉积岩；除此之外，没有别的路可走。我从长满椰枣树和木兰的林荫小路上抬起头，看到圣心圣殿教堂的轮廓坐落在远处提比达波山的山顶上。天空一片墨色，几缕靛青色横亘其间。在这片天空掩映下，提比达波山如丝绒般柔软，像一张婴儿床。我起身，向瀑布喷泉走去，那里有标志性的瀑布和环绕瀑布的池塘。几只鹅在薄荷绿的池塘水面上慵懒地漂动着，靠近瀑布边缘时，它们会带着心知肚明的眼神转个弯然后折回来，以360度的视角观察周遭的景致。看着眼前的景象，我突然明白：它们比任何人都更懂得观察之道。它们总是在视察自己所在的空间，留意着周遭的事物。显然我也必须做同样的事情。我必须踏上洞察力的朝圣之旅。

我意识到，事实上，如果我走到这座城市的至高点——蒙锥克山，提比达波山，克里斯托弗·哥伦布纪念碑，古埃尔公园，某处屋顶——我就可以将巴塞罗那握于手掌，像魔方一样转动。我走回港口，搭上最后一趟前往蒙锥克山的缆车。我从上空注视着这座城市的屋顶，注视着残破的克里斯托弗·哥伦布雕像，大教堂的尖顶，阿格坝大厦愈渐暗下去的玻璃表面，注视着提比达波山，以及面朝大海、棱角分明的圣心圣殿大教堂。再往西一点是蒙塞尼山脉，像一片用雕塑定格下来的黑色迷雾。我已经到达古埃尔公园上空，日落前我能抵达另一处顶峰，委婉说来，那个地方不太令人愉快，可我不得不直面魔鬼。不，比直面更糟，我不得不攀上他的臀部。

我为何会做出一个如此耐人寻味的决定？因为眼前的景色让我认清了这样的事实：新世界与旧世界被白人帝国主义者用沾着鲜血的手强行缝补在一起，形成了一条连续完整的织物。毕竟，视野狭窄的克里斯托弗·哥伦布从公海航行到他眼中的"未知"海域之后，又回到了巴塞罗那港口。因而，我有义务借克里斯托弗·哥伦布臀部的恶臭来训练我的鼻子，以探测到即将从远处乃至从偏远地带而来的袭击。我是一个活死人，极度的伤痛将我的心碾成一片薄纸，历史的刺骨寒风又让这张纸变得易碎如寒冰，我需要尽可能多的时间来实现计划，需要所有我可以依仗的优势。

我走下蒙锥克山，来到港口。我走进克里斯托弗·哥伦布的纪念碑，付了 4 欧元——物超所值——搭乘直梯来到顶端。我站在那个圆形、肛门形状的房间，往外看着这位脸部臃肿的探险家那只弯曲的手指，据说它指向的是所谓的新世界。等我回过头再看这座城市时，夜幕已经落下。天太黑，什么也看不见了。仿佛光线永远从宇宙中消失，被粗暴的手揍回了老家。

我重新乘坐直梯来到地面，想起父亲的话。"孩子，"他曾对我说，"你须借文学来悼念你母亲的死。我们苦命之人一旦开始哭泣，就极可能淹死在自己的眼泪里，是在冒生命危险。那样我们能获得什么呢？人生苦多，岁月无情，人唯有在自身的需求不受威胁时方能维持文明体面。一秒也不能再多。如果你任由他们行事，他们会吸食你的骨髓。"我也记得，听到这些话时，我瘦小的身躯被一股空洞的刺痛攫住，感到背叛的针头在刺扎我的空寂。为了抚平这伤痛，我低声念了伟大诗人皮塔亚[①]的话，这些话后来又被小说家罗伊格引用，这两位作家我父亲都曾翻译并抄写过。我说道："Al fossar de les moreres no s'hi enterra cap traïdor ![②]"——战死者墓地纪念广场[③]上没有埋葬任何叛徒！ 1989 年 9 月 11 日，我们抵达巴塞罗那的那年，里贝拉区一片空旷的广场上，皮塔亚的话被刻进了一座凹陷的金属纪念碑。在那座细

① 皮塔亚：即弗雷德里克·索勒·乌韦尔特（1839—1895），加泰罗尼亚诗人、剧作家，曾以塞拉菲·皮塔亚的笔名发表作品。

② 直译为：死亡的深坑中没有埋葬任何叛徒。

③ 为纪念在巴塞罗那战役（1714 年）中死去的加泰罗尼亚人而建的广场。紧邻海上圣母玛利亚教堂。

长、弧形的纪念碑顶端，一把火炬日日夜夜燃烧着，以纪念1714年9月11日在西班牙继承人战争中为守护遭受围攻的巴塞罗那而陨落的加泰罗尼亚英雄们。我想起了9·11，想起将我们所有人联结起来的暴力之线：1697年9月11日（残忍的森塔之战，加速了奥斯曼帝国的覆灭）；1973年9月11日（黑暗的一天，智利政变，致使皮诺切特上台——对此，我向莫拉莱斯致敬）；最后，9月11日，2001年（"基地"组织袭击美国，红脸斜眼的布什在我苦命的辽阔故土发动了一场战争，这不过是一连串永无休止的战争中的又一场）。每年9月11日，世界上有那么多地区在哀悼，这就证明了存在的相互联结性，正如侯赛尼人所知，暴力通过折磨我们这个可怜的物种，将这种联结性快速凸显出来。复述完这些臭名昭著的日期时，我的眼泪几乎冒了出来。我往后仰起头，将咸涩的泪水逼了回去。我的器官被侵蚀了吗？我在想。电梯门开了，我走出纪念碑，还未来得及反应，就再度被这座城市浸没，走在没有任何前景的街道上。

几天过后，卢多·本博回来了。他问我这些日子在做什么，我不带一丝怨恨地告诉他，我这些天在专心读书、行走，将父亲抄写过的书重新誊抄，往我的笔记本里灌注文学的血液，然后疗养，有时是一个人，有时候有那只摇摇晃晃、反复无常的鹦鹉托特相伴。我还告诉他，我试着去接近基姆·蒙索，但这并不完全属实。事实是，我带着犹豫的心态，试图追踪过这个人。至于是出于何种目的，我也不清楚。我模糊地感觉到，我待在他这座塞满东西的住所里的时间将尽，紧要的关头到了。

我已在巴塞罗那掘出了我此次前来要挖掘的东西。毕竟，通过悼念父亲的死去，我发现了母亲的余烬。我借助我的意识，展开了时间的纱线。这一经历向我示意，空寂和它固有的空虚一直都在——处于一种潜伏的状态——只是在我父母逝去时，才突然显现。于是我竭尽全力往下沉，沉入流亡的空寂里的某个地方，它对应着巴塞罗那，炸弹之城，火中玫瑰。我上下打量卢多·本博，思索着，下一步我将去往何方？

"这是个不错的消息。"卢多心不在焉地说道。他坐在我对面,手指敲打着餐桌。我刚才说的哪一点让他觉得不错?我上下审视着他,继续思索着。他变得有些不一样了。他随意地倚靠在椅背上,变得老成了,那副自信沉着的样子是我从未见过的。他穿着一件短袖衬衫,上面套了件开襟羊毛衫。他每次伸展双臂,我都能看到羊毛衫下的短袖褶痕。在那之前,他 直穿的是长袖。还有什么是他认为不当的?这种突然的转变是一面红旗。事实上,不是一面,而是两面:一开始固守着严苛而过时的装扮,最后突然毫无征兆地放弃了那样的穿衣风格。我走出餐厅,来到卧榻上,以便更清楚地看看他。我注意到我回答时他有些昏昏欲睡,而且肢体语言显得满不在乎——显然,他一直以来是,且未来也会是一个被划分了区间的人,他的脑子被隔成了数个首饰盒大小的盒子。事实上,理智来讲,他退化了。一个生活在流亡中的人——却害怕走到深渊的边缘一睹究竟——随时有落在帝国主义者和殖民主义者手里的风险,因为他忘记了他的伤口,与他苦命的同类断了联络。一个这样的男人如何值得信任呢?然而,也许,这并非事实。或许,尽管乍看并非如此,他的举止也可能是潜意识里设计好来保护自己的,不让自己承认我们之间充满陷阱的互动,也即那场让他像一具狼狈的木乃伊气冲冲地离开公寓的争吵。我想,他明知被我的想法耍得团团转,却拒不承认,这样的自欺倒是起了些作用,让我们得以继续满足各自的胯下之欲。结果就是,我再也无法心无杂念地怀疑他的恶劣本性了,因为我渴望他温暖的怀抱,渴望他胯下的那道弧线。我站在那里盯着他,头脑里一片混乱,没办法清晰地思考。

"你为什么那样看着我?"卢多问道,拨开几缕飘散到脸上的鬓发。

"我怎样看着你了?"我反问道,重新倚靠在卧榻上,抚摸着那三处窟窿,将手指探进被灼烧的孔洞里。

"怎样?你坐在屋子的另一头,眯缝着眼睛死盯着我!"

这就是他跟我和好的方式吗?如果他打算继续这样玩失踪游戏,把盐撒在我祖先去世时在我心口留下的侯赛尼形状的伤口上,那么我别无选择，只能把他赶走。终于，我突然想清楚了。

"眯缝着眼？这有什么。"我说，"孩子，我有个故事要跟你讲！你真该看看我前几天在邮局见到的那个女人。她又矮又胖——这样说还不够贴切，应该说，她圆滚滚的——以至于她的胳膊像是在往两边飘动，因为那里长了好大一团肉，把胳膊撑起来了。她带着一个极小的粉色钱包，估计是费了九牛二虎之力才挂上胳膊的；钱包牢牢贴着她的手臂，就跟粘上去的似的。等叫到她的号时，她从等候室的椅子上一溜烟起身，摇摇晃晃着去了窗口，像一只装在钱包上的轮子。"

"那和我们谈的事有什么关系？"他催问道。

"你不觉得这件事很好笑吗？"我问。

"是好笑，但我看不出这有什么关联。"

"笑一笑，我就告诉你。"

他勉强挤出一丝笑容，双唇间冒出一阵微弱的咯咯声。我本来期望他能心甘情愿地笑出来，但也只能作罢。

"关联在于，"我用一种外交官式的口吻宣称，"两件事都在说明当事人感到身体不适：我眯缝着眼，邮局里那位女士圆滚滚的。"

他似乎对我的回答感到满意。或者说他已经厌倦，准备换一个话题。我说不准。他问我去邮局干什么，我告诉他我去称我的笔记本。他似乎不感兴趣。我已经看不懂他这个人了。

人们常言，表达是关键。把事实摆在对手的脚下是毫无意义的，毕竟他们是否配得上这种红地毯待遇还值得商榷。卢多·本博显然不值得。在我眼前消失后一句解释的话都没有就再度出现，对这样的人不值得。谁知道他在这期间都做了些什么呢。可能是在赫罗纳的大学里讲课，也可能在跟张牙舞爪的冰人厮混。

我推断，迟早有一天我会找到一个契机，把收集起来的对他不利的信息——包括我在心里记下的笔记，在漫步时总结的心得——好好利用，最大程度上为我所用。我不想浪费我所有做过的思考。鉴于无尽的愚蠢让人类备受煎熬，没有人能否认，应当将思考当作一块稀有的宝石，守护它，宠爱它，把它放在保险库中珍藏起来。要用极大的审慎来对它加以使用。

还有一件事是清楚无疑的：卢多·本博不是长了一口黑牙，蓝眼睛，身形消瘦，经历过磨炼，并在极度的痛楚中获得了共情能力和幽默感的艺术守护者。他是一个背叛并脱离了祖先的本博人，而他祖先的汗与泪依旧在灌溉文学的肥沃沟渠。他装出一副服务于文学母体的样子，但实际上不过是一个门外汉。命运为什么要把我们放到　起？我突然间想明白了，因为我的职责就是把他拉回正途。

我起身，穿过屋子，在他嘴唇上印下一个吻。这是为了让他放下戒心。他抓住我的一只胳膊，将我拉到他的大腿上，我们就地欢爱起来。

到了某个时刻，不知为何，我感到自己与堂吉诃德融为一体了。我驾驶着驽骍难得——那匹温顺、骨瘦如柴的马——穿过卡斯蒂利亚的原野。我看到远处巨大的风车。风车的叶片在空气中挥动，就像历史曾经挥舞刀刃，向我的祖先们砍去。我心里冒出一股强烈的冲动，要去袭击那些风车。

"驾，驽骍难得！"我大声叫道。

卢多变得更加兴奋。我们完事以后，他问："你的意思是我需要增肥吗？"

"没有。"我说，有点喘不过气来。

"那你为什么叫我驽骍难得？那匹马可是瘦得只剩骨头！"

"没什么好在意的。"我说，"别往心里去。"

卢多将头凑过来，搁在我肩上。我的脖子感觉到他湿润的呼吸。我轻拍他的头，说道："你有进步。你承认人生不及文学真实。"

他想说些什么，但我一把将他的头抱到胸口，把手放在他唇上，堵住了他的话。愚蠢的傻瓜。他以为我是在挑逗他，便打趣地咬住了我的手指。

在那之后，卢多和我进展得相对顺利。你可以说，如同福楼拜和普鲁斯特这类人一样，我们一同度过了那些时日，享受着信任、欢快和深情的陪伴。那是一览无云的日子，我们做爱；我们就基姆·蒙索的各种奇奇怪怪的小饰品放声大笑；我们逗那只鸟，每次他一出现，我们就躲起来。卢多煮饭。我大快朵颐。我的空寂里填满了他做的菜。

周五的时候，卢多说我们需要呼吸些新鲜空气。他说我可以借这次周末出游换换思维，建立亲密关系，带我父母出去走走。我什么也没说。我没有心情讨论我的父母。自从去了博物馆以后，我父亲越来越少出现了。而他的缺席——他明显的空虚——带给我的感受也不那么强烈了。他不再像往常那样时不时把脸贴在我的空寂里——每当他那样做时，他的分解程度似乎都比上一次稍重了一些：他的鼻子开始往下掉；他的胡须虽然变长了，但也变稀疏了；他的肌肉和各部位的组织都在衰败，干瘪的皮肤贴在骨头上。他正在慢慢消失。卢多的在场似乎加速了父亲的朽落。我怀疑他是否在惩罚我，是不是在他要求我看《瞧，这个人》时，我停留的时间不够长。于是，我答应和卢多一起驱车到海边。我告诉他，我之所以这样做，是因为海上咸涩的空气对我父亲有益。我看得出来他为此感到委屈，但他什么也没说，他像吞药丸一样把受伤的心情咽了下去。

我们沿着布拉瓦海岸蜿蜒崎岖的山脉行驶，度过了一整个周末。我们出了城，环绕的山路上分布着密密麻麻的松树、软木橡树、芦荟、仙人掌和桉树。在法国边境附近，犬牙交错的海岸线被十字架海角自然公园里粗粝的山区取代，那里是达利的大本营。我们在日落前正好赶到，然后沿着公园一路往上，到达灯塔下面。一束柔和的光在周围的地中海水面上缓缓移动，脚下地势高耸，一片灰褐色和黑色，四处是洞窟、缺口和凹陷。这个地方看起来像是被切割、捶打过。我们坐在一块被海浪侵蚀得中空的石头里，仿佛置身于一张用石头打造的吊床中。正值十二月。冬日的阳光降到了半空。灯塔附近的餐馆里，一家人正坐在餐桌前点餐，鲜鱼、鱿鱼、章鱼、海胆等供他们挑选。

卢多说："你往边缘探出去，或许能看到地狱之穴。"

我完全没有想到这一点。我把头探出去，看到地狱之穴，那是岩石上一道歪斜的裂缝，地狱之穴另一边阴暗的水面看起来像熔化的银。我们起身打算离开时，这片岩石嶙峋、风拍浪打的高地正被静谧的橘色天空映照着，恍惚间我觉得自己漫步在月亮表面。我如是告诉了卢多。

"我想是吧。"他用一贯缺乏幽默感的语气说道。

我回头再次看向海面。在我们身下，阴郁、倦怠的地中海如此博大、浩渺、震慑人心。

我们沿着海岸往下行驶，停在了佛斯卡大街上，因为卢多想去看看海岸边那片伫立在黄铜色悬崖上的著名城堡。我独自光着脚在岸边散步。卢多迈着步子登上悬崖，去到城堡里。他时不时在一块石头边停下，朝我的方向使劲挥手，大叫着，说我错过了这么好的风景，或者说要惩罚我，因为我没有付出足够的体力，因为我没有好好利用此次海岸之行所期望带来的协作和欢乐。我大声回答卢多说，这么陡峭的悬崖，只有山羊才爬得上去，况且这大冬天的，我的脚在冷透的海水里蹚了太久，已经失去知觉了。

"没有那么陡峭。"他大声喊道。

我没理他。他往悬崖上攀登着，变得越来越小。

头顶上天空发白，像玻璃一样薄薄的，看样子马上就要不见了。卢多消失在一堵松树墙后，而我则在等待父亲的动静。什么也没发生。我开始寻找死鱼，在海湾处正对城堡的一端发现了一条——是鲈鱼——它被卷进了浮木和海藻中。它被海鸟啄食过，闻起来一股死亡的味道。我蹲下来，闻了闻，希望能把父亲激将出来，让他的血液流动起来，像他最后的岁月里那样。那时候，我常常带他去布莱顿海滩，他会把手杖扎进沙地里，一筹莫展地转动着眼睛，想到自己即将葬身于所谓的新世界，他感到愤怒，但又不得不屈服于命运的这一安排。我需要确定他依然在那里，他没有离我而去。如果我的身边只剩下了卢多——本博家族里一个不合格的后人，我该如何是好？但是我的努力毫无成效。我的空寂里依然空荡荡的，什么也没有。我差点被死鱼的腐臭味熏晕过去，这时卢多的声音传来。他就站在我身后。我转过头看着他。他脸上有一丝羞怯的笑。他站在那里，双手撑着腰。

"我会带你去吃晚饭的，"他说，"你不用吃那个。"

"对你来说，它是什么？"我问，从沙地上站起身。

与此同时，天空已暗下来，变成了深深的海蓝色，几颗朦胧的星星出现在天幕。海水轻柔地拍打着岸边。水面不再是橄榄绿，也不是墨绿；看起来又黑又黏稠。除了我俩，海滩上一个人影也没有。

"什么也不是。"他说着把我的脸捧在手心里，然后用这世界上最最甜蜜的口吻说道："我要拿你怎么办呢？"

就在刚才，他还让我铤而走险从悬崖边缘探出头去看地狱之穴，现在他却展现出无限的温柔。他这个人真是让人捉摸不定。

"我不是一件物品，"我直截了当地告诉他，"我不是一件铜像，你不需要决定把我摆放在哪里最好！"

"铜像？"

"管它呢！我想说的是，我不是你心血来潮买的物件！"

"我没有说你是。"他说，然后补充道，"我们现在多开心。别又来了。"

"好吧。"我说，在头脑里过了一遍我的笔记。

他咎由自取。这是他自找的。

卢多总是生怕亏待了他的肚子。白天早些时候登上十字架海角的途中，我们在罗赛斯的海滩和沼泽地停留。我们吃了奶酪猪肉三明治，随后沿着海边散步，在被海盐侵蚀、泛着金属光泽的石头上跳来跳去。还去了山上采摘鲜花。

第二天，我们往更南边开去，打算去圣费利乌 - 德吉绍尔斯 ① 吃午饭。我们停在了康斯坦西亚诺会所，那是一幢新中世纪时期风格的阿拉伯式建筑，充满浪漫情调，可是服务员很怠慢、无礼、冷漠。他们的白色衬衫上有污迹，黑色背心上的扣子是开的。这些人正在为挽回旧世界的魅力做着没有结果的努力。

和卢多一起吃饭时我从不付账。我实在不舍得把仅剩的那点钱花在最基本吃住以外的事情上。卢多在供养我，他给我买了沙滩浴巾、

---

① 著名港口和旅游地点，位于西班牙赫罗纳省。

毛衣和登山鞋。对于这些，我无所谓。

那天夜晚，我们往北赶去拉埃斯卡拉吃晚饭，那是一座以鳀鱼闻名的渔村。海滩上点缀着一只只底朝天躺在岸边的黑色小船。我们坐在沙滩上，看着大海。卢多点燃了烟斗。烟一缕一缕地升起，徐缓而平稳地飘向夜晚的天空。水面上悬浮着一层薄雾。眼前只看得到一片黑的、蓝的、白的。海的边缘闪耀着粼粼的波光。月亮短暂地出场后消失在了厚厚的云层里，天上光线尽去。我们没怎么说话。或者说，我们只谈了最平常的事情：他的朋友，托斯卡纳的葡萄酒，他梦想拥有一片橄榄园。我几乎什么也没说，唯有这样才能确保谈话顺利进行下去。没有人喜欢把鼻子拱进粪堆里，没有人想对真理负责，只有我一个人在孤军奋战。即便我有卢多陪伴，我依旧孤身一人，因为他和其他人一样，拒绝承认自己的伤痛。

我们在海岸附近的一家咖啡厅吃了晚饭。我们吃了鱼头汤，用浅口陶土大碗煮的黑米，蒜烤鳕鱼，橄榄、西红柿，还喝了一小瓶葡萄酒。卢多告诉我，他有个朋友发疯了，因为他去搜集蘑菇时不小心吃到了一颗毒蘑菇。

"他现在在干什么呢？"我问。

"他四处流浪。他母亲在照顾他。"他说，事情就是这样。

侍者给我送来一杯缀有装饰伞的水果鸡尾酒，给了卢多一杯啤酒。我把装饰伞拿出来，别在卢多的耳朵后方。

"又不是在夏威夷。"他说。

"这个世界的污染程度远比你想象的严重。"我回答道，然后起身离开了。

我走出去，来到海滩上。我抓起一根棍子，在沙地上写下了尼采的《瞧，这个人》中的话："为什么我知道的比别人多一些？为什么我如此聪明？"我希望能借此把父亲唤回来。然而什么也没发生。你猜更糟糕的是什么？卢多又来了，就站在我身后。

"你在做什么？"他轻蔑地问道，"我们还没吃完呢。"

他身后的天空一片漆黑，水面上迷雾飘悬，他整个人被拉长了，极其诡异，看起来像个吸血鬼。

"我和尼采融为一体了。"我回答道。

"所以，你不能和我融为一体，却能和尼采融为一体？"他逼问道。

"我说不出比这更恰当的话来了。"我用老练的声音回答道。

这时候，他终于爆发了。

他说我的样子总是变化无常，让他很不自在。"你的表情会转瞬间从庄重自省转变成天真淘气，或者从淡漠变成苦闷。"他说，像是在朗读一本书，或者更糟的是，在读我的笔记本。"有时候，"他说，"你就像突然被活生生剥了皮。你到底怎么了？"

"你听起来为什么像一段文本？"

"文本？"他嗤笑道。

卢多一直以来对事关我不幸命运的一切缄口不言，对文学保持疏离，现在是怎么了？我思考着这样一种可能性：存在着多个版本的卢多·本博，同一个人的两个生理版本，每个版本都有二元倾向，这样一共就是四个卢多·本博。他似乎已经成了我。他对我说的话就是我想对他说的——条件是要有机会跟他分享我在不知疲倦地思考后在头脑里记下的笔记。我请他坐在其中一艘小船上——我甚至掸去了沙子，好让他感到舒服。他一脸希冀地坐下。我温和地开始了，我向他解释，我们之间的大部分不愉快，一方面源于他的追求享乐，他的自爱，而他把这错当成了对我的爱，另一方面是因为他显然对本博族人在诗歌和哲学领域的殚精竭虑毫不知情。他将祖先们的心血肆意向风中抛撒，活得就像一只跟在人脚边的忠犬。

就在那时，我父亲回来了。他的头从空寂中冒出来，几秒钟过后，又沉入深渊里黑暗幽深的褶皱中。我崩溃了，低头看着沙地。倏忽间，我不确定自己身在何处，只能感觉沙子在上升，脱离地面，遮住了我的视线。我往四周张望，看是否有炸弹掉下来，是否有尸体横在各个角落里。我听到卢多在低声念叨，说我如何冷血，如何表现得好像克服了对爱的需求，不再需要人类同胞的陪伴。

我没有抬头看他，只说："这还不是我最糟的状态。如果这样你就受不了，等我触及深渊底部的时候你再看吧。我现在还会有温柔的一面，那扇窗时不时会打开。"

这让他无话可说了，于是一整晚我们都没有任何交流。我们开车回到了巴塞罗那。我以为他不会和我一起去基姆·蒙索的公寓了。但他去了，甚至留在了那里过夜。他脸上带着希望的笑容睡着了，而我整晚无眠。我回想着卢多的话，想知道，如果我放弃他以后父亲没有回来，我将面临什么样的处境？如果连一根将我和这个残酷而渺小的宇宙联结在一起的纽带都没有了，我将如何是好呢？我连续几个小时在那张脸上搜寻，端详着他那充满希望的笑容。我想，也许有一条出路，也许在深渊的底部有一个豁口，我可以从那里爬回这个世界。

晨曦时分，我从床上起来。卢多继续睡着。我来到过道里，边踱步边浏览我的笔记本。阅读是我唯一的疗愈，也是我唯一可以求助的对象，是我在空寂里仅有的行驶工具。托特栖息在可旋转壁灯的灯臂上，睡着了。他黄绿色的羽冠埋进了毛茸茸的背里，看起来比平日里更加蓬松，也更加矮胖。

我走过卧室，卢多·本博正一丝不挂地躺在四根高高的床柱间，四肢伸展开来。他紧抓着我的枕头，煞白的皮肤紧贴着红色被单，看起来像一只攀缘在千奇百怪的珊瑚礁上的章鱼。他是谁？我再次思考。他怎么会走进我的人生？这个问题纠缠着我。

我继续沿着过道踱步。我往鸟的房间里张望，看他吃了没有。我总是不忘在他笼子里的碗中放些新鲜的种子。然而，和平常一样，这只鸟——死亡的随侍——什么也没有吃。

我回到了客厅。

一缕光线从窗户里透过来，轻如薄纱。我把笔记本放在咖啡桌上。之后我再度打开，读道："柏拉图说，爱是一座神圣的建筑，它来到这个世上，这样宇宙中的万事万物才有了连接在一起的可能。"我认出了上面的字迹，是卢多的。于是我认定，他干涉了我的笔记本。月光透过窗子照进来，夹带着一丝借来的灯光。我的思绪回到那两面红旗上。

我提防他是对的，还有什么比用爱来侵犯别人更具有操纵性呢？

我非亲自报这个仇不可。我开始翻找卢多的书，就是他自称去拜访那位经营稀有书籍的书商兼朋友浮士塔后带回来的那些书。他把它们留在了厨房的角落里。那些被遗忘的书——都是些历史字典——可怜地躺在厨房的案上，像一堆等着放调料的牛排。我在一张纸巾上写下了约瑟·普拉日记中的一句话，这是我入住基姆·蒙索的公寓里后头一次想到他，一个反对平庸，为人直率的作家。他的头脑里装满慧言妙语。这些智慧之言被他写了一遍又一遍，因为他在数年间不断修改自己的日记。到了最后，他等于是在剽窃自己，引用和伪造自己，直到出现众多的约瑟·普拉，原本的他无处可寻。他是一个充满矛盾的人，一位文学英雄，是我报复卢多·本博的最佳选择。这是我在纸巾上原封不动抄写下的引言："一个人但凡未变得铁石心肠，就克服不掉虚荣，那种痛苦的想要被听到、被恭维、被爱、被珍视……的渴望。虚荣的心诱使我们去做荒唐至极的事，采取疯狂的行动：去干涉他人的生活，以这样或那样的方式向其灌输教义——一言以蔽之（此处，我加以强调），**去侵犯他人的孤独。**"

我翻开第一本词典，准备把纸巾夹在里面时，发现了比卢多·本博抄在我笔记本里的那句感情用事的话更糟糕的东西。泛黄发脆的书纸间插了一本小册子，信不信由你，这比关于爱的神圣性的那句引言更加具有操纵性。小册子上也是卢多的笔迹，他写得一手好字，字迹娟秀沉稳，如同中世纪手稿中的字体。他的 f 像红鹳，s 像天鹅，m 像猩猩。他对 inquietare[①] 的历史做了深入分析。

这个词从纸上跳将出来，在我脸上狠狠扇了一嘴。为什么偏偏是这个词呢？inquietare，我在心里反复念道，一边回到卧榻上，一边在头脑里梳理着这个词的多种令人不安的含义：（严肃地）搅扰某人；阻断或疏远某人；破坏人的平和与宁静。

最初卢多·本博穿衣风格突变时在我面前挥舞的那两面红旗，再

———————

① 意大利语，意为"惹恼"。

次现身得到验证。这还不够证明他的反复无常吗？

　　我考虑将他从我的人生中抹去。毕竟，我大部分日子里都带着沉重的孤独生活在这可怕的宇宙中。现在，我又何必去附着于另一个人——一个非侯赛尼人呢？我走进浴室。我觉得自己是个傻瓜，竟然让他进入我的人生。我看着镜子里那张脸。我记不清自己究竟多大了：二十二，二十三，抑或是二十五。任何年龄都有可能。我既是年轻的，也是苍老的。随后，我看见母亲扁平的脸，受伤、瘀青的脸，那张脸在回望我。我感到前所未有的孤独。我伸出手去触摸她的面颊，抚慰她，但她从镜面上消失了。"我该拿卢多怎么办呢？"我对着停滞的空气喃喃自语。我依稀觉得，如果没有了他，我很可能会化为尘土，化为灰烬，被历史的狂风吹得满世界飘散。他是除我父母和莫拉莱斯之外，唯一了解我的人，也正因如此，我的命运与他的命运紧紧联系在一起，无法分开。我摆脱不了他。即便我努力去摆脱，我也会失败。我已经习惯于他的存在。我甚至需要他这样固执的决心。没有了它，我将无以安身于这个世界。

　　我走到客厅，坐在卧榻上，脑海里闪过一幕幕的画面。那片干燥、龌龊的无人地带，父亲、我和驴，三个凄惨的身影。我想，早在流亡者放逐他乡前，流亡就已经开始了。首先是遭受心理、情绪和精神上的驱逐，身体的流浪不过是最后一击。我父亲，他父亲，以及他父亲的父亲，他们都被判了死刑。罪名是什么呢？作为思想者本身就是罪。我闻到了里海的气息。闻起来像油、西瓜、湿土、锈色的阳光和桉树林。我想到朝圣者但丁，想到他曾受到的警示："你将懂得一个在别人的楼梯上爬上爬下的人，他的路是多么艰难。①"

　　我想，死刑就悬在我的头顶上。或许最好是结束一切，让这漫长的审判来个了断。我的思绪退去。它们折叠、旋转，成了一张交错的网。我从卧榻上下来，在过道里踱步——这是这间公寓的过道，也象征着我流亡的走廊。公寓里似乎变得不一样了，一些我从未注意到的

---

① 出自《神曲·天堂篇》。

物件冒出来，在混乱的室内陈设中显得异常突出。尤为震撼的是一尊表面擦拭一新的桌面地球仪：地球仪上没有陆地，也没有水域；代表世界的那部分图案要么遭受腐蚀，要么被刮掉了，留下一片纯白的表面，仿佛宇宙的钟表被调到了初始的初始。我修正了自己的想法，或者说，这个桌面地球仪代表一个非场所，那里不存在时间；或者说，即使存在，它也是没有区隔的——过去、现在、未来相互交叠，它们的边缘不可分割、模糊不清。

幽灵地球仪标志着我的未成，这是我的结论。我抓住地球仪，带它去了浴室。我端详着它纯粹的表面，再次感到自己仿佛站在一个黑洞的事界。我想起父亲蒙在我眼睛上的黑布条。我最后一次看了看镜中的自己：我的头发长长的，打了结；我的额头上已经开始有了皱纹；我的皮肤苍白，眼睛青肿。这样的我没精打采。

我恍然大悟，幽灵地球仪是在提醒我行动起来，去摧毁，去成为余烬，成为虚无，而虚无就是一切。浴室在邀请我，让我把自己当作一名患者，服药，泡个澡。它邀请我重新回到子宫，唤起我出生的奇点①，变得未成，以化解我曾经历的失去的痛楚。这样过后，我会像凤凰一样，在人性的废墟堆上无限地重生。

我记起自己对殡葬人说过的话：父亲回到了初始，回到了他出生前所在的空间。

我打开医药柜。顶层摆了一排装着药丸的瓶子。其中一个瓶子上没有标签。我拧开瓶盖，里面是一些极小的星形药丸。"'星星'（star）这个词与'伤疤'（scar）只一个字母之差。"我感叹道，难以置信地叹了一口气。看吧，过去蕴藏在未来中，尼采的永恒轮回。

我从瓶中掏出一颗星形药丸，咽了下去。我咽下了我的过去。我大声自说自话："我是一名食人者。"随后打开水龙头，聆听流水哗啦啦从龙头流到浴缸里的声响。我又吞了几片药丸，感到时间开始溶解。

---

① 此处的"奇点"或许是借用了天体物理学中的术语，即"大爆炸"的起始点，表示时空中一个普通物理规则不适用的点，在该点，空间和时间具有无限曲率。

我趴在浴缸上方，再次端详着自己的脸；渐渐升起的水面让它变得扭曲。我捧起一捧水，送进嘴里喝下去。我喝下了自己的脸。水中一股浓浓的金属味，仿佛我咽下的是掺了血的牛奶。我坐在浴缸边缘，直到听见宇宙边缘传来一声嗡鸣。物质在溃散，时间变得绵软。我脱下衣服，沉入了浴缸。

我已准备好赴死，为的是重新开始。"斑马的唯一目标和意图，"我泡在水里，大声自顾自说道，"就是作为浩瀚文学档案库里的集体数据中不断再生的余烬，再一次从子宫里钻出来，播撒在旧世界的网罗中。这个旧世界禁止一个中心的积聚，它错综复杂，层级分明，具有同时性，是一片与总体本身同样令人难以捉摸的大陆……不真实，非理性 - 实用主义，多重……"我在慢慢融化。

房间开始消失。瓷砖飘移起来。时间在瓦解。我进一步沉到水下。我想到了但丁，想到宇宙中心的冰，想到我们心中的冰湖。我就要被排出去了。我大笑起来，为诞生之黑暗而笑。我感到时间弯折，疲软下来，水变得又冷又稠。我看到自己被压缩，成了另一个人——我变得更像斑马了。我消失在缥缈的远方，感到自己变成了虚无。

过了些时间，几小时？几天？还是几分？卢多冲进了浴室。

是在上午。

"你在那里做什么？"他问。

他的每句话听起来似乎都说了两遍。我凑上前看着他。眼前出现了两个他。两个卢多·本博，和我曾设想的一样。一股歇斯底里的情绪在我体内沸腾。卢多·本博是谁？我的父亲、我的母亲、我的家园在哪里？我是谁？

我听到卢多说："你像是发烧了。"

他跪在地上，把手贴在我前额，眼神担忧地看着我。

我听到自己说道："我又不是傻子。你不需要每句话都说两遍！"

他看起来既伤心又困惑，既生气又寒心。"我不知道我为什么要自找麻烦。"他低声叹道。他的话像把刀子，在我身上生生捅了两刀。

　　我看到两个卢多·本博在擦眼睛。他们那么遥远，像是把望远镜拿错了方向后看到的画面。两个都白得堪比牛奶，像两根煮了很久的面条。我想把挨的刀给他捅回去。

　　我说："你们这对宽面条，识相点从我头发里滚出去！"

　　两根面条抬起头，用谜一样的神情看着我。是苛责、反感，抑或是痛苦——我无法确定。

　　"好，那我走。"他不带一丝感情色彩地说道，洗了手，用毛巾擦干。他正在尽最大努力，避免自己被卷入我伤口的旋涡中。他全身变得僵硬，冷淡。"我不能再缺课了，"他说，也不看我，"下午我要去教课。"

　　有那么一瞬间，我感觉自己恢复了意识：两个卢多·本博合并了。我眼前只有一个他，我不想他走，但又无法鼓起勇气如实告诉他。于是，我转而问他要了地址。他说他会把地址写下来，出门前放在餐桌上。我从浴缸中抬起一只胳膊，挥了挥。

　　"再见，"我说，"你我再次见面时，情况将完全不同。爱是一条双行道，但直到现在我都没有你的地址。"我听到我的话在耳边回荡。

　　"那好，"他说，"很好。"他的语气中透着恼怒与纠结，既决然又充满渴望。

　　我再次挥动手臂，希望他能抓住我的手，将我从浴缸中拉起来。但他没有那样做，他抚摸着我的头发，仿佛我是一只干瘦的狗，差点溺亡在一片荒凉的湖中，他好心将我救上来，而我好了伤疤忘了疼，立马又跳进了浮着泡沫的臭水里。过后，他转身离开了。我坐在浴缸里，浑身湿透。我安慰自己：那是因为他没有意识到，我用的词是"爱"而不是"干涉"。他干涉我的笔记本，我的生活。现在，我也要干涉他。

　　我躺在浴缸里睡着了。第二天，楼道的脚步声把我吵醒。我的指甲发蓝，两只手都被修剪过。我看起来像一个初生的婴儿：皱巴巴、黏糊糊的，一副狼狈样。我在颤抖。我的体温急剧下降。水面降了下来，仿佛我的身体吸收了一部分液体或者已经开始消散。我看着窗外那块四四方方的世界，日光在渐渐消退。我听着回响的脚步声，门外的人正在楼梯间徘徊不定地上下走动，也不知道是谁。

我的头脑和身体正在慢慢接合。我坐起来，水像海浪般从我身上滑落。我突然感到一阵眩晕。我费力迈出浴缸，弯下身去放走里面的水。我的手失去控制力，费了很大的功夫才转动开关。手已经没了知觉。我裹上浴巾，沿着过道走去。我来到门边，透过锁眼看向外面。没有人，没有卢多·本博。我再次透过锁眼瞧了瞧，没有任何生命迹象。

"托特。"我唤道，仿佛我们做了一辈子的好朋友。我回到卧室。那只鸟，那个荒诞的小怪物，立马出现了，像一只饥肠辘辘的狗。他没有飞。他沿着地板走过来，径直到了床边。接下来那只鸟喙和爪子并用，沿着床单攀了上来，又从床垫跳到了床头板上。他就停在那里，用呆滞的目光直视前方。我注视着他，对这只可怜巴巴的鸟说："要解开自己，就要解开时间这张精巧的网。"

鸟儿张开了黑色的喙。我凝视那黑暗之喙的深处，回忆起当初在墓地里眼睁睁看着殡葬人将父亲的棺椁放进墓坑的那一幕。我记起母亲的手浮肿发青，上面布满瘀伤。随后，画面自行消解。惨痛的记忆消失了。

我一阵头脑发热，站了起来。我打开手提箱，将里面的东西一股脑倒在床上。父亲刺鼻的死亡气息在房间里散开，弥漫在空气中。《吊鬼》掉到了床下。那些书从我的便携式图书馆里拥挤着掉落在垫子上，像罗马砖块一样不规整地四处堆叠着。我往后退了一步，好拉开距离，将这画面尽收眼底。我脚下站定，身体前后摇晃，屏住呼吸。方尖碑状床柱与散落的书堆共同营造出一种独特的效果，床成了一座废弃的城市，超然于时间之外，一处文学废墟。我绕着床榻走来走去，像一只狂野的牲畜。一只马蹄铁赫然出现在我眼前：一个硕大的大写字母U，尤利西斯的U。我一手托住下巴。如果我有胡须，我会来回摩挲它。我想象着达利的胡须像一把双刃张开的剪刀竖立起来。我目瞪口呆地看着眼前的画面。U，尤利西斯的U。我艰难地做了几次深呼吸，让头脑里的各部分依次充满氧气。一个关于文学的宗谱与命运的秘密正在向我显现：文学并不像有些人说的那样已然消亡，它也不会走向消亡。不，不仅不会消亡，文学就是消亡的场域。我看着床上群岛一样的书堆。文学是人性的废墟堆积之地。既然文学就是装载死亡的容器，那么它如何能消亡呢？我问。"因为死亡，"我大呼，"就是永生。"我把空无一物的手提箱扔到地上，然后仰面瘫倒在床上。一种幸福的感觉充溢我全身。我感到自己开始消失，即将从文学母体中放射出来。我无处不在，却又无处可寻：我躺在庞贝的石松树荫下，蜷缩在文明的中心，在一条文学之船上，在一艘即将潜进过去的潜水艇内。

　　我缓缓入睡。梦里，我躺在一张装满书的床垫上，在大西洋墨色的水面上漂浮。我随着海浪颠簸摇晃，向水平线上一团晦暗的黑色风暴靠近。我没有害怕。唯一让我备受煎熬的是饥饿。我饥肠辘辘，痛苦难耐。水平线固定在空间里，不肯退去，而起伏的波涛在不断蓄力。我以不断加快的速度向暴风雨靠近。我看着那一摊书，下决心要吃掉它们。我一本本打开，一页页撕下来。页数太多，我的时间不够用。我意识到，没等我把那些语言全部塞进嘴里，我就会淹死。我必须更加审慎。鉴于目前的处境，最好的办法是只吃掉我最喜欢和最厌恶的句子，其余那些不咸不淡的统统扔到海里。我在书页间翻找，撕掉一些句子，稳稳地将它们送进嘴里。它们如同新鲜的牡蛎，沿着我的喉咙毫不费力地滑了下去。我感到一种强烈的快意。我已做好了奔向死亡的准备。我打开本雅明的《启迪》，迅速翻到"打开我的藏书"那一章。这似乎不无妥帖。我吞下了"唯有在灭亡的时候，收藏家才得到理解"。

　　我准备吞掉下一个句子，吃掉本雅明引用的黑格尔的话，吃掉一连串不断消失的引语。我的计划在升级。我设想用我咽下的那些句子，打造一本史诗般的关于光与黑暗的激情之书。我确信在我的躯体消亡后，我存储的语言会继续存在，被一种类似的意识通道吸收——正如我吸收了父亲，也吸收了在母亲去世时父亲吸收的那部分母亲——重新回到这个世界。我开始吞食"唯有夜幕降临时，密涅瓦的猫头鹰"[1]，

---

[1] 出自黑格尔的《法哲学原理》，原句是"唯有夜幕降临时，密涅瓦的猫头鹰才会展开翅膀"。

但我的梦中断了——托特正往我嘴里看，羽毛摩挲着我的嘴唇。他比往常温柔但一如既往地沉稳。

醒来时，我的头在剧烈地跳动，像是缠了布或者塑料。我的视线被遮挡，有些模糊。我看得到物体的轮廓，房间的边角、尖如长矛的床柱顶部，以及像一袋悬挂的酸奶那样垂下的天花板。我倒在床上的书依旧在那里，有些已经打开了，有几行诗的下面划了线，书封的边缘有被啃咬的痕迹。显然：这段时间我一直以文学为食。

床上还有其他东西：一台打字机，里面新装了一卷色带，卷轴上夹着一张纸。纸的最上面是我用大写粗体字打下的 DICTÉE①。这段时间我一直在用打字机誊写。我在克隆文本，在创造冒牌的替身，像一个僧人，像修道院里的抄写员。我把纸从打字机上拿开。上面写着：

> 约瑟·普拉，书写死亡的作家，内在流亡的永久居民，曾言：
>
> 我无所求，也不主宰任何人，但当有人试图主宰我或者强迫我向他们的方向迈步时，我为自己做了辩护，高尚和卑鄙的武器我都用到了。我唯一想要的是继续过自己的人生。国家的律法日益侵犯我们的权利。迟早有一天，我们就连留个胡子都必须填表格登记。

接下来还是那段话：

> 约瑟·普拉，书写死亡的作家，内在流亡的永久居民，曾言：
>
> 我无所求，也不主宰任何人，但当有人试图主宰我或者强迫我向他们的方向迈步时，我为自己做了辩护，高尚和卑鄙的武器我都用到了。我唯一想要的是继续过自己的人生。

---

① 法语，口述之意。

国家的律法日益侵犯我们的权利，迟早有一天，我们就连留
个胡子都必须填表格登记。

我俯身看着那台雷明顿打字机。上面有弹孔，伤痕累累，是战争
留下的。它的意识在战壕里受到了侵犯。我突然想到：这段时间里我
曾试图自杀。

我在一点点、一片片地恢复意识；我只能记起一些片段。我慢慢
意识到，我的脸中间挂了一根管子。我试着说出那个词——管子——
但我的声音被我缠在脑袋上的奇怪装置给遮住了。物质的边缘如同现
实的轮廓一样遭受磨损。我把意识集中在那根管子上，眼睛沿着塑料
管游走。这并不容易，我的感官受到阻隔，无法看清。空间变成了一
幅拼贴画，我唯有以零零碎碎的方式去体验它。我脸上挂着那块工业
残片，如同油画里的人物。我与公寓融为了一体，成了一个彻头彻尾
的达达主义者。

我走进浴室，照了照镜子。我头上戴着一副防毒面具。头发从卡
在后脑勺的扣环间伸出来。我透过面具上两个椭圆形的玻璃孔，看着
我嘴上的滤筒。我想到野蛮的战争，想到历史的阴谋。"谁能幸免？"
我问。"无人。"我听见自己自问自答道。

我解下防毒面具，一股陈旧的霉味，面具上覆满灰尘。我看起来
像一名战士。面具在我脸上和额头上留下了红色的印子。我看着镜子
里复制的浴室景象：蓝色瓷砖，浴缸的边缘，所有寂静的表面都有了
副本，它们的沉默得到扩充，正如我曾经被复制，死去，在文学的回
声室里获得拯救，作为余烬从文学母体中回涌出来。

我洗了把脸，整理好仪容。我心想，头脑是一个能接收信息的复
杂能量场：微妙，易于渗透。它是一块海绵，用来吸收文学的黑暗之
水，吸干所有流出的鲜血。我梳理头发，然后把梳子放在水槽边，看
着镜中的自己。我变得比以往任何时候都更像斑马，像文学一样令人
烦扰，像语言那般叫人不安。

赫罗纳

迷你博物馆的创造始末，

以及我与卢多·本博的同居故事。

几个星期后，在一月里一个潮湿的下午，我永远离开了基姆·蒙索的公寓。

雨下了一整天，浓浓的紫色雾气笼罩着巴塞罗那。大道两旁的树木在摇晃，风吹落树叶，将它们带到视线之外。黑色的水帘从天空倾泻而下，又从地面上蒸腾起，形成一团团云雾。去往火车站的路上，一道强劲的闪电劈过来，迫使我藏在了一处屋檐下。托特坐在我肩上。我把这只鸟偷走了，买了一只假鸟，一只木制凤头鹦鹉，把它放在了基姆·蒙索的公寓里，固定在托特平常休息的那盏可旋转壁灯上。真正的托特正气喘吁吁。他的喙半张着，不停眨眼，或者不安地啄我的耳朵。他的羽毛竖起，一脸瘆人的表情。这副样子很讨人厌。我如是告诉他。他似乎生气了，立马用右爪抓住了我的耳朵，把指甲扎进我的皮肤里。我眼睁睁看着自己的耳朵从脸侧被扯下来，像四处飘散的树叶顺着风飘到了远处——这不过只是我的想象。

"你要是再不住手，"——我鄙夷地瞧了托特一眼——"我就把你塞进移动美术馆里。"那鸟斜了斜眼，意识到自己可能要被我父亲刺鼻的死亡气味淹没。

离开公寓前，我把木柜状手提箱改造成了一个迷你博物馆。为了填满父亲缺席后的空间，我把我们过往的青烟转化成了艺术，在那口石棺里填满各种物件。除了我的书，父亲的书，这座迷你博物馆里还装着断了血脉的房间里的物件，以及基姆·蒙索公寓里的物件，它们就像我父母和我当初所遭受的那样，被强行与其所在的环境割裂。

我徒劳地对托特说："我被剥夺了家园和故土。这些物件使我认识到我不幸命运的种种起源和阶段，倘若失去它们，我在这世上还剩下什么呢？"那鸟一言不发，依旧抓着我的耳朵。

　　周围一个人也没有。巴塞罗那像座被抛弃的空城。我觉得自己仿佛站在世界之外往里窥视。过去几周内发生的事件让我感到前所未有的古怪：如新生儿般焕发生机，同时又沧桑、老朽、饱经风霜。我往四周望了望。扩展区的建筑外墙在人行道边一顺溜排开，让我想起一场漫长而艰辛的战争过后的战士。我扫了一眼空旷的街道，隐约觉得这座城市的潜力曾被粗暴地截断，仿佛我看到的是一个遥远的、被暴力摧残过的巴塞罗那残像，是这座城市纷繁复杂的过去的可怕投影：佛朗哥的巴塞罗那，内战中的巴塞罗那，悲惨周①的巴塞罗那，西班牙继承人之战中的巴塞罗那，收割者之战②中的巴塞罗那。这座城市经历过多少次自我改造？她死过多少次？又有多少次死而复生？她有多少次自我放逐？这座城市似乎被自己过往之幽灵困扰着。然而，如同侯赛尼人一样，她坚持了下来。

　　我浑身湿透。风将雨幕吹得东摇西晃。我把背紧贴门廊，看到一楼窗户上我的影子。我看起来像一名逃犯，身上附着一只固执且反复无常的鸟，鸟的喙半张着。我也张开了嘴，热气从我口中冒出来。我久久地凝视肩上扛着托特站在那里的我。窗玻璃上的鸟儿和我变得扁平，似乎正从一张老照片花掉的薄膜上难以置信地回望着自己。

　　终于，雨势变小，最后停了下来。冬日里苍白的阳光冒出来，将温和的光线投射到窗户上。托特和我从窗玻璃上消失了。街道上开始人潮涌动。人们来去匆匆，想要躲过下一场倾盆大雨。我重新踏上前往火车站的旅程，一路上擦肩而过的有彩票小贩，清洁工，身着修身黑色西装和熨烫齐整的白衬衫的商务人士，披着色彩鲜亮的直筒外衣

----

① 1909 年 7 月 26 日，巴塞罗那工人掀起总罢工。罢工演变成了一场内战，动乱慢慢波及其他省份。西班牙政府决定镇压，大批军队开进巴塞罗那。7月的最后一周成了血腥的一周。

② 发生于 1640 至 1659 年间，加泰罗尼亚为反抗西班牙腓力四世的税收政策而发起的一场战争。在法国的保护下，加泰罗尼亚共和国宣告成立。1659年，西班牙与法国缔结条约，加泰罗尼亚重归西班牙。

的中年女人——这外衣让她们活像等待包装的礼物；此外还有公司职员，穿着双排扣套装的鸡尾酒吧侍者，套着蓬松羽绒服的小年轻。这些年轻人脚上穿着用泡沫和橡胶做的鞋，看起来很适合在月球上行走，他们发暗的脸上长着粉刺，让我想起基姆·蒙索公寓客厅里那张红色卧榻上的窟窿。这些人都有地方可去，也有人爱。要是他们没有到达要去的地方，爱他们的人可能会生气、担忧或者失望。在他们旁边，我感觉自己像一只野生动物，无牵无挂，无所羁绊。我的嘴里同时品尝到了孤独的甜蜜与酸楚。我看着他们，突然意识到，如果我注定要在生中消亡，那么我起码应该拥有一张思考的座椅。要是把红色卧榻也偷来了该多好。

在火车上，我想着卢多·本博。自从他那天离去，把我丢在浴缸里，害我泡得全身皱成了西梅干，我就一直在计划要出其不意地出现在他家门口。他在我需要帮助的时候抛弃了我，这加深了我对人性的不信任，他是在侯赛尼形状的伤口上撒盐。一个小时后，我就会到达他在赫罗纳的家门口。我会强行进入他的生活，正如他通过干涉我的笔记本强行进入我的生活一样。

我闭上眼睛，估量着卢多离去后的这几周里我有过的种种想法。我记起来，有那么几天，我觉得强行进入他家是一种行为艺术，是安德烈·布勒东①的译者们所说的"对非理性之爱和爱的非理性"。在基姆·蒙索的过道里踱步时，我随意问询了布勒东的一本书，他的文字从书页中跳出来，以立体的形态悬浮于书本上方，这赋予了它们一种寓言般的特质。布勒东的文字很快与我父亲的话分庭抗礼：不要爱任何事物，除了文学——出自侯赛尼戒律的第一条。

这两句话驻扎在我的脑海里，就像一对随时要卷入纷争的敌人——一个要引领我去靠近卢多；另一个则正好相反——让我内心生

---

① 安德烈·布勒东（1896—1966）：法国诗人和评论家，超现实主义创始人之一。代表作品《超现实主义宣言》《磁场》。

发出一种宁静的忧伤，几近欢喜和愉悦。我越去思考这两种选择，越感到沉醉和欢欣。正是在那种状态下，我推理出了如下结论：出其不意地出现在卢多的住所并且——应该怎么说呢？——做好搬进去的准备，这样做会给他一个教训。什么教训？如下教训：如果爱是非理性的，而且一个人爱非理性，那么就可以说这个人——即卢多·本博——爱"爱"；当一个人爱"爱"时，他就有可能变得不可阻挡，成为其爱人——即我，卢多爱的对象——的精神杀手。我将搬到赫罗纳，强行进入他的生活，借此向他展示爱的破坏性和入侵本质，这样我就执行了布勒东的使命，同时又相当矛盾地证明了侯赛尼戒律第一条的内在智慧。通过这样的方法，使我脑子里的两方阵营进入一种复杂的休战状态。借助文学来揭露爱的谎言，证明爱的无条件大度和善意不过是虚假的遮掩，我会再次证明文学是这个微不足道的宇宙中唯一慷慨大度的东道主。不仅如此，我还要当着卢多的面做这件事，虽然我不愿意承认自己曾经错过了这样的机会。

我感觉饿得慌。离开巴塞罗那前，我数了数莫拉莱斯给我的钱还剩多少——已经用掉一半了。这样一来，我的口粮又要再度缩减。为了转移注意力，我睁开眼睛，看着移动美术馆。我把里面的东西列了个清单：打字机、电话、防毒面具、公牛铜像、迷你塑料马桶、幽灵地球仪。在我看来，我没有偷任何属于基姆·蒙索的物件。我只是重新打造了它们。我将它们变成艺术品，从而为它们注入了新的生命。基姆·蒙索虽然是达达主义者，但并没有把这一爱好发挥到极致。是我，这个未曾享受人世间任何恩赐之人，以杜尚的意志创造了手提箱里的盒子①，把这位文学批评家的财产带到了它们理当拥有的结局中。

我花了数小时设计手提箱的内部构造。我把一个可伸缩的木十字架装在盖子里边，将《吊凫》固定在上面。现在，我只要打开行李盖，

---

① 此处暗指杜尚的《手提箱里的盒子》系列。杜尚 1935 年开始创作这一系列作品，1941 年完成，总共有 300 个，以不同的版式面世，里面收藏了他最重要作品的微型复制版。最初的 20 个盒子都放置在皮手提箱内，故被称为《手提箱里的盒子》。

展开十字架，那幅画就会自动打开，庄严肃穆地挂在其他物件上方；侯赛尼的咒语——世之妄也，吾等以死护己生——不祥地悬在这座美术馆的展品上方。

我为迷你马桶、公牛铜像和幽灵地球仪安了个架子，把便携式图书馆安排在行李箱的最底部。我把锈迹斑斑的茶壶和地毯也塞了进去，又在地毯上面放了打字机、电话和防毒面具。最后这三样物件经历过世界大战的摧残，平日里看起来破破烂烂的，一摆在行李箱里，倒有了几分艺术品的高贵与庄严。

火车前进着。我们经过平整的麦地、葡萄园，还看得到一些杆子和高塔。我摆着人体模型的姿势坐在那里，以外科手术般的精度回顾了移动美术馆的功能。我做了两张可折叠的桌子，可以固定在箱子的两边。我想象自己坐在放有打字机的桌子前，通过抄写五句话——分别献给侯赛尼家族的五名成员（包括我）——来践行非理性 - 实用主义方法，然后移到另一边摆着电话的那张桌子前；我会拿起听筒，聆听电话另一端的寂静，时长是五分钟。我认为，这响亮得足以为人听到的寂静，是世界各地的流亡者遭受蹂躏后留下的白噪音——在失败的宪法运动、世界大战、独裁、政变以及反革命运动的轮番上演中，我们这些流亡者的命运一再受到威胁。换句话说，通过将非理性 - 实用主义方法与抄写的艺术结合起来，我促成了一场达达主义现场表演的诞生。基姆·蒙索对此会说什么呢？我沾沾自喜地思忖道。

一天傍晚，我坐在基姆·蒙索的红色卧榻上，沐浴着朦胧的暮色。我抬起悲痛的触须，从文学母体那里接收到如下启示：既然我比常人对文学在人生的总体问题方面的价值有更凝练的感知，我就有责任将这世界的可怕面目揭示给疲惫不堪、装腔作势的世人。为此，我要进行一系列表述性的抄写，目的就是将我们徒劳遭受的苦难展现出来，揭示唯一存在的真理：文学的真理，一种用美丽的谎言伪装起来的丑陋真相。我想，我有责任去警告这个世界，我们尚未触及谷底；我们，21 世纪的成员，所谓的"现代人"，即将陷入一种幽深而漫长的无意义，它将青出于蓝，成为前所未有的无意义。没有人能幸免。战乱四起，一场时断时续的无情战争将任意地出现和消失，扩散至世界的各个角落。想到这里，我从红色卧榻上腾地站起身，大声宣布："蠕动的渺小鼠辈们，只要我们中有一个是不幸的，迟早有一天我们所有人都将变得不幸。砰！一场终结所有战争的战争，这是我们听过的最大谎言。"我重又坐下。

在这段顿悟过后，我给木柜状手提箱装了轮子和把手，这样就可以轻松挪动移动美术馆，再没有什么到达不了的地方。如果我打算发出警示，我必须毫无偏袒和遗漏。它传达的启示是面向所有人的，即便住得再偏远的人也要被顾及。理当让他们知道真相。而移动美术馆具备在任何时间、任何地点传达这一真相的功能。我的笔记本虽然已经写得满满当当，却并不足够。那些不识字或者识字不多的人呢？谁会为他们敲响侯赛尼的警钟？我需要为我的笔记本做一个可视模型，一座三维塑像，它会一把将我们过往之幽灵拉拽到现在，并问：为何"现在"——也就是历史本身——没有被提及呢？

火车开始放慢速度。我望向窗外。车就要停在赫罗纳站了。很快，我就要再见到卢多了。我感觉我心上的田野里万马奔腾。火车在高架轨道上停下，车门砰地开了。我下车，走上粉色光线笼罩下的站台。我到了：昔日自我的幽灵，赫罗纳的双重外来者，再度异乡人。托特收紧了踩在我肩上的爪子，死死地抓住我。

我走出车站。外面下着雨，我在附近一家商店的雨棚下站了一会儿。蓝色的大巴车在停车场上转悠，一圈圈烟刚从排气管里飘出来就被湿稠的空气压到了地上。我转过身，看着火车站的外墙。一面巨大的圆钟悬挂在车站上方，扁平状，奶油色，两根指针粗壮而坚硬，透着法西斯分子的严厉，让我想起佛朗哥那张可笑的脸，冷淡、缄默如月的脸。

我感到体内有东西在动。是父亲。他在漫长的隐蔽之后终于露面了。他的出现让我恢复了元气，也壮起了胆。他向来喜欢赫罗纳。我记得他曾兴奋地侃侃而谈："加泰罗尼亚是西班牙的文学和政治边陲，而它的首府巴塞罗那在世界上享有美誉，是思想家、作家和艺术家的摇篮，也吸引了很多人才慕名而来。巴塞罗那是地中海的曼彻斯特，炸弹之城，火中玫瑰。而赫罗纳……赫罗纳是一个温室，是流亡者的输出地。"

的确如此。赫罗纳地处法国和巴塞罗那之间，几个世纪以来一直是流亡者来往加泰罗尼亚的必经走廊。

"然也！"我明媚地对父亲说道，能再次看到他捋胡须的样子，我高兴得手舞足蹈。他把胡须末端缠在一根手指上，挠我痒痒。

"愚蠢的法西斯分子！愚蠢的钟！"他骂道，咯咯笑起来。

尽管父亲出没的时间无定，我却发现了一个令人不安的规律：随着一天天过去，他变得越来越没有条理。死去的他在衰老，在慢慢消解。他的指甲、结成团的毛发和身上的死皮会掉在我空寂里的地面上。他每次现身时都会把这些东西搅起来，使得这些来自他身体的碎屑在我体内的沙漠中肆意飞扬，如同风中的风滚草。他的呼吸似乎比以前更加急促。看到他一副要垮掉的样子，我感觉自己也可能会突然间蒸发，消融在虚无中，成为过去的一声回响。我的病手又痛了起来。

"父亲？"我徒劳地问道。没有回答。他再次沉入了我的空寂中。

我开始独自穿过赫罗纳，没有他的陪伴，我感到沮丧，闷闷不乐。纵横交错的街道一点一点、一个街区接一个街区回到我的意识里。我没有带伞，一路上只好紧挨着建筑墙面前行。托特挪到了我的右肩上，那边淋不到雨。等我到达佩德拉桥——一座悬挂在翁亚尔河上的石拱桥，是老区正中心的地标——时，雨已停了，傍晚的天空中溢满澄澈的光辉。

我在桥上坐了一会儿，盯着青苔色的平静水面。雨把水底的煤渣和泥都搅了起来。水面看起来十分沉闷，那是黑暗与毁灭的象征。达利的一句话钻进了我的头脑："我从未否认我富饶、灵活的想象力是最为精确的调查工具。"

我发出一阵苦笑。"最为精确的调查工具！"我重复道。

我想，我的头脑比达利的还要更天马行空，更伸缩自如。我的头脑和文学母体一样柔软而有韧劲。而文学母体本质上是一张为空寂文学绘制的尚未完成的地图，其本身就是无边无际的。我怎么可能拥有那样一个头脑呢？一个不断延伸、从不停止的头脑，一个容纳所有文学的头脑？

我直视前方，望着风景延伸消失的地方。远处的河面上桥梁无数，色彩斑斓的建筑在堤岸上紧挨着依次排开，墙上的窗户酷似一排眼睛，阳台上凸出来的铁栏杆像肿胀的嘴唇。这些建筑默默地回望着我，每栋的颜色都不尽相同——橙红色、珍珠母色、薄荷色、焦黄、橄榄绿、白色、芥末黄、开心果绿、红色、哑光橙。

雨云快速从头顶飘过，天空中的明丽散去，傍晚粗粝的光线钻了出来。我行走在渐渐暗下来的街道上，往老区的深处走去。我走上路面铺着石子的集市，穿过鹅卵石巷道。远处昏暗的餐馆门窗中传来交谈的低语，弥散在空无一人的街道上。每个人都在吃吃喝喝，一如既往地生活着。玻璃上我的影子相互重叠：我看起来邋遢、狼狈、寒酸。我眼睛和嘴唇周围的皮肤绷得紧紧的，我的嘴唇抿得像刀片一样薄。嫉妒让我面色铁青。玻璃另一边的人过着优渥的生活，尽情享受着欢乐和幸福，而托特和我——以及这座移动美术馆，由我昔日的尸体演变成的未来——行走在这条路上，没有任何人注意到我们的存在。

我继续走着，路上经过一道道嵌壁式木门，上面钉着锈迹斑斑、造型酷似滴水兽的门环，经过装了护栏的窗户，煤气灯，以及过去用来拴马的金属环。我想到了我们死去的驴子，想到它的骨灰飘撒在那片无人地带，我的嫉妒失去了活力。我抬头看去。天空成了一条孤寂的黑色带子，和路面一样狭窄。我想，这就是那种会让太阳死去的街道。太阳经过时会猛地往这条冰冷的狭窄小路砸下来。当我拖着身体穿过那条阴森的隧道时，卢多·本博在想什么呢？想着我快要躺倒赴死，或者想着我如丛林下的野兽那样舔舐伤口？想着我无法说话，无法抵抗，无法反击，无法将这个世界和它的臣民，包括他，加诸我的不公反手扇回去？

的确，我，作为流亡金字塔里的中层成员，从未有过塑造自己人生——屈服于无数个独立变体的人生——的意志力，更不用说将自己作为一种力量加诸他人的生活。但是现在情况变了。被困在金字塔里的人终要走出来，用他们的力量影响这个世界，让这个贪婪的宇宙看清自己狰狞的面目。我就是那些人中的一个——一颗崭露头角的新星，斗志高昂，一名文学恐怖主义者。我拖拽着我躯体的所有部分以及各自对应的物件沿着陡峭的街道攀爬，心想，这个奸诈的地球待作家和思考者太不友好，对 AAA 成员更是如此。它对我冷酷无情，视我为仇敌，但我善意地忍受这个世界太久。我已经被调教得好战，被强加于我们国土之上的无休止的战争，被文化刺杀——说得好听点就是流亡。将自己强加给他人，以便教化他们，是我的本分。而卢多·本博，文学的门外汉，流亡金字塔里不够决断的成员，正需要一次教化。他是流亡者中的叛徒，是本博家族遗产的耻辱。

到达卢多门前的台阶上时，我感到既害怕又愤怒，耳朵火辣辣的。我一边敲他家的门一边暗自想：万一他拒绝我的陪伴怎么办，或者万一他请我进去呢？我的思绪开始旋转、延展。我又敲了敲门，没有人应答，一时间感到有些挫败。

我只得在卢多·本博公寓外的长椅上度过这一夜。长椅固定在一处小土丘上，那里种着几株悬铃木苗。从土丘上能看到山脚奇异的景观。比利牛斯山闪耀着一种异常的光华。山上黑黢黢一片，那是幽深的沟壑、山脊和爬满青苔的石头，上面笼罩着一层薄雾——水汽蒸腾，似有光从背面照射过来。我和托特坐在那里，凝视远处，直到夜幕降下。天空变成紫色，而后落入黑暗。

"我遭遇的窘况本质上是什么？"我问托特，"我从无处来。无家可归，漂泊无依，不知所措，因无穷无尽的疏离而失去行动能力。"

托特不住点头表示赞许，表现得沉着而有耐心，像一个被困了一辈子的人。他也在一天的奔波中累坏了，疲乏将他变成了一个礼貌得体、极力配合的生物。

"那样的本质成就了什么样的我？"我问道。

他扇了扇翅膀，似乎在说：我哪里知道？

突然，我听到一个气喘吁吁的声音：你好似目光锐利的爱德华·萨义德，是一个善于思辨的边境智者！父亲沉闷的声音从我空寂的深处飘过来。我几乎没有认出是他。

萨义德的名字让我陶醉，温暖了我墨色的血液。的确如此。和往常一样，父亲再次一语中的。我，斑马，虽然被持续的流亡摧残得遍体鳞伤，但这种无家可归让我感到自在。我体内流淌着的血液有着各自千差万别的身份认同，但我拒绝让它们融合。我拒绝创造一个单一的、整体的自我，缺乏间隙和裂缝的自我，一个会给这个世界带来更少麻烦的存在。不仅拒绝，我，空寂女士，还要继续居住在一个阈限空间里，那个有利的位置会让我对思想的形成做出新的展望，让我生活在日常经验的边陲之外。

我很快起身，站到了卢多·本博的家门前，门上有一只手形金属门环。我盯着那只病态的手，感知到一种预言的气息。苔藓绿的门环上锈迹斑斑，像是血溅在了上面。我低头看着我的双手，手指又痛了起来，我和卢多做爱时它这样疼过；母亲去世后，我用手轻摇昏迷的父亲时，它也这样疼过。我感到痛苦，退到长椅那里，看着紫色的雾气缓缓飘向山峦起伏的边境。

白天的雨将父亲的死亡气息激荡起来。我往后靠在椅背上，将双脚搁在迷你博物馆上。我安慰自己，卢多·本博终究是要回来的。不久后，我就要厚起脸皮向他的朋友们做自我介绍。我在地上发现了一条沾满泥土的旧绳子，便用它将托特绑在了长凳上。我的肩膀累了。我走到悬铃木苗那边，发现它们还没有在陶土盆里扎根。我把它们当成阿加莎、费尔南多和贝纳德特，向它们做自我介绍。

"你好，"我对第一株树苗说，抓住一把细软的树枝，摇了摇，"我是一个正在入侵西方领土的非西方人。"

我重新思量了一番。"一个正在入侵西方领土的非西方人"，这个表述不足以表达我想说的意思。这是一个近乎准确、不完整、被缩减和简化了的想法。它没有涵盖这样的事实：当我还在东方时，西方侵犯了我。西方加诸我的这种侵略和文化刺杀迫使一个痛苦的、心理上遭受摧残的我穿过茫茫大地来到西方，用它一手造成、如今却拒绝承认的扭曲来污染西方的土地——说到这里，最典型的例子是，西方正在对我实施煤气灯式心理操控[①]。是的。我经受过帝国主义列强的煤气灯式心理操纵。但是，这棵树苗和新世界一样太过幼小，还无法理解我的话，它什么应答也没有。我轻轻踢了它一脚，然后走开了。

托特扯着绳子在长凳的边缘上蹦下跳，抒发着内心的欢乐，虽然他的命运比被劫持的人质好不了多少。

"你好，"我说，抚摸着第二株幼苗的柔软枝叶，"我，斑马，正在第二次穿越我曾穿越过的边界，为了绘制出空寂文学的地图，为了一劳永逸地证明，任何值得记载在人类可悲历史上的思考都存在于一个流亡者、移民和难民的头脑里，"——我的头脑和嘴唇开始完美地达成联盟——"存在于那些逃离迫害之人，以及，或者说无家可归之人的头脑里。"

那株树苗点了点头。

"居于西方思想宝库中心的，"树苗的善意让我大受鼓舞，我继续说道，"是那些曾遭受过排外主义、西方军事法西斯分子及其东方傀儡折磨的人的痛苦。"

我盯着那棵树。它受到了感染，正闷闷不乐，枝头无力地垂向地面。

"西班牙，当然也不例外，"我告诉这可爱的树，"西班牙是罪魁祸首。它应为所谓的新世界的建立、为西方的诞生负起全责。过去的西班牙人是刽子手，是宗教裁判官，他们全体都是。"

这时，月亮现身了，从坐落在这边山脚下的犹太人历史博物馆升起来，光线中带着柔和的赛法迪犹太人的怅然若失与渴望。赫罗纳圣

[①] 煤气灯式心理操纵（gaslighting），指在个人内心或团队中播下怀疑的种子，试图让对方质疑自己对事实的理解、记忆或观点，从而造成自卑心理或认知差异，以此实施心理操控。该词源于英格丽·褒曼主演的电影《煤气灯下》，片中女主角被其丈夫暗地里实施心理控制，濒临发疯的边缘，总是看到屋里的煤气灯忽明忽暗。

母玛利亚大教堂的钟声敲响。

"如此渴望脱离西班牙的加泰罗尼亚人，为什么会门门声声把克里斯托弗·哥伦布当作他们中的一员？为什么会在巴塞罗那港竖起一座纪念他的雕像？是自负在作怪！"我说，重新开始我的宣讲，"自负！它让我们所有人都变得自相矛盾！"

树苗再次点头。我从未遇到过比它更毕恭毕敬、更具道德正义感的树。它是崇高的，有着超越其年龄的智慧，注定要在高级知识分子那里占据一席之地。我决定不去费劲招惹第三棵树。我想，为什么不破一次例，让这个夜晚愉快地收工呢？

我瞥见了月光下的一块岩石，把它捡起来，正适合做枕头。我在长椅上躺下。托特在我两腿间安定下来。虽然我们都睡得不安详，但毕竟也睡着了。

几小时后，我在昏睡中隐约听到卢多无奈的叹息声。他一来就要起了坏脾气。

"妈妈咪呀，妈妈咪呀。"他像个孩子那样哭哭啼啼的。

我睁开眼睛。他正绕着长椅来回打转。他的双手不停地往头顶挥舞，手指焦躁地一会儿揉搓他的鬈发，一会儿拉扯耳垂，然后像木棍一样落回到身侧。我随他这样，等他累了自然会停下来。最后他终于消停，瘫坐在长椅上，双目圆睁，凝视着远方。

"这是什么？"他指着托特，终于无可奈何地问道。

那天天气阴沉。头一天夜里，雨时断时续，把地面浇得坑坑洼洼。我的体温不停地下降、回升，折腾了一夜。我半睡半醒地盯着托特，他看起来越发野性难驯，一副爱答不理的样子。

"这？"我糊里糊涂地答道，"这是托特！"

"它怎么看起来像只掉进水沟的老鼠？"

"是'他'。"我纠正道。

卢多翻了个白眼。清晨的阳光下，老区的石结构建筑成了白垩色，麦秆的颜色。

"而且，你的推测不符合常识。你见过长着黄绿色羽冠的老鼠吗？"我转头对着托特说，"让他见识见识。"

那鹦鹉有些费力地展开了羽冠。空气太湿，他的羽毛黏糊糊的。

"瞧，"我对卢多说，"你要是有兴趣，可以把这羽冠带到弗拉明戈演出现场当扇子用。一只老鼠！"我愤愤地说道，语气中带着轻蔑，同时揉了揉太阳穴缓解头痛。夜间我微微有些发烧。

几名醉汉东摇西晃地走进了土丘附近正对着卢多家门口的停车场。

"我们走吧。"卢多低声说道。他已经没招了。没有什么好奇怪的，和他相处的短短这些天里，我已经认清了一个令人惊讶的事实：他的杯子一直是满的，随时要溢出来。

"你从张牙舞爪的冰人那里过来的？"我责问道。他的头发蓬乱，毫无发型可言，显然是和她发生了冰冷而机械的性关系。

他的头脑立刻捕捉到了我的意思，因为此刻他的舌头恶作剧般地顶在了门牙间的罅隙上。我已经忘了那个缺口，那个通往空寂的窗口，就在那张宽而英俊的脸的中央。

"不是。"他撒谎了，目光在闪躲。他把眼镜推到鼻梁上，再次看向我时，舌头已经干净利落地放在了舌床上。

"棺材里的一具尸体。"我咕哝道。

"什么？"

"我指的是你的舌头，"我说，"我们得让它再次动起来。"

其中一个醉汉向空气中吼了些莫测高深的话，他圆圆的脸涨得通红，眼睛又小又亮，看起来就像是上了一层漆，被挤扁了似的。

"Mannaggia a te①!"卢多说，"一群游手好闲的人！"

那醉汉的朋友，一个满脸皱纹的精瘦男子，把裤子往下一扒，屁股往两边一展，用加泰罗尼亚语大声喊道："有本事对我的屁股说呀！"

---

① 意大利语，意为"该死的"。

我很高兴无论走到哪里都能看到洞和裂缝，这是个好兆头。我来到卢多跟前，问："你不打算请我上楼去吗？"

"上楼？"

"我可不是你的玩物。"我说。

"我的玩物？"

"说你自己的语言，"我命令道，"这样才能聊下去。"

我感到他的身体变得僵直。他肌肉收紧，下巴低垂。这是他一贯的样子。

"听好了，"我说，"在基姆·蒙索的公寓里，你可没少在我阴道里进进出出。这你当然记得吧？"

他勉强点了点头。那个精瘦的醉汉见我们没反应，便把裤子提了起来。

"体面的做法是邀请我上楼，送上一杯茶，将我引荐给你的朋友。我可是冒着大雨，日夜兼程赶过来的。"

"这里离巴塞罗那只有一个小时。"他严肃地说道。

"啊，"我说，"你总是那么精确。"

那个面部肿胀、满面红光的男人又大吼了一声，像一只午夜时分的狼。但现在是早晨，白天才刚刚登场，而我们这些人在它还没来得及用死亡的重量将我们拖垮时就先给了它一刀。

"早起的鸟儿有虫吃。"我说道。

一阵难堪的沉寂随之而来。

卢多低声说道："你拒绝了我的爱。"这话不经意地从他嘴里溜了出来。他似乎为自己的坦白，为自己突如其来的失控感到难堪。他神情严肃地坐在那里，两眼瞪着地面，嘴角在颤抖，把我吓了一跳。他一副要哭了的样子，我感到于心不忍。

"我改了。"我撒谎道，虽然我知道这话归根究底说的是事实。毕竟，我不只是想要重新教育这个男人，我也思念着他；当我从浴缸里向他伸出手时，他没有抓住我的手，为此我连续苦闷了好几个星期。鉴于他对我的笔记本、对我人生的干涉，我实在无法信任他，但即便如此，我知道在那些破碎的自我中，至少有一个是愿意相信他的。

卢多不说话。他噘着嘴，闷闷不乐地坐在那里。我解开了托特脚上的绳子。那鸟交替着伸了伸两边的爪子，用喙梳理着身上的羽毛。卢多依旧没有动弹，他需要更进一步的劝导。

我起身站在他面前。我试着让他打起精神，用我父亲在无休止的战争中对我用过的方法。这是我唯一能想到的办法。

"来吧，收起你的铜剑，插入鞘内，"我声情并茂地念诵道，不敢相信这些话是从我嘴里说出来的，"让咱俩前往睡床，躺倒做爱，在欢爱的床笫，"——我看着那棵聪明的树，敬畏地鞠了个躬——"或许可建立你我间的信任。①"

"你为什么这样说话？"卢多说，眼皮半耷拉着。

我站在那里，将他的脸看在眼里。我的出现带给他的震惊已然退去，他的表情中开始流露出强烈的痛苦。看到他这样，我的脸不由得耷拉下来，有些茫然。我的情绪像过山车一般，让我难以捉摸。我参透了其中的玄机——我头脑里的滑车将我的情感高高举起，储存在我错杂的意识里的隐秘角落，等到我状态恢复到足以应对，等到它们像变质的牛奶一样发酸时，再提取出来。卢多的眼睛湿润了，他的脸上一副无望的表情。我听到父亲的低吼在我的空寂里回荡。我想到母亲去世时他痛苦的模样。我记起，为了让父亲动起来，想办法把那些石头从母亲身上移走，我赶走了内心所有的情绪。难不成我还有别的选择？谁又能有什么选择呢？我自问道。我们不能轻易失掉斗志。我看到卢多将眼镜取下，揉了揉眼睛，这才意识到他还在那里，在等待我的回答。

"《奥德赛》，"我听见自己说道，"读一读它，你就好了。"

卢多小心翼翼地笑出了声，伸出手抓住我的手。我们重又恢复了心照不宣的宁静。不知不觉间，我们已推开大门，把那几个吹着哨子

① 荷马的《奥德赛》第十八卷中喀耳刻对奥德修斯说的话。此处译文选自陈中梅译《荷马史诗：伊利亚特·奥德赛（上下册）》。

的醉汉抛在了身后。我们进到大楼里黑黢黢的底层。他帮我把移动美术馆搬到了楼上。

他打开门，室友们都齐刷刷地站在门口：阿加莎、费尔南多、贝纳德特。阿加莎和费尔南多在意味深长地挤眉弄眼。显然，卢多已经跟他们说了我俩的那点事。贝纳德特背对着我们站着，我只看得到她的后脑勺。

卢多放下迷你博物馆，看着贝纳德特，然后把嘴凑到我耳边。

"一个怪胎，"他迫不及待地告诉我，然后转过身对着这三个人，说道，"各位，这是斑马和她的鹦鹉——托特。"

"斑马？"他们齐声问道，场面立刻欢悦起来。

"是的，斑马。"

听他的声音似乎是又找回了自己：强大、镇定，梦幻般的眼睛清澈而警觉。我也恢复过来，为有了栖身之所而感到满足。

"谢谢你，卢多。"我说，"听到我的名字被重复了这么多次，我很高兴，因为你知道，我拥有多重的自我。"

卢多翻了翻白眼。

贝纳德特转过身来。她的脸像粉笔一样苍白，眼睛又大又黑。她似乎被吓到了，立刻开始沿墙壁侧身移动，背贴着墙面，像一只螃蟹。她消失进房间，静静地关上了门。

"她的脸真白净。"我说道。

"是的，"阿加莎柔声答道，"她非常纯洁，一个十足的天主教徒。这时候，她大概已经跪地，在和教皇对话。"

我对阿加莎有了好感。我看向过道尽头处贝纳德特的房门。过道两边的石柱上晾着几尊阿加莎的陶土半身像。我猜是出自费尔南多之手，我知道他是一名雕塑家。这些半身像有的是仿照她现在——约莫32岁——的容貌做的，有的设想了她年老时的样貌，是对她未来的畅想：淡淡的皱纹，脸颊松弛，眼睛不那么有神。我注意到她温柔而性感的身姿。我用鼻子就能猜得出，阿加莎是一个打扮时髦的人；她身材纤细，性格倔强，身上的味道很好闻。她的皮肤中散发出若隐若现的香草和薰衣草味。难怪费尔南多会有复制她脸蛋的冲动。

"费尔南多不会说英语，"阿加莎亲切地说道，或许是在解释为什么他皱着眉、看起来一头雾水地站在她身边。然后她问道："你从哪里来？"

"这可说来话长了。"我镇定自若地回答道。

"我有的是时间。"她边笑边说道。

费尔南多的眼神变得凌厉。他那双乌黑的眼睛闪烁着，透着一股令人不安的力量。他的脸上似乎永远一副困惑和厌世的表情。一个有着严格的道德心，沉默、高尚，讲原则到极致的人。

阿加莎抓住我的胳膊，领我往过道走去，带我到了客厅。客厅地上铺着粉色、白色、黑色的瓷砖，拼成了精巧的几何形图案。柔黄色的墙面裂了缝，天花板高高的，狭窄的石头露台上安了绿色百叶窗。阿加莎立刻打开百叶窗，一丝寒风吹进来，送来那几名醉汉喧闹的吵嚷声。从这里能一睹赫罗纳的风貌和山间景致，比那个小土丘的视角还要好。卢多和费尔南多跟在后面。我听到他们在过道尽头低声说话。我听到他们打开移动美术馆的盖子，惊恐地倒抽了一口气。《吊凫》和防毒面具这对可怕的组合把他们吓得不轻。

我将注意力转回到阿加莎身上。这世上敏感体贴的人那么稀少，我又何苦要再兜圈子呢？阿加莎显然就是这类人，而且她还那么美。她拥有淡紫色的眼睛，高高的颧骨，大大的嘴巴，两排整齐的牙齿如珍珠般亮白，仿佛在对全世界微笑。

"我现在告诉你我从哪里来。"我说。

她睁大了眼睛，露出高兴的神色。

"洗耳恭听。"她说，透着一种古雅的魅力。她伸出手抚摸托特的头。那鸟儿扇了下羽冠。

"我来自那个无所归属的国度，它在所有国家的边境之外，"我满不在乎地说出了自己的心里话，"你的家就是我的外围。"

卢多生硬地插话道："大家都不在自己的家乡。你难道看不出我们都是意大利人吗？"

在短暂的温柔之后，他又回复了严厉。阿加莎的好奇和好客天性似乎让我也乐观起来，我不想破坏它。于是，我安慰自己，我一直在寻找的两个卢多·本博又回到了我的生活中，一个严厉，另一个浪漫得要命。

阿加莎在沙发上坐下。她窝进沙发的花纹布面，闭上眼睛，深深思考着我刚才说的话。卢多穿过客厅，走到外面的露台上。我环顾四周。房间里几乎没有什么装饰。有一棵濒死的绿植从房梁上垂下来，一张临时拼凑成的桌子，书架上摆满书和纸，很多都沾了灰。墙上光秃秃的，裂缝中积满沙砾和尘土。我注意到沙发旁边的咖啡桌上有一口脏兮兮的鱼缸，玻璃内壁上附着海藻和污泥，浑浊的水里有个橘色的东西在游动。我决定去露台上和卢多一起。他紧握着栏杆，指关节都白了。托特依然栖息在我的肩膀上，张开嘴，吸了一口清晨的空气。

"你过来做什么？"他问，"我一连好几个星期都没听到你的消息。"

"我要搬进来跟你一起住。"我说。

他什么也没说，但我注意到他紧握的手松了下来。

远处，天空开始拉开帷幕。夜间积聚的浓浓雾气正在一点点散开，翻山越岭，在风的推力下往海边移去。

"你这样做不觉得方式有点怪异吗？"他问道，眯着眼，死死地看着我。

"或许吧。"我说，"不过谈到怪异，我可跟你比不了。我的怪异是表面的，你的怪异才是深藏不露。我为你的方法鼓掌，真是勤勤恳恳，又小心翼翼。但我提醒过你，与自己的多重自我隔绝，只向世界展示一面，而让其他的自我藏在体内，这必然会带来危险。"

"咱俩半斤八两。"

天空露出一片金黄，天尽处云雾缭绕，残留的晨雾在那里徘徊。

"我们可以一直不依不饶、相互怪罪下去。但这样真是很无聊。"我说道。

"行，我们换个话题。你过得怎么样？"卢多用精神科医生般的精确与冷静问道。

他的问题在我耳边回荡。我过得怎样？我看着天空，心里泛起了一丝警觉。从没有人问过我这个问题，我怀疑他是否在假意关心，其实是想探听他不道德地干涉我的笔记本的后果。我决定引用尼采的话，这是世界上最好的武器。

"总的来说，"我说，"我是健康的；从某个角度、某个特性来讲，我是一个颓废的人！①"

"你就不能出示一个自己的回答吗？"卢多皱眉，把手从栏杆上拿开，双臂交叉放在胸前，直直地看着我的眼睛。

"出示？"

"是的，"他说，"出示。"

楼下传来断断续续的哀号，那几个醉汉一定是出事了。

"我从不出示回答，"我说，"不像你，我觉得我的言谈谨慎得很，而且大部分来自生活的边陲。它们"——我咽了咽口水——"是来自墓穴里的启示。"

"圣母马利亚。"卢多叹道，眼睛看向别处。

"你信教？"我问。

"不，"他说，"不是，你看。"

他指着那群醉汉，他们正围着一具尸体打转。外面一片骚动，但我什么也看不清，什么也听不清。这时，贝纳德特从房间里出来，身上穿着一件毛茸茸的粉红色连体服。她迈着重重的步子走来走去，粉色连体睡衣下的手臂甩动着。她关上了所有的窗户和百叶窗，把窗帘也拉上了，把整个公寓遮得死死的。

楼下，那几个醉汉发出一声悠长、平稳的号叫。之后又传来一声更加微弱和哀戚的号叫，似乎是躺在中间的那个人发出的。那人仰躺在地，上方围着几个油腻腻的脑袋。

---

① 出自尼采的《瞧，这个人》。

我趁乱潜进了贝纳德特的房间。房间窄窄的，没有窗户，很沉闷，跟我高祖父沙姆斯·阿巴斯·侯赛尼在《吊鸟》中刻画的那个房间十分相似。我只需要一根绳子和一只死鸭子，就能将那幅画 3D 还原。我觉得这足以证明，贝纳德特的房间就是"我的"房间。这件事再清楚不过了。我仔细看了看房间。橱柜里是空的，桌上什么也没有。贝纳德特已经将她的东西用箱子打包好，摆得整整齐齐的。她马上要搬出去了。唯一可见的个人物品是一张从杂志上剪下来的主教拉辛格的照片，她把它钉在了墙上。照片下方摆着一张窄窄的床，白色床单整齐地窝进一张薄薄的床垫里，看起来像医院里的轮床。

我回到卧室，宣布："卢多，我可以住贝纳德特的房间。那样你都不会察觉到我在这里。"

费尔南多突然出现，冲着贝纳德特尖叫道。

"Ma che fai? ① Ma che fai?"他从客厅的另一边走过来，拦住正在关百叶窗的贝纳德特。

"Lasciala stare !②"阿加莎从沙发上喊道。

"发生什么事了？"我问卢多。

"费尔南多在告诉贝纳德特不要关百叶窗，阿加莎叫费尔南多不要管贝纳德特。"他愤愤地说道。我正准备提醒他我不需要一个翻译员，因为我父亲和莫拉莱斯都尽心尽责地教了我意大利语，我需要的是背后的故事。这时，他补充说："费尔南多需要足够的光线来完成他的雕塑，而贝纳德特喜欢在绝对的黑暗中午休。"

"这才早晨。"我说。

他皱了皱眉。"这完全让人匪夷所思。"

我看得出他又柔软了下来。周围的喧嚣让我们成为一对在浮动的叶片上相爱的虫子，就连托特也似乎变得更加温柔了。贝纳德特挣脱了费尔南多的手，她非要做到不可——把整个房子遮得密不透风的。

---

① 意大利语，意为"你在干什么？"
② 意大利语，意为"别管她！"

"你觉得她压根儿没有希望了吗？"我问卢多。

"我觉得是的。"

这是我们难得意见一致的时刻。

"你刚才指着什么？"我问。

"你没看到吗？一个醉汉从墙上掉下来了，"他说，"我觉得他死了。"

听闻此，他的室友们都原地呆住了。

"Un morto? Ma che dici?①"三人不约而同地问道，像一个意大利旅行合唱团。费尔南多似乎明白"dead"②这个词的意思，尽管他不懂英语。我开始像喜欢阿加莎那样对他有了好感，这种感觉让我惊讶不已。我惊讶的是自己还能对别人有好感。或许是因为我们同样流落他乡。我想象着将自己的人生——当然，这是一种活生生的死亡——与他们的人生缝合在一起。

阿加莎冲到露台上，猛地推开百叶窗，我们纷纷探出头去。是真的。其中一个醉汉从墙上滑下来，脸着地摔到了停车场的水泥地面上。他手里那盒唐西蒙酒摔破了，红色的葡萄酒在停车场地面的裂缝中蜿蜒流淌着。他的朋友们不见了。

"他真的死了吗？"我问，想起我父亲死后皮肤苍白，肌肉变得僵硬。我感到我的脸又耷拉下来，变得茫然，没了表情。

"我想是的。"阿加莎说，有些难过。

我有一种模糊的感觉，那个人和我父亲一样，会发现另外一种继续存在的方式。即便死气沉沉地躺在那里，他似乎也固执得像块木头。

"我们不能都站在这里，"阿加莎说，"从露台上看不出什么。这样的景象是要付出代价的。"她说着往我这边看过来，然后绕过我，看着脸朝下躺在地上的那个男人，之后又往更远处的比利牛斯山望去，浓浓的晨雾已然散去，山上的景致尽收眼底。

---

① 意大利文，意为"有人死了？你说什么？"

② 英文，意为"死"。

"是哪个醉汉？"我问。

"脱了裤子露出屁股的那个。"卢多略显迟疑地说道。

一只狗蹿上了露台。

"贝提塔！"阿加莎说道，俯下身在狗的额头上亲了一下。真是个可怜的小东西。托特一看到她就大笑起来。在那只患了疥癣的狗旁边，他看起来像一位精心打扮过的王子。

这时，邻居们都冲到了各自的院子和露台上，一只手将手机举到耳边，另一只手向我们做手势，只有我们这边能俯瞰现场。

"发生什么了？"人们用加泰罗尼亚语纷纷问道，此起彼伏的声音从这个区的每个角落里传出来，在空气中回荡着。"他死了吗？"

卢多急忙穿过过道。不久后，他回来了，手里拿着手机。

"不，警官，"他冲手机嚷道，"他不是睡着了。他——死——了！"

他满脸通红，一直红到了耳根。我从未见他如此情绪激动地说出一个词。他取下眼镜，扔到了沙发上。

"你告诉他了！"我说。

卢多的眼里流露出一丝无助。离开了眼镜，他的视线受阻。他双眼迷离，犹豫地在房间里搜寻，仿佛无法看清哪个身影是我。

"我在这里。"见他的眼睛望向了我这边，我赶紧说。

他差一点笑了。他挂了电话，两只手在沙发上摸索着，想要找回他的眼镜。

"圣母马利亚！"费尔南多激动地说道。停车场对面的邻居们纷纷在各自的露台上探出身。住在停车场旁边的那家人将椅子搬到了院墙边，站上去探听外面的情况。

事态再度恶化。死者的其中一个朋友回来了，正在我们门前暴躁地来回踱步。

"我的天，"阿加莎用富有韵律感的嗓音说道，"那个瘾君子回来了。"

那狗在我脚边绕圈，抬头望着鹦鹉。"别碰这狗。它可是个跳蚤窝。"卢多提醒道。他的视线又恢复了正常。"你看到我门上的那些锁了吗？我安那么多把锁就是为了防止这个行走的跳蚤窝进我房间。可我回来的时候还是会发现地毯上有狗粪便，或者床上有一袋撕开的米。"

"可你居然还是没有学乖？"我说着打开了门，"为什么不让这里成为一套没有边界的公寓，一个没有边缘的家呢？这就是那狗要教会你的。世界如此无常，为什么要设置这些障碍，给自己添堵？想想吧：谁能保证你或我今天不会突然翘辫子呢？对动物来说同样如此，贝提塔、托特——甚至那只可怜的金鱼也是如此。"

卢多站在那里，低着头，双唇抿紧，衡量思索着。浑身粉扑扑的贝纳德特像只火烈鸟一样静静地站在费尔南多身后，仿佛把他当成了自己的守护者和朋友。

"所以你确定？"卢多问，"确定你想搬进来？"

"是的，"我说，"我留下了。"

"行。"他径直说道，重新回到客厅。我看到他的唇角泛着一丝笑意——他也想念我。

我决定占好地盘，宣示主权。我拖着移动美术馆进了贝纳德特的卧室。我得先把她那一堆箱子挪到一边，好为我的迷你博物馆腾出位置。这事做完后，我看着拉辛格的脸——严肃、神秘、坚定——然后察觉到贝纳德特正在我身后慢慢靠近。我转身，用纯正的意大利语告诉她，如果我想出手，我可以比费尔南多更快将她扳倒在地。我说："为什么唯独我就应该做那个没有食物、没有温暖的人呢？"她像螃蟹一样，沿着墙壁侧身溜走了。卢多的话原来确实不假，她就是那样。我惊呆了。

我回到露台，警察终于到了。那个瘾君子两手拍打着车的顶篷。他的头发竖起，像一个油腻腻的拖把头，不知道的还以为他遭受了电击。

"请大家都待在自己家里。"警察用扩音器说道，但于事无补。

停车场对面有一座狭窄的石头建筑，一个中年妇女正站在屋顶将白色床单晾晒在一根绳上。这些浆洗过的床单就像我父亲入葬前身上裹着的白布。

"她在经营一家旅馆吗？"我用意大利语问卢多。

"不是，"他回答道，"那些床单是她的掩护。她借晒床单之便来窥视街坊邻里。"我想把他那些拖长的元音吞掉。

阿加莎走到我跟前，说道："她有些迷恋卢多！"

费尔南多朝她责备地看了一眼。

"啊，我说的是实话！"她说。

护理人员把死者用箔纸包好，抬上一张轮床，系好安全带，然后将尸体运走了。很快，他也会被这片土地吞噬，被宇宙的头脑吸收，具体取决于他脑电波的频率。那醉汉的朋友们已经回到了事发地点，正在停车场里四处徘徊。其中一个说了些叫人不安的话；另一个也口出狂言；第三个人脑袋足足有排球那么大，被这话气得脸红脖子粗；最后一个人走到死去的朋友坐过的那堵墙边，独自滔滔不绝地私语了老半天。一边的警察们对这出戏漠不关心，正忙着将那个瘾君子推进警车后座。他们把他带走后，现场就只剩下散漫的脚步声，教堂传来的钟声，以及冬天的寒风吹动树叶的沙沙作响。

对于所有牵涉其中的人来说，这都是一场令人瞠目的表演。瞧，人生的戏剧如此粗暴地上演，提醒我们自己依然活着。在死亡的背景幕中，一切都是绝美的。山上冒出一束阴冷的光，迅疾地投射到窗户上。如此明亮的光线下，我们都感觉浑身赤裸裸。那天余下的时间里，没有人说半句话。

第二天，贝纳德特搬了出去，我住下了。没有人知道她去了哪里，没有人在乎。卢多·本博心情大好——这真是难得——他一边用食指把眼镜推到鼻梁上，一边模仿她像螃蟹一样横着穿过过道的样子，逗得我们哄堂大笑。阿加莎开玩笑说贝纳德特这时候可能在梵蒂冈的某棵树下，就着味道寡淡的茶吃一顿清淡的午餐——面包配蛋黄酱，或者面包棒配花生酱——还不忘将被风吹起的裙子拉至膝盖下方。

接下来几个星期，我开始对每个人的生活有了大致的了解。我记住了邻居们的名字，看着他们来来往往，东游西逛，去圣丹尼尔的青山上往空罐子里装满溪水；看着他们购买日用杂货；看着他们笑或哭，相互安慰或叫喊，每天都不同。我在他们之中感到格外安全——比独自一人住在基姆·蒙索的公寓里时安全多了。楼下住着面包师伊斯特，我们每周都从他那里订购面包；还有梅尔塞，总能看到她出现在屋顶露台，一边从晒衣绳上取晾干的床单，将新洗的衣物晒上去，一边偷窥街坊邻里的动静；还有阿涅丝，总是傍晚时分出现，手里拿着一张带长杆把手的渔网。她用那个来捕捉街坊里的流浪猫，几天后再把捕捉到的猫放回停车场。被释放的猫会嗖的一下消失，比夜空里的彗星还要迅速。阿加莎告诉我，阿涅丝相信这种捉放游戏可以改造猫的头脑，有效地抑制它们野性难驯的 DNA，让它们过上更加快乐的生活。看到总有猫来无影去无踪，其他猫会晕头转向，无法参与到持续的争斗中，或者无法形成敌对阵营。

公寓里，费尔南多早上会安静地坐在餐桌边，喝着茶，专注地盯着远方。至于在想什么，他从未对任何人提到只言片语。中午，他会突然起身，快速往客厅走去，就着一块陶土凿来凿去，直到上面出现另一张阿加莎的脸。费尔南多工作时，贝提塔就睡在沙发上。金鱼会定期出现和消失，时间长短取决于多久前清洗过鱼缸。那金鱼胖乎乎的，眼睛鼓起，长着小巧而透明的鱼鳍；真不知道这小得不成比例的鱼鳍是如何推动圆滚滚的鱼身在通常布满厚厚泥垢的水中穿梭的。

费尔南多拒绝在工作时说话，通常在完工以后他也拒绝开口，尤其是当半身像上的表情没有达到他的预期时。他只在有了庄严的幻影时才会说话；他称他的梦境为"庄严的幻影"。一天晚上，他梦到一个秃头，满脸粉刺，穿着破烂工装裤的孩子。这个表情沧桑的孩子住在他们的卧室里，那是公寓尽头一个黑黢黢的房间，有一扇小窗，俯瞰隔壁邻居家的院子。

"那孩子叫什么名字？"我站在厨房里问道，肩上扛着托特。我已经开始直接用嘴喂他了。这是唯一能让那只鸟吃东西的方法。我嚼了一片面包，然后把舌头伸向鹦鹉，他立刻将这团嚼烂的东西叼走了。

"他的名字叫费尔南多。"费尔南多说。

"费尔南多？"我用手指把嘴里残留的面包屑抠出来，我讨厌它们粘在我牙齿上。

"费尔南多。"他重申道。

就是这样。从那天起，这房子里就住了两个费尔南多：有血有肉的成年雕塑家费尔南多，以及鬼孩子费尔南多。按照第一个费尔南多的说法，那孩子经历了可怕的死亡。为了帮助那孩子康复，阿加莎放了几碗盐在他们卧室的周围。

"盐能吸收负能量，"她说，"颗粒越大，吸收得越多。"

我告诉她，这显而易见，没有必要解释。阿加莎在一家健康食品商店工作，卖延年益寿的产品，熏香、草本浸液、盐灯、茶。那天晚些时候，她下班回来，给我带了一份礼物——一袋喜马拉雅盐，她坚持让我放在枕头下，以清除贝纳德特的余烬。我告诉她，我为余烬而活，虽然不见得是贝纳德特的。这番话让客厅对面的卢多翻起了白眼，他坐在沙发上，双腿优雅地交叉着。

卢多最初是宽厚的，甚至也许是喜悦的，在过去几周里却别扭起来。他变得暴躁、无情、严苛、难以捉摸。我不知道该如何去接近他，也不知道该怎么看待这些事。他每天都做些什么，我一点也不清楚。他确实在大学里教课，但他常常一大早就出门，夜里才回来，一副疲惫的样子，气呼呼的，满腹牢骚，总是拒人于千里之外，没有做爱的兴致。

我不得不在夜晚给他做工作，调动他的激情。这里是他家，他的地盘。在基姆·蒙索的公寓里时，我过去的刺鼻青烟总是突如其来地拜访我，吸引我的注意力，让我对他招之即来，挥之即去，现在轮到我忍受卢多的喜怒无常了。在这里，他的举止显得很怪异、神秘、微妙。如果我问他问题，他会选择性地回答我。我发现他会完全避开一些话题：死亡、疾病、强权的少数施加于悲惨的大多数身上的不公，任何与这些相关的事情他都避而不谈。有几天里，他阴郁的脾气让我感觉自己上一秒还是可见的下一秒就遭到忽视，仿佛我不断地在人生的舞台上出现、消失。这种体验勾起了我昔日熟悉的感觉，并将它重新上演，直到我感到自己被抹去——意识到自己"迷失在一片幽暗的林中"。我被他起伏不定的心情牵动着，有些晕头转向。在人性的深渊里，我看不清自己是在跌落还是上升。

有时候我会想：我在这里扮演着什么角色？一个想要用手拔掉另一个人脚上的刺，却没能成功的人？但随后我记起，作为流亡金字塔里享受特权的一员，帮助我是他的本职工作。毕竟，从顶层的小洞里飘进去的那点稀薄的氧气都被他吞下了。他甚至可以费力挤出去，与他人交流，或者与那个张牙舞爪的冰人交欢，我很确定。这种致命的想法慢慢在我脑子里生根发芽，我不知道如何才能将其消灭。毕竟，除了大部分时间都不在公寓里以外，他似乎也失去了和我做爱的兴致。我还能得出什么样的结论呢？和那个张牙舞爪的冰人、那个优秀的非流亡者交流，一定让他觉得轻松愉快多了。我想象她为他排忧解难，鼓励他把烦恼抛在脑后，去过一种未加审视的生活。

一天夜里，我把托特留在酷似监狱牢房的房间里，关上门，独自去了卢多的房间。我全身赤裸，没有敲门就进去了。他正在读一本用奥克语写的书，我看不清书名。他墙上的镜子照出了我的身影，我看起来很瘦弱，但实则比以往任何时候都更坚定。我的眼睛里闪烁着一个叛逆者势要达成目标的决心，我准备用一次狂野的发泄来表达整个支离破碎的自我。卢多把书放在了胸口。

"你不该一丝不挂地走来走去。这公寓里还住着别人，你知道的。"

我看到他裤子那里肿胀起来。

"别这样一副苦大仇深的样子。"我说着跪在了他床上，端详着他那一头精致的鬈发。我伸出手，摘掉他的眼镜。他的瞳孔下意识地放大了，以适应没有眼镜的状态，看起来茫然且无助。

"如果你看不清我，是不是会好些？"我打趣道，温柔地将手放在他鼓起的器官上。

"你把我折腾坏了，"他说，"我摸不透你的心情，我很疲惫。"他一边说一边移开了我的手。

我的心情？我想。我很惊讶，但我不想沉溺其中。我说道："舍勒有句话说得好，'仇恨是一种自体中毒——是邪恶的分泌物，在一个密封的容器里，长期无能。'"

"谁是舍勒？"他用不耐烦的语气说道。

"谁是洛根丁！谁是舍勒！"我话里带刺。

"你觉得这样有魅力吗？"他说着伸手去拿眼镜，重新戴上，透过镜片看着我。他鼓胀的那个地方已经瘪了下去。

"管它呢！"我说，"你有什么资格跟我提心情？你自己的心情就跟烂泥一样，兴许这是你设计好用来转移我注意力的，不让我发现你其实有一颗肮脏的心。"

"肮脏的心？"他质问道，感觉受到了冒犯，就好像他从未干涉过我的笔记本似的。

"是的，肮脏的心。"我重复道，然后起身离开了。几个小时后，我把一张写有 inquietare 的纸条从他房间的门下面塞了进去。我愿意给他的线索就这么多了。

我们好几天没有说话。在那期间，我的心情摇摆不定，时而闷闷不乐，时而颓废又愤怒，时而感觉自己受到了背叛。但是后来，不知怎的，我们恢复了往常的状态。一天晚上，他回来后将我推到了墙上，将舌头伸进我的嘴里。他抓住我的一只胳膊，将我拉进了他的房间。当我试图带上那只鹦鹉时，他气喘吁吁地说道："让托特与贝纳德特的鬼魂做伴吧。"我当时没有发现他说话的样子听起来和我一样。我让房门开着，托特就站在木椅的边缘。他应该会留在原地不动的，我一边跟着卢多的脚步一边暗自想道。那晚我们像两只发情的野兽。

"你的阴部为什么如此美妙？"他叹道。

他嘴里有另一个女人的味道。高潮落下时，我想，是那个张牙舞爪的冰人。我的怀疑最后得到了证实：在我们没有见面的那几个星期里，她，不动脑子的乌合之众中的一员，回到了他的生活中，给他带来了简单的快乐。他从一个女人——张牙舞爪的冰人——那里寻求慰藉。相对于我来说，那个女人承受着更少的痛苦，她的欲望与艺术、文学或者人生的总体问题毫无干系。想到这些时，我常常感觉我的空寂里飘来一股冰冷的风，刺痛着我薄如纸片的心脏——它才刚开始加厚，开始有了维度，有了温度——一种完全失去方向的感觉。

第二天早晨，我困惑而伤心地回到了卧室，寻找托特。我需要他的陪伴来求得安慰，但我哪里也找不着他。那只鸟消失了。在基姆·蒙索的公寓里消失和在卢多·本博的公寓里消失完全是两码事。我组织起大家来帮忙寻找，请阿加莎负责查看每间卧室里的角角落落。

"别漏过了枕头套。"我吩咐道，"里面塞了枕芯的也要看看，那只鸟懂得乔装。务必看看床底下，柜子里的羊绒毛衣后面，还有带手柄的抽屉，他能用喙勾着手柄把抽屉拉开。"她一如既往地开朗，一边展开搜寻，一边将她宽慰人心的气息散布在公寓内。

我请卢多负责搜查厨房，他变得越发暴躁了。"打开所有的橱柜，看一看水槽下面，检查锅碗瓢盆，尤其是你用来煮面的那些大锅。"

"你是指意大利面。"他粗暴地打断我。

"务必不要忘记往冰箱里和洗衣机里看看。托特可能需要打个滚，或者在冰箱的凉爽空气里独自坐一会儿。"

卢多站在那里，盯着餐厅里光秃秃的蓝色墙面。光是这迟钝的神经元就让他做不了一名称职的士兵。

"你做事能专心一点吗？"我问道，把他往厨房里推。

令我无奈的是，他开始煮咖啡了，他打算慢慢来。我看着他用敏捷的手指打开摩卡咖啡。外面，屈拉蒙塔那风在街上呼啸，吹得门窗咯吱响，百叶窗咣当个不停。一支行刑队的噪声，我想，同时望着窗户外多样的色彩，黄绿色的地衣爬满邻居家的陶土屋顶。那颜色让我想起加泰罗尼亚旗，一面夺目的金黄色旗帜，上面印着四道血纹。

"喂？"我说，用就事论事的口吻逼迫卢多。

他挑衅地朝我瞥了一眼，点燃炉子，将摩卡咖啡放在烤架上，然后取下眼镜，若无其事地用睡衣的边角擦拭镜片。

"鉴于这项任务的荒唐性，我只能尽力做到这样了。"他不带一丝感情地回答道，将眼镜重新戴上。

我望着窗外那只眼睛浑浊的鸽子，多希望它能变成托特。它粉色的羽毛在冬日寒冷的太阳下闪耀着。现在是二月。我听见狂躁的风怒吼着席卷而过。我在这里做什么？我暗自怀疑。我到底在做什么？咖啡沸腾，淡淡的水汽在厨房里蔓延开来，夹杂着巧克力、柠檬皮的香味，还有一丝牛粪的味道。爱。爱是什么？是我心头那个鸟状的洞吗？我看着卢多。

"我不想听到你嘴里再说出一个'爱'字，"我厉声说道，"你什么也不懂，这是明摆的事实，明晃晃的事实。"

"什么也不懂？"他用一种势要问出个究竟的表情问道。

"什么也不懂。"

我走开了，差一点哭出来。我觉得自己是这个世界上最不快乐的人。我的手和嘴唇同时在颤抖。托特在哪里？有人把门打开了吗？把窗户打开了吗？他不会飞。他的翅膀剪得太勤，不肯长回来了。但他可以爬墙。他是遭受了幻影羽毛综合征吗？我把自己关在浴室里，无声地哭泣。我诅咒我多灾多难的人生。我看着镜子。"这是我吗？"我问。我看着镜子里我的嘴唇，说出这几个字。父亲沧桑的胡须在我空寂里的黑色海面上飘过。托特几乎没有留下什么踪迹。"难道我接触过的一切都注定要消失吗？"我喃喃自问。我低头看着那只病手，将它覆在嘴上，将呼之欲出的痛声呐喊堵了回去。

几个小时后，我终于平静下来。我想到了谁？费尔南多。费尔南多在哪里？我冲出浴室，四处找他。他在客厅里，正在钻研另一张阿加莎的假脸。时间一晃而过，已经到了下午三点左右。通向露台的玻璃门开着，我旋即将它关上了。我站在那里，透过窗户看着西梅色的天空。灿烂夺目的天色让人屏住呼吸。清晨透亮的蓝此时已变成一片闪亮的紫，冬日的阳光闪耀着冷峻的光芒。远处的比利牛斯山宛若一排银针，准备用那紫色天空的华丽面料来缝制衣装。我转向费尔南多。

"费尔南多，"我先稳了情绪，冷静地说道，"托特不见了。"

"Sparito[①]？"他夸张地问道。

这段时间里他去了哪里？卢多和阿加莎在哪里？没有人来敲浴室的门，他们甚至没有告诉我他们要走。

"Sparito。"我语气沉重地答道。

他把凿子放下。我告诉他，我需要他坐在餐厅里，闭上眼睛，在他庄严的幻影里追踪托特的行迹。我告诉他："那只鸟像狗一样会四处走动。"然后，我看着蜷缩在沙发上的贝提塔，她的耳朵立刻竖了起来。是不是她把托特吃掉了？我走到她跟前，拉起她垂下的上嘴唇，闻了闻，她的口水里一股金属味。我强行把她的嘴掰开。她是无辜的：没有羽毛，没有血。我放开她，让她继续睡觉。

费尔南多按照我的话做了。他坐在桌边，闭上双眼。睁开眼睛时，他说道："托特会在适当的时候回来。"

"他现在在哪儿？"我问，俯身趴在餐桌上，手掌感觉到木头桌面的凉意。

"我不清楚，"他说，"我看到的只有黑暗，一片漆黑。"

我想把头往墙上撞。我想扇他一耳光。

"托特？"我尖声喊道，希望那鹦鹉能出现在我脚边。但他没有。

下午过去，夜晚来临。卢多和阿加莎不知什么时候会回来。我满怀希望地想，说不定他们正在街上找呢。我不想离开公寓。我想留在这里，万一托特回来了呢。天空成了天鹅绒般的黑色。我感到沮丧，觉得自己真傻。我告诉自己：与他人在一起，只会带来更多的失去，更多的苦痛。我感到屈辱。我拿起笔记本，望向四周，想寻到一处洞或者裂缝钻进去，独自面对无尽的愁思。

---

① 意大利语，意为"消失"。

阿尔班亚

我如何在比利牛斯山脉青翠的山谷里为我的多重头脑注入氧气，

并与自然展开苏格拉底式对话。

　　第二天早晨，我对卢多憎恨透顶，想将炙如热炭的怒火投向他，但如果我这样做，就会烫到我的病手，我不确定它还能承受多少痛楚。我想好了，最佳的行动方案是消失一小段时间。况且，贝纳德特的房间虽然是一个黑暗而潮湿的洞穴，但毕竟离卢多太近，不是个可以思考的地方。我需要沐浴在森林中，吸收富氧的空气。

　　那天下午，我顶着难忍的头疼，登上了一辆开往菲格拉斯的巴士，那是个曾让八字胡天才达利流连忘返的地方。我在那里转了车，然后往北去了阿尔班亚，一个位于比利牛斯山脉东边山谷里的小村庄，坐落在木噶河沿岸。木噶河穿过博阿德拉·伊莱斯·伊斯科拉斯和卡斯特利翁·德·安普里亚斯，然后继续将寒凉的河水经玫瑰湾注入"泯灭的希望之海"。

　　破旧的大巴艰难地往北穿行时，我意识到自己的思考能力已大不如前，这都是因为卢多破坏力十足的进攻-撤退战略，因为他反复开启和斩断我们的关系，更遑论他对托特悲剧命运的无动于衷。我设想，卢多的阴晴不定起源于诸多因素。最首要的是，他与文学和死亡之间的纠葛未得到厘清，继而让他与祖先之间也生发出一些纠葛，所以他既被我这个侯赛尼家族的独苗所吸引，又对我反感。与我近在咫尺时，他同时也在解决这些纠葛，这是他渴望做的——因而有了爱的告白——伴随而来的是被这一过程中必然产生的不安所困扰——因此他才会突然退却，并在随后变得麻木。所以，关于爱的虚妄与入侵本质，我教会了他什么呢？没有。我犯傻了，我的抵抗在他面前土崩瓦解。我径直走入了爱情的陷阱里。此刻的我感觉仿佛被人掏空了五脏六腑。

大巴抵达圣母山（Mare de Déu del Mont）和普奇·德·巴瑟戈达山（Puig de Bassegoda）高耸的山顶。阿尔班亚陡峭的悬崖和幽深的峡谷进入眼帘时，我想起了和父亲一同跋涉过的那片山峦起伏的无人地带，想起我们历尽艰辛的出逃。我看着劈天入云的山峰，绝望地想：爱和家都无法让一个人活着。

我走下大巴。阿尔班亚空荡荡的，目之所及一个人也没有。一只流浪狗懒洋洋地躺在一条石子路的尽头。几头猪正在他身后的泥地里嗅来嗅去。一只孤马站在畜栏的边缘，摇晃着尾巴。我想象卢多的声音从远处传来。

"你究竟在哪里？"他问，很快暴露了他的恼怒。

"我在互联网上找到了一处出租的房子！"我告诉他。

"在阿尔班亚，在因特网上？"我听到他疑惑不解地问。

"World Wide Web，World Wide War①！"我说道。自己也不知道为什么说这样的话。

然后，他就没话了。

我走到石子路的尽头。那只白色杂种狗抬起头，漫不经心地叫唤了一声。我敲响了农舍的门，那农舍掩藏在一排雪松后，从大路上看不见。一个男子开了门，他圆圆的脸刮得很干净，脸色苍白。他低声说了些话，几乎听不清，兴许是太腼腆，兴许是喝醉了。他腰肢粗壮，眼睛看起来肿肿的。租房广告上写的是：鳏夫出租农舍，在宁静的阿尔班亚。他领我进了客厅，两眼一直盯着地板上铺开的地毯，仿佛正在搜寻掉在地上的几枚硬币，眼神满怀希望但有些矜持。客厅后面有一座落地式大摆钟，嘀嗒嘀嗒地摆动着。我看着玻璃钟匣里金色的指针，然后扫了一眼四周的墙面。墙纸是绿色的，上面印着生机勃勃的花卉图案，有牡丹、菊花、玫瑰、松果、肉桂蕨。真是毫无品位可言的大杂烩。

我那圆脸的房东眼睛一直盯着地面，一说话脸就变得绯红。他告

---

① 英文，意思是"互联网，满世界的战争"。

诉我早餐是咖啡和一只煮鸡蛋，包含在住宿费里。他继续说道，脸红得跟李子似的，如果我要求，他可以加一片吐司面包和一些他去年储存的桃子酱，但我没有这样要求。

他立刻带我去了我的房间，一间四四方方的小房间，坐落在一座木质旋转楼梯上，里面配有一张单人床和一套儿童桌椅。我仿佛回到了孩提时代，看到幼时的自己坐在桌前，父亲高大的身影耸立在我旁边。

"我们这个可悲的国家的主要和次要城市有哪些？"父亲问道。

"伊斯法罕、设拉子、德黑兰、库姆、大不里士、阿瓦士、马什哈德、阿巴斯港、克尔曼、扎黑丹、亚苏季、哈马德、伊兹赫、贝巴罕。"我听到自己回答道。

我嘴里有个甜蜜而柔软的东西，是里海附近我们家树上的椰枣。

"我们是谁？"他又问，那时他的胡须还是黑色的，那是青春的颜色。

"自修者、无政府主义者和无神论者。"我答道。

"好孩子！"他叹道。说完，椅子空了。

羞涩的主人早已离开。我们直到第二天早餐前都没再打照面。

那天夜里，在入睡前，我大声自言自语道："我来到阿尔班亚，是为了耙平我空寂里的地面，让自己能自发地思考，避免被卢多·本博的睾丸出其不意地打扰。"我咽了咽口水。我很饿，但我拒绝进食。绝食能让头脑变得清醒，我坚信，并且坚持了下来。我拿出沾满墨迹的笔记本，上面已经写满了流亡作家的预言式宣言。那些书写死亡和非连续性的作者，他们的文字暗示着一种精神上的反叛，他们的句子在无边无际的浩瀚母体中亲密地交谈。这些作家的语句将我置于未知的边缘，远离平庸而令人反感的现实，即他人所指的人生。

我的手指急不可耐地钻进笔记本里，仿佛它是哈菲兹的神谕。我的笔记本里现在已盈满从我父亲珍藏的加泰罗尼亚作品集中抄写下来的句子，那个作品集本身就是一长串对罗多雷达、达利、普拉、贝达格尔①、罗伊格和马拉加利的抄写。"啊,马拉加利,那个失败的无政府主义者。"我嘟哝着。在悲惨周的爆炸以及修女尸体被亵渎事件后,那个人已经变得柔软。他成了中产阶级的保护者。同时我的笔记本上充溢着再度抄写的句子——那是我父亲抄写过的马拉加利从法语翻译过来的尼采作品,因为享有诗人中的"La paraula viva②"美誉的马拉加利一点也不懂德语。La paraula viva,活的文字,我想。我歇斯底里地笑起来,直直地坐起身,将笔记本重重地摔到了床垫上。

"难不成还有死的文字!"我对着夜晚迷雾般的空气说道。在房子的某个角落里,壁炉被点燃,加了木料,余烬飞舞。

我望向窗外青翠的山谷。枝头闪耀着月的光华,在漆黑的夜空里看起来白得像头盖骨。我不知道现在几点了。时间,那个无情的窃贼。但是,在我头脑的深处,我知道无论现在是几点,我都没有准备好打开我的笔记本。我还不够饿,也不够清醒。为了消磨时间,我站起身走出了房间。没有走廊,我便开始在楼梯上蹀步低语,在嘎吱作响的木阶上来来回回,将各种鼓动人心的句子抛向空中。

"我要用我的病手,抓住文学母体。"第一趟下楼时我说道。

"我要一头扎进这世间的无意义中去。"上楼时我接着说。

来到楼梯最上面以后,我大喊:"我要将我的空寂抛在生活面前,那空寂承载着文学的尖矛利剑,以及我多重自我的苦痛。我,一个文学恐怖主义者,将迫使生活终止对我的抵抗。"

我重又往下。

"我,斑马,空寂女士,将向世人表达我的欲望、奥秘、妄想和热情。"

我停下,闻了闻灼热的空气。

"斑马万岁!"我喊道。这时,房主出现在我眼前,炉火把他圆

---

① 贝达格尔:雅辛·贝达格尔(1845—1902),被视为"19世纪最伟大的加泰罗尼亚诗人"。

② 西班牙语,意为"活的文字"。

圆的脸烤得红扑扑的。

他的眼神里有一丝慌乱。你这个死了老婆的人，你说——存在是什么？我想这样问他，但我忍住了，反而向他鞠了个躬。他刚才在吃东西。他把嘴里剩下的晚餐大声咀嚼完毕，然后十分犹豫地问我是否能把这些活动限制在卧室里。我想这个男人一定遭过罪，便一一听从了。

我回到我租下的那个小房间——写作的房间、幽灵的房间，透过窗户遥望乡间。我听到犬在吠叫，马在嘶鸣，泥地里那些猪发出粗重的鼾声。我轻抚沾满灰尘的笔记本。夜色笼罩下，那些树看起来像打了褶子的绸子。低垂的月亮表面坑坑洼洼，如同一轮奶酪。一阵寒风从门窗的缝隙中透进来。是时候了。突然，我一冲动，打开了笔记本。如下预言冒出来了："即便是对一件艺术作品至臻完美的复制也缺乏一种元素：它在时间和空间中的在场，它在其偶然所在的场所的独特存在性。"

"啊，本雅明，思想的殉道者，文学母体中崇高的一员！"我自说自话。一个酷似巴特、博尔赫斯、布朗肖和贝克特的男人——字母B开头的作家。在卢多第一次出走的那个夜晚，他出现在基姆·蒙索的过道里。托特，死亡的侍从，在那个夜晚一直跟在我脚边行走。"他现在在哪里？"我呼喊道。我感到心脏上紧密交织的组织被拉扯着，延展着，在为另一种缺席腾挪空间，那是锥心刺骨的疼痛。我任由自己痛哭着。哭罢，我的注意力回到本雅明身上，他和卢多·本博不一样，他敢于将烛灯举向夜空，以丈量我们周围无边的黑暗。

我细思着本雅明的话。那些灵巧的文字下掩藏着什么样的启示呢？我经历了一系列狂风巨浪般不着边际的想法：和我一样，本雅明也对他多舛的命运极度敏锐。他被困在了布港，在加泰罗尼亚领土的边缘结束了自己的生命①。就在他自杀的第二天，西班牙向那些逃离

---

① 本雅明于 1933 年逃至法国躲避纳粹迫害，1940 年法国沦陷后，他仓皇出逃，在穿越西班牙国境时，因患病且听说自己即将落入盖世太保手里而绝望自杀，年仅 48 岁。

希特勒追捕的人敞开了边境。希特勒，那个邪恶的暴君，一个充满离奇苦痛的人，他的行径让这个潮湿地球上的我们永远受到伤害。这让我转而想到了穆罕默德·礼萨·沙阿·巴列维，那个自封的"万王之王"，他行走在波斯波利斯的废墟中，身上珠光宝气，像一个斗牛士。腐败的气味从我童年灰尘漫天、尸横遍野的景象中升起，让我鼻子发痒。悄然间，父亲鬼魅般的声音在我的空寂——那个存在于我体内，且被我注入了无数文字的文学回声室——里发出振聋发聩的声音。

"加泰罗尼亚人反对斗牛，"我父亲庄严地说道，"这是他们高尚的标志，是在佛朗哥手下经历了太多的苦痛后练就的。"他深深地叹了口气，然后继续说道："佛朗哥，那个留着希特勒胡子的大骗子，为了反抗他，我蓄起了尼采式胡须……"

他的声音像出现时一样突然间消失了。

"父亲？"我大声呼唤，将我的声音像探照灯一般投掷到我空寂的深处。

父亲没有应答。他已经化为尘土。他被宇宙的头脑吸收了，那才是他最终的归宿。他离去了。母亲的余烬也随他一同去了吗？眼泪堵住了我的嗓子眼。

我躺在床上，不知道该如何是好。我闭上眼睛，想象着瓦尔特·本雅明双手抱头坐在布港的样子，随后用同样的姿势坐起身来。几个小时后，我振作起精神，在黯淡的灯光下反复朗读那个神秘的句子——"即便是对一件艺术作品至臻完美的复制也缺乏一种元素：它在时间和空间中的在场，它在其偶然所在的场所的独特存在性"。我思考这个句子及其思想共同体越久，就越发觉得自己仿佛遇到了从我多重头脑里掉落的一根线，它被玷污、碾压、固定在了纸上。

父亲不在了，我的思想开始冻结，如同夜晚的空气。它们开始聚集，变得极其庞大。我也是一个复制品。我的意识遭受过多重流亡的接连打击，是对儿时自我的一组扭曲式再现。换句话说，我就像一件复制艺术品，已经与传统的领域脱离，被驱逐出我的家乡，放逐于我的本源之外。如同一棵被连根拔起的树，我已经与肥沃的土壤和阳光隔绝，失去了绿意，被抛进了阴暗的废墟堆里。要是莫拉莱斯在身边该多好，这样就可以与他分享我获得的启示。但我如何才能将本雅明的想法继续深化呢？我如何才能借他的思想为我所用，将我的空寂——那文学的羊皮卷，以及我多重、层级分明的自我——抛在生活面前，以同时暴露其无限的多重性及虚无本质？当然，本雅明在他的时代已经做得很超前了，但自他出生和去世后，已经过去了好几年，好几十年。这是一个全新的世纪，21世纪，一个长着毒牙的世纪，它深受其过来者——20世纪的影响，习惯于从我们这些可怜的渺小鼠辈身上吸食大量鲜血。

我坐在床边，毫无头绪，但同时很确定，一个惊天动地的想法正呼之欲出。我尽情沐浴在那个阈限区域的欣喜中，那是处于思想的萌发与收获之间，充满潜在可能的幸福空间。粗糙的床单磨着我的脚。房间里的风每一分每一秒都在变大。我浑身颤抖。我望向窗外，看到窗玻璃上我的影子。我透过那影子看着天空中运行的一轮月亮。睡意袭来，我一心想着第二天即将如瀑般喷泻而出的捉摸不定的想法，在阿尔班亚这个偏远，有着冰河、花岗岩和板岩的村庄。

清晨像纸卷那样徐徐展开。我坐在餐桌前享用咖啡和煮鸡蛋，而我的房东一动不动地站在那里，静静地凝视着东边的窗外。我们背对着背。

"这是昨天的咖啡吗？"我问。

他转过身，点了点头。在清晨朦胧的光线下，他的脸像大理石般僵硬。他看起来比昨晚更加丧气。

"你老婆是早上去世的吗？"我问。

他不慌不忙地进到厨房，拿着一壶咖啡回来，往我杯子里倒满了这种液体焦油。

"她是拂晓时分去世的。"他证实了我的猜测。他说这话时，脸耷拉着。

我请他节哀。我看着他意志消沉的样子，心里明白用不着问他是否通过转世吸收了她，他的身体或头脑都不可能容纳下两个人。

"今天无风也无云。"他回到窗边，透过明净的窗玻璃看着山谷边缘的山石，声音低沉地说道。

"最美不过晴空万里。"我回答，然后喃喃自语道，"那是空寂的化身。"

接着，我想起了本雅明，我告诉他，我得走了，因为我还有正事要做，因为我的人生由一系列出现与消失（我丝毫没有提到托特）组成，由于这种方向感的极度丧失，我一直在回溯我流亡的曲折道路，只为在纸上画下我徒劳遭受的苦痛。因为一直以来我都在等待自己——不，是多重的自我——清清楚楚地出现在我的笔记本里，到目前为止，这件事迟迟没有结果，被一个未曾料到的陷阱弄得偏离了轨道：我被一个男人——一个如此牢固地依附于理性的男人，一个头脑多变的男人，一个头脑直得跟木棍一样的男人，一个"随时准备好拒绝自己的直觉的人"——套住了，我愤怒地向那个人重复着陀思妥耶夫斯基的话。一个文学门外汉，他的想法全是别人的，没有一样是他自己的，如同大部分学者——他们大体上就是一群既无思考能力也无智慧可言的异教徒，他们用理智的头脑来理解文学，仿佛头脑是一种技术工具，是全然机械的。我那腼腆的房东看起来既惊愕又厌烦——或许后者占了上风。我吞了口唾沫继续说道，好消息是，我已经来了阿尔班亚，以重归正途。我坚信，在这片绿意盎然的偏远山谷里，我将能探清事实的真相，最终进入这罪恶之旅——我称之为"伟大的流亡之旅"——的炽烫中心。

他用湿润的双眼看着我，没有说话。他瞧了瞧我的杯子，看我是否喝完。我喝完了。他拿走杯子和放过鸡蛋的空盘子。我明白了，漠然是他性格中赖以存在的驱动力，他的妻子可能是因为厌烦而自杀的。我擦了嘴，冲出门，那颗闪亮的煮鸡蛋在我肚子里蹦来蹦去。

我过了桥，来到镇上的公墓。我看着那些逝者的遗迹，每座墓石旁都有些小花瓶，沾满灰尘的容器里装有各式各样的粉色和白色的塑料花，叶子经过日晒雨淋，变得薄如纸片。尸体的腐臭味从墓墙中透出来，一种浓烈的细菌味，让人想到蘑菇、腐肉、胆汁和排泄物。等到待够了，我便开始往回走。我站在桥上，宝石蓝的寒涧从桥下穿过，随后往两边延展，汇流成一口水晶般的小潭。我在山石林立的景致中瞥见一处豁口，于是穿过一簇树丛往前走去。到了那里，我坐在山石岸边，将光溜溜的石头掷入碧绿的溪水中，准备将我最富有想象力、最多变的想法一股脑发散出来。

每扔下一颗石子，我就口头复制一句本雅明的话。我一遍又一遍地复制着，直到自己陷入狂乱。我思想的种子正在抽芽。昨夜向我显现的启示有了一个更加精妙的版本：通过将空寂抛在生活面前，我，斑马，要将各个分裂的自我，将与她们有关的那些似乎遥远的"现实"——现代与传统，新世界与旧世界，人生与文学——放在一条冲突的轨道上。

我向树木、天空和丛林中的鸟儿倾诉着我的思想。

崎岖的山林中传来一声应答，我大声重复，好让整个世界都听到："你将继续复制你自己，借这个方法维持流亡的非连续性，直面那些非流亡者的自我满足与无知，但你也要再次深深地扎进传统，扎进你儿时自我的深处。"

"如何做到？"我问。

"将你的多重头脑缝合到孕育它们的景致中。"

"那我用什么来穿针引线呢？"

"用你未来四处跋涉连成的流亡文学之线。"

我正在与大自然展开一次苏格拉底式对话，正在对自然的诗性意识说话，而自然在回复我。风在吹拂，树枝在低首，鸟儿啁啾，水沿着石径泛出涟漪。大自然的每一个动作，都让我都更加确信我走的路是对的。我继续加把劲。

最后，本雅明的言外之意揭晓了。那声音从东比利牛斯山光滑的花岗岩中发出，进入我头脑中错综复杂的走廊里，而后像一只落入迷宫的老鼠蹿来蹿去："用重新抄写来代替复制这个词，"那山峰似乎在说。我打开笔记本，写下：重新抄写还缺乏一种元素：时间与空间中的在场。

霎时间，一切豁然开朗。移位式抄写将不再适用，需将约瑟·普拉的文学作品重新抄写在它所代表的地方和空间里，即赫罗纳和帕拉弗鲁赫尔，依此类推，霍安·马拉加利在巴塞罗那，瓦尔特·本雅明在布港，雅辛·贝达格尔在去往加尼格山之巅的路上。我不得不重溯父亲和我在流亡走廊里走过的那段漫长的旅途，以就地抄写文学。这种精确，这种地理上的严丝合缝，会带来什么呢？机会，将我复杂且多层的空寂的真相强加给任何非流亡者的机会，他们将与我走上同样的路线，体验一种枯燥平庸的文学旅行，妄想确实有一种所谓的原始的、单一的自我，一种一以贯之的"我"在引领一种可感知的人生——这卓尔不凡的妄想归属于新世界的帝国主义者们，归属于所谓的进化理论。毕竟话说回来，瓦尔特·本雅明或者乌纳穆诺或者梅尔塞·罗多雷达在哪里？这些作家既无处不在又无处可寻。他们的意识——即被他们赋予生机的句子网络——从这样或那样的文本中被复制、剽窃和偷盗，然后灌输回这个世界。通过将这些句子就地抄写，我将创造出一线渺茫的希望：那些肆意盲目之人，那些非流亡者，那些将与我在同样的文学路线上艰难前行的人，终将鼓起勇气去观察，而不只是看。

想到这里，我忍不住微笑。我已经敲开了那扇门。胜利在望。现在的我清清楚楚地明白：随意将移动美术馆四处拖动是不够的。那是一个草率的想法，是一大疏忽！我记起站在父亲的身边，凝视着约瑟·普拉描绘过的景致：帕拉弗鲁赫尔的软木橡树，从村庄湿润的红土里冒出头的花椰菜，渔船上锈迹斑斑的桅杆在风的吹拂和浪的拍打下缓缓摇动着。我看到未来的自己回到了帕拉弗鲁赫尔，当大半个欧洲再次如少年普拉所经历的那样，像一座破旧的建筑般崩塌瓦解，当他写下这些文字时的帕拉弗鲁赫尔。我壮起了胆，充满力量，被无数个过去的我托举着。我想，我是一个能同时存在于多重时间平面上的人。这真是一个让人欣喜不已的想法！我在心里反复念着，然后大声说出来，好让这话被林莽、天空和自由穿梭于空中的禽鸟吸收。

整个赫罗纳省就是普拉的领地，这是不容置喙的事实。正如卡达克斯（Cadaqués）、利加特港岛（Port Lligat）和十字架海角是达利的领地一样。而出现在那个多灾多难的人生尽头的布港，则是瓦尔特·本雅明的。

我专注思索着：显然我需要重启我的朝圣之旅。我不得不为这些作家——我父亲的加泰罗尼亚作品集中的主要作家——中的每一位制定个性化的文学线路，为了就地将文学母体的超自然体验及其档案网与一种物理体验结合起来。我再次随意打开笔记本，以确保我已经做了足够深入的思考。

"但丁，如同任何流亡艺术家那般怀恨在心和严苛，"我读道，"使用永恒作为一个清算旧账的场所。"

是谁说的？我想不起来了。我的思绪进一步深入。我正要触及空寂的最底端，那是位于我生命核心的冰冷而滚烫的中心地带。我在那里发现了什么？一种原始而野蛮的痛楚：排斥、屈辱、绝望。这世界已经将其无情的种子种在了我体内。如同但丁一样，我将清算所有的旧账；不同的是，我的地点在加泰罗尼亚。我将上演一场精神叛乱，宣布我在这个渺小宇宙里与其他存在物一样占有一席之地。因为如果我离群索居，与生活疏离，不为他人所见，我又如何能奏响侯赛尼的警钟？我不能继续这样让大家像对待透明人一样无视我。如果我，空寂女士，沿着文学路线行走，身后拽着移动美术馆，一路担任文学的抄写员，谁还会忽视我，或者忽视文学呢？那些非流亡者和帝国主义者，所有将我生生逼成野兽、一种高尚而可怕的生物的人，将不得不带着敬畏和害怕站在我面前。他们将不得不停下来，直视我的痛苦。

我终于明白，这就是我发明移动美术馆的初衷。我将在每一次朝圣中将那座迷你博物馆物尽其用；我将使用装在里头的所有破旧的写作机器，用文学来污染人生，用传统来污染现代，用旧世界来污染新世界。我穿过树丛，走回桥上，手里拿着鞋。这景色所暗示的文字开始一股脑儿地从我嘴中流溢而出："我是一个流浪的、善于思辨的边境智者，我在这片土地上游荡，靠我的智慧而存活。如同伊本·阿拉比、松尾芭蕉、奥玛·海亚姆和巴迪·阿尔 - 扎曼，这些孤独的徒步者，出口成章的哲学家，文学骗子，塞万提斯、卢梭、兰波、波德莱尔和阿克的明智而邪恶的祖先。"我的空寂里燃起了火焰。我将像气球一样腾空而起，飞向外太空。我的脚紧紧贴着地面。沥青路面冷冷的，有些硌脚。和任何优秀的精神导师一样，我所需要的只是一些朝圣者，这世上被边缘化、被流放的一群流浪者——另外的 0.1%——他们不像卢多，他们会明白我的窘境，明白我连绵不断的寂寞的痛楚。

"为什么？"我听到树林在问。

"因为独自反抗是毫无意义的。"我回答道，想到了加缪，"但如果遭遇不公的人团结一心，联合起来对抗邪恶者和暴君的荼毒，反叛就意味着一切。"

我蹦跳着走过阴沉的路面，因这汹涌而来的思绪而精神奕奕。走到半路时，我在路边一根劈开的木头上坐下，.聆听大自然的声音。大自然的一呼一吸包围着我，而我的呼吸与它同步。天空滋润着我的头脑。我轻轻地吸入几口空气，然后屏住呼吸，让大气进入我的细胞。很快，我的脑袋里酝酿起了革命。我打开笔记本，闭上眼睛。我不加思考，由着我的病手在纸页上任意移动。我写下："我，斑马，空寂女士，深信只要我开启一系列朝圣，这个世界将向我揭示它的秘密。这些朝圣需要我身体力行游历旧世界，与此同时穿越旧世界的文学幻影，浸润于文学的激进宗谱中，是的，但同时要复制它的书卷，掘出过去的尸骸。"我的手发痛，仿佛书写的行为是在抛洒我墨色的血液。"据我所知，风景，"我坚持道，"已成为我的图书馆，一座将时间的潜在之意展露无遗的档案馆，我需要挖掘出缠结于其中的意义，以便发出响彻而清晰的侯赛尼的警钟。"

我合上笔记本，睁开眼。空中雾气浓郁，几乎看不清道路的尽头。在这片山区，天气变化得真快，如同风云变幻的历史。我起身，走回农舍。"我的下一步行动，"走过那匹马时我宣布道，"就这么定了。"那只畜生在迷雾中拍打着尾巴，猪为我让道，狗向我颔首。我的存在感已然增加，我与宇宙的头脑同步思考了我的思绪。第二天，我迎风吹着口哨，回到了赫罗纳。在那里，我将执行我的计划：绘制出我的文学路线，找到我的空寂朝圣者同胞。

赫罗纳

我如何与空寂朝圣者一起穿越数条流亡走廊。

　　然而，我的计划再次被一些奇怪的事件耽搁了。第二天上午，我回到了卢多·本博的公寓。我一打开门，就听到过道里飘荡着低低的法尔西语 ①。我很久没有听到这美妙的声音了，我的耳朵发烫，双膝酸软，头脑感到天旋地转。我从楼里退了出来，直愣愣地站在鹅卵石小径上。我仔细看了看嵌壁式木门上的手形门环，确定没有走错门，然后沿着灰尘满布的台阶攀上楼。

　　我小心翼翼地跨过门槛，继续沿着过道走去。是他们：卢多和阿加莎盘腿坐在瓷砖地板上，模仿着我母语的声音。他俩在传看一本书：《给意大利人的波斯语指南：一场通往未知的旅程》。

　　他们那么专注，丝毫没有留意到我进来了。我像个幽灵一样站在那里，看着眼前的这一幕。卢多的睡衣外面套了一件条纹绸缎袍子，头发没有梳理。他的鬈发通常梳理得一丝不乱，此时在静电的作用下飘了起来，像戴了一轮光圈。他正拿着书。

　　"有没有餐车？"他用法尔西语问道，将书重新递给阿加莎。

　　"这趟列车什么时候出发去伊斯法罕？"阿加莎问道。她也穿着家居服：厚运动裤，一件紫色棉衫，上面套了一件绿色羊毛衫。她温柔地将书回传给卢多。

　　"这趟车会在赫拉特停吗？"卢多问。

　　他们的发音很难听，像是嘴里塞满了石子。我想阻止他们继续作践我的母语。我的母语，我想象着母亲在她的临时墓穴里翻动。我的眼睛湿润了。

---

① 讲波斯语的本地人把波斯语称作法尔西语。

"可否指引我去桥上？"阿加莎问道。

万一一阵强风吹来怎么办？万一她的身体被暴露在外，躺在那座倾倒的房子的废墟旁呢？我站在那里，既说不出话，也无法动弹。我钙化了，成了石头。

卢多将书从阿加莎那里拿走，放在他的膝盖上。

"怎么了？"他用意大利语问。

"她来了！"阿加莎叫道，朝我这边点点头。

"谁来了？"卢多耸耸肩。

"斑马！她像座雕像一样站在那里。"

这话把我从悲惨的童年回忆里拉回现实。我？一座雕像？那她和她的那些半身像又是什么呢？卢多转过身，睁大了眼睛，头发蓬松。

"你回来了。"他高兴地说道，仿佛我们是和和气气分开的。然后，他开始用法尔西语对我说话。他把书随意翻到一页，念了眼前出现的第一个问题。"你有打火机吗？"他问，把烟斗从长袍上取下放进嘴里，举手投足间充满魅感。

"我没弄明白！"

"法尔西难道不是你的母语吗？"他困惑地问道。

他的眼神游离。他困惑的时候，脸总是看起来肿肿的。想一想，卢多错失了多少怜惜我的机会：我们第一次共进晚餐，我提到我过世的母亲时，他沉默了；他曾把我抛了温热的浴缸里；托特失踪时，他也没有尽心去寻找。他还有什么资格问我母语的事？有什么资格说出"母语"这个词？连我都还没有准备好说出口，更不用说听到这个词从两个旅居国外的意大利人口中说出来。那两个字是留给我独自去思考的。

"不管你是叫它波斯语、法尔西语还是帕西语，总之，这种语言，"我训斥道（声音如同脱缰的野马），"是留给我长着八字胡的父亲的。卢多·本博，你一个流落西班牙——准确地说是加泰罗尼亚——的意大利人，究竟想用它做什么？"

他看起来像吃了我一耳光似的。我继续告诉他，在我的家乡，有内在和外在的形态之分，支配我内在状态的规则没有必要与支配我行为方式的规则相一致。"你明白吗？"我喊道，"法尔西语属于后者，这你是知道的，"我提醒道，"我完全不知道你在说什么！"

阿加莎走出客厅时，轻轻地握住了我的胳膊，用祈求的目光看着我，好像在说：我发誓是他让我这样做的，都是他起的头。

"把那本书给我。"现在，只剩我们两个了，我命令道。我看着书名，嚷道："未知与伊朗有什么关系？未知不是一个国家，无论那个国家多么反复无常，无论它的形状改变过多少次！"

卢多从地上起身。他不为所动。他的嘴唇往下撇，眼睛和眉毛都耷拉着。

"有关于托特的新消息吗？"我问，嘴唇艰难地说出这几个字。

"没有，"他说，"我们一整个周末都在家，但他一直没有出现。"他看起来很自责。"你知道吗，"他说，"你一点空间也不留，一点被理解的空间也不留。"

一片可怕的沉寂在我们之间展开了翅膀。我看他拖着步子出了客厅。他出去时，我嗅了嗅他身上的味道，闻起来像血橙、薄荷、桉树、沙子、腐烂的西瓜皮、盐和雾。他闻起来像里海，像"书的绿洲"。我轻蔑而不知所措地站在那里，突然意识到，那些不为历史所累的人所遵从的法则，我永远也无法理解。这让我败下阵来。

我望向窗外。云层在膨胀，载着满满的雨。我久久站在那里，独自一人，手里拿着那本写满波斯句子和习语的书。我听到卢多和阿加莎在厨房收拾餐具，听到费尔南多回家了。我暗想，沉下去，沿着绝望的峭壁滑下去，沉湎于我的不幸，不再去对抗不公的洪流和邪恶的狂潮，那将是最容易的事情。就在这时，云层迸裂，释放出大颗大颗的雨点。窗户上蒙了一层白雾。我听到阿加莎声音甜美地说道："雨季来了！"这空气闻起来也像我失去的童年里的里海。

记忆的碎片飘过雾蒙蒙的客厅。我看到母亲站在角落里，头埋在两手间。然后，我看到她站在里海边我们的厨房里。村里的渔民跪在陶瓷地板上，在清洗一条刚捕获的鲟鱼，而她正将血扫进排水口。她看起来很衰弱，面有菜色，没什么活力。我看到自己跑过修剪齐整的树篱，寻找那三只狗，却发现它们的尸体躺在一棵椰枣树下。它们被人投了毒。我逐一抚摸它们，它们的尸体还是热的。我蹲伏在狗的身边，用双手擦拭它们的鼻子。我膝盖上沾了泥，手上沾着血，跑回母亲身边。

"谁会做这么残忍的事？"我问。

"问你父亲。"她悲痛地说道，父亲的身影出现在房间里。

"人生充满了失去，"他说，"是战争干的。一直是战争在作祟。战争已经成为一种思想状态。我们的同胞已经把矛头转向我们。倒不如把这件事当作一条警示，它告诫我们如果不离开，等待我们的将会是什么。"

在那之后，他带我去椭圆形藏书室，继续给我上课。他问："孩子，一名自修者、无政府主义者、无神论者一直以来的使命是什么？"

"划分区间，"我背诵道，"并继续下去。这是一件勇敢的事。"

一阵惊雷响起。我看向窗外。那画面自行消解了。记忆像烟雾般消散在空气中。我听到一群人从街上跑过，歇斯底里地笑着。我站在赫罗纳的这间客厅里，久久凝视远方。贝提塔慌慌张张地走进来，向空气中闻了闻。我垂下手，抚摸她的头。她的眼睛变得迷离，充满睡意。现在，该做什么呢？我想，不安地看着她。我想到了那些难以割舍的失去，那些无法痊愈的伤口，它们引领着我跨越半个地球，来回溯我过去的脚步。出于什么目的呢？

我回到房间，在黑暗中摸索着我的笔记本。我的病手总是知道该如何找到它。我打开台灯，用几十年来一直在使用的方法打开书，寻求安慰。歌德的话从纸上冒出来："我的胸膛里栖居着两个灵魂，一个灵魂扎根于大地，寻觅着粗野的激情；另一个灵魂用力抖掉灰尘，飞向它高尚祖先的王国。[①]"

有人敲门。

---

① 出自歌德的《浮士德》。

"进来。"我说。

是阿加莎。她站在那里，身边是我们楼下的邻居，面包师和她的女儿。

"我们在订购每周的面包。"她温柔地说道。

我下了订单。我看着那个孩子。她轻飘飘地穿过过道，一副低沉、无精打采的样子。"通过爱，人生得以重生。"我听到这句话。是谁说的？那孩子回来时我想，人生最初是令人恐惧的，现在正在自我复制。那女孩将脸埋在母亲的裙子里。

一个小时后，我敲响了卢多的房门。我打算伸出橄榄枝。不然我还能做什么呢？

"进来。"他说。

我松开那几把防贝提塔的锁，走了进去。但我一看到他，就改变了主意。他看起来冷漠而疏离，仿佛离我很遥远。他躺在床上，头枕着一叠天鹅绒枕头，身上依然披着那件绸袍子，真是一副好模样。他惬意地抽着烟斗，头上的光圈不见了。屋子里蒸汽萦绕；柔软的晨雾微微遮住了他的面容。我打量着他的身姿，心想，一个穿得人模人样的门外汉在接触文学。一个花花公子。他的床上散放着一些纸张和几本字典。

"你唯一缺少的是滑车上的一只打火机。"我告诉他。

"你来就是为了说这个？"他责备地问道，甚至懒得抬起头。他吸着烟头，把烟憋在胸腔里。

"不，"我说，试着打破我们之间误解的恶性循环。我们又能承受多少次来自彼此的无谓伤害呢？"我是来表明心迹的。"

他从鼻孔里呼出烟，活像一头在霜天里喘着粗气的牛。

我说出了我的真相。我把从歌德那里收集到的句子分享给了他。

他静静地思考了片刻。房间里昏暗的灯光照亮了床后的墙面，将周遭的一切投上阴影。我仿佛站在一幅文艺复兴时期绘画的明暗对比部分——某种形式的天使报喜图。他坐起身，将烟斗放在木质床边桌上，让它也在灯光下仰卧着。我看着他房间里所有的木质家具，看着涂成淡黄色的墙面。他的脸再次镇定下来，看起来那么严肃。这个人马上就要发表他等待已久的判决了，他还舔了舔嘴唇。

"同时做两件事，"他阴阳怪气地说道，"就意味着两件事都没做。"

啊，普布里乌斯·西鲁斯：伊拉克思想家，曾沦为罗马人的奴隶，我的远亲。我走进屋，坐在他的床边，交叉双腿。

他往后靠，再次把烟斗放进嘴里。在我的脑海里，我看到身着掩护服的战士排成一列，行驶在里海岸边的一座沙包墙后。一块被遗忘的记忆碎片从第一块碎片的废墟中冒出来，把这画面压下去了。

"你看起来很疲惫，"卢多说，暴露了不苟言笑的外表下暗自流淌的一线温柔，"你应该睡一觉。"

我转过头看着他。他正把烟斗从充满诱惑的嘴边拿出来。房间里的水汽消散了，或者说我的眼睛已经习惯了里头虚假的烟雾装饰。

"到了三十岁，'每个人都有一副自己应得的面容'。"我说，看着他眼睛里的我。奥威尔。他也去过加泰罗尼亚。他曾与共和党人并肩作战。为了什么呢？不公总是会自我复原。我的倒影在卢多的眼睛里缩小。一秒钟过后，他眨眨眼，我彻底消失了。我坐在那里，阴郁、沉默、卑屈。卢多·本博不习惯我悲伤的样子，尽管这似乎是他一直以来想要的，他终于开口了。

"你想要陈词滥调，那我就给你陈词滥调：'任何不以爱为出发点的人都永远无法理解哲学的本质。'"

又是柏拉图。那是卢多关于爱的虚假修辞。

"别光说得好听。"我说着离开了房间。

同往常一样，过道里看起来像一座古希腊神庙。我停了片刻，仔细端详着那些陶土半身像。在那奇怪的间歇，尼采的声音传到了我耳边："整个欧洲心理学都患上了古希腊的肤浅病！"数量庞大的阿加莎半身像既是复制品，也是对人生的溶解。我站在那里，凝视着一尊尊半身像，迷失在那昏暗的过道里。我的思想在缠绕、旋转。爱。什么是爱？我得到过爱吗？我不敢肯定。

在那之后，我把公寓当作一家供我疗养的医院，在书里寻求庇护。我需要重新恢复元气，需要提升悟性，强化意志力。不然，我还能怎样执行在阿尔班亚时大自然的诗性意识向我的多重头脑揭示的计划呢？

一天清晨，我继续打磨我的计划。大家在吃早餐，我开始像儿时在椭圆形藏书室里那样绕着餐桌转起了圈。我边走边用阴森的口吻低声念诵但丁的诗句。

他们三个——阿加莎，卢多，费尔南多——低声交头接耳。"她成了一头山羊。"费尔南多冷冷地说道。

"她像一瓣蒜①！"阿加莎滑稽地说道，表示同意。

他俩说的是意大利语，但夹带了西班牙俗语，话里话外无不表明他俩一致认为我已经失去心智。

"我？我无话可说，"卢多愤恨地说道，"在这件事上，任何语言都是苍白的。"他把糖加进蒸馏咖啡里，搅动着细小的颗粒，直到咖啡表面看不到一点疙瘩。难道他也想那样对我？把我磨碎，加以雕琢，直到我所有的棱角都消失？

"你们的话，我可听得清清楚楚！"我对他们说，"既然你们喜欢用西班牙俗语，我这里就有一个：我比梨还健康！"

刹那间，我想到了奥尔特加·伊·加塞特②的话：这个国家如若不是沉迷于模仿他国，"本可以像西班牙那般珍贵"。我想到，这就是加泰罗尼亚人的特别之处。"他们不是模仿者。"我父亲可能会说。就在这时，伊赫桑·纳拉吉③——我曾在父亲收藏的非无神论书籍里见过这个人的作品——的话像瀑布一样顺着我空寂里的石壁倾泻而下："要怎么做才能让东方国家，尤其是伊朗，意识到自己民族和文化的存在，

① 在西班牙语里，山羊和大蒜通常在骂人的话里出现。

② 奥尔特加·伊·加塞特（1883—1955）：西班牙哲学家，对20世纪西班牙的文化和文学复兴有重大影响，其哲学思想主要是存在主义、历史哲学和对西班牙民族性的批判。

③ 伊赫桑·纳拉吉（1926—）：伊朗著名作家和社会学家。

成为'独立的自己',对西方模式既不盲目模仿,也不陷入极端的抗拒呢?"

紧接着,是一阵惊涛骇浪。防洪闸打开了。等大家都离开了公寓,我开始在过道里来回走动,啜泣了数小时。想到我们所付出的代价,我不禁泪流满面。什么时候伊朗才能亮出本色,秀出它光辉灿烂、层级分明的多元性呢?我暗自感叹,一边吞下了咸涩的泪水。

我隐隐感觉,我的人生不是来得太迟就是来得太早。想到我中道而废的旅途,我渐渐明白:回溯流亡路线的计划不可能实现了。我可以一路抵达凡城,向山石嶙峋的伊朗边境致敬,但我最多也只能走到那里,否则我会立马被杀掉,罪名是一个女人不该单独出门,或者被当成西方间谍。我,一个善于思辨的边境智者,会做西方间谍?这种极可能遭受的侮辱会让未来的我义愤填膺。与母亲一起葬在那片无人地带,对我来说有什么益处呢?对这个世界又会有什么用处?

活下来的冲动和求生的巨大能量突然攫住了我,让我猝不及防。我意识到,空寂朝圣者们需要我——他们的空寂女士——处于最佳状态。我需要穿过睡眠的透明领地,在死亡的清醒中训练我的头脑。我回到那个寄居的房间里疗养,里面依然散发着贝纳德特的味道,散发着乳香和马桶清洁剂混合在一起的奇怪味道。我把自己隔离在床上,连睡了几日。

醒来时,我发现自己完全清醒了。我顾不得饥肠辘辘,开始疯狂地制定计划。我画出了好几条路线,对流亡走廊上的朝圣之旅做好了规划:记忆之人(约瑟·普拉)的朝圣之旅,大眼天才(萨尔瓦多·达利)的朝圣之旅,加泰罗尼亚复苏器(雅辛·贝达格尔)的朝圣之旅,思想的殉道者(瓦尔特·本雅明)的朝圣之旅,不屈不挠者(梅尔塞·罗多雷达)的朝圣之旅,以及不知疲倦的挖掘者(蒙特塞拉特·罗伊格)的朝圣之旅。这是一份可以无限延续下去的名单。

之后,我为移动美术馆擦去灰尘,给它做了番养护。我制作了传单,号召有意向者前来参加空寂朝圣者的第一次会晤,时间定在三月,地点是约瑟·普拉儿时学校的遗址,紧挨着卢多·本博公寓楼下的停车场。我简直不敢相信，我居然直到前一天才发现墙上的匾额："此处曾是约瑟·普拉的母校"。令人肃然起敬的匾额！

在一个凉爽的清晨，我离开公寓，把传单分发给救济站的常客、大学走廊里的学生，以及在大教堂台阶上来来去去的人们。我寻找的是一直苦苦追寻却始终无法填补内心的空寂，愿意对内心的疑问做深入思考的那些人。除了其他一些必要的信息，我还在传单上加了以下内容供思考："你愿意被质询淹没吗？独自反抗是毫无意义的！"

我期待着满载而归。

这样的情况持续几天后，卢多终于敲响了我的房门。他不等我应答便走了进来，手里端着一盘浇有黑色墨鱼汁的米饭，一份芝麻菜拌萝卜沙拉。他把食物放下，搁在我桌上。

"你得吃点东西。"他说，一脸关切的表情。"我可以给你拿点酒来。你想喝酒吗？"他问。

"好，给我拿点酒来吧。"

我想打发他走，因为我正在思考。我在想，文学诞生于历史之前，是一种预知。不然我的笔记本为什么会如此巧妙地发挥神谕的功能呢？

卢多回来，站在我面前，静静地看着。最后，他问道："你为什么总是一个人待着呢？"

他在我床前俯下身，低头盯着我。他看起来那么巨大，扎根在地板上，仿佛有另一个完全不同的卢多从他脚上分身出来钻进了土壤，将他牢牢固定在这微不足道的圆形空间里。相比之下，我则总是被喜怒无常的时间吹得四处飘摇。我曾丧命于历史这头公牛的犄角下。我需要更多的温柔，而不只是一盘食物和十分钟的疼爱。我需要拥抱。我需要新鲜的皮肤来包裹我未愈合的伤口。我需要一个不轻易退缩的人告诉我如何回馈他的爱意。

我深深地思考着，控制住我的声音。

"因为我的鼻子能闻出一个人的性格，能闻到仇怨，"我说，没有看他，"我能闻到任何人体内聚集的粪便。"

他再次变得一本正经，冷冷地盯着我，像一座岿然不动的大理石雕像。他以为他是谁？上帝的化身？一个接一个的问题从我的心头升起，像冰湖上升腾的雾气。

最后，我咕哝了一句："上帝是一个反对我们这些思考者的下流货。①"

"你说这话究竟是什么意思？"他吼道，然后消失在过道里。

我把那盘食物往门上摔去，借此关上了他身后的门。

几天之后，三月初，我终于时来运转：托特出现了。我相信，他的主动重现是一种征兆，说明我为伟大流亡之旅选择的方向得到了宇宙的头脑的肯定，因而也得到了父亲的青烟的肯定。我在房间里一待就是一上午，弓着背伏在贝纳德特的旧桌子上，反向抄写马拉加利的尼采译本，从右至左，一改我以往采用的西方式阅读与写作顺序。我这样做的目的何在？是为了寻回我母亲去世时可能被我吸收的青烟。换句话说，既然我的母语得到揭示，或许我同样也能发现我的母亲。我思索着：谁能说我父亲是唯一吸收了她的人呢？谁又能说，我既已通过父亲吸收了她寥寥无几的遗迹，我应该就此感到满足呢？毕竟，我曾亲历过她的死亡。我那双为她刨土挖坟的手依然能感到灼痛。况且，我不可能有机会将她排出体外，因为在我将父亲排出去前，我与他有过对话，他的声音在我的空寂里回荡；而我死去的母亲从未这样过。我由此推断，她的青烟依旧栖居在我的意识里，等待我去发现。而且我想让她一道踏上流亡的朝圣之旅，带她呼吸一下地中海咸涩的空气。

我回顾着她的一生，毕毕·卡鲁恩的命运是全然绝灭的：精神上遭受祖国混乱无常的政治摧残——放女人自由！让她们生活在奴役中！把她们遮起来，但请让她们接受教育！女人是我们的战士！她们如果行为不端，就必须被吊死！倘若她们不露出身体，不赞同西方式

---

① 出自尼采的《瞧，这个人》。

进步标准，就必须进监狱！——她的身体被那栋倒塌的房子压垮，那时她正在尸横遍地的无人地带寻找食物；而心理上，即便死后也依旧受制于我父亲的绝对权威，受制于那个她爱戴的自修者、无政府主义者和无神论者，我们家族的首领。

我继续反向抄写，不但寻回了儿时自我中一些包含我母亲的片段，还寻回了我父亲的青烟，他最后的余烬。皮屑、结成团的毛发、指甲。我想起，所有这些都是我母亲替他打理和修剪的。有一刻，父亲的右耳浮现在我空寂的表面，围绕着我深渊里的黑暗褶皱上下晃动，像开阔的海面上一只被弃置的小舟。我母亲是谁？我问，但他的耳朵已被侵蚀，软塌塌的，瞬间倾覆，消失不见了。我在一句话的开头写下一个句号，然后进了厨房，给自己沏茶。没有人在家。我对着那些阿加莎的半身像大声说起话来。

"我母亲是毕毕·卡鲁恩，"我说，"一个懂得持久忍耐、步态不稳的女人。我所知道的就只有这么多。"

阿加莎的半身像点头微笑着表示同情。

"斑马万岁。"它们低声说道。

我打开橱柜，抓起一只玻璃杯，一个勺子，一些糖。让我始料未及的是，我在餐具中间发现了托特。他栖息在一只银盘里，像一只由罗马大厨烹饪好的异国珍禽，等着被敬献给尤里乌斯·恺撒。我简直不敢相信自己的眼睛。

"托特！"我尖声叫道。

他抬起头，深吸一口气，狠狠地看着我。他的头上锃光瓦亮。我把盘子端起来，放在厨房的柜台上。他的整个身体都锃光瓦亮的。

"你做了什么？"我惊叹地问道。

那只鸟喜滋滋地看着我，神采奕奕。他这是往羽毛上抹油了吗？我想起曾经无意中听到卢多一本正经地向阿加莎和费尔南多灌输橄榄油的恰当用法，那是他从稀有工艺品手艺人那里买来的，他们在埃特纳火山上种植作物。"那种冷压初榨橄榄油一般存储于暗室中，"他说，"以免阳光照射破坏了品质。"他停下，然后坚定地说道，"所以它才会色泽鲜亮，闪烁着接近荧光绿的光彩！你们知道那油的价值吗？那些树随时都可能被爆发的熔岩烧成灰烬啊！"阿加莎和费尔南多都无力反驳，因为费尔南多向来慎言，而阿加莎性格和善，这样的性情足以驯服一头凶煞的野猪。"我们不怎么做饭，卢多，"她说，语气甜得仿佛加了蜜，"大部分时间都是你在做饭。"我记得卢多最后说道："我用橄榄油总是很小心。"

我似乎真的时来运转了。托特这段时间无拘无束地浸润在——可能是在夜里——卢多·本博珍贵的橄榄油里，享受着水疗度假的惬意，而卢多不在家，没有发现。我站在那里，观察着托特。他是如何进到橱柜里的？他一直待在哪里？他消失的这段时间里躲过了多少次死亡？又体验了多少种生活？显然，他在放纵自己。然而，在他纵情于一场奢侈的全身精油浴前，又经受了什么？我将永远无法知道。

我站在那里，突然冒出了一个想法：托特一定就是我的母亲。这是让人摸不着头脑的想法。不然他为什么恰好在我正要寻觅母亲的余烬时重新出现了呢？她一定是转世成了这只鸟，基姆·蒙索一直在为我抚养她，却浑然不知。也可能是，当我在基姆·蒙索的公寓里释放父亲的青烟时，同时也释放出了母亲的一些青烟，而这只鸟通过转世的力量吸收了它们。所以，我不是平白无故把他偷走的。

我把托特从盘子里掏出来。他抗议着，哀叫着，但我没有理会。我得在卢多回来前把他清洗干净，我要保护好他体内残存的母亲。我把他塞进我的衬衫里，将他紧紧抱在胸前。我回到卧室，关上门后才敢把他松开。在屋里，我训了他一番。我告诉他，作为我唯一剩下的信仰，他不许再消失。他生气了，蹲在桌上，身上油乎乎的羽毛鼓起，像针一样竖起来。

"你看起来像一只豪猪。"我说。他转过身，看向别处。

我把他放在一碗温水里浸泡了几次，用野燕麦洗发水为他揉搓。他似乎喜欢泡澡，愉快地把这当作这段时间躲起来做水疗的延伸。他咕咕叫着，用头蹭我的手。我将此视为思念我的信号，正如我思念他的陪伴，他的桀骜不驯和勉为其难，还有他低沉的声音。我走进阿加莎的房间，抓起一条干净的毛巾，在她的首饰中翻找，直到发现一只琥珀手镯，那只手镯很小，戴不到她的手腕上。

我把托特擦干，将手镯戴在他脖子上。这护身符可以保护他，同时也保护了我母亲的青烟。

"你这样真帅。"我对他说。

"你真美。"我对包含我母亲的那部分他说道。

托特扬起头，张大了嘴巴。我挠了挠他的脖子。

片刻过后，他们都回家了。我向大家宣布了这个好消息。很快，卢多和阿加莎推出来一只巨大的鸟笼，装饰华丽，生了锈，是他们在古玩市场上买给我的礼物，为了防止托特再次消失。显然是阿加莎说服卢多去买的。她大步往前，推着鸟笼行走在起伏不平的地板上，脸上挂着灿烂的笑容。而他不苟言笑地走过来，表情严肃，沉默不语，胳膊弯曲，表达着一种他难以承受的善意。他的想法清清楚楚地写在脸上：他觉得那只鸟侵犯了他作为人的权利。他要与那只鸟展开正面交锋，而阿加莎追寻的这种爱的练习把他逼到了一种窘迫的境地：将那只鸟留在我们身边，让他们两个有机会继续斗智斗勇，赢取我的关注。真是个幼稚的男人！

他们小心翼翼地绕过那些陶土半身像，费尔南多远远地注视着。**"一切都是从这里开始的。"**我边说边让他们看看托特焕然一新的样子。

"啊，我小时候的手镯，"阿加莎说，"他戴着真好看！"

我想告诉她我母亲的事，但我没有。母亲从未见过加泰罗尼亚人或西班牙人，更不用说生活在西班牙的意大利人。我想保护她，不让陌生人的怜悯目光伤害到她。

他们把笼子放进我的卧室，齐声说（阿加莎肯定事先跟卢多打好了招呼）："Voilà!①"

我知道这些都是提前排练好的，但我仍然给了卢多一个吻，为他所做的努力。我紧握他的手，就像我们第一次一同外出时的那个夜晚

---

① 法语，表示"瞧！"。

里他握紧我的手一样。我感到他的肌肉在我的触摸下放松下来。

两人见我陷入深思，便从我房里出去了。房间里再次只剩下托特和我。我和母亲独自待在一起过吗？父亲即便是死后也无处不在。我看着那只笼子。一想到要把托特关进那里，我心头一紧。如果母亲被困在那个华丽的牢笼里，她会怎么办呢？

我在房子里找到了一团毛线和一些装饰用的铃铛。我把毛线的一端系在床架上，另一端系在托特的右爪上，把铃铛也安在了右爪上。我让他在公寓里自由活动，于是他整晚都在四处乱窜。贝提塔紧跟在他身后，嗅着托特一路散发的燕麦香。她是一只性格平和的狗，身体里没有一点儿刻薄的细胞。

我关注着他们富有节奏的动作，看着托特交叉步子在公寓里来回穿梭——步履交叠，身后拖着一条线，像是用画笔将星辰串联起来，如同文学母体本身。我看得入迷。

随着托特的失而复得，命中注定的一天，朝圣者会晤之日，终于来临。我清点了手里的钱——已经花掉了三分之二——叫楼下的面包师给我烤了一些带三个字母 A 的面包片，还买了些盒装的唐西蒙酒。

那天狂风大作，是个不同寻常的春日。我站在那具尸体倒下的地方，等待我的门徒们出现在停车场上。除了精神食粮，我分发的传单上还包含以下信息：空间文学调查局在寻找有兴趣终身从事文学探险的参与者。会晤定在三月十七号下午四点，在克拉韦亚大街附近的停车场。参与者必须同意被称为"空寂朝圣者"。先决条件如下：被剥夺公民权、被异化、被遗弃、被放逐、被排斥，自愿或非自愿流亡，经济上或心理上一贫如洗（后者的定义是，能量会不自觉地经由断裂的意识中的裂缝排泄出去，是前面提到的那些经历直接导致的结果），以及，最后不得不提的是，身体流亡（定义是，头脑与身体之间不协调）。我把侯赛尼家族的图标印在了底部，三个字母 A，后面紧跟着我们永恒的座右铭：世之妄也，吾等以死护己生。

我提前一个小时抵达，以防有积极的候选人趁我不在的时候聚在一起，说一些关于我们集体目标的闲言碎语。我想让他们从远处过来时能捕捉到我正在沉思的身影，这样他们会更容易视我为首领。为了保暖，我在那个露屁股的醉汉倒下的地方踱来踱去。我依旧能闻到他死亡的青烟。但这不妨碍我欣赏周围的风景：长着青苔的屋顶；德维萨公园里轻柔地摆动着枝干的树木；邮局绿色的圆顶；土丘那边的三株小树，几个月前我曾对它们吐露心声；还有坐落在约瑟·普拉母校附近的那个角落里的一座修道院，外观朴素，里面永远困着一群自我憎恶的修女。学校没了屋顶，里面长起了树木。

这时，几名门徒到了。他们一个接一个地涌进了停车场。打头的是一个脸颊深陷、梳着中分头的女孩。她自诩虔诚，一边做着自我介绍，一边亲吻了脖子上挂的银色小十字架。她的名字叫雷梅迪奥斯，鼻子塌软，眼睛水汪汪的，下面的皮肤又红又憔悴。显然是个无趣的人。

在她之后，来了一个名叫格奥尔基的醉汉。我见过他。他是那个死去的醉汉的朋友，卢多的仇敌。卢多和他吵过一架，因为格奥尔基有一次喝醉后站在停车场的墙上，对着卢多的车顶盖撒了尿。格奥尔基头发稀疏，脸圆滚滚的，耳朵看起来像是被摁在了头的两侧。他说话时结结巴巴，圆圆的双下巴很有肉感，上面长了一颗黑痣。他磕磕巴巴地说话时，第二层下巴会不自觉地跟着抖动。

随后到的是梅尔塞，那个留着棕色短发，喜欢在屋顶边晒床单边窥视邻居的中年女人。按照阿加莎的说法，他迷上了卢多。她看起来比他老了三十岁。没有了床单，她就躲藏在手后面，透过指缝说话。在交谈间歇，她时不时展开手指，窥视与她对话的人。然而卢多一来，她的脸立马变得神采奕奕。我已经给了他最后的通牒：要么成为一名朝圣者，要么我俩从此互不认识。他有所保留地默许了。他在学着跟随我的脚步。

卢多看起来对这次朝圣既入迷又生气。他嘴巴噘起，但眼睛保持着警惕，眼神意味深长。他向梅尔塞打招呼，举手投足间透着纨绔子弟和绅士般的温暖与优雅（她脸唰地红了，放下双手，像扇子一样放在她的嘴上，好让他看到她的眼睛），然后冲格奥尔基投去挑衅的目光。格奥尔基丝毫不记得自己醉酒后的劣迹，冷不丁遭到攻击，他紧张地晃了晃双下巴作为回应。卢多继续走到雷梅迪奥斯面前，用一声苦笑向她致意。

阿加莎和费尔南多紧接着也到了。我等了五分钟，看有没有晚到的人，但是没有。就这些了——一群格格不入的人。我数着他们油乎乎的脑袋——有六个人，算我的话就是七个。

"都到齐了？"我问。

没人应答。

"这是传销组织吗？"梅尔塞冲她的手掌低声说道。她不久前被卷进一个传销组织，仅有的那点积蓄都打了水漂。

我向她保证，这不是传销。然后，我越过眼前的人头，凝视着远处的地平线，一副演说家的派头，说道："这是一场疗愈行动，疗愈的对象是不幸者、受压迫者和被剥夺公民权的人，像你们这样的人。你们有意或无意地生活在一个精神的贫民区里，世人称之为流亡金字塔，它的构造形似但丁笔下的三角形炼狱。"

炼狱这个词一出，我听到了赞许的喘息声。教堂的钟声响起。

我告诉他们，在流亡金字塔里，我们每个人都是孤立无援的，没有人有资格向他人伸出援手。

"这个世界很懂得让弱者屈服于自己的弱点，同时鼓励强者进一步依附于他们觊觎的对象。"我宣布道，"但我们这些革命的人决不能屈服，不能成为他们手中的棋子。我们必须齐心协力去反抗加诸我们身上的不公！现在，哪位能告诉我流亡的定义？"我问，在那个屁股上长满毛的醉汉死去的狭窄场地里来回踱步。我谦卑地低着头，看着地面。

阿加莎一脸率真地说道："是一种消沉的精神状态。"

"不错，"我说，"还有谁？"

梅尔塞渴求地看着卢多，说："没有爱的人生。"

格奥尔基受到了鼓舞，走上前，磕磕巴巴地说："一——个——

可——怜——的——人。"

那个眼睛水汪汪的女孩说:"凡间的生活。我们都被天堂拒之门外。人生就是一场远离神圣而全能的造物主的流亡之旅。"

我停下来,看着她,发现她脖子上有一处疹子。她手上拿着一张纸巾,不停擦拭凸起的红色疹包。她是怎么混进来的?我克制住自己,没有给她来一场关于尼采的演说。她完全不了解 AAA 中最后一个 A 代表什么,我也不打算告诉她。

"卢多,"我继续用寻根究底的语气问,"你有何看法?"

他摆出一副古板又傲慢的样子,似乎随时准备闪人。然后,他开始卖弄学识,对这个词的词源做了一番概述,显然是在照搬字典上的东西:"exile(动词)约 1300 年,源自古法语 essillier——'流亡、放逐、驱逐、赶走'(12c.),该词源于晚期拉丁语 exilare/exsilare,"——他的语气愈渐倨傲起来——"源自拉丁语 exilium/exsilium '放逐,流亡,流亡之地',而这个词又源自 exul '被放逐之人,源自 ex-——离开(见 ex-)';据沃尔特斯所言,这个词中的第二个元素源自原始印欧语词根 al- (2) '流浪'"——他把每个逗号、左括号、右括号和星号都读了出来——"(那也是希腊语 alaomai '去流浪,迷失,漂泊'的词源)。"

费尔南多对知识有着持久的热爱,卢多的词源分类在他眼里就是圣言。他低垂的脑袋耷拉在肌肉强健的身体上,闭上双眼,支棱着耳朵,听得入神。格奥尔基、雷梅迪奥斯和梅尔塞似乎不为所动,都没听明白卢多的意思。卢多注意到了,便改用一种更加浅显随意的说法。"走出去的人。"他说,"换句话说,就是被赶出去的人。"说到这里,他挑衅地盯着我这边。

"走出去的他、她和他们,[①]"我纠正卢多的话,"这,"我在这个死亡现场挥动着双手,告诉他们,"是一个安全的空间,欢迎所有被边缘

---

① 上一段中卢多在指代"人"时使用的人称代词都是 he("他"),所以斑马在这里特意纠正为 he, she, they("他,她,他们"),以抗议英语中隐含的男性至上意识。

化的人。"

卢多不屑地把目光移到了别处。他的臭脾气又上来了。他无精打采地站在那里，整个人僵硬得像具木乃伊。这是他的专长。

早些时候，我和阿加莎一起把移动美术馆从楼上搬下来，放在了一处停车位上。它看起来像一副带轮子的棺材。里面有些葡萄酒和面包，当然还有托特，我在箱子上给他打了几个可以呼吸的小孔。我把迷你博物馆推到站成一圈的朝圣者中间，打开盖子，放托特出来。他立刻攀上我的胳膊，站在我肩上，凶恶地盯着那些朝圣者，弄得大家都凝神屏息不再吱声。为了缓解紧张的氛围，我开始分发面包和葡萄酒。

"一个小礼物。"我说，给每个人发了一片面包和一盒唐西蒙酒。

教堂的钟声再次响起。隆隆钟声穿透了时间，穿透了岩石，也穿透了整个大气层。我们在那里待了有一阵子。天空开始变紫，空气中泛起瘆人的冷意。我拿起《吊鬼》，将早前装在手提箱上的四块可折叠玻璃板展开，每块玻璃板上都装点着一张地图，分别是我人生中的四个坐标——伊朗，土耳其，加泰罗尼亚和美国。我摆好小桌，把打字机和电话摆在上面。那副防毒面具出现在大家眼前时，引起了不小的反响。我把面具递给梅尔塞，让她往下传。她的脸不得不暂时放弃躲藏，露出了苍白的脸颊和红红的鼻子。卢多虽然依旧一脸冷淡，但已经不再是一副随时要逃走的样子。防毒面具轮转到阿加莎手里时，她像孩子一样高兴得手舞足蹈。她把面具戴在头上，透过圆形玻璃镜片看着我们每个人的眼睛，然后摘下面具，娇憨地说道："这里头真难闻！"

"说到了点子上！"我说，"我们难免要把鼻子钻进历史的粪堆，钻进成堆的废墟。破开生命之门，让死亡的无意义穿透而过，这是我们作为空寂朝圣者的职责和担当。这样做是为了领会总体性的奥妙。"我用充满睿智和决心的口吻说道，"我们习惯认为生与死是两个敌对的阵营。必须消灭这样的成见。这种非此即彼的观念，"我换用一种更加有亲和力的口吻，"就是我们痛苦的来源。我们必须深入到我们的痛楚中，"我激情昂扬地重申，"深入其中，然后从另一端出来。"

"如何做到？"梅尔塞说这话时差点被自己的唾液呛到，遮在脸上的手指在颤抖。

"不管你信不信，"我说，"这一切都归结于流亡和漫步之间的关系，卢多已经尽职尽责地为我们概述出来了。"我直勾勾地瞪着他。

让我惊讶的是，他居然冲我眨了眨眼。可能是葡萄酒在起作用——卢多已经喝下了半盒——但不管怎么说，他终于肯正眼看我了，还有点神魂颠倒。我看得出他有些感触。他的肩膀放松下来，头上的鬈发恢复了弹力。我也冲他眨了眨眼，他发出一声性感的叹息。

之后，我捡起一根叶子稀疏的树枝。用来做上好的手杖再合适不过了。我拿它指着可折叠玻璃柜上的地图，是时候让大家了解我了。"我是斑马，空寂女士，"我说，手上回溯着我从伊朗到新世界的流亡路线，"我母亲去世后，我在流亡中漂泊，父亲阿巴斯·阿巴斯·侯赛尼是我的旅伴。为了纪念他毕生的心血，我专注于严肃的阅读、听写、记忆和对所读材料的戏剧化想象，以此润滑我的头脑，一台存档的机器。"我的手沿着相反的方向游走在地图上，将我的流亡路线折叠。最后我若有所思地说道："要知道，风景和文学相互缠绕，如同 DNA 上的螺旋。而我们，"我调整语调，换了一种更加令人信服的音色，"将共同穿越这些地带，开启流亡走廊上的朝圣之旅！"我用手杖指着恩波达峰（Alt Empordà），然后抬起手杖，越过一片片平坦的沃土，指着前比利牛斯山脉的崇山峻岭。"为什么？"我朗声问道，"为了回溯流亡作家的旅途——从巴塞罗那一直延伸到布港，他们曾在这些地方居住或短暂停留——用这台打字机实地抄写下属于他们的文学。"

我用手杖指着那台写作机器，扫了一眼朝圣者们的脸，有的满面红光，有的一脸困惑。他们眉毛紧锁，额头泛起皱纹。卢多和往常一样，觉得有必要让自己看起来与众不同。他既着迷，又困惑，同时又很兴奋。

"大家或许会问，我们这些空寂朝圣者为什么要着力于流亡者笔下的文学？因为'被流放的诗人会使一种旨在否定尊严的情形变得客观化，并赋予其尊严①，"我借助萨义德的话告诉他们，"通过抄写这些作家的文学作品，我们不仅将恢复文学的尊严，同时也将恢复我们自己的尊严。更何况，这样回溯既往的过程也是在为昔日的伟大作家重拾尊严，算是一种世后救赎。"我的语气变得沉重。我看着雷梅迪奥斯，她听得那么入迷，手终于闲了下来，不再理会脖子上渗血的疹子。

"好了，"我最后说，"多说无益。如果不付诸行动，说再多也不过是空谈。"一双双盯着我的眼睛不约而同地睁大了。我告诉他们，我准备了暖场节目，为未来的空寂朝圣者们联络一下感情。"我会读两句引语，你们听到后要第一时间发言，谈谈自己的感悟。我想要发自肺腑的回答！"我铿锵有力地宣布道。

有几个人开始来回走动，好让血液流动起来。天气一分一秒地冷下来。夜晚的空气像一座穹顶，被一股力量拖拽着，慢慢罩在了我们头顶。我坚持着，双手互搓，然后左右手交换着捂住托特毛茸茸的身体。我们必须留在约瑟·普拉的母校旧址附近，吸入他的青烟，让我们的意识为之改变。

引言 1

作品：《荒凉山庄》

章节：上流社会

作者：查尔斯·狄更斯

原抄写者：查尔斯·狄更斯

文本：这个社会并不大，甚至比起我们这个同样是范围有限的世界来（等闲下度过这一生，到了另一个世界就会明白），还是非常渺小的。它有许多好处，它有许多贤良公正之士，它有它一定的地位。然而糟糕的是，这样一个社会，却被珠宝商用的棉花和纯羊毛包得太严密，听不见那些比它大的世界熙熙攘攘的声音，看不见那些世界环绕太阳旋转的

---

① 出自萨义德的《文化与帝国主义》。

情景。这是个垂死的社会，由于缺少新鲜空气，它的发展往往是不健康的。①

引言2

作品:《关于科学的严谨》

作者:苏亚雷斯·米兰达, Viajes de varones prudentes (《有识之士游记》), Libro IV, Cap. XLV, Lérida, 1658

原抄写者:博尔赫斯

文本:……在那个帝国，制图之术已登峰造极，以至于一幅省会地图的面积足足占据一整座城，而帝国地图则与一个省会一般大。久而久之，人们不再满足于那些离谱的地图，绘图者行会绘制出了一幅与帝国版图一般大小的帝国地图，等比例地还原每一处细节。后来的几代人不再像祖先那样痴迷于研究制图之术，他们认为那巨幅地图毫无用处，便不无残忍地任由它经受太阳的炙烤和寒冬的侵袭。时至今日，西部的沙漠地带依然存留着那幅地图的残片，已经成了动物和乞丐的栖身之地;那是整片大地上唯一可见着地理学门徒遗迹的地方。

"你们怎么看？"我问，倚着我的手杖，"有何想法？"

梅尔塞透过她的手指问道:"我不太喜欢第二段引文。比方说，什么是'离谱的地图'？"

费尔南多凑过来。"一张虚假的地图，"他锐利地说道，"不完整的地图。"

他这么快就领悟到了。我早该猜到的，他这个人有着严格的道德心，他还预测了托特的归来。

"但是，所有地图都是不完整的，"格奥尔基徒劳地反驳道，"我

---

① 此处译文参考自上海译文出版社黄邦杰等的译本。

从罗马尼亚过来的路上不得不买了好多地图，甚至没有把它们拼凑到一起……"

"拼凑之物！"阿加莎心血来潮地插话。

"有道理，"我说，"格奥尔基，你对狄更斯有什么看法？"

"啊，"他说这话时出人意料地清晰和自信，"说到我心坎里去了。我感知到内心深处的空寂，当我感到那空寂时，我就不想喝酒。"他看着手里那盒酒，突然把酒一倒而尽。

阿加莎看着他。她满脸笑意，光芒四射。

"一个天才，"她对卢多说，"一个天才！"她指的是我。

卢多身体往后摇晃，迷人地笑了笑。谁知道他怎么了！

雷梅迪奥斯走上前。她说："我宁愿带着对来世的期许生活。何必要专注于眼前的黑暗，明明可以祈祷——"

"直到进了棺材？"我打断她的话，随后语气更加严厉地说，"有一天你会明白，黑暗就是你最大的资产，空寂是你最强大的力量。"

她似乎没有被说服，但也没再说什么。

我转身面对卢多。他喝醉了，盒子里的酒被他挤得一滴不剩。他的脸红彤彤的，嘴唇染上了紫色的酒渍，看起来娇滴滴的，十分可人。他张开嘴，吟诵道："我不觉得有什么必要去竭力弄清楚这个世界的情况。"

这是阿仑特引用的本雅明的话。卢多又开始读我的笔记本了！还是他一直在偷偷读我读过的东西，想借此了解我意识的内在运作？我说不准。我想，过不了多久，我就会让这个神秘的本博亮出底牌。

现在，差不多该结束了。我们定好一周后再次在停车场见面。"第一次文学朝圣之旅，"我说，"是去往约瑟·普拉的出生地和最后的死亡地，加泰罗尼亚臭名昭著的记忆之人。亲爱的朝圣者们，在解散前，我想让你们跟着我念以下句子：我们意识到，"我说。

"我们意识到，"他们跟着我念道。

"我们踏上的每一次文学朝圣之旅都将引发一系列事件，如同任何事件……"

"将引发一系列事件，如同任何事件。"他们跟着说。

"一旦开启，就将与其他事件产生联系，带来一些或高尚或平庸的现象。"我停下，好让他们跟上，然后说："我们明白，每件发生在当前的事件都将在时间和空间上向前和向后投射出一个阴影。我们无从得知那阴影是会保护我们，抑或是把我们困在黑暗中，淹没在浑浊的海洋里。但我们，空寂朝圣者，甘愿做出牺牲。"他们跟着念了下去。我没有给他们停下来反思这些话的机会，"我们的发现将会和人生一样难下定论，将会完全打破所谓的现实，正因如此，我们将尽心守卫它们。现在，让我们把手放在一起。"

我们聚拢起来。

"可敬的莎士比亚曾说……"我说。

"可敬的莎士比亚曾说……"他们重复道。

"凡是过去，皆为序章！"

"凡是过去，皆为序章！"他们的声音在空中回荡。

一个星期后，我把空寂朝圣者们都召集到了帕拉弗鲁赫尔的兄弟中心。那是一家现代派风格的会所和酒吧，有着黄色的外墙，窗户和雨棚上插了几根加泰罗尼亚旗帜，是一处文化人的聚集地。约瑟·普拉和他的朋友们曾在晚上来这里喝酒，践行客观主义，讨论文学直到翌日凌晨。

我们进去时，坐在吧台后一张高脚凳上的侍者懒得起身，只是指了指角落里的一张圆桌，示意我们过去。我们站成一列走过铺着瓷砖的地板，绕开桌椅，穿过这个宽敞而狭长的空间。有几位顾客向我们投来审视的目光——是四个满脸皱纹的男人，整齐划一地穿着棕色的宽松裤子和绿色羊绒毛衣。他们的眼睛暂时从餐盘和报纸上移开，盯着我们这一群人。

我们入座的桌子正好在落地窗和洗手间之间。是个好兆头。卢多对阿加莎低声说了什么，这位美食家负责为我们点餐。我们一人凑了4欧元，总共身上就这么些钱。我打量着侍者。他的鼻子长得像阴茎，眼睛里充满血丝，手指又小又粗糙，像是干了一辈子的农活。

"那个家伙看起来像被钉在了凳子上！"我低声说。

格奥尔基凑过来，低声说道："太对了。"他的肚子别扭地蹭了蹭我的胳膊。他喜欢我。

"格奥尔基，"我见卢多打算点一份桶装啤酒，便对他说，"你不能喝酒。你现在是一名朝圣者，需要保持警惕，守护你的才能。"

他一脸沮丧。他每次难过时，从下巴到耳朵之间的那块皮肤——一片肉嘟嘟的围嘴——就会不住颤抖。我不忍看他那个样子，想让他高兴起来。

"今天的朝圣之旅，我给你安排了一个相当重要的角色，"我说，"你来扮演约瑟·普拉的尸体。"

雷梅迪奥斯惊恐地喘了口粗气，飞快地从桌子中央的纸巾盒里抽出一张纸巾，擦拭脖子上的疹子。在冷冷的光线下，她的疹子越发显得富有光泽。

"你想自告奋勇扮演尸体？"我问她。

她不吱声。梅尔塞两手捂着脸坐在桌前，黄色短发从指间钻出来。她看起来像一支用来清理尿液的拖把。

"这是个悠久的传统，雷梅迪奥斯。"我说，转身对着格奥尔基，他的手指正跃跃欲试，因为那位侍者终于离开了高脚凳，漫不经心地将一杯杯冰啤酒摆放在我们桌上。泡沫从玻璃杯的边缘溢出来，卢多把每个杯子都擦拭干净。

"格奥尔基！"我大声说道，想要赢得他的注意力，"约瑟·普拉也有一颗痣，那颗痣像第三只眼睛一样看着这个世界，"——我一边说一边盯着他的那颗痣——"相比于世间的平庸之辈，那些有眼无珠的人，他的眼神是那么机敏啊。"

他咬咬牙，再次下定了决心。于是，除了他，我们其余人都喝起了啤酒。我们每人吃了一盘香肠米饭。卢多点了咖啡和焦糖布丁，他带的钱比我们所有人的加在一起还多。他用勺子敲开表面的糖霜，独自享用着这道套餐，没有和我们其他人分享。自私自利的混蛋，我想。

不过，我没有时间跟他干仗。我们今天要做的事还很多。

我把托特放在了迷你博物馆里。我走开时，听到他一边嘶叫着一边来回踱步，透过行李箱上的小孔大口吸入空气。我们吃饭时，他每隔一段时间就会发出阴森的尖叫。

"他只是有些惊慌，怕我不在。"我对朝圣者们说。大家都赞同地点了点头，除了卢多。为了显得自己与众不同，他翻了翻白眼。

"托特！"我大声唤道，"托特！"

雷梅迪奥斯差点从座位上跳起来。

"这样，他就知道我在这里了。"我信心十足地告诉朝圣者们，然后转身看着卢多，他的脸已经涨得通红。会所里的另外几个人都目瞪口呆地看着我，报纸摊在大腿上，嘴里叼着香烟。卢多看在眼里，无奈地朝那边望了一眼。

"你在替我道歉吗？"我指着那盘被他一扫而尽的甜点问道。

他起身去洗手间，凳子差点从他身下飞了出去。几分钟后，他带着强装的镇定回来了。他往后靠在椅背上，柔软的手指从粗花呢夹克的衣兜里取出烟斗——所有的动作都是事先排练好的——将它放进嘴里，以一种高人一等的架势吸起了烟斗。

记忆之人的朝圣之旅并非一路顺畅。我们从帕拉弗鲁赫尔出发，要沿着那条古道走三个小时才能抵达圣塞巴斯蒂亚灯塔。年轻的约瑟·普拉常常坐在那里，打开他的笔记本，洋洋洒洒地写下对生养他的这片壮丽风景的赞美。我们没带地图，中途迷了路，最后走到了一条崎岖不平、通往一片丛林的下坡路。托特出了箱子后喜出望外，一路上都在模仿野外的声音：胡桃砰地从树上掉下来的声音，石头从山上滚落，在那片分布着浓密的软木橡树、松树和桉树的辽阔森林里相互碰撞的声音。

"完全找不着北！"卢多气喘吁吁地说。

我领着大家在曲折交错的土路上穿来绕去。

"完全找不着北！"托特模仿道。然后，他模仿金丝雀叫了一声，因为茂密的灌木丛中传来金丝雀的啼叫。

"那只可恶的鸟！"卢多说。

"那只可恶的鸟！"托特跟着说。

"阿加莎，"我说，"可否告诉卢多，他说的每句话我都听得清？"

阿加莎把两手往空中一挥。

"所以，你现在不跟我说话了？"卢多在这条灰尘飞扬的死路上怒气冲冲地说道，伸手去拉拽一条树枝。他脖子上系了一条羊毛围巾，粗花呢夹克里头穿着一件红色开襟羊毛衫，看起来像个爱小题大做的英国人。

"你这是打算给自己扇风吗？"我问。

他穿得密不透风，但实际上天气没有那么冷。冬天终于把接力棒交给了春天。

"扇风！"托特尖叫道，抬起黄绿色的羽冠。卢多扔下了树枝。我从未见过那只鸟如此生龙活虎。我暗自欣喜，母亲终于对这个混乱的世界大开眼界了。

我们迷失在那片将帕拉弗鲁赫尔与大海隔开的山沟沟里。我听得到远处海水拍打沙泥的声音。宇宙边际的咆哮声让我想起里海深处的轰鸣。我看了看格奥尔基，他一副疲态。真是个弱不禁风的人！他和雷梅迪奥斯——尸体和信徒的组合——负责拿移动美术馆，时而拽着它，时而把它像棺材一样扛在肩上。费尔南多那天上午很虚弱，也比往常更加孤僻，没有加入这次朝圣之旅。这是他的损失！我暗想，随即吩咐格奥尔基和雷梅迪奥斯把迷你博物馆放下，因为我认定这条不通的路得天独厚，在这里给大家讲一讲约瑟·普拉流亡故土时所看到的昏暗森林再合适不过。

我叫朝圣者们聚拢起来，告诉他们，是时候启发他们认知我们集体使命的精妙细微之处了。卢多正在使性子，待在一边不肯进来。我不去管他。

"我们很快就会找到路的。"我对聚集起来的朝圣者们说，"即便找不到，我们也没失去什么。"

格奥尔基连连点头，他领会得很快。别看他外表肉乎乎的，心里头可是个明白人。雷梅迪奥斯则正好相反，她水汪汪的眼睛越发湿润了。

"我的疹子在烧，"她害羞地插话，"因为我流了好多汗。"

"亲爱的雷梅迪奥斯，不适是一种文学体验，你必须学会忍受。想象一下站在空寂的中心是什么样的感受。可怕！就是那样！你得锻炼自己的忍耐力。"

她这个人耳根子软，容易退缩，这倒是她的可取之处。

梅尔塞已经喘过气来，重又把手盖在脸上，像格奥尔基那样磕巴地问道："请——原谅，但——但是，谁是约瑟·普拉？"

谁是约瑟·普拉？她是哪门子的加泰罗尼亚人？

我听到阿加莎倒抽了一口凉气。"大家都知道约瑟·普拉是谁。"她亲切地说道。

梅尔塞晃动着满脑的头发，表示她很难过。

"梅尔塞，"我说，"约瑟·普拉，别名'记忆之人'，是——曾经是，"我纠正了措辞，"漫长而残酷的 20 世纪里最多产也最具争议的加泰罗尼亚作家。那个世纪在几年前刚刚拉下帷幕，然而它施加的暴行仍旧像雨点般落在我们的头顶。而约瑟·普拉的人生，"我说，突然——果断地——将线索串联起来，"记录了 20 世纪的创伤。只需看看他来去的踪迹，就能看清楚时代对他造成的不可挽回的伤害。他从一个乡下男孩变成了都市的花花公子，却一生中多次被迫回到帕拉弗鲁赫尔，流亡于故土。这就是我们今天聚在这里的原因。"

梅尔塞心情平复下来，正透过指尖看我，听得入神。

"我们继续赶路吧。天气越来越冷了。"卢多从道路尽头粗声粗气地喊道，身后是片树林。

"理性之声！"我大声冲他喊道，"前进的步伐！"

他踢了踢石子路面。

"想加入我们的演说吗？"我问。

"想加入我们的演说吗？"他嘲讽道。他真是疯了。

托特，有尊严的生物，我母亲的仁慈的东道主，没有接着卢多模仿下去。

"大家各得其所。"我说，转身面向一众朝圣者。

"现在，空寂朝圣者们，请记住约瑟·普拉人生中的几个事实。"我看到他们的耳朵像阳光下的花儿一样展开了。

"首先，"我用一种故作高深的口吻说道，"约瑟·普拉，1897年3月8日出生于帕拉弗鲁赫尔，一个羞怯而多疑的灵魂，一个差劲的学生。曾在巴塞罗那学习法律，直到1918年10月第二波西班牙流感，也是最为致命的一波流感来袭，他被迫回到家乡。这次隐退造就了他的首次文学探险，是疾病肆虐、大规模死亡的气氛催生出的探险。流亡故土期间，他寄情于阅读和写作。正是在这种残酷的氛围下，作家约瑟·普拉得以诞生，取代了可能成为律师的约瑟·普拉。"

我停下来稳住呼吸。

"第二，"我厉声说道，"在1936—1939年西班牙内战之后，他穿越欧洲和北非，一路做着报道。之后，作为一名天主教徒和加泰罗尼亚人，这位记忆之人同时被两个阵营驱逐。在战争的严酷考验下，这个世界和它的所有公民都已变得非善即恶，他的双重身份在那个年代是两边不讨好的。加泰罗尼亚人指责他是一名法西斯分子和叛徒，佛朗哥的拥护者则排斥他的加泰罗尼亚人身份，因而同样将他当作一名叛徒。于是，他再次回到了帕拉弗鲁赫尔。"

说到这里，我俯身向前，深吸了一口气，说："第三，晚年的约瑟·普拉对他的同胞不再信任，并意识到单调是唯一能与我们对死亡的持续恐惧相抗衡的力量——作为不幸之人的我很早就领会了这个小小的道理。他重新回到帕拉弗鲁赫尔单调乏味的生活中，在那里写下了——不，伪造了——他的日记，那是他在第一次流亡期间创作的，那时候他不过是一个年轻失意的法律系学生。他用这样的方式剽窃并照搬了年少的自己，然后发表了他臆造的'日记'，就是我们如今所知的《灰色笔记本》，"我有点眩晕，"并借此证明了尼采的时间循环理论以及博尔赫斯的永恒轮回哲学，这些概念可能借鉴了其他思想，东方的思想，"我差点喘不过气来，"我接下来就会问询它们。"

我几乎昏厥。我在对谁演说呢？我突然自问道。眼前一片模糊：树木、石子路、我的双手。但我不能停下，最后的启示正要呼之欲出。

"1918年，"我向雾蒙蒙的空气咕哝道，"当暗灰色的天空透着薄纱般的光辉——与今天的天空不无一致，记忆之人走在帕拉弗鲁赫尔的大街上，思考着蒙田、普鲁斯特、司汤达、马拉美和尼采时，死亡正化身成瘟疫四处蔓延。换句话说，普拉的文学萌芽于黑暗、阴风阵阵、深不见底的死亡的空寂。"

我的思绪变得纷乱。脑海里冒出了苦命之人的尸堆。我意识到，那个画面有某种预言性：它是一种残像，它的再次出现既是记忆也是预兆。我想起父亲和我，两个瘦如纸片的人艰难跋涉在灰色的无人之地，嘴里重复着：这是个野蛮的世界；我们穿越的不是死亡本身，而是生命之死；我们正在成为文学。他一定觉得很自豪，因为我找到了与我并肩作战的其他人——这世上被边缘化的人。我看得到朝圣者们坐在我面前，用心聆听着。我感到我的心脏变得有血有肉，血液在它的管道里涌动。感激之情战胜了我。我想，这群以最寻常不过的方式出现的人，将在通往虚无的道路上相助于我。我们将穿过存在于我们每个人生命中心的黑洞的事界，激起灰尘，遨游深渊，直到那曾被空寂吞噬的信息——与我们割裂的多重自我——摇身一变，以余烬的形式升腾出来，准备好敲响真理的警钟：死亡将让整个世界崩塌，无论多么聪明、富有或者强壮的人都无法幸免。我们的躯体将化成灰烬。但是，我安慰自己，我们的头脑将在这个宇宙中不断高速运行，成为一种无处不在却又无处可寻的连续体。这种循环，这种妄想，将持续多久呢？无从知晓。这也是一个必然的事实，一种令人恐惧、泛着恶臭的真相。

当我们到达圣塞巴斯蒂亚山巅时，坐落在海角顶端的灯塔呈现出一种神秘的特质。从玻璃穹顶内溢出的夺目光彩，荡漾在地中海波光粼粼的水面上。交错的灌木和树林——薰衣草和百里香丛，杜松和橄榄树，海松、金雀花、矮棕榈——从岩石间探出头，花岗岩与枝叶交织成的山体一路往下延伸，直抵卡莱利亚德帕拉弗鲁赫尔[①]，海滩上散落着从水中拖出来的木渔船。灯塔和埃尔法酒店后面是古伊比利亚人居住地的遗址，这处考古胜地在冬天里显得格外萧瑟。

"看看周围，"我对上气不接下气的朝圣者们说，"瘟疫期间，约瑟·普拉每天欣赏的就是眼前这壮丽的景象。他登高来到这里，拿着笔记本坐上好几个小时，寻找能描述这风景的隽美之词。"

我看得出他们都深受震撼，但他们似乎已经被曲折而劳顿的旅途弄得疲乏不堪了。

我远远地观察卢多。他站在宾馆的露台上，将景色尽收眼底。他点燃烟斗，闭上眼抽着烟，头往后仰，脸迎向阳光明媚的天空，他似乎很平静。我想知道他是否已经不再排斥我们的集体努力，是否卸下了防御之墙。我无法确定，而且我知道即便他已经敞开心扉接受了我们的目标，那也不会持续长久。他成了一个善变、可悲、令人捉摸不透的男人。

我忙着在灯塔附近支好移动美术馆。海面波涛汹涌，此刻的《吊凫》看起来真像一面海盗旗。我摆好电话和打字机，打开防毒面具，然后去找徘徊在附近、用嘴大口呼吸的朝圣者们。抄写的时间到了。

"朝圣者们，"我宣布道，"立刻来迷你博物馆这边报到！"

大家都出现了。梅尔塞焦急地在一旁观看，双手盖住嘴巴，眯缝着眼往外看。我把防毒面具递给她。

"戴上它你会更自在。"我说。

她转身背对着我们，把面具戴在头上，然后回转过身来，透过脸上的橡胶看着我们。我拿起电话，聆听从中传来的破坏的声音，聆听从遍及全世界的毁灭——其中一部分杀死了侯赛尼人——中遗留下来的寂静的余烬。这个世界如此肆意放纵地割了自己的喉咙！我吩咐格

[①] 卡莱利亚·德·帕拉弗鲁赫尔（Calella de Palafrugell），加泰罗尼亚布拉瓦海岸地带转变为度假胜地的几个渔村之一，意思是"高低不平的海岸"。

奥尔基站在打字机旁。阿加莎提前鼓起了掌。她抬头看着卢多的脸，冒失地说："她要上演一场好戏了！"我以为卢多会跑走，但他一动不动地待在了原地。梅尔塞站在他身边。戴上防毒面具后，她毫无顾虑地用深情款款的眼神看着他。他低头看了她几次，勉强挤出礼貌的笑容。卢多·本博的内心世界是紊乱的，如同一座不规则的房子，里面充满交错的楼梯、走廊和房间。谁能读懂他的情绪呢？他可是一个有着拜占庭性格和罗马鼻的男人。

"格奥尔基，"我说，"请将你的手放在打字机磨光的键盘上。"

他照做了。

"你的人生已经失去了意义，所以它是一个供约瑟·普拉搭起帐篷的理想露营地。你就是一座空房子，在呼唤一个擅自占用者。看，约瑟·普拉正在你头脑里错综复杂的走廊间四处走动。他抬头，凝视着你生命里可怕的空寂。他的脸紧贴着你的空寂，过了片刻，你感到暂时摆脱了孤独。这是一种迹象，说明他的话正在传输给你。请看他小而明亮的双眼、他的鹰钩鼻、他那方而窄的笑颜，以及滑溜溜地从牙齿间伸出来的粉色舌头——这嘴唇属于一个愤世嫉俗者，一个拒绝生命的人。感觉就像在照镜子，是不是？现在请就地抄写！"

我还没来得及将要抄写的东西念写给他听，他就开始打字了。我站在那里，目瞪口呆地看着他。他这是夺走了约瑟·普拉的幽灵吗？他把纸从压纸盘中取下来，把他写下的东西念给我们听。在纸张的反光下，他小而明亮的眼睛在闪烁。

我于 1897 年 3 月 8 日出生在帕拉弗鲁赫尔（下安普尔丹 ①）。我们家是地地道道的安普尔丹人。这里风景环绕，东有贝古尔角的颂尼克山，西有菲多尔山脉，南有福尔米盖群岛，北有格里山。这片土地总让我颇觉古老。曾有各式各样

① 安普尔丹（Ampurdan）位于赫罗纳省北部，一直延伸到法国边境的比利牛斯山区。

的民族在流浪中途经此处。

"美妙的陈述。"我说。格奥尔基点头，闭上双眼。我看了一眼朝圣者们。雷梅迪奥斯的眼睛大睁着，不是水汪汪的了。她的疹子有所缓和，不再渗血，由闪亮的红色变成了粉色。梅尔塞在她朝思暮想的卢多·本博旁高兴得呼呼喘气，而卢多在一旁严肃地观看着，通常只有那些勤勤恳恳去教堂却什么也不懂的人才会这样严肃。阿加莎站在那里，挽着他的胳膊，嘴上挂着甜甜的笑。

"还有，"格奥尔基吞吞吐吐，"心脏硬化并不是先天的，"他有力地说道，不时咳嗽几声，大家都入迷地看着。我记起了这句话。他在背诵我笔记本里的引言，"是后天形成的。它取决于人生的经历。诗人和小说家们所说的自恋通常是先天的，是真正的反常症状。"

格奥尔基哼了几声。我隐隐感到卢多在盯着我。我转身看着他时，他正冲向我，嘴里念着"真正的反常"这几个字。我的内脏像是挨了一拳。格奥尔基紧张地抬头看了看他，然后继续说下去。他说话前大声咳嗽了一下。

托特在我的两肩之间不安地踱来踱去，然后停下，朝卢多的方向嘶叫。雷梅迪奥斯又开始挠脖子上的疹子。疹子脱了皮，露出点点血迹，在漫天的银光中闪闪发亮。

"对现实的厌恶程度，"格奥尔基吞吞吐吐地说，"显然会随着一个人的人生经历而增长。无论这经历多么痛苦，但如果表现得像一个克服了一切并且全然铁石心肠的人，那就是装腔作势。"这时，卢多的嘴里说出了"装腔作势"，这证实了我的怀疑：他买通了格奥尔基。

格奥尔基向我投来祈求的目光。"当所有的一切将我逼到一种肤浅的冷漠状态时，我恐惧地观望着，"他说，"但我不会傻到表现得自己好像已经跌入谷底。"

全场爆发出一阵小心翼翼的掌声。格奥尔基鞠了一躬，对自己很满意。我感到屈辱而崩溃，文学母体背叛了我，记忆之人也背叛了我，尽管这次宏大的朝圣之旅就是为他组织的。我带着托特离开，坐在阳台上的一张椅子上。那张长着痣的肉乎乎的脸追了过来。

"他收买你了吗？"我问，指着卢多·本博。

"收买我？"他傻乎乎地重复我的话，"我把所有的家当都用在午餐上了，现在一分钱也没有！"

"我暂且原谅这次冒犯，"我说，深呼吸让自己镇定下来，"但你不能信任他。我开始怀疑他根本不是本博。他很可能是谋杀犯和语言学家尤金·阿拉姆化身的幽灵，胡德①、威尔斯②、奥威尔和 P. G. 沃德豪斯③的文学作品中都提到过那个人的恶劣行径。你明白吗？"

他晃了晃肉乎乎的下巴，惭愧地垂下头，走掉了。我坐在那里，眺望下方辽阔的海面，慌张得说不出话来。我真不明白，我竭力将我的痛苦抛向这个世界，但它被卢多的阴谋阻断了。我的见证者们都去哪里了？他们是残忍无情、毫无人性的社会成员，这些人会毫不留情地把不幸运之人当作他们临时棋局中的棋子。我再次想起了卢多。

卢多和我以前来过卡莱利亚德帕拉弗鲁赫尔，是在秋天，在漫长的一天结束时。那一整天我们忙着在森林里寻找蘑菇——红色乳菇，长着红色、橘色和绿色的斑点；国王的睾丸；细脚黄鸡油菌；以及我最爱的喇叭黑菇，死亡的喇叭。我们享用了一顿猪肉大餐：猪脚，啤酒糊拌猪脸，用橡子喂养的阉猪里脊肉做成的火腿。最后，我们躺在海边的沙地上，紧紧依偎在一起，彼此取暖。我们就那样在沙滩上睡着了。

刚才发生了什么？谁是胜利者？我抬头看向他。他正痛苦地看着我。谁又是受害者？我无从得知，我想，这个世界的真实面貌根本无法看清。月亮升起来了，圆圆的脸光辉四溢地挂在空中。我的情绪跌落谷底，整个人都蔫了。这一天又要徒劳无功地葬送在时间的废墟里。

---

① 胡德：托马斯·胡德（1799—1845），英国诗人，曾写过一首题为《尤金·阿拉姆之梦》的诗。

② 威尔斯：威廉·戈尔曼·威尔斯（1828—1891），英国剧作家、小说家和画家，《尤金·阿拉姆》是他的一部剧作。

③ P. G. 沃德豪斯（1881—1975），英国幽默作家。

那次朝圣后，卢多和我连续三天没有说话。要是我们在过道里擦肩而过时目光不经意间相遇，他就会低头看自己的脚。我数了数阿加莎的半身像，它们似乎翻了一倍，犹如神迹降临。

第四天，我想着把他臭骂一顿。

夜晚昏暗的光线下，卢多看起来像个幽灵。我看着阿加莎的那些半身像，它们成排地摆在他两侧的墙边，在晦暗的光线下，宛若花园里修剪齐整的树篱。我听到贝提塔在另一个房间里给自己挠痒。托特在我脚边，表情威严而果决。他身上有毕毕·卡鲁恩的亲切味道。卢多噘起嘴，目光移向地面。一片阴影落在他的脸上。我还没来得及开口，他的声音就传了过来，仿佛是从地下通道里冒出来的。他的话悬挂在空中，每个字都是一把利剑，一把匕首。

"正如蒙田所言，"他说，"普鲁塔克曾说，那些喜爱宠物猴或者小狗的人，因自身那人皆有之的爱心无所寄托，为不荒废它，便生造了一个虚假而肤浅的对象。①"

我把托特抱起来。那鸟儿抗议地啄了一下我的手指，把我的皮肤啄破了。我想起自己曾躺在基姆·蒙索的床上，在垂下的天花板下吸吮托特流出的血。想到这里，我把手放进了嘴里止血。

"普鲁塔克？"我将手从嘴边拿走，对卢多说，"我这里正好有一句普鲁塔克的话——'对环境发怒毫无意义：事情会顺其自然，无视我们的愤怒②'！"

"这话你应该对自己说。"他说着便从我身边走了过去。

我设法在他冲出门前抓住了他的胳膊。他转过头看着我，脸已经垮了。

"你就没有想过摘下你的面具吗？"他逼问我。

"什么面具？"我责难道。

---

① 此处是《蒙田随笔集》第一卷第四章里的话，归纳自普鲁塔克《伯里克利传》的开篇内容。

② 这句话亦出现在《蒙田随笔集》第一卷第四章里，引自普鲁塔克《道德论集》中的《论静心》。

"文学的面具！"

"你才是那个把陈腔滥调挂在嘴边的人。"我反驳道。

"我？我？我？不，不，不。"他说。他在疯狂地摇头。我以为他要永远卡在那两个字上了，但他随即镇定下来。"这是我们两个的问题：我们不该和对方纠缠在一起。"

"和对方，和这个世界。"我补充道，"自我是有渗透性的。"

"不包括我的自我。"

他再次把脸转向门那边。

"难不成你是个例外？"

他打开门。

"你该控制一下你的自我，"他对着门槛说道，"你把一群迷失的灵魂带到山里满山乱跑，你当他们是你的奴仆？在你决定采取行动之前，请先检讨自己的想法！"

"你的意思是我不配有朋友？我就该没完没了地忍受这种如影随形的古老的孤独？"

"所以，你就把这些可怜虫拖下水？"

"我才是个可怜虫！"我说，眼泪夺眶而出。

他的眼泪也出来了，但他只是静静地站在那里，像一头固执而麻木的公牛。

门外的楼梯比往常更加黑暗和肮脏。我看着他走下楼梯，消失在拐角处。我又独自一人了，只有托特、贝提塔，还有那条黏糊糊的、倔强的鱼陪着我。我盯着黑黢黢的楼梯，想起那一日我俯瞰凡城的废墟，刚摘下黑色布条的眼睛因为布条粗糙的材质而有些发涩。说到底，我们有看到过什么吗？我在想。我生命中的一切都变成了残像。过去在自我抄写中成了未来，抹杀了现在。我关上门，把托特放下，让他自由活动。

我来到洗手间，站在镜子前。我看到我的眼睛、鼻子、嘴巴，但就是看不到我的脸。我的五官拒绝回归原位；它们似乎要么彼此渐行渐远，分散成零碎的画面，要么堆在一起，变成一团交叠的器官。

　　我回到卧室，开始计划下一次朝圣：一场达利式朝圣之旅——大眼天才的朝圣之旅。这不容易，我感到既无力又恐慌。可是开弓没有回头箭，我必须继续下去。面对记忆之人朝圣之旅的失败，我决定要再试一次，要坚持到神经麻木——这是我所有残缺的部分混合后结出的智慧。这次失败让我更加强烈地想把自己的痛苦抛向这个世界。我的情绪急剧地循环着：先是兴奋，紧接着是突然的挫败感，头脑仿佛被火焰吞噬，烧焦，化为一团黑炭。我搅动我的头脑，强迫它出示更多的路线，强迫它回忆我父亲塞入其中的引语和座右铭。从父亲年迈力衰，视网膜黄斑变异，死去，在我的空寂里复活，直至最后回归宇宙的头脑，在那些岁月里，我一直靠着这些引言和座右铭存活。可是有什么地方不对劲。一种可见的疏离感。

　　我连续几小时盯着我的人生——或者说我的死亡——的各个表面：客厅里有裂缝的高耸墙面，露台窗户上的百叶窗，它俯瞰着这座优雅、果决、被灰色石头覆盖的城市。几个小时后，已是深夜，我沿着翁亚尔河漫步良久。我静静地走过岸边成排的房子，凝望水中房屋的倒影，凝望悬挂在这条河流上的座座桥梁，凝望从屋顶或栏杆上扎进水中，趁着夜色残忍地袭击鱼儿——它们丑陋，长着胡须，懒洋洋的，吮吸着河床上的泥土和废物——的海鸥，最后凝望我自己。我圆圆的脸愚蠢地飘荡在水上，旁边就是托特长着尖嘴的脸。我看起来很臃肿，眼睛鼓鼓的，头发很乱。我是谁？我自问道。我怎么会来到这里，身无分文，独自漂泊在这个世界上？有那么一刻，短暂的时刻，我多么渴望卢多的拥抱，但如果他为我张开怀抱，我不确定我是否会拒绝。从来没人能保护我。时至今日，我又如何能做到去信任一个主动要保护我的人呢？我已经失去了亲人。我生活的圈子很小，也很狭窄。我不知道该做什么，也不知道该如何创造爱。

　　连日来，我总在奇怪的时间睡着，又在奇怪的时间醒来。有一次，我直接从床上坐起，分不清是白天还是黑夜。我做了一个梦，梦里看到了我的父母。或者说不是我父母。准确地说，我梦见我站在戈雅的《两个老人在喝汤》的画面里，只是画里身形干瘪、牙齿掉光、头上戴着帽子的两个人换成了我的父母。母亲瘀青的手从油画的黑色阴影中伸出来，把勺子伸到我嘴边，要我喝下那死亡之汤。她的皮肤上长着斑点和紫色的斑块，那只瘦如纸片的手在颤抖。我喝下汤。然后父亲伸出手，用袖口为我擦拭嘴。他依旧穿着那件旧式套装，但毛发稀疏：没有胡子，头上也没有头发。他的嘴我以前见过吗？我几乎认不出来。"你们在哪里？你们住在哪片疆域？"我往前一步问道，但他们立刻退到了画布上，那幅画再次变得静止。我抚摸着肖像的表面，希望我的手能穿透它，这样就能在另一头与他们相会，但另一头什么也没有。除了空气，什么也没有。空气中充满活人和死人的余烬。

　　终于有一天夜里，卢多悄悄进了我的房间。他上床躺在我身边，将我拥入怀里。"我没有别的办法能让你明白，"他如实道来，"你的笔记本是我唯一的通道，唯一的入口。"

　　我不知道该说些什么。我躺在那里，聆听他的心跳声，听起来像海洋深处的咆哮，像宇宙中的白噪音。我再次想，部分加起来并不等于整体，总会留下一处余烬。我安慰自己，至少我正在努力对那余烬做出解释。

　　"我有好消息告诉你。"卢多说。

　　"是吗？"

　　"'国境'是一个人造的虚假概念。"他说。

　　一段漫长的寂静随之而来。他的双手游走在我的发丝间，而我想的是，我是一个孤儿。他试着化解我们之间的疙瘩，但他中途放弃了。

　　"马利亚！"他说。

　　"一个人造的虚假概念掌控了我的人生，"我最后回应道，"那里没有任何抽象的东西。"

　　之后他没再说话，我知道他又不高兴了。

　　"你知道，"我对他说，"史上最智慧的自修者、无政府主义者、无神论者尼采曾说过：'沉默的人几乎总是缺乏心灵上的高尚和谦恭。沉默就是一种异议。将想法吞进肚子里难免会让性格变坏——甚至让肠胃遭罪。所有保持沉默的人都消化不良。①'"

我以为他会推开我，然后起身离开。但他没有。

"好的，"他说，"好的。"

我们慢慢睡去。

半夜时，我把他叫醒，告诉他："你知道吗，卢多，我的痛苦一点儿也不高尚。这是不遗余力地调查最深层次的人性本质——它的无意义、它的虚伪习性、它的缺乏诚信——所致。人类几乎没有取得任何进步，卢多·本博。前进理论是20世纪最大的谎言。"

我看得出他已经逃离了内心的深渊，仿佛一股潮水将他从浅滩里拽了出来。他半梦半醒，拼命挣扎，好让头浮出水面。

他说："我希望你能说你爱我。"

我想说，但我的嘴唇像是被胶布封住了。朝圣之旅是我所知的唯一能化解生活对我的抵抗以及我对生活的抵抗的方法——但我才刚刚起步。我挪到了一边，不想让他看到我哭泣的样子。卢多叹了口气，伸出手，想把我拉回他的怀里，我重重地拍了一下他的胳膊。他转头背对我，重又睡下。他的情绪再次变得起伏不定。明天，他就会离开我，会变得固执、闷闷不乐，像孩子一样耍脾气。我起身，在过道里踱步。我暗想，他倒好，刚回到"爱"这个话题，他就逃进了梦乡。我没有资格去接受这样的爱，虽然我急切地需要它。不。像我这样无家可归的弃儿是没有资格的。我要把爱存放在哪里呢？它会直接从我体内掉落，沉入我空寂的深处。为了填补我生命中心那个豁大的窟窿，我需要很多很多的爱，多到任何人都无法给予。况且，他的爱是那么反复无常，漂浮不定。

我走回卧室，听到他嘴里呢喃着"不幸福"这个词。他的眼睛突然间泪水四溢，像决堤的洪水。旧时的伤口似乎重新复发，将他眼里的光熄灭了。后来，很久以后，我将回过头来看这一刻，并意识到我当初的假设是对的：卢多·本博来寻找我，不仅仅是因为我们的命运

---

① 出自《瞧，这个人》。

250

如我一直以来所知在诗意的维度是相联结的，而且因为在我以及空寂女士的陪伴下，卢多长久以来压制的某种东西终于能够爆发，在他的诸多记忆里有了一席之地。那是他暗藏在心里的黑暗，而他作为一名实用主义者、乐观主义者、线性思维者和理性之人，势必会与之对抗，并以此为借口来拒绝我。心理疾病并不适合弱者。

数天变成了数周。时间悄然过去。我和卢多之间的距离愈发疏远，但我们都在用自己唯一了解的方式来维持这段关系：将对方四处拖拽。这让我们两个人都变得越来越悲伤、消沉和怨恨。

很快，三月结束，四月拉开帷幕。我父亲的忌日到了。春天明媚的太阳在天空闪烁，将麦子色的光芒洒在赫罗纳的灰色山石上。空气中有一种不同寻常的寒意。我再次和我的空寂朝圣者同胞们站在了停车场上。

我贴了一抹瓦格纳式胡须，是我用从市里一家发廊外面的垃圾袋里找到的头发做成的，为了歌颂我的父亲。朝圣者们顶着油乎乎的头，皱起眉毛看着我。这次队伍壮大了。

费尔南多加入了我们，他优雅地坐在卢多的汽车顶篷上，看起来像一个身材如雕像般精致的男人。格奥尔基重新找回了自己，这次还带了一个同伴过来：一个小个子的金发女人，名叫保拉，皮肤粗糙，双乳下垂，大大的肚子挂在她细瘦的双腿上。看她的样子，显然这两个人都有着酗酒的过去，现在打算携手跳入清醒的世界。他们将从自己一直回避的深渊里获得克己和节制的动力。

除他们之外，还有往常的那帮人：雷梅迪奥斯，疹子扩散到她右脸上了，她看起来像是刚被人扇了一巴掌；梅尔塞，她戴着防毒面具过来了，像一只发光的甲壳虫；阿加莎，她为这次行动特意戴了一对威尼斯耳环；还有卢多，他在脖子上系了一条丝巾，此刻正性感地和费尔南多一起躺在车顶篷上，仿佛在说：男版埃及艳后在此。他正忙着做一件事，具体是什么，我就不知道了，只能拭目以待。

托特轻咬着我的胡须，将被风吹乱的须发抚平。

"你为什么贴了胡子？"梅尔塞闷闷的声音从面具里冒出来，孩子气地嘀咕道。我把鹦鹉的头推到旁边。

"在我父亲完全消失之前，"我语气严肃地说道，"他的尼采式胡子开始奇迹般地加速增长。你们都知道，我们将要开启一场达利式朝圣。我对达利有着无限的尊重，但他一生对尼采的瓦格纳式胡子的反抗也抵消了我对他的尊重。这里的悖论在于，达利对尼采胡子的固执反而说明他与尼采之间并无区别，他本质上是一名尼采信徒，"我那只病手捏成拳头，狠狠地击打另一只手的手掌，"在内心的至深处是尼采信徒。"

我停下来，若有所思地扫视着朝圣者们的脸。他们看起来不大高兴。我的语气缓和下来。

"我们反抗什么，我们就是什么。以这个人为例，"我指着卢多·本博说道，"他的灵魂深处有一座深渊的迷宫，和我的毫无二致。这就是为什么尽管他有意向人生的黑暗走去，但还是不断地被我吸引，我的人生就是一段漫长的关于死亡之明亮光彩的冥想。"

听到"吸引"二字，格奥尔基和保拉交换了爱慕的眼神。梅尔塞挫败地垂下了被橡胶面具罩住的脑袋。卢多合上腿，站了起来。我眼睛死死地盯着他，继续以毫不妥协的信念说下去："在这个本博的灵魂深处，隐藏着他对自己终有一死的恐惧，他就像一位被塑造成大理石雕像的女士。"

卢多张嘴要说话，但这时一群美国游客咯咯笑着从我们身边一拥而过。我能闻到他们心里的沼泽、他们紊乱的肠胃。他们闻起来就像霉菌和泥巴。我看着那些糟蹋历史的人走进拱廊里，消失在修道院墙壁外的那道楼梯下方。我感到童年的残余毒素堵住了我的气管，每呼吸一次都格外艰难，剧痛无比。我闭上眼睛。当我再次睁开眼时，一个人正精神奕奕地朝我们走来，是张牙舞爪的冰人。

"她来这里做什么？"我问卢多。

"她对我们的活动感兴趣。"他淡淡地说道。

她在他旁边站定，把长长的鬈发甩到一侧。

"她感兴趣的点是什么？"我问。

"文——学。"他一字一顿地说道。我能看到每个字从他牙齿的罅缝中飘出来。

"别骗自己了。那个女人唯一感兴趣的是你的那家伙。"

卢多冲我尴尬地笑了笑。谁能信任一个如此前后不一的男人呢？她凑上前，在他脸颊上吻了一下。她的个头是我的两倍：体态丰满，双乳丰润，臀部肥大，十分适于生育。她修剪了手指甲，修了眉，脸上施了脂粉。梅尔塞意识到自己只能屈居第三，哭了起来，她眼睛那块儿的玻璃片上起了雾。

"看看你都做了些什么，"我对卢多说，"梅尔塞都哭了，她就要崩溃了。她看起来像一团湿乎乎的肉。"

"我说的不对吗？"我问梅尔塞。

"我哭是因为，"梅尔塞哭哭啼啼地说着违心的话，"我切了一上午的洋葱。"

"洋葱？"

"嗯，洋葱！"她肯定地说。

"这是腐败的一大象征，"我对卢多·本博说，"对此你几乎一无所知。"

张牙舞爪的冰人用僵硬的胳膊一把搂住他——她在宣示主权。我盯着她光滑的上唇。

"我们走吧。"她平静地说道，然后激动地在他耳边低声说了什么。

卢多先是苦闷了一会儿，然后迅速集中思绪，跟在她后面离开了。他一走，我感到我的病手一阵抽搐，肺里的空气仿佛被抽走了。我怎么能让一个非侯赛尼人闯入我空寂里陡峭的深坑呢？啊，没有必要因为这背叛而痛苦，我鼓励自己，即使没有他，我也能继续行动下去。

我将留下的朝圣者们又带到了卡莱利亚德帕拉弗鲁赫尔。我们将沙滩上一只废弃的木渔船翻过身来，推到水里。海浪汹涌，我们不得不紧贴着岸边划行。我们围坐在移动美术馆周围，把桨插入水中。

几个小时以后，我们划过米提群岛，一座座小岛看起来像巨人的白牙。海岸上山石嶙峋的高地一路上变幻多姿：上一秒光秃秃的，下一秒就像有碎石要脱落。皮革般的海面也在变幻着色彩。远处是点缀着钻石的黑色；紧靠岸边的水面是海蓝色，显现出海底的白色巨石；随后，冰冷的荧光蓝被远处绿色的阴影打断。

潮水有几次差点将我们拖到了海上。我们不得不用力划桨，保持与海岸平行。没有人说话。临近陆地时，我们能听到岸边的洞穴吐纳海水的声音。几个小时后，又累又饿的我们终于抵达十字架海角，达利的谵妄之石。我凝视着那堆野蛮的巨石：上面褶皱丛生，坑坑洼洼，有圆的，也有锥形的，形态不一，错落有致。它看起来像文学母体，由相互联结的句子盘绕而成的复杂路径。换句话说，它看起来就像我的人生。

我们在黄昏时分抵达。我们把写作机器放在利加特港岛上达利和他的妻子兼缪斯加拉的故居前。房子已经关张，因为它在最近一次风暴中受损严重。这次又没有见证人。我们这群肮脏的异类独自身在这里。由此可以推断出什么？我把这个想法标记下来，放在一边，继续眼前的事。我以前进过那栋房子。很久很久以前。或者也可能没有那么久。我记不起是和卢多·本博还是和父亲一起去的。或者说和两人都一起过。达利的宅邸里，房间彼此串联交错，形成一座复杂的迷宫；每扇门都通向一扇窗，从每扇窗里都能看到一处台阶或者天台花园里白色、光滑的鸡蛋雕塑。华丽、宏伟，缺乏理性。我抬头看着朝圣者们。他们坐在沙地上，脸色苍白。长时间划桨，加上忍饥挨饿，一个个都累坏了。他们正在空寂的边缘，托特看起来也比往常更虚弱。我们划船时，风像刀子一样刮着他的脸，吹乱了羽毛。他现在把自己封闭起来了，这让我想到，母亲也常常把自己封闭起来。他将翅膀塞进身体两侧，脖子扭转，喙像匕首一样扎进背里，正在关禁闭。

"一个人是如何成为自己的？"我突然问道，想让朝圣者们振作起精神。我站在为这次抄写摆好的迷你博物馆后面，用一种演说的腔调对他们说道，仿佛我此刻正站在教堂的讲道台上。

　　格奥尔基两只胳膊抱着他的女伴为她取暖；雷梅迪奥斯的脸冻得通红，疹子与她脸上的其他受伤部位严丝合缝地衔接在一起；卢多离开后，梅尔塞已经摘下了面具；阿加莎坐在费尔南多的大腿上，对他露出鼓励的微笑；费尔南多正在审视阿加莎的脸，我料想他是在记她的表情，为下一尊半身像做准备。

　　"读完尼采后，"我继续，"达利确定，他将是那个能超越超人——即查拉图斯特拉，尼采最为超验、神秘而崇高的创造——的发明者的人，他的方法是发明一套达利式天体演化学，一种充满肛门的天体演化学。换句话说，达利借助怪诞来实现崇高，把查拉图斯特拉颠倒过来。"

　　梅尔塞的脸变得跟雷梅迪奥斯一样红。保拉对格奥尔基娇媚一笑。啊，她的后庭享受过那种乐趣。

　　"保拉，"我说，"你介意抄写吗？"

　　她立即抓住了这个机会。

　　"我们将把尼采和达利的声音交织起来，并在其中掺杂些洛尔迦的声音，他曾多次向达利示爱，每次达利都庄重地拒绝了——这决定令人费解，不过我们还是进入正题吧。现在，保拉，请抄写下面的话两次。"

　　格奥尔基鼓掌为她加油鼓劲。听到"两次"，费尔南多苦笑起来。他已经明白了。这就跟他沉迷于塑造阿加莎的脸一样。

　　"我是一个分身。"我念诵着我笔记本上的话。

　　"我是一个分身。"保拉把我的话输入到打字机里。

　　我拿起电话，聆听那足具破坏性的寂静，聆听文学的信号，聆听宇宙的余烬和废墟。我听到："我历经苦难，久久在波涛和战争中忍受艰辛。①"我把尤利西斯的话藏在了心里。

　　"除了第一张脸，我还有'第二张'，"我对保拉说，我的声音时

————————

① 出自荷马《奥德赛》第五卷。这是女神卡吕普索试图说服奥德修斯留下时他说的话。

断时续，心里感到忧伤而沉重，"或许还有第三张。"我在引用尼采的话。

"除了第一张脸，我还有'第二张'，或许还有第三张。"她写道。

"现在，在同一页上抄写达利的话，关于他对尼采的痴迷。"

她停下来看着我，一个聪明人。

"尼采是一个软弱的人，他的软弱无能足以让他发疯，而在这个世界上，不发疯是尤其重要的。"

"而在这个世界上，不发疯是尤其重要的。"保拉打下这几个字。

"这些反思构成了我的座右铭：一个疯子和我之间的唯一不同在于，我并不疯！它将成为我人生的主题。我花了三天时间来吸收和消化尼采。在这场饕餮盛宴之后，这位哲人的个性中只为我留下了一个细节，唯一一根可供啃噬的骨头：他的胡须！"

我一边对她念诵，一边抚弄着我的假胡子。

"先不用记。你知道吗，被希特勒的八字胡吸引的费德里科·加西亚·洛尔迦说过——请务必记下来——'八字胡是人类脸上永恒的悲剧'。"

保拉把这个句子打了两遍。

我继续念诵笔记本上的达利之言："即便是八字胡，我也将超越尼采！我的八字胡将不是压抑的、灾难性的，不再为瓦格纳式音乐和迷雾所累。不！它将细如线条，是帝国主义的，过度理性主义的，它直指天堂，就像纵向的神秘主义，就像纵向的西班牙辛迪加。"

我审视着朝圣者们。从他们的脸上，我看到这个世界的怯懦。我们都是它的懦弱和谎言的受害者。想到这里，我想起了达利对胡子做的变化：柔软，形成两条分支，八字形（无限延伸），不对称（一边挂在他的嘴上，另一边伸向他的脸颊）。

"一条审慎而自卫的忠告，"我说，引用尼采的话，吩咐保拉继续抄写，"是要尽量少去做反应，避开那些会让人失掉'自由'和自主性，沦为一种只会起反应的试剂的情境和关系。"

朝圣者们纷纷点头。他们的脸再次有了血色。一种墨色的生命又回到了他们的血管里。

"打个比方，"我念诵道，一手拿着笔记本，一手将电话放在耳边，听到儿时的瑟瑟冷风在其中吹拂，"我选择与书联结。如今的学者们除了翻书外毫无作为。语言学家们，"我想到了卢多·本博和谋杀犯尤金·阿兰姆，"根据我的初步估计，每天匆匆掠过的书大概有两百本，最后完全失去了独立思考的能力。他们翻书时并不思考！"

"把我的话抄写下来。"我对保拉说。

她点头。

我们在朝事界靠近，我心头暗喜；在我们旋转的空寂周围出现了一轮光，温暖着我们的心脏，让我们的脸庞有了光彩。

"学者是颓废者，是门外汉。"我热血沸腾地说道，即兴引用了尼采的话，将它与我自己的话缝合在一起。"一个人怎么可能既是颓废者又是门外汉呢？让我来告诉你：我是一名危险的思想者，一名文学恐怖主义者。"

"学者们，"我声称，不由得想到了卢多，我的病手感到背叛的刺痛，"如果去耕田，倒是能更好地发挥所长。他们就是那种无法独立思考的人，终其一生都在思考他人的思想。他们毫无创造力，刻板守旧，心神不定。他们不具有创作者的思维，他们拥有的只是判断是或否的能力。在一个以灰色为主色调的世界，他们抬抬手指，要么说'是'，要么说'否'。"

在一阵短暂的沉默后，我用尖利的嗓子向天空大喊了一声"哈！"

"你明白了吗？"我问保拉。

"哈！"她叫道。

"哈，哈，哈。"我又叫道。

"哈，哈，哈。"她应和着我。我们带着虚伪的笑，重新坠入深渊。笑声回荡在我们空寂的岩壁上。我们的笑洪亮而黑暗，如同咆哮的大海，躺着无数具尸体的"泯灭的希望之海"。

我们在纸上签了字：空寂朝圣者的宣言。

然后，我们每个人依次抄写了那张纸，把抄写的东西拿起来，贴在达利宅邸的前门上。我们抛下小舟，穿过黑暗的夜幕向罗赛斯走去。拂晓时分，我们搭乘首班车回到了赫罗纳。

第二天晚上，我梦见我站在十字架海角上。"十字架海角"，在梦中我不断对自己说。那几个词回荡着，我看到基督的脑袋，而且我站在基督的脑袋上。它被烧焦，成了一团易碎的黑炭，上面布满坑坑洼洼。我从他低垂的脑袋上能看到下面野蛮的海岸。地中海冰冷的海水用盐和泡沫冲刷着他的双颊。东边的大海幽深、蔚蓝、波光粼粼；西边的海面一片银色，如同铝箔。

岩石从水中露出无数尖角，像一个个刀片。"你往边缘探出去"，我听到，"或许能看到地狱之穴"。是卢多的声音。我探出去，看着地狱之穴。我很害怕会爱上他，失去他，以至于差点从悬崖边滑落下去。

过了些时间，我迷迷糊糊地醒来，口很渴，头脑里一团乱麻。我为什么没办法说出那个词，卢多唯一想听的那个词——爱？我推断是因为，一个人要想好好去爱，必须先心存希望；必须相信自己爱的对象有足够的寿命来感到被爱。但基于我们这个可悲世界的现状，你觉得会有人能做到吗？在清晨微弱的光线下，我提醒自己，我是一个无神论者，一生执着于高尚的怀疑，不会轻易相信爱与希望这对孪生兄妹。

我的思绪旋转，让我感到眩晕。有那么一刻，我看到自由近在咫尺。没有见证人能消融我的痛苦，无论他们多么智慧，多么古老，他们的头脑绕着这个渺小的地球旋转过多少次，即便他们的眼睛和我的鼻子一样尖锐。我必须独自啃噬我的痛苦，将它像骨头一样咬碎，消化。我必须亲自品尝它的味道。这样还不够，还有更幸运的：我不得不忍受它苦涩、辛辣的余味在我嘴里久久不散。

我在床上坐起，环顾四周。托特睡在一堆衣服上，贝提塔依偎在他旁边。他们弄清楚了如何去爱对方吗？我将那个字——爱——推到我内心最隐秘的深处，用火点燃它，看着它被焚为灰烬。我把它从我所有的情绪中抹去，好让它也能像凤凰一样在这个灰尘四起的地球上涅槃重生。

几个星期后，卢多来向我负荆请罪。他跪在地上，头埋在我膝盖上，哭了起来。他在为我们多舛而残缺的命运哭泣。他不停地说："无论我怎么努力，你总是把我往外推。你这样生不如死地活着还有什么意义呢？"我不知道该说些什么。我用手抱住他的头，把落在他脸上的头发拨开。

一个星期后，我们两个还未从苦闷的战争中恢复，便一起去往布港开启了一场朝圣之旅，那里是瓦尔特·本雅明的葬身之地。我们吃了马卡龙，沿着被海水氧化侵蚀的石岸漫步，轮流说出历史上地中海的别名——"液态大陆""苦海""伟大的绿色""难民之海""泯灭的希望之海"。那天傍晚，我们手牵手走到了瓦尔特·本雅明纪念馆。我们走进防波堤下开拓出的一条陡峭而狭窄的通道，仿佛进入一条通往来世的隧道。我们走下台阶，朝蓝色的海水走去，站在底下的最后一级台阶上，透过将纪念馆与大海隔开的玻璃护栏，看着地中海将头撞向陆地的边缘。

我们站在那里，久久沉思。最后，是我打破了寂静，因为我没有忍住。我已经尽可能少在朝圣之旅中提及文学，甚至没有带上托特和移动美术馆。我再也克制不住自己了，指着缀有纹饰的玻璃护栏，说："这象征着这位哲学家殷切期盼但始终未予实现的逃亡。瓦尔特·本雅明被迫结束了自己的生命。那么我们余下的人呢？我们的宿命并没有更好。"

卢多不温不火地哼了一声。我继续说着。我拍了一张玻璃护栏的照片，一张未来的照片，那是这位哲学家无缘见到的未来，因为现代历史中发生的那件如狂风骤雨般的黑暗事件，因为古已有之的世界战争的持久戕害，因为大屠杀，因为令人无法启齿的大规模种族灭绝——我怀疑人类是否可能从中恢复。照片中，我的影子既与玻璃表面上印刻着的我无法辨认的德文诗歌重叠，又与背景中翻腾的蔚蓝色海浪重叠：我的死亡，我幽灵般的银灰色替身，我的影子，与那不可能的未来重叠。

"让我看看。"卢多说道。照相机从我手中脱落。卢多像个顽皮的孩子猛地一把夺过。他手里拿着照相机，看了看里面的照片。"再试试，"他说，不屑地挥一挥手，"这次要避开阴影。"他说的好像我的阴影、我的负面，以及我——延伸开来说的话——是个问题，是一个需要清除掉的干扰。之后我一个字也没说。我从本雅明纪念馆出来，坐在墓地附近一棵挣扎的橄榄树下。卢多坐在一块石头上，像罗丹的《思考者》那样一只手支着头。我没有理他。不知过了多久，他点燃了烟斗，往后靠在岩石上，抬头凝望星空。我静静地看着那片夜空。丝绸般的夜幕从散去的光线中降落下来。卢多呼出的烟在夜空下升腾而起，一缕幽灵般的烟像另一个空灵世界，遮住了正在坠落的黑暗。

在那之后，我们之间渐行渐远。卢多开始晚归。有几次，我偷偷跟随他去上班，看到他倚靠在同事办公室的门框上，漫不经心地抽着烟斗。有一次，我看到他坐在自己的办公桌前，身体后仰，伸展胸部，张牙舞爪的冰人站在他前面。我离他远远的，一直待在床上，从新的打击中恢复过来。公寓里气氛阴郁。卢多和我加大了互相伤害的力度，用沉默来惩罚对方。就连阿加莎也似乎闷闷不乐起来。我受不了她那个样子。一天晚上，卢多在办公桌前工作时，我来了一次偷袭。我进去时，他正伏在桌上，面前放着一摞书。他转过身来看着我，脸上表情疲惫。我提议我们开启另一场朝圣之旅。

"朝圣之旅会治愈心灵，"我说着拿起他的伞，指着他的胸口。他抓住伞尖，把我拉进怀里。

"坐上来。"他说。

我们脱掉衣服，我伏在他身上。狂欢过后，他把大汗淋漓的头靠在我胸口。他大口喘着气，像一个在漫长的世界之旅中累坏了的旅行者。如磁场般无边无际的欲望帮我们重归于好。性已经成为我们之间唯一的纽带。我感到自己受到了限制，有一种与往常截然不同的空虚感，我对自己的故事感到厌倦。

一个星期后，在第一个春日，我们和其他朝圣者一起出发去攀登加尼格山。我们踏上了加泰罗尼亚复苏器的朝圣之旅。

六月里，我们乘坐卢多的车越过西班牙和法国边界，前往法国孔夫朗区的圣米歇尔·德·库克萨修道院。阿加莎、梅尔塞和雷梅迪奥斯睡在后座上。格奥尔基和保拉驾驶着她的小型摩托车紧跟在后面。我看着惨白的星光穿透黑色的夜空，一缕缕浓雾从圆月上飘过。太阳终于升起，释放出桃红色的光芒；月亮变得单薄、透明。我看了看后视镜：格奥尔基的胳膊紧紧抱着保拉纤瘦的身体，脸上一副难受的表情，可能是因为迎着风很难呼吸。他忘记带头盔来了。

在我们前方，加尼格山尽收眼底，真像一头耀眼夺目的野兽。

我转头看着后座的朝圣者们：阿加莎的脸在晨光中显得有些臃肿；雷梅迪奥斯的脸上有一丝紫色的光晕，她看上去和以前一样受伤；梅尔塞在头上挂了一条黑布，像一具在为自己哀悼的尸体。

"把那只鸟从我身边拿开。"卢多不耐烦地说道。站在我肩上的托特把脖子伸过去，在卢多的耳朵上啄来啄去——那只鸟掌握了激怒他的诀窍。卢多转头看着我，一脸不高兴。我不喜欢他这样排斥我母亲的青烟。"请待在你自己的地盘。"他斥责道，呼出的气有大蒜味。

"我提醒你，"我说，"作为流亡者，在托特和我的生活里没有地盘这个概念。"

"我的天！"卢多叫道。他已经气急败坏。

几个小时后，我们站在了圣米歇尔·德·库克萨周围青翠的山谷里，看着这座本笃会修道院的回廊和墓室，其中一些部分已经被拆解，转移到了纽约。我记起自己当初站在崔恩堡公园里，背对修道院博物馆。时间重叠，形成一张离谱的地图。我身后是库克萨、博纳丰、圣基岩和特里。脚下是哈德逊河，碧绿的河水懒洋洋地蜿蜒而过。自父亲被这个潮湿的地球吞噬后，已经过去一年多了。

我后退着，望了一眼这片广袤山地里一座座冷峻的山巅。加尼格山有某种狂野的特质：连绵的山石，冰雪覆盖的山顶，分布在山脊和小径上的高山森林。我看着朝圣者们。我们中没有一个柔软或灵敏的人。唯一灵活好动的是贝提塔，是阿加莎带过来的。她在我脚边嗅来嗅去。

我们开始爬山。两个小时后，我们还没走到山的三分之二就需要歇脚了。朝圣者们坐在小溪旁的一堆石头上，吃着三明治，歇口气。

"你这个敏感的小东西，"我对小狗说，"我能为你做什么？"

"你这样会让狗焦虑的。"卢多站在一排树下，义正词严地说道。

"你怎么知道呢？也许她是因为意识到世界上那些深刻且无法调和的矛盾而焦虑呢？"

一只乌鸦落在卢多的脚边，忙着啄地上的石子。我靠近它，贝提塔紧跟在我脚后。

"当她接受了阿加莎和家里其他人，除了你，给予她的善意后，她如何能甘心被殴打、被抛弃？"

我一生中从未有过家，但那个词——家——径直从我舌头中跳出来，在我嘴里留下甜丝丝的味道。卢多掰开一片三明治，扔给那只乌鸦。

"那你对托特又在做什么呢？"他说，"你觉得那样做正常吗？"

做什么？我没有对那只鹦鹉做过任何前人未做的事。我告诉卢多，驯化托特的虐待机器早在我参与前就已经启动了。我偷走了那只鸟，但那只是因为我注意到他身上携带着我母亲的青烟。我忧郁地想道，尽管如此，这种转变对托特有什么影响呢？我暗自思考。我的行为是否进一步扭曲了那只鸟呢？我有把他灌醉，然后将母亲的青烟从他身上挤出来吗？我感到体内一阵绞痛。

"我们都身在泥潭，"我对卢多说，"有思想的生命、有感觉的生命、树木和风，以及我们身边的物件。我们都一起身在泥潭。"

"但是你，"他说，"大部分时间都对事实视若无睹！"

"事实？我对谁的事实熟视无睹？因为我一直在卖命苦干，试着解开我过去的疙瘩。"

"以现在为代价？"他讽刺地反驳道。

"是的，"我摆出调查员的冷静口吻说道，"我计划挽救我的完整性，即便这样会让我痛苦。况且，时间不是线性的，每一分每一秒不会按部就班地出现。它们不是战士。"

"即便它会让其他人痛苦。试着让你的头脑想清楚这一点。"他说。

我抬头看着天空。一阵浓雾滚滚而来。突然，我明白了：我给卢多·本博带来了痛苦。我感到仿佛有人在我心头钻孔。我想象这些洞孔，一幅达利式画面出现在我脑海里。我努力驱散那画面。

"我们得继续上路了，"我说，"一个理性的人会理解的。"

天气在变化。抵达加尼格山之巅前还有很长的路。我和我父亲曾在六月去过那里，就在圣约翰节的前一晚。那天山顶的十字架上披着加泰罗尼亚旗帜，附近点起了火把。我们整晚都和陌生人守在那里，为火炬点火。不是以天主教的精神，而是以作为加泰罗尼亚人的精神。我看着火炬沿着山脊往下，一把又一把地点燃。人群一溜儿排开，橘色的火焰舐舐着暗夜里的空气，映衬出他们的轮廓。这些我都记得。现在，一缕冰冷的微风穿过山间小路。无论在一年的什么时日，比利牛斯山上的天气始终变化莫测。

"三明治留着之后吃吧。"我对朝圣者们说。这些受伤的灵魂一个接一个地纷纷起身，不满情绪笼罩着他们。

我们在高地上静静地攀爬了几个小时。我听到朝圣者们在我身后喘息。卢多，那个目光短浅的门外汉，垂头丧气地盯着地面。我望向远处，凝视着我过去的未来，我们正快速向那里靠近。横亘在我们面前的是峭壁、沟壑、潺潺流入清潭的细长瀑布，以及扭曲的结晶岩层。前方狭长的露天平台上石肌多褶、层层叠叠，有几处凹陷，山体似是陡然从那里坠落。我领略着迷宫般交错的奇峰峻岭，以及被明亮的山谷和浅浅的冰川分开的山峦。为了活跃气氛，我转过身，背诵起贝达格尔的史诗《加尼格山》中的诗句。我那长着八字胡的父亲曾经对我背诵过同样的诗句。

"加尼格山似一朵巨大的木兰，"我大声吟诵，"开在比利牛斯山脉的一根枝条上。"

"雾变浓了。"阿加莎温柔地说道。

"那有什么关系？"我问。

"这小路上没有其他人了。我们连地图都没带。"梅尔塞透过挂在她脸上的黑色布条抗议道。她和雷梅迪奥斯手挽手走着。

"瞎子给瞎子引路。"我说。

"这里没有人是瞎子，"卢多插话道，"这是个不好的征兆，恶劣的天气要来了。"

"本博博士，雾是这个世界的状态，仅此而已。"我反驳道，"我们朝圣者的工作就是站在空寂的边缘。朝圣者不能没骨气！"

一场辩论接踵而至。我听到四处传来绝望的叹息。我听到保拉向格奥尔基抱怨说屁股不舒服，两个人都心情沉重。

"我们迷路了，"梅尔塞透过死亡布条叫道，"我们迷路了！我们找不到回去的路了。"

"天色也在渐渐变暗。"雷梅迪奥斯补了一句。

"上帝的作用不正在于此吗？"我问她，"在你最需要的时候，让你的灵魂充满光明。"

她重新安静下来，但她的话是对的。天色在变暗，大家也确实都过度劳累。我们拖着血肉之躯来到宽阔的山脚下，而后穿过森林，跨过溪流，攀上绿色的陡坡，走过了银色尖石夹道的小径。

"梅尔塞，"我说，"我建议你把那块布从脸上拿下来。你怎么了？"

"我没怎么样。我只是害羞。"她说。

我再也受不了了。我抓起一根棍子，抽向他们的脚踝。"往前走！"我像只牧羊犬一样叫道，把他们像羊一样往山上赶。我们断断续续、艰难地走上陡峭的斜坡。我看到他们的胳膊和腿在愈渐浓稠的雾里上下摆动。垂直的石壁朝我们压过来。风阵阵袭来，听起来像是有上百万把匕首在同时接受打磨，烧灼着我们的皮肤。我把托特从肩膀上抓下来，抱在怀里。阿加莎收紧了贝提塔的绳子。我听到那狗在冷风中狺狺叫着。最后，我承认我们迷路了。没有任何识路的标志，我们偏离了路线。在这崇山峻岭的迷宫里，我完全不知道自己置身何处。

"我们休息五分钟。"我说。我们在一面高耸的岩石下就地而坐。

我打开笔记本，随意翻到某一页。

"你又来了。"卢多说。

"这些句子是我们通往未来的地图，我还要跟你说多少次？"

一阵强风吹来，雷梅迪奥斯终于说话了。

"书里头怎么说？"她问，眼泪快要掉下来了。

"谢谢你的提问，雷梅迪奥斯。"我说，一点儿也高兴不起来。

"这书上说，它是书中之书，它的句子如通道一般让读者可以同时在多重时间里穿梭。"我朝着从四面八方飘过来的大风深吸一口气，"这书上说，'恐怖主义者是那些渴望绝对自由……的人，他们终其一生都表现得不似生活在其他生者之中的人——'"我停下来，吞下空气中漫布的灰尘，"'而是像被剥夺了存在的存在，像普遍意义的思想，像超脱历史的纯粹抽象，以全部历史的名义来判断并做出决定。①'"

啊，预言家布朗肖。

"我们是文学的恐怖主义者。"我对我的同伴们说。我听到那个词——恐怖主义者——在乱石中回响。我抬头看了看，一个人也没有。大家都离开了。刚才他们还倚在这陡峭的石壁上，这会儿就都不见了。我独自和托特在一起，坐在一处满是灰尘的山坳里。我被抛弃了，孤零零一个人，心头重重地压着命运多舛的过去。

时间再次重叠。记忆之门打开。我朝山的边缘探身，领略脚下令人眩晕的辽阔景致。记忆像军队般从我意识的黑暗隐秘处奔出来，我试着用那只病手将它们从眼前赶走。我感到现在膨胀成了过去，向未来收缩。我听到父亲沉闷的声音从他逐渐稀疏的胡子间倾泻而出。我站在他身边，在萨罕德山顶。

"我唾弃你们，"他说，"一群任人唯亲的父权主义者。"

我们为母亲刨过坟坑的双手依旧感到灼痛。

突然间，天空毫无征兆地放晴了，再次变得澄澈。我站在光秃秃的山顶。我终于克服重重险阻，登上了加尼格山。我能看到卡斯特尔、

---

① 出自布朗肖的著名文章《文学，及死亡之权利》。

托里尼阿、瓦尔马尼阿、韦尔内莱班。我的目光越过法国，眺望意大利。我转身，看着西班牙的方向，然后又越过西班牙，向新世界看去。

"残酷的迫害者！"我说，"他们并没有终结。他们会不断地自我复原！"我大声说道，努力站起身，但怎么都起不来。我仿佛融进了谵妄的山石中。莫非我回到了伊朗？回到了童年时那个变化无常的国家？我的头脑变得清醒。我的思绪四溢，各种想法纷至沓来。那么，我父亲所说的伊朗的可鄙之处是什么呢？我想知道他为什么会觉得伊朗不如西班牙？猖獗的殖民活动，宗教法庭，眼前这个国家的手上可是沾了好几个世纪的鲜血。那么，所谓的新世界又怎样呢？我们怎么沦落到去了那里，陷入它的谎言和分裂中？新世界，就是西班牙和英国帝国主义者的直接延伸？我们的生活曾受英国的利益摆布，而后我们却回到新世界，与英国人的后代生活在一起，一而再再而三地被他们碾压？

"我们怎么了？"我说，"我们这些人都是怎么了？"

"你在对谁说话？"是卢多。我转过身。他看起来很沮丧，被风吹得一脸凌乱。他说，"我们失散了。我回来找你。"贝提塔跟在他脚边。

我想朝他走去，但我做不到。暴风雨再次袭来，将这个世界的污垢喷洒到我们脸上。我俩在风中眯着眼睛。卢多问："一个痛恨爱的人怎么会爱文学的？"他的声音断断续续，疲惫而虚弱。

"文学是没有风险的，"我撒谎道，"一本书就是一艘完美的小舟，它能载你驶入黑暗并确保你毫发无损地出来。"

"你确定是那样？"

贝提塔蹿过来，嗅着托特的尾巴。那只鸟躬了躬身，作为回应。

确定？确定什么？我暗想。

"所以，你是在提倡一种绝对的零风险？"

来了一阵强风。我的人生经历了一场又一场可恶的风暴。

"听我说，"卢多绝望地说道，"难道我必须独自承受爱你的风险吗？"

他的声音被风吹散，在群山中回荡。

"看着我！"他恳切地要求道，"看着我！"

我看着他。他的脸看起来古老又熟悉。他的衬衫被扯破了，手上有伤疤。我在头脑里缓慢而行，遇到一处又一处路障。"爱是敌人。爱是一种想法。爱需要彻底改造。如果可以，我会去恨；如果不能，我会去爱，虽然这并非我愿。"再没有别的辩护词，我已经词穷了，于是我不置一言。

"够了，"他说，"够了。我在这里，不是吗？能结束这些荒谬的行径吗？"

我的声音变得十分微弱。"荒谬？这一切没什么荒谬的。我只是遵循主宰我们人生的法则在生活。"

"那么这些可怜的容易被人牵着鼻子走的笨蛋呢？为什么要把他们卷进这堆乱七八糟的事里头？"他问。

笨蛋，我想。难道那些人没有意志力，没有自己的自主性吗？我该怎样对卢多这样的人解释呢？我得先摧毁他，给他来个大换血才行。而且，我怎么知道我不会在这过程中变得支离破碎呢？

"大家都去哪儿了？"我问。

"他们往山下去了，"他说，"我建议你也下山。一场暴雨就要来了，"他提醒我，"现在是暴风雨前的平静。我管不了你。你得自己做主。"

你能做的就只有这些吗？我想问，但我不知道这问题该去问谁。卢多？我死去的父母？我陷落的祖国里那些卑鄙的领导者？

我开始上路，我的双腿在颤抖。贝提塔嗅着地面，在前面领路。一个小时后，我们来到一处将山峰劈作两半的峡谷。我觉得我们像是穿梭在地狱里一层层陡峭的平台上。我想到了朝圣者但丁。我听到维吉尔的声音：冷酷地奋力争取会战胜一切。我听到马儿焦急的嘶鸣声，听到树被风折断的嘎吱作响。

我停在路上，转过身面对卢多。

"我已经被这个世界逼到一种心灵的封闭状态。而你却想让我毫无防御地面对你。一个人能承受多少伤害呢？难道你想让我撕掉自己的皮，迎风而立，流血不止吗？"

"你想让我说什么？"他回答，把我往前推。

我们在风中又行走了一个小时。我几乎无法呼吸。我坐在一根砍断的木头上，脱落的湿树皮上长出了很多蘑菇。然后，我站起来，在高山森林中瞥见了一栋废旧的房子。我想起母亲寻找食物的样子。等我反应过来时，我已经鬼使神差地站在了那栋废弃的房子里，而卢多站在屋外，请求我出去继续上路。

"你做得太过了，"他叫道，"你这是在拿我们两个人的命开玩笑。"

这是实话。我的确已经做得无人能及了。

"万一有东西砸到你呢。"卢多抗议。

"那就让它砸吧。"我说。

风在嚎叫，在呼啸；它摧枯拉朽，把万物往地上拖拽。我蹲在了地上。

"我会再经历一次。"我说。

"再经历一次什么？"他问。他的声音断断续续。贝提塔着急地走来走去。托特发出一声尖利的叫声。

"我母亲的死！"我说。

卢多惊恐地睁大了眼睛。

雨开始倾盆而下。这是我们那年见过的最猛烈的雨。我站在我人生的震中。我看到有毒的青烟在往外冒，雨点如我的拳头那般大。不到几秒钟我们就湿透了。滂沱大雨从山上倾泻而下。我开始在石头下寻找食物。母亲走进那座废弃的房子里后最先看到的是什么呢？她死前最后看到的又是什么？她是否吞下了这个世界的污垢？我抓起一把泥，塞进嘴里吃掉了。

"你简直是疯了，"卢多说，"你这个样子跟野人有什么分别。"

我擦干嘴，吞下湿乎乎的泥巴。

"它视我为仇敌，"我说，"我已经善意地忍受这个世界够久了。"

然后我记起，母亲曾向我俯身，在我耳边柔声说："在你内心深处的某个地方，在种种恐惧、担忧和琐细的想法之下，藏着一个灿烂夺目、干净纯洁的灵魂。"

原来，我一直都记得她的话。我认出了那句引言，出自雪莉·杰克逊。我母亲也将句子嵌入了我的身体里。文学的文字像我的母亲和父亲一样，无处不在，却又无处可寻。她以再寻常不过的方式出现在我面前。我认定，这说明她一直就在那里，说明世界上那些敏感之人的死去或活着的头脑正在宇宙中艰难地跋涉，尽管我的双眼无法感知到他们。

几个小时后，风暴平息下来。卢多、托特、贝提塔和我终于来到了山脚下。不知道其他朝圣者们都去了哪里。我们站在圣米歇尔·德·库克萨修道院前，哑然失声，被这一天发生的怪事惊得说不出话来。修道院的回廊和墓室都泡在了雨水里。我再次记起那日站在崔恩堡公园里，背对着修道院博物馆，身后是库克萨、博纳丰、圣基岩和特里。我应该跳入死亡吗？我自问。我的记忆开始反复循环。之后，我纷乱的思绪被卢多的尖叫声打断了。

"我的车！"他叫道，"我的车在哪里？"

雨水从枝头、修道院的红瓦屋顶和坚硬的花岗岩山石上滴落下来。我们站在齐膝深的脏水里，蹚着水好一阵找，终于发现了卢多的车。车从路面滑到了河里，正在往下沉。我们眼看着车顶篷慢慢消失。

"不！"卢多叫道，"不！"他跺着脚，然后双手抱头站在那里，说不出话来。

我看着那辆车沉没。我们把迷你博物馆——我父亲的棺材——留在了后备厢，把它抬上山太难了。它和其他东西一起淹没，消失了。我感到肩上的重担减轻了。我感到我的生命在消融，仿佛那个开启伟大的流亡之旅的人已不复存在。我从无处来，如同那辆沉入水中的车，我出生在那包揽万千的虚无中。我轻轻抚摸托特的头，在内心深处对我死去的母亲说，那是我唯一的本质。

液态大陆

我如何穿过"泯灭的希望之海"

尽管已是夏天，卢多却穿着一件粗花呢夹克，里头是一件红色开襟羊毛衫，脖子上系了一条灰色的开司米①羊绒围巾。他要离开了，但在离开前他要给我最后一个告诫的眼神。他把雨伞支在楼梯平台的地面上，倚着它。他无论去哪儿都把那把雨伞带在身边，用它来指东指西，仿佛那是他延长的胳膊。他的眼睛里没有半点懊悔。也许有愤怒，以及怜悯，但懊悔，完全没有。

"最后，"他吃力地喘着气说道，"终于。"

他站在阴暗的楼梯平台上，烟斗干净利落地插在胸前口袋里，铜色的鬈发打理得一丝不乱。楼梯平台上又黑又脏，充满昔日时光留下的余烬。墙面上总是潮湿的，地中海的湿气渗进了这栋建筑的骨髓。在那潮湿、灰白的凄凉场景中，卢多吐露了他离去的缘由：他离开是因为我为自己过去漫长而黑暗的历史开出的治疗方案——通往流亡的空寂的文学朝圣。

当我进一步追问时，卢多把皮手提箱竖着放在了脚边，手提箱和他的鞋很搭。他用和善但带有某种距离感的语气说："听着，你处理过去的方式让我难以忍受。事实上，你的写作习惯有诸多副作用，其影响是我无法承受的。"

我惊讶地看着他。他全然不顾我的困惑，继续向我发射着枪林弹雨。

"首先，"他喊道，如同一位教官，"突然失踪。"

我告诉他，我每时每刻都非常清楚自己身在何处。

---

① 取自克什米尔地区的一种山羊身上的细软绒毛。

"第二，"他说，他停不下来了，"对生者病态般的冷漠。第三，也是最严重的罪过——"

"不敢苟同。"我无可奈何地说道。

"第三，"他对我的话充耳不闻，继续说，"连续好多天待在床上，把卧室弄得臭气熏天，跟具尸体一样！"

我告诉他，可不能用这样的方式说再见，在礼貌方面他得多跟阿加莎学习。我望向四周。阿加莎和费尔南多去哪儿了？贝提塔冲到门口。阿加莎的陶土半身像，一支阿加莎的军队，正用眼睛跟随那条狗。贝提塔在我脚边坐下。我难以置信地喘息着，艰难地做了几次深呼吸。惊愕正在我的血管中蔓延。我让自己振作起来。

一束光线从天窗投射过来，照亮了卢多的伞尖和皮手提箱上的银锁扣。他要回到佛罗伦萨的家了。他把英国羊绒、烟草、他收藏的历史辞典塞进了箱子里，其他的全留下了。他告诉我他年迈的父亲生病了，老人家的骨头不再硬朗，心脏虚弱，头脑自然就被一团迷雾包围，什么也看不清了。

你的父亲有八字胡吗？我不禁想问，但我忍住没有开口。我不傻，看得出卢多在撒谎。我通过灵魂转世吸收了我死去的父亲，并将他置于我的空寂里随身携带。我对父亲的义务破坏了我和卢多的关系，让我无法给予他更多的关注。现在，这个文学异教徒，毫无创造力的本博后代，正在以其人之道还治其人之身，借我的故事来为他正名。他用他的父亲来攻击我。他在复仇。

我记得，那场景历历在目，卢多曾在一次激烈的争吵后，用恼怒而粗重的声音问我："你希望找到什么？这又不是个藏宝盒。"他指的是空寂。

我声情并茂地回答道："我的朋友，我亲爱的、挚爱的朋友，我正在我的空寂里寻找一束火焰，那火焰将发出夺目的光芒，比最灿烂的晨光还要明亮，它将驱散死亡的阴影！"

但那不是真的。那只是我随口一说。我想对他倾诉的是：我的伤口是内在的，是缺爱之伤。但我说不出口，我无法鼓起勇气吐露我的脆弱，我的不堪一击。发生了太多事情。我所能见到的只有历史的连环骗局。世界变成了一幅肆无忌惮的自我镜像，断绝了我的氧气。我能信任谁？这个世界毫无坚实可言。

贝提塔不安地叫唤了一声。我张开嘴，说："这就是爱，当死亡牵连其中。"

卢多凝望着我。我分辨不清他此刻是感到困惑还是不安。我也凝视着他。他的名字在我舌尖上翻动：卢多，芸芸众生中的一个，他站在门前，手里拿着手提箱，即将与我永别；卢多，当我最需要他的时候，他对所有纷乱的迹象视若无睹，对活着的人所遭受的普遍不安，对人类所做的每一件事内在的虚无全都置之不理。

卢多拿出烟斗，然后迅速将它放回胸前口袋里，拍了拍胸脯。有那么一刻，我以为他改变了主意，以为他会跨过门槛，跨过他为了保护自己——他过去粗暴地说过那样的话——不受我那遭受死亡击打和扭曲的头脑影响而设置的边界。我想象他放下他的皮手提箱，放开手里的伞，将我拥入怀里。我想象我们的身体抱在一起，我想象他把我推进他的房间，热切地解开我的衬衫。卢多会垂涎欲滴，恶作剧般地准备好修补我们之间荒废的情感。性爱具有那样的功效，能让我们勇气倍增。

可他只是站在门口，抓挠着脸上的胡子。他开始留胡子了。他的胡子向来刮得很干净，可现在只是随随便便地打理了一下。我把他脸上的胡碴儿解读为悲伤的信号，我看着卢多的眼睛，在那里看到了自己，那个影子正从他虹膜的晶莹池塘里回望我。我看到了促使我们分分合合的那些爱与恨，看到了我们在彼此身上解锁的性欲。他黑色的瞳孔在缩小——我的影子消失了，我被流放了。他在流汗，他的鼻孔再次张开。我不知道该期待什么。强暴我，还是突然离去？都有可能。扑哧，那一刻消失了。他变得镇定而严肃。

我审视他的脸，对他说他有个可爱的罗马鼻。

"这让你看起来像一个能建造东西的人，沟渠呀，道路呀。"我说。卢多上唇抬起，露出了牙齿。

"你——"他说，一只手提起皮手提箱，另一只手用伞柄敲打门框，"来到我的生命中就是为了折磨我的。"

卢多抓着他出行的行李，像一个掉入海里的人紧紧抓住一只筏子。他突然离开，消失不见了，我没来得及反应，来不及提醒他，是他追求的我，是他不停对我絮叨"爱"这个词，是他坦言我的阴道像一条光的隧道，可以任由他在其中畅游，当世界被致命的风暴摧残时，鱼就是这样游进河床保护自己的。

我虚弱、震惊而受伤地走进客厅，把脸贴在露台的格子门上。我看到他在街上行走，像士兵一样大踏步朝火车站走去。我打开百叶窗，走到露台上几株奄奄一息的盆栽中间。我的内心空落落的，如同被风席卷而过的天空。我不知道该做些什么。我违背自己的意愿，违背自己更明智的判断，大声叫道："我们所有人醒来时都会发现，我们正在用错误的事情来填塞错误的洞口！"

地球终于开始转暖。暖暖的风呼啸着穿过中世纪区①歪斜的石子路街道，它仿若一只粗大的画笔，将天空粉刷一新。一条朱红色的光带开始在远处的群山上空积聚。我听到风力加大，如同一辆马车滚动着车轮，在赫罗纳的大街小巷里疾驰而过。挂在柱子、建筑和阳台上的加泰罗尼亚独立旗帜哗啦啦地飘动起来，仿佛在回应风的伟力。在狭窄的巷道里，在用密集的石头砌成的石墙之间，我看到了卢多。

他从修道院外梯尽头的拱廊下出来了。风掀翻了一家葡萄酒吧昨晚留在门口的空葡萄酒瓶。它们翻滚着，紧跟在卢多身后，敲打着石头路面，发出阵阵声响。所有未固定在地上的东西都被风掀到了一边。我看着卢多一路躲避着菜单和从院子里飞出的塑料家具。他来到了这个城市的主人行道，兰布拉大街。他穿过桥——佩德拉桥，迅速越过河面，然后消失在一束如潮水般涌来的光亮中。梅尔塞晾在屋顶上的一张白色床单被吹走了，正在往上空飘荡，一开始慢悠悠地，既而一阵惊慌，如同一只在葬礼上放飞的鸽子，猛地冲向天空，急着远离地

---

① 赫罗纳一处居民区。

上那些悲痛沉重的人。

卢多过了佩德拉桥后，我就再也见不着他的身影了。我深知他会走我们平常走的那条路。我也知道那些街道如同风的走廊，风为了在其中穿行，不得不缩小体积，这样一来压力和风速也会相应增加。从撒哈拉吹来的一股异常强劲的西罗科风。卢多要颇费一番功夫才能抵达火车站，他得用尽所有的重量来抵御强风，防止四仰八叉地摔倒在地。他将不得不全神贯注，一次只抬起一条腿，仿佛在月亮上穿行。但即便是那样，他依然会到达火车站，气喘吁吁。

教堂的钟声再次响起。我退至屋内，关上百叶窗。我在公寓里四处看了看。阿加莎和费尔南多去哪儿了？他们似乎也永久离开了。他们将我遗弃在一套过时的公寓里，任由我在这里腐烂。我的周围是破损的电话和录像机，旧吸尘器部件，那是他们三个——卢多、阿加莎、费尔南多——为了备不时之需而买的零件，是他们在世界战争中幸存的父母和祖父母教他们这样做的。那些破碎的零件证明，20世纪的贪婪依然在觊觎新鲜的血液。他们或许会否认这一证明，但我看得清清楚楚：世界大战引发的沟通破裂和不确定感，以愈渐贪婪的胃口在一代又一代间传递下来。我感到刚刚开始在我心脏的肉质走廊里流淌的血液停下来，退了回去。

我走过阿加莎的半身像，来到卢多的房间，呆呆地坐在他的床沿。我和那天空一样，空落落的，仿佛有人把我的胸膛里清理得一干二净。我内心泛起一股令人肠断的古老的恐惧。卢多房间里黄色的墙面向我逼近。我怀疑我是不是患了神经紊乱。我想，出生一定就是这种感觉。婴儿从母亲的子宫出来时会大哭，一定是因为这个。那是一种困惑的哭喊。我让自己平静下来。我提醒自己，这就是我回溯流亡的路径时苦苦寻觅的结果：死而复生，重头来过。可是，我没有料到自己会愈渐失去方向感。我感觉自己被困在一面令人发狂的会复制的镜子里，它不停地投射出我生命中心那个黑暗而狂乱的事件：流亡的空寂。这就是人生吗？我自问。一张没有中心的网，一连串永远重复、没有源头的事件？

几个小时过去了。我几次走上露台，仿佛那是一处得天独厚的高地，只要站在那里，无论卢多置身何处，我都能看到他。卢多走了，我还有什么呢？金鱼在鱼缸里打转，用了不起的鱼鳃抽打黏糊糊的绿水。托特在走廊里溜达，贝提塔紧跟在他后面。我只有这三只小生灵做伴了。

我回到卢多的房间，扑倒在他的床上。我盯着天花板，隔着墙聆听赫罗纳宁静的低语。我沉入文学母体的沼泽里。我想象自己遨游在它黑色的水里，直到时间坍塌成一个单一的平面，那意味着每一件发生过的事都会即将发生。于是，我一边漂流一边对自己说："这并不重要，卢多曾经离开过我，他也会再次离开我。"

我在之后的某个时刻醒来。是昨天，今天，还是明天？我不清楚。我睁开眼，头一个看得到的是托特。我头脑里爆发一阵思想的气旋。我怎么可能在爱一个人的同时做一名流亡者呢？我母亲在哪里？父亲在哪里？我祖国的档案在哪里？哪个国家？哪个？我能将哪个国家称为祖国？托特坐在我的床尾，抬起爪子向我打招呼。他非常平静。

"托特，"我说，"谁能承受无意义的折磨呢？"

那鹦鹉张开了喙。

"未来的心脏是古老的。"他说。

"是的，"我说，"确实是的。"

随后我想，我要怎么处理我身处的这片大得无可估量的深渊呢？我曾跳入这深渊，从另一头出来时却比一开始陷得更深。我盯着天花板，直到再次入睡。

几个小时后，在寂静的夜晚，我径直从床上坐起。加缪的话游走在我头脑里迷宫般的走廊间："一切于我皆陌生，一切，没有一个人属于我，没有一处地方能治愈这伤痛……我并非来自这里——也不来自任何地方。世界变成了一片未知的风景，我的心脏在此无可依靠。[①]"

---

① 出自加缪个人手记中的第一条。

我起身，在过道里踱步。托特这位忠实的伴侣跳下床，紧跟在我脚边。

我整整一个星期难以入眠。每天晚上，我在过道里来回踱步。我的情绪时而高涨时而消退。我行走在我头脑的浅滩和深渊里。我上一秒感到屈辱、沉痛，下一秒就陷入不安和愤怒。然而，尽管我的心情时起时落，我的头脑里始终回荡着一个问题，一个萦绕不散的问题：几次朝圣之旅暴露了什么？终于有一天，在清晨微弱的光线下，当阿加莎和费尔南多还在房里睡觉时，我听到：面对生活时我的无能为力。我被这句精准而犀利的话震撼到。是谁写的？本雅明、莱维，还是乌纳穆诺？就在这时，我突然意识到：我不敢相信卢多已经走了。

我走进他的房间，我的病手滑过黄色的墙面，滑过他的桌面，滑过他地板上的地毯。我打开他的衣柜，闻吸他衣服的味道。我翻遍他的抽屉和书，发现了一张有他笔迹的纸条，那笔迹是永恒而优雅的花体字。我认识那些字。

字条上抄的那句话是尼采用来批评他年轻时作品的："写得很糟糕、沉闷、尴尬……节奏不均匀，逻辑不利落，非常自信，因而不屑于呈现证据。"

卢多有没有坚持以语言学评论的方式记录下我的痛苦呢？我暗想。突然，我感到愤怒至极。我细细咀嚼这些话："写得很糟糕、沉闷、尴尬！"在炙烤的热浪中，我记起尼采的另一句话——"在敌人面前平等：一场正派决斗的先决条件"。

可等我一退回到过道里，立马又困惑起来。谁是敌人？敌人又藏在哪里？那敌人是否像死亡一样在我体内显现？我无从得知。我坐在阿加莎的半身像旁，哭得一塌糊涂。我再次陷入低谷。家里一个人也没有。托特沿着过道信步走来，碰了碰我的病手。我抬起那只手抚摸他。他已经从狗身上学会了新的习惯。他叽叽咕咕地回应我的抚摸，我听到他低沉的声音仿佛是从很远的远处飘过来的。我筋疲力尽。我仿佛正从世界之外往里窥视——已然死去，但依然艰难地跋涉着，身后拖拽着我的无知。我投喂的是头脑的哪些部分？我边抚摸鹦鹉的翅膀边思考。又是哪些部分在忍饥挨饿？我一直忠于那个开启伟大的流亡之旅的人，但那个人不复存在了。我已经在废墟堆里如凤凰般涅槃重生，我已经把我的冷酷、我的不幸留在了那堆废墟里。

在那之后，我连睡了数天。在睡梦里清澈的光线下，那些问题发生了蜕变，它们混合在一起，呈现出戏剧性的效果。一天下午，我漫无目的地走在圣丹尼尔青翠的山峦和谷地中，心想：当连敌人是谁都不清楚时，平等意味着什么呢？我在可能的候选人里翻找——卢多·本博，我不幸人生中的坎坷，以及无情地对待这个世界的独裁者们——我的悲伤再次被盛怒取代。我的愤怒积聚起来。我为这嗜血、混乱的宇宙而愤怒，为自己是它的一部分而感到恶心。我的思绪缠绕，旋转。我想知道：最伟大的复仇是什么？我扫视着被风洗净，清澈如镜的天空。我看到了答案，仿佛它就写在蓝天上。那答案曾在伟大的流亡之旅里以各种形式和面貌出现在我面前，我一再惊惧而犹疑地将自己投入它的怀抱，却一再遭到拒绝。我看到，最伟大的复仇就存在于最简单的复仇中：在这个竭尽全力消灭我的世界，要不顾一切地去爱，去战胜，去坚持。就是这样。这就是一直以来的答案。我站在那里，完全说不出话来。我真蠢，多么简单的道理。我觉得自己就像个傻瓜。我捡起一块石头，就像在捡起那个词：爱。我将那石头放进嘴里，吮吸着。它坚硬、顽固，一个我无法代谢或者嚼碎的物体。我回到家，感到惊惧、困惑，但又有些坚决，决意要追回卢多，要在我不幸的人生地图上画出一条新的流亡路线。回公寓的路上我一路吮吸着那块石头，嘴里留下一种矿石的味道。

第二天，我开始打包行李。我很快就搞定了。我的行李不多，只有托特，我的笔记本，那块石头，以及我身上的衣服。我已经失去了一切。我的钱所剩无几，属于我过去的那些物件早就已经丢失了。我没有身份，但我又是无穷的、多重的，像一张白纸，我想要成为什么就能成为什么。我听到阿加莎在客厅里四处走动。一道紫铜色的光从窗户中透进来，将琥珀色的光亮投射进屋里。我静静地看了她一会儿。

她俯下身站在鱼缸前，梳到一边的头发垂在肩上。透过她浓密发丝间的缝隙，我看到那条鱼在鱼缸里遨游。

"我要走了，"我宣布道，"一想到卢多这样抛下我，把我像件衣服一样晾在绳子上，我就很难过。"

"去哪里？"她问。

她转过身，金色的阳光照在她脸上。她看起来安详、苍白、平静。如果说有谁能让我对其吐露真言，那个人就是她，我暗自想道。

"我打算去追求卢多。"我说。

"怎么去？"

"乘下一班轮船，"我说，"我将越过地中海，'泯灭的希望之海'。"

她惊讶地看着我。她的下巴微垂，我能看到她的嘴角变湿了。"你不觉得应该先让这事儿缓一缓吗？"

她的语气沉重，仿佛一股忧虑的潮水涌起，淹没了她的声音。她看我的目光透露出同情、困惑和害怕，仿佛通过与我对话，她的头脑与某种粗糙、不合逻辑、不安的东西有了接触。那表情似乎最近无处不在，被强行安放在我知道的和不知道的每个人的脸上。每个人一看我，脸上的表情立刻就耷拉下来。仿佛他们已经看透了我，看到我父母破碎的残片像狂风肆虐的沙漠里的风滚草一样在我的空寂里飘荡。我，是每个城市里的永久异乡人。我是否正从内部推翻它的准则？我不知道，我什么也不知道。我已经很久没有照镜子了。

那天夜晚，我肩上扛着托特，搭乘上了驶往热那亚的轮船。我一直待在我的船舱里。穿过地中海到意大利要十七个半小时。到了热那亚，我将走到国际客运总站，登上去往热那亚布里尼奥里车站的火车，然后转乘驶往佛罗伦萨的火车。我确信卢多会在那座孕育他的几何城市里等待我。我闭上眼睛设想那场景：我敲响他的家门，他开了门。透过门缝，我看到他的父亲，挫败、苍老、脆弱，仰躺在客厅里正对电视机的一张床上，电视屏幕上的蓝光让他看起来苍白而可怕。卢多终究没有撒谎。一开始他会有些紧张，会僵硬地站在我面前，试图拦住我，不让我进去。我会提醒他，我父亲死过很多次，我曾眼睁睁看着我父亲的脸在生死之间变化，每次我都不得不斩断我对他的依恋。我会告诉他，我知道进入悲痛的未知水域意味着什么。我会告诉他，我可以成为一座智慧的山，供他倚靠。我会告诉他，我们漫长的死亡之舞①已经缩减成这一刻，缩减成这个简单的姿态——确保他不会踽踽独行于他父亲濒临死亡的阴影下。他的嘴唇会颤抖。他的父亲会将布满皱纹的脸转过来，看着我们。老人的眼睛肿肿的、小小的，泪眼婆娑，但他的目光是断然而坚定的。那是一个深知自己已命不久矣的男人才有的目光。他会说些什么，简短地抱怨我们这样把门开着让风灌进来了。卢多会让我进去，关上门。我们站在门厅里，静静地揣度对方，思考着对方的多重面目，想着彼此内心里压制或者复活的多重自我。我会先开口。毕竟，是我大老远跑来追随他的。我还能有什么选择？我父亲已经从我的空寂中消失了，我母亲也是。他们加入了这个世界的余烬中。他们无处不在。他们就在我呼吸的空气中。他们作为知识存在于我流着墨水的血管里。我走在哪条街上又有什么关系？既然这个世界是一个单一的平面，一卷可以无限延展的纸，我在何处安身又有什么区别？

"啊，卢多。"我会说，"多么可悲，多么戏剧性。我们所知的那个世界再次走到了尽头。人之为人就是这么回事吗？"

卢多会在黑暗中摇摇晃晃地向我走来。他会无言地伸出手，抓住我的手；他会将我拉入他的怀抱，我们抱在一起失声痛哭。那天夜里，我们会一动不动地躺在他的床上，在黑暗中大睁着眼睛，这个年轻的世纪的沉重悲剧在我们上空盘旋，客厅里的电视依然开着，他父亲咯吱一声从床上起身，摸索到手杖，一路跌跌撞撞地走到洗手间，电视机里飘出一些残忍的词，它们在空中凝结，形成极大的体量："自杀式爆炸""空袭""大规模死亡""食物、水和公正短缺""被截肢的孩

① macabre dance，也称 danse macabre 或 dance of death。中世纪的一种舞蹈表演，由人扮演的死神引领不同社会阶层的人走向坟墓，意在说明每个人在死亡面前都是平等的。

子""烟尘覆盖的房子"。

在一段长长的寂静后,卢多会对着空中说:"我们需要用尽余生来化解童年的毒结。"

这时,我会领会到,他理解我为何吃土。我们很快就要互相认可。很快,这个世界的一半将揭竿而起,半个世界都将开始吃土。我闭上眼睛。我看到模糊的影子、旋涡、壕沟、嶙峋的山脉、海洋里无尽的黑水。我抬起手,在空中挥舞。

"战争有传染性。迟早这暴力会蔓延开来。我们都会被卷入其中。这是另一种结局的开端,"我会说,"我们都一贫如洗。我们都在忍饥挨饿。我们都遭受了迫害。"

"是的,"卢多会说,"只要有一人被迫害,那就等同于我们所有人都遭受了迫害。"他会翻身爬到我身上,泪流满面。我们会缠绵在一起,喘着气,直到筋疲力尽。我想象他会说:"我不知道人之为人意味着什么。我原以为我知道,但它连同其他一切都被毁掉了。"

海上风高浪急,我们收到提醒,一场暴风雨正要来临。我坐在一个没有窗户的隔间里。轮船在墨色的水面上岌岌可危地上下颠簸着。我听到雨落下的声音。一场温暖的大雨。这是今年的最后一场暴风雨。我听到海浪升起,拍打着天空潮湿的肚皮。门外那些不安的躯体在焦急地移动。但丁的声音从我身边传来:"因为我已迷失了正确的道路。"

"迷失。"我向水汽萦绕的空气嘀咕道。伟大的流亡之旅骤然结束了。不,不是骤然结束。如同我父亲的多个脸庞,伟大的流亡之旅进行了自我复制。它获得了第二张、第三张和第四张面孔。它蜕变了,偏离了主题。一段新的流亡正在佛罗伦萨等我。一个新的活死人,在那座理性之城,那里有诸多露天广场,奥斯曼男爵①风格的林荫大道,血腥的历史,以及每隔一个世纪便爆发一次洪灾淹没赭色河岸的阿尔诺河。恍惚间,我看到一头公牛在用角犁地,在挖掘死者的躯体。我

---

① 乔治-欧仁·奥斯曼男爵(1809—1891),法国行政官员和城市规划者。

悄悄告诉自己："我是一个病人，出生在一个荒凉的世界。我是一个外人，一个旁观者，一个售卖痛苦的贩子，一个非成员。"这些词语在我头脑里打转。一个异乡人，一个亡命之徒，一个流浪者，一个乘船离国的难民。

托特紧张地在我肩上踱来踱去。大海威胁着要把我们整个吞没，似乎是觉得没被海水淹死的人太多了。鹦鹉时不时用嘴勾住我的耳朵。我感到胃跳到了喉咙里，"哇"的一声，肠子都快吐出来了。然后我闻到刺鼻、咸涩的空气。

已经行驶了好几个小时。我们可能已经过了蒙彼利埃、马赛和加纳。船在海水中猛烈地摇摆。我抚慰着托特。我整晚都很镇定，有几次还睡着了。我梦见卢多和我在大海的深处搜寻，收集死者的尸体，带他们一个个浮出水面。我一只手拿着笔记本，另一只手刨着海床。我们静静地走着，直到遇见一架沉没的战机。生锈的机身上覆满海藻、藤壶、海星和虾。一群群热带鱼在其中穿梭。我们观察残骸时，卢多和我保持一定的距离。他似乎对我的存在颇为怀疑。我爬到扁平的飞机头上，翻开笔记本，它在水下散发出一种预言的气息。我用演讲的语气宣布："'腐败的过程也是结晶的过程。[①]'阿伦特借莎士比亚谈论本雅明的那段话。"

卢多思考着我的话，脸上一副沉思的表情。他灵敏的手在海藻的卷须里来回拨弄着——那双手曾经试着滋养我。我爬下来，紧挨着他站在海底。我们在水下优雅地移动着，他静静地看了我很久，连续几次欲言又止。当他终于说话时，他的话丰富而奇异[②]。

---

① 出自汉娜·阿伦特的文集《黑暗时代的人们》中关于瓦尔特·本雅明的那一章。阿伦特借用莎士比亚《暴风雨》第一幕第二场中爱丽儿之歌里的珍珠比喻，将此章题为"采珠人"，以此来形容本雅明收集和重组引言的文学研究方法。

② 原文为"rich and strange"，此处呼应了阿伦特在《黑暗时代的人们》中的相同措辞，她将本雅明比作"如同沉入海底的采珠人，不为挖掘海底使之得见天光，而是为撬动那些丰富而奇异之物，海洋深处的珍珠与珊瑚，将它们带出海面"。

"结晶，"他说，"是每次事件转变时头脑在其挚爱之人身上发现新的完美的行为。[1] 这是你笔记本上的评语。"他承认了。

"啊，司汤达。"我谅解地说道，我们的笔记本终于复制并融合在一起了，我感到满足。"感性的鲥，马里 - 亨利·贝尔的分身。"

一只安康鱼游过。我盯着它巨大的嘴，扁扁的头，往内倾斜的尖牙。它一直隐藏在沙里。

"Lophius piscatorius[2]，"卢多说，然后他问，"我们今晚吃什么呢？"我们相处得如鱼得水。

我笑起来，回答："Lophius piscatorius 游过液态大陆、伟大的绿色、内海、堕落之海、苦海，但最重要的是，'泯灭的希望之海'，难民之海。"

我的话让欢乐的心情戛然而止。卢多的眼睛在水里扫视了一眼。他退后几步，焦急地看着我。他准备问那个决定性的问题了。"更重要的是，你什么时候才会对生活说出那个伟大、一以贯之的'是'？"

一阵深沉的寂静。在那间隙，我听到尼采的话——"一个人知道自己为人所爱却不爱自己，就暴露了自己的沉淀物：他最底层的东西浮上来了。[3]"

卢多说罢倚靠在飞机的发动机上。一群粉色的鱼从螺旋桨叶片之间游过。他金色的鬈发漂浮在咸咸的海水中。他用那种特别的眼神看着我，任性地噘着嘴。他又不高兴了。

"卢多，"我抗议，"我们得继续走。我们必须继续清理这片内海的河床。"但他不肯动。

"那为什么不结束这一切呢？"他不情愿地说道，"为什么要固执地笃信一种你并不热衷的生活呢？"

那条安康鱼游到了机翼上方。我看它从两鳃间吐出水来，一点点

---

① 出自司汤达的《论爱情》。"结晶"（Crystallization）是司汤达关于爱情的著名论断。

② 安康鱼的学名。

③ 出自尼采著作《善恶的彼岸》第 163 节。

地破水前行。我们只能一点一点地征服人生，我想。总会有余下的部分是我们难以企及的。我们必须接受这样的现实。我是会接受还是会征服？我想一头钻进沙里。

我看着卢多，突然意识到，他在为自己爱上了一个还没成功降落在地球上的人而苦恼。为了哄他开心，我游上去，坐在飞机头上。我说："卢多维科·本博，我来到这个地球上的方式和所有人一样——通过我母亲的阴道。在这方面，我和所有人是一样的；但在其他方面，我又是独一无二的。我的身体已抵达，但还有一部分的我在后面徘徊。我的降生是不完整的，这种不完整，这种差距，被生活的残酷事实和它难以捉摸的灾难、我祖先遭受的文化谋杀、流亡的心理大屠杀，以及贯穿我人生的生理和精神上的无家可归扩大了。但请不要担心，我是一个不寻常的天才，我正在将多重头脑同步，以求获得在早上醒来时对生活说出那伟大、一以贯之的'是'的特权。"

我期待他能反驳我，但他只是头往后仰，笑了起来。我们肩并肩在海底行走，掠过那片空寂。

几个小时后我醒来了，大汗淋漓，气喘吁吁，几乎喘不过气来。我睁开眼睛时看到的是什么？乌尔米耶湖上肿胀的水鸟尸体，萨罕德山上嶙峋的山岭，里海的椰枣树……我还能回归故土吗？我嘴里咀嚼着那个词——故土。它尝起来像灰，像尘，像分解的尸体，同时又像新鲜的桑葚，阳光下熟透的樱桃、玫瑰水、藏红花干粉、椰枣。

船遇到了旋涡，先是升起，然后落下。走廊里一个行走的躯体砸在了墙上，开始呕吐起来，每个人都把肚子吐干净了。死亡的恶臭蔓延在每个角落，透过海水漂浮上来。我抓起笔记本。我一直在等待它清楚地显现我的人生，难道这等待终归是徒劳？我翻找着，一句句地浏览。"切开它们，一种黏稠的液体就会涌出来"，我听到了这句话。

我再次睡着了。梦里，我沿着狭窄的螺旋楼梯，走上佛罗伦萨圣母百花大教堂的双螺旋圆顶。那是在夜晚，没有别人。圆顶上的烧制红砖如同被血水浸泡过，迷宫般的楼梯里能感受到某种与器官和解剖学相关的特质。我仿佛走在我聚拢的脑袋里的小径上，仿佛所有的自我都在这座夺目而怪异的建筑里交叠在一起。我来到楼梯顶端，爬过一个小的洞口，站在露台上，俯瞰佛罗伦萨，它像一条饰带缠绕着这处穹顶。在夜晚沉静的空气中，我感到这座城市里那些经受炙烤的石头在呼吸，这个城市因曾经历过的死亡而焕发生机，它曾有过的一切和它将拥有的一切，一直都在这里。

我最后一次打开笔记本，读道："关于人的伟大之处，我的公式是热爱命运，也就是说，不渴求除此之外的其他东西，不求过去，不求未来，也不求永恒。[①]"

我站在那里，试图用不灭的爱意来回敬发生在我身上的一切：我母亲的猝然辞世，我父亲的近乎失明和最终逝去，以及后来我与卢多的纠葛。我差一点就成功了。

我一想起卢多，他就出现了。他站在我身边，眺望着儿时的这座城市。他已经拆除了他性格中顽固的围墙。我们都被自己的故事改变了。

"我们怎么了？"他温柔地问。

我告诉他我不知道，我无法确定。我告诉他，我唯一知道的是，我曾竭力去封锁我对他的爱，因为如果我向他表露爱意，邀请他进入爱的甜蜜光芒中，我知道他也会不可避免地消失。我告诉他，那是我的信念，扭曲而虚妄的信念，但目前为止它还未受到我不幸人生中那些奇异的、令人错愕的事件质疑过。

有人在敲门。我醒过来。海面静下来，船平稳地行驶着。宇宙的边缘传来隐隐约约的嗡鸣，那是死去之人的余烬发出的声音——美妙的声音。我躺在那里，聆听这乐声，不着急开门。

中午时分，我走出船舱，带着托特来到甲板上。他很高兴终于能透口气了，伸展着双翼，张开爪子，扇动羽冠。我吮吸着那块石头。

---

① 出自尼采的《瞧，这个人》"我为什么这么聪明"一章。"热爱命运"（amor fati）是尼采的著名格言。

固定在甲板上的橙色塑料椅上坐着一家人。海面清澈，太阳低垂。水分向两边，为我们的船让道。远处的天空看起来好似随时会着火，水平面上点缀着闪闪发光的火星。我转过身，看着其他乘客的脸。他们似乎那么安全，仿佛能避开任何潜在的损失，他们的人生是甜蜜的，时不时有海滩度假、龙虾奶油浓汤、熨烫整齐的衣服、泳池派对、香槟吐司为它增色。每一件事都讲究控制和平衡，即便是痛苦也要以精准的方式传送，决不能震慑到对方，毕竟他们的情绪被浩瀚而坚实的栏杆守护着。

我转身面对大海。我想象与卢多在那开阔的水里，在离岸边百余英尺的地方共泳。一束金色的光铺洒在水面上。海浪波光粼粼。水面在船侧泛起泡沫。我站在那里，在中午辽阔的苍穹下。当海鸥滑过，意大利起伏的海岸进入眼帘时，我暗自想，现实要么是液态的，要么什么也不包含。上一秒我们在这里，下一秒我们就在另一处，我们自以为了解的一切都消解了。我们曾回避的记忆被唤醒。它们升起，召唤我们一次次地将多重的自我重组。我想，即便我只是暗夜中一个孤零零的声音，我也不会失去信念。我不怯于承认，我们居住的这个世界是暴力、迟钝的；一处鸿沟一旦开辟，便难以愈合；一个人一旦喝了死亡之水，便不可能继续疏离地、无动于衷地生活下去。我想知道，在这变化莫测的海岸中，爱意味着什么？爱，我想，是一剂可以缓解苦痛的临时解药。只要我们回到这渺小的宇宙，那痛苦就将无限延续下去。爱，如同死亡、文学和自由，既无处不在，又无处可寻。它就是虚无本身——不同的是，我此前从未见过它这样，即便我见过，我又怎么会懂得如何去辨识它或者恭迎它呢？毕竟分配给我们这些不幸的人来种植运气之树的土地总是最贫瘠的。我继续吮吸着那块石头。自发现它之日起，我就断断续续地吮吸它。它已变得光滑，我把它从嘴里拿出来，投进伟大的绿色之海，投进"泯灭的希望之海"。我告诉自己：不过是一个字而已，但它是最伟大的钥匙，也是最伟大的谜语。

船快要靠岸了。意大利的岸边一片夺目的赭色。我扫视着小湾里黑色的海水，白色的沙子，月牙形的沙滩。海岸线上的热那亚烟尘弥漫，充斥着工业气息和罪恶，被山川环绕，看起来十分可爱。那些山脉是海的脊骨，是地球的犬牙。我站在那里，盯着陆地。我想到了文学母体，想到了所有的黑洞和裂缝，想到了流亡金字塔，想到了我的病手，想到了宇宙的头脑，想到了空寂里那些作家平静地对我窃窃私语……我这样想着，记起了那句话——"空气中充满了各种声音。[①]"

---

① 出自莎士比亚戏剧《暴风雨》的第三幕第二场，有改编。原句是"别害怕，这岛上充满了各种声音"（ Be not afeard; the isle is full of noises ）。

图书在版编目（CIP）数据

斑马流浪者 / (英) 阿萨琳·维里耶·欧卢米著；
何碧云译. -- 成都：四川文艺出版社, 2021.7
ISBN 978-7-5411-6048-6

Ⅰ.①斑… Ⅱ.①阿… ②何… Ⅲ.①长篇小说–英
国–现代 Ⅳ.①I561.45

中国版本图书馆CIP数据核字(2021)第104017号

著作权合同登记号 图进字：21-2021-166

BANMA LIULANGZHE

斑马流浪者

［英］阿萨琳·维里耶·欧卢米 著

何碧云 译

出 品 人	张庆宁
出版统筹	刘运东
特约监制	刘思懿
责任编辑	陈润路
特约策划	刘思懿
特约编辑	公瑞凝　夏君仪
封面设计	末末美书
责任校对	汪　平

出版发行	四川文艺出版社（成都市槐树街2号）
网　　址	www.scwys.com
电　　话	028-86259287（发行部）　028-86259303（编辑部）
传　　真	028-86259306

邮购地址	成都市槐树街2号四川文艺出版社邮购部　610031		
印　　刷	天津旭丰源印刷有限公司		
成品尺寸	145mm×210mm	开　本	32开
印　　张	9.25	字　数	260千字
版　　次	2021年7月第一版	印　次	2021年7月第一次印刷
书　　号	ISBN 978-7-5411-6048-6		
定　　价	42.00元		